有种后宫叫德妃

阿琐/著

{贰}

北京联合出版公司
Beijing United Publishing Co.,Ltd.

目录

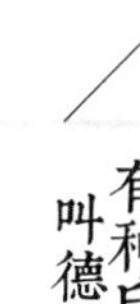

有种后宫叫德妃

目录

有种后宫叫德妃

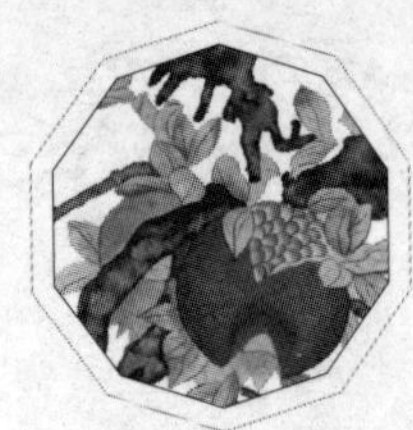

第 一 章

翊坤宫夺子

自从岚琪迁入永和宫，皇帝还是头一回登门，本以为会为了四阿哥的事不欢而散，岚琪却直冲到皇帝跟前来，一眼就看得玄烨心软。许久不见日日想念，哪里舍得就这么负气而去，彼此都为这件事伤心，再远远地互相推开，真不知要伤到何种地步，再好的情分也经不住一而再，再而三地折腾。

两人促膝长谈，彼此都一吐心事，阴郁了一整个月的心情登时好了。老天爷也似乎松了口气，今年初雪迟迟不来，这晚终于飘雪。玄烨翌日从永和宫出发去上朝时，路上积雪没过脚踝，众人直道瑞雪兆丰年。

之后连着几天，皇帝都在永和宫，伸长脖子看了一个月光景的后宫诸人，都悻悻然散了。有人说是贵妃促成好事，为的是感谢皇帝送她四阿哥；又有人说德嫔会博宠，这些年没点儿狐媚功夫，怎么守得住皇帝？但不管谁说什么，也没挑唆起承乾宫和永和宫的矛盾，如今一个守着孩子，一个安着胎，风口浪尖的两个人，相安无事。

转眼腊月就在眼前，这日惠嫔来翊坤宫闲坐，觉禅答应过来请安说了几句话后，郭贵人便厌弃地打发她走了。宜嫔挺着硕大的肚子靠在床上，最近越发喘气都辛苦，一声一声粗重地说："惠嫔姐姐也替我教教妹妹，她总是这样可不好。"

惠嫔没说什么，倒是郭贵人自己辩驳几句后，不高兴地离开去看小公主，留下惠嫔和宜嫔。惠嫔近日常来翊坤宫，渐渐和荣嫔、端嫔倒疏远了，这会儿没见别的人在，才开口说："本来看德嫔也有身孕，又为了四阿哥的事和皇上闹得不开心，想送新人去伺候皇上，没想到皇上留在永和宫不走了。德嫔真是好福气，我就这么眼瞧着她一步步和自己齐了肩，曾经还在我面前卑躬屈膝的人，如今倒是我上门去跟她说一句，大家都是一样的。"

宜嫔哼笑，不屑道："真不晓得是皇上守得住，还是她豁得出去，挺着肚子也敢伺候。"

惠嫔眉头一抬，嗔笑："你胡说什么呢？没羞没臊。"

"我可没胡说。"宜嫔压低了些声音，"皇上血气方刚的，这么些日子守着她，会不动情？天知道是怎么回事，她就没半点儿狐媚功夫？我不信。"

惠嫔手里转着半块吃腻味的点心，垂着眼眉说："若真是如此，你后院那一个最管用了，长得那么好看，皇上不过是还没仔细看过罢了。"

宜嫔肚子不舒服，喘口气说："姐姐还是等一等吧，那拉贵人的事风头还没过。"

这话说得惠嫔浑身发紧，没好气地说："和我们有什么相干？宫里……也没个正经说法，她是被地震压死的，那件事不过是以讹传讹。"

"咱们之间还有什么可遮掩的？"宜嫔轻哼，瞧见宫女来换茶，先停了停，等人走了才继续说，"好好一个贵人压死了也不能随便发丧，就这么潦草打发了，不可能当什么事都没发生过，上头不说不过是觉得难看，何况人也死了，若是没死，指不定要怎么查呢。"

惠嫔脸色发白，怔了好一会儿才缓过来："行了，我们心里有数就好，提起来做什么，没得惹事。"

宜嫔却冒出来一句："大阿哥原是太子以下最尊贵的，如今子凭母贵，四阿哥他……"

话未说完，外头又有人进来，宜嫔恼火要责备，来的人却说："荣嫔娘娘派人来请惠嫔娘娘，说戴答应有了身孕，让您一起过去瞧瞧。"

两人面面相觑，想了好久才想起来那个什么戴答应，不就是十月那几天莫名其妙被皇帝宠幸过的戴佳氏吗？怎么这么快就有了好消息？安贵人早年总说钟粹宫里养狐狸精，这哪儿是什么狐狸精，分明是送子观音庇佑的福地。

"瞧瞧，防得过来吗？"惠嫔扔了手里的点心，让宫女打水来洗手，之后匆匆赶往钟粹宫，心里五味杂陈，只明白一件事，宜嫔没说完的那句话她也知道，如今四阿哥子凭母贵，她的大阿哥已经被比下去了。

戴答应有孕的好事传到慈宁宫时，太皇太后正在佛堂诵经，苏麻喇嬷嬷直等她出来才禀告，果然连老人家也想不起来谁是戴答应，后来听说是怎么回事，竟欣然笑着说道："岚琪是有福的人，她身边的人也跟着沾福气。"

嬷嬷笑道："您也太偏心了。"

太皇太后却说："她那么好，我不偏心她偏心谁？别的人倒是来让我偏心一下，你去选选还有好的吗？"

嬷嬷劝："您这话可不能对万岁爷说，好歹都是身边的人，小门小户里还有吃醋打闹的事，何况皇室天家。”

太皇太后叹着：“你问我为什么那拉氏的事一准儿往惠嫔和宜嫔身上查，你且想想那天的事。她既然知道有身孕，还不顾危险去救岚琪，就一定是看好了才摔下去的，就想让我和皇帝念她心肠好。”

“奴婢倒觉得，若是如此，大可以说不知道有身孕，那样才显得没有动机。”不过苏麻喇嬷嬷自己说完，就想起来，自言自语着，“主子的话有道理，若是假装不知道，非得摔出个好歹才能请太医，不然无缘无故请什么太医，宜嫔想得倒是周全，大概她就赌旁人不会往深里去想，毕竟谁也没看到当时发生了什么，德嫔娘娘也说是被她救下的。”

主仆俩说着话正往寝殿走，宫门前有人进来，是太后听说戴答应有喜，来给太皇太后道贺，那么巧太皇太后正想见她，娘儿俩和苏麻喇在殿内坐了，太皇太后说：“我有件事托付给你，之后你就不得闲了，你想好了应我，你不愿意我也不勉强。”

太后笑着说：“皇额娘这样客气，臣妾可心里犯嘀咕，是不是做了不好的事儿惹您生气了，什么事您尽管说，臣妾这一天到晚闲得，巴不得有事儿做。”

“那就好，我瞧着再没别人合适。”太皇太后目光深沉，略显严肃，“宫里头近来总有些麻烦事，可每一件又不痛不痒似有似无，咱们就不好下手治理，但年轻的妃嫔，是该敲打敲打了。”

太后似乎不大理解，茫然地应道：“您说。”

“宜嫔的性子还要历练，我看她还不适合抚养皇子，太医说她这一胎多半是个男孩，那么生下来养在翊坤宫就不合适。”太皇太后手里的佛珠缓缓轮转，气定神闲道，“可她到底在嫔位，孩子送去阿哥所或给谁都没道理，只有送去宁寿宫最合适。之后等宜嫔生了，若是个皇子，就抱去宁寿宫，你要受累一些，奶娃娃不好带。”

太后听说能让她抚养一个孩子，心里很欢喜。她年轻轻就守寡，膝下无子，宁寿宫里空荡冷清，那日子真真只有自己知道多难熬，一直有这个念想，就是不敢提，但此刻虽暗下里高兴，嘴上还是说：“只怕宜嫔不乐意，听说她性子直，若是跟皇上撒娇什么的，臣妾不怕她来闹，就怕闹得难看。”

“我会让太医安排，说她且要静养，由不得她闹。”太皇太后不以为意，说着，“你别想这是宜嫔的孩子，就好好想着是为玄烨抚养一个皇子，不用费心教育什么学识，养大了就好。”

太后吃了定心丸，心里更加乐意，但转念想万一生个公主，又要落空，正失意，却听太皇太后又说："若是公主，也送去给你养，就这么定了，我这里要宜嫔收敛，孩子是男是女都一样。"

这件事悄无声息地在慈宁宫定下，宜嫔浑然不觉自己已经失去了抚养亲骨肉的权利，腊月初四一朝分娩，辛辛苦苦生下五阿哥，可还不等她仔细看孩子几眼，慈宁宫的懿旨就来了。

原以为是奖赏她生了皇子，谁知太皇太后竟一声令下，直接把才出生的小阿哥送去宁寿宫让太后抚养，瞧着是无上荣宠，实则是硬生生撕碎她的心。那一道懿旨后，虚弱的宜嫔一口气没缓过来，不等看着孩子送走就昏厥了过去。

再等她醒转时，产房里一切都收拾好了，之前的摇篮、被褥、玩具通通不见，仿佛她根本没十月怀胎，根本没生过什么孩子。

这件事如同雷厉风行的懿旨一样，迅速在宫内传遍，惠嫔吓得都不敢登门道喜，而闭门不出的岚琪听说时，只是眼眉也不抬地吩咐环春："礼物备好了吗？你明天和钟粹宫里的人一起送去。"

"各宫都没有亲自登门，似乎怕宜嫔娘娘不高兴，锦禾已经过来传话，钟粹宫也只派宫女过去，布贵人和戴答应也不去。"环春说着，将准备好的礼物拿给岚琪过目，当日郭贵人产女，岚琪还热心给做了双虎头鞋，这一回宜嫔产子，她却只打发了环春准备。

岚琪搁下笔抬头瞧了一眼，见没什么不好的，但听见环春说布贵人和戴答应也不去，才问起："姐姐她终究在宜嫔之下，不亲自去合适吗？"

"太医上禀两宫，说宜嫔娘娘产后虚弱，若要养好身子，且需静养数月，明年入了夏才能出门，太皇太后这才让太后帮忙抚养五阿哥，让宜嫔娘娘在翊坤宫好好养身体，夏天之前都不能出门，其他主子娘娘们自然也不便去做客。"环春将礼物又归拢好，轻声道，"奴婢觉得蹊跷，不晓得是不是为了玉泉山那件事，太皇太后发威了。"

岚琪不以为意，重新拿起笔蘸了饱满的墨汁，在红纸上写下斗大的福字，笑着问环春："皇上每年过年都赐福字给六宫和王公大臣，我这里写好的，你们不嫌弃就拿回家去贴，愿不愿意？虽不是万岁亲笔，可这纸砚笔墨都是皇上钦赐的，我的字也是皇上教的。"

环春笑着说："前几日您写坏的字也让玉葵几个藏起来了，说藏着值钱，被奴婢缴下骂了一顿，她们正不痛快呢。您这大福字赐下去她们该高兴坏了，奴婢先替她们谢主子赐福。"

岚琪很高兴，掀过一张红纸，又洒落地写下圆润饱满的福字，看了看心满意足，才抬头继续说："外头的事咱们不管，往后咱们永和宫里的事，也用不着别人来管。端嫔娘娘、布姐姐还有戴答应几时都能来坐坐，除此之外，都不要太亲近。对了，还有荣嫔娘娘，荣嫔娘娘比那几位好多了，她愿意来，自然也是座上客。"

环春见她不再写字，去打水来伺候洗手，自己也说："近来荣嫔娘娘和惠嫔娘娘不怎么来往了，比从前生分好些。宫里人都在传，惠嫔娘娘如今是和翊坤宫走得近，和宜嫔谈得来，还因为有个觉禅答应住在那儿。"

岚琪嗔笑道："我才说不要管别人的事呢？"

环春却道："主子当然要清净，可奴婢得替您好好瞧着，您几时问起来，奴婢都能说得头头是道才成。"

说话工夫，香月乐滋滋地捧着一提食盒进来，说是乾清宫送来的，不要主子谢恩，直接让她拿进来就成，又说："来的是李总管的徒弟，说钦天监已经拟定封印的日子，今年早些，腊月十七就封印，咱们万岁爷能歇小半个月。"

岚琪也颇为憧憬，想着说："一年一年真快，进宫时我还是个小丫头，转眼都要生第二个孩子了，额娘送我入宫时哭得跟什么似的，盼着我年满出宫，她怎么能想到自己闺女的命会这么好。"

香月说："如今主子是娘娘了，您自己就能请夫人进宫过节，上头回一声就好，正好您二月里要生的，请夫人来帮衬着该多好。"

岚琪摇头，她心里早就想过了，此刻提起来才说："皇上心疼我，别人已经咬牙切齿，我不能再做张扬的事，没了自重，也就没资格享福，上头还有贵妃和温妃娘娘在，我要有分寸。"

类似的话，苏麻喇嬷嬷曾经教导过荣嫔和端嫔，十几年的路走过来，荣嫔曾一度迷了方向，但舐犊情深也值得原谅，好在她迷途知返，早早和惠嫔撇清了干系。此次宜嫔的遭遇是慈宁宫给所有人的警醒，虽然有些事只是谣言风传，但大家都心知肚明，一时都不敢接近翊坤宫，正好郭贵人脾气大，旁人也懒得去亲近。

这几日荣嫔都在宁寿宫忙碌，太后虽是宫里长辈，可一生无子，也没抚养过别的孩子，头一回送个孩子给她，还是才出生的奶娃娃，少不得手忙脚乱。纵然有乳母嬷嬷在，也觉得两眼一抹黑不知该怎么办。幸好荣嫔及时赶来，生育多次的她最有经验，钮祜禄皇后薨了后她又常在宁寿宫伺候，知道太后脾气，像模像样地告诉太后该怎么做，太后这才渐渐舒口气。

皇帝已赐名五阿哥胤祺，兄弟几个的名字都取"福"意，大阿哥胤禔、太子胤礽、三阿哥胤祉，四阿哥胤禛，好听又吉祥。当初决定要从字辈改名时，玄烨在慈宁宫和苏麻喇嬷嬷商议好久，如今也算皆人欢喜，孩子们有了字辈，瞧着就是一家兄弟，显得更亲近。

太后自得了胤祺，宁寿宫里不再冷冷清清，每日婴儿啼哭在她听来比敲锣打鼓的唱戏都有意思。若是胤祺笑一笑，太后就更欢喜，益发连慈宁宫请安都有些顾不上，太皇太后也不计较，说她养孩子要紧。

各宫各院也都来宁寿宫贺喜太后得了孙儿，正如当初太皇太后嘱咐，让她别想着这是宜嫔的孩子，只念着是给皇帝带个孩子，宫里妃嫔们似乎也暗下默契，来了都夸五阿哥好，没人提翊坤宫，更没人提这孩子的亲额娘。太后起先还觉得宜嫔多少有些可怜，但一天天过去和孩子越来越有感情，竟也不在乎他额娘是哪个了。

但这日荣嫔领胤祉和荣宪来请安，俩孩子由乳母带着围着摇篮玩耍，太后刚才抱了好一会儿正觉得疲惫，歪在外头炕上休息，荣嫔让吉芯给太后揉揉腰，太后受用了片刻就让她们都下去，只与荣嫔说："翊坤宫近来什么样？昨天听见底下宫女嚼舌根子说宜嫔天天在屋子里哭，我心里惦记就做了一夜的噩梦，今早起来浑身都不舒服。"

荣嫔端茶来，笑着劝说："您就不该惦记，五阿哥让您抚养是孩子和宜嫔的福气，又不是抱去别的宫里养，她哭什么？承乾宫里养着四阿哥，也不见德嫔哭，人家还好好的呢。"

太后喝了茶，舒口气说："是这个道理，我抢她的孩子做什么，孩子还是喊她额娘，人家四阿哥可不喊德嫔额娘了，也没见德嫔闹。"

荣嫔哄着说："您只管好好带着孙儿，等他长大了就能伺候您，咱们胤祉也一定会好好孝敬皇祖母，这几天臣妾不带他来，见天地闹，说想皇祖母了。"

"胤祉是个好孩子。"太后心情渐好，不多久又听见孩子啼哭，都围进来瞧，正抱着哄着，外头宫女禀告，说翊坤宫的郭贵人求见。

荣嫔与太后对视一眼，太后便说："你带着胤祉和荣宪去吃点心，不必见她，我自有话说的。"

如此郭贵人进来时，并没见到荣嫔几人，在正殿给太后行了礼。太后问她几句话，兜兜转转就是不提孩子，郭贵人想开口，见太后如此态度，也不敢提了，坐不过一盏茶的工夫就离去。

荣嫔几人才往正殿来时，让俩孩子走在前头，自己和吉芯慢行几步，叮嘱她："瞧着翊坤宫的动静，还有他们后院那个觉禅氏，那样漂亮一个人，却不知长了颗什么心。"

这厢郭贵人满腔怒意回到翊坤宫，本是见姐姐日日垂泪心疼，才硬着头皮想来看看孩子，结果太后那样荤素不进，绕了半天就只说些有的没的，她小小一个贵人也不敢放肆。憋了一肚子火回来，进门就瞧见觉禅答应在宜嫔门前转悠，等再走近了看，竟然还抱着小公主。

"你是什么低贱东西，也配抱公主？"郭贵人不由分说就让身边人把女儿抢过来，看到觉禅氏漂亮得让人嫉妒的脸，恨不得上前撕碎了，抬腿就往她膝盖上踹了一脚，看着觉禅氏跌下去，还骂着，"滚，去院子里跪着，没我的允许不许起来，我再瞧见你碰公主，就剁了你的手指头。"

觉禅氏跌在地上没动，惹得郭贵人更生气，吆喝身边的人把她拖去院子里跪着，还让在她膝盖下垫瓦片，发泄了好一通怒火才进门。里头宜嫔早冷了脸，没好气地说："你闹什么呢，传出去多难听，恪靖一直在哭，我才让她抱出去哄一哄的。你啊……"

郭贵人自己抱着女儿坐在一边，也没好脸色地说："姐姐往后可别让她碰恪靖了，她是什么东西。"

宜嫔看她，瞧这架势必然是在宁寿宫吃了瘪，果然听妹妹嘀咕："太后真是古怪，让我见一眼孩子又能怎么样，藏着掖着，又不是她生的。"

"你闭嘴。"宜嫔急了，忙让桃红几人下去，指着妹妹说，"你这张嘴比安贵人都不如了，太后你也敢在背后嘀咕？她是守寡的人，你说这种话，不要脑袋了？"

郭贵人抱着女儿站起来，冲姐姐说："姐姐曾说被钮祜禄皇后管头管脚日子不好过，我如今也不好过呢，姐姐从前就不是这样的人，怎么如今瞧我什么都不顺眼？您心里委屈，我就不委屈了？既然瞧着我厌弃，妹妹离了就是。"

撂下这句话，郭贵人抱着女儿就要去自己的屋子，才从正殿打了帘子出来，竟瞧见门前呼啦啦进来一群人，身着明黄龙袍的皇帝站在中间，郭贵人吓呆了，却不知玄烨一进门，就看到院子里大花盆边，跪着一个宫嫔服色的女人。

皇帝立在门前没再往里走，甚至都没理会已在门前抱着孩子行礼的郭贵人，是李公公匆匆过来问缘故，等他折回去禀告了几句，皇帝转身便离开。只有李公公又过来，尴尬地对郭贵人说："万岁爷说宜嫔娘娘这里既然在教规矩，万岁爷就不便多插手，改日再来瞧瞧宜嫔娘娘。请贵人传句话，请宜嫔娘娘好好调理身子。”

郭贵人听得目瞪口呆，对着李公公跪着都没记得站起来，直到李公公走了，边上几个宫女才来搀扶她。郭贵人把公主交给乳母，渐渐回过神，怒火冲天，疯了似的冲进院子里，扬手一巴掌扇在觉禅氏的脸上：“贱人，都是你害的，你怎么不死了才好？”

玄烨这里离了翊坤宫，便往永和宫去，本是觉得宜嫔好歹生了皇子，不管之前的事如何，他都要继续制衡各宫轻重，和宜嫔的关系还不至于到那么糟的地步，今天心情好想来看看她，谁晓得进门就见到那种光景，玄烨最恨凌虐之事，当然扫兴了。

但进永和宫前，玄烨却叮嘱身边人：“不必让德嫔知道这些事，她心善听了要不舒服。”不管是怕她听见虐待的事不高兴，还是不想她觉得自己是不去翊坤宫才来永和宫，在皇帝心里没有比呵护好岚琪的心更重要的了。

玄烨立时调整心情，进门就听见嬉笑声，还有香月发急说：“主子再给奴婢写一张，绿珠姐姐又抢了我的。”

玄烨走进来，瞧见屋子里铺天盖地的红纸头，一张张斗大的福字写得饱满圆润，但也有写歪的和没写好的，胜在红纸绚丽，满目喜气洋洋。

见皇帝来了，一屋子人都跪地行礼，岚琪跪在炕上挺着肚子，被玄烨拉着坐下，她嗔笑地上的人：“你们瞧瞧，就顾着和我闹，皇上来了外头都没人支应，永和宫越发没规矩了，我可要叫李公公好好教训你们。”

玄烨笑她：“明明是你班门弄斧在这里显摆，写成这样的大字也好意思送人，她们哄着你高兴，却还要挨骂。”说着竟挥毫泼墨，顺手就拿岚琪的笔亲手写下几张大福字，让环春几人拿去，她们不敢，玄烨却说：“朕赐大臣的都是金沙写的，不一样，你们拿去吧。”

几人高兴得跟什么似的，各人分了一张大福字，又三跪九叩地谢恩，岚琪却嚷嚷：“我的呢？你们不稀罕了，不许扔啊，我可写好半天了。”

环春几人不理她，忙着收拾奉茶，不多时就散了。岚琪噘着嘴不高兴，推推玄烨说：“她们本来都觉得臣妾很厉害，哪儿有您这样不给人脸面的，往后臣妾再写字她们就要笑话了。”

玄烨见她如此可爱，一屋子主子奴才尊卑分明之外又亲如家人，心情真真是好，搂在怀里就往脸上亲了口，突然计上心头，拿过红纸头，握着岚琪的手一笔一画写下个字，可岚琪却越看越不明白，收笔时，入目一个“祚”字。

“胤祚。”玄烨说，“等你生了儿子，就叫胤祚。”

“皇上。”岚琪心里颤了颤，她念的书不少了，知道祚字固然也是福，可还有……

“不喜欢？”玄烨笑意浓浓，却不知究竟有没有细思量那些含义。

“喜欢。”岚琪即答，双手小心翼翼捧起红纸，添了这个字，一方红纸似也变得沉重。

她心里明白，福之外，祚字另有帝位国祚之重，是她万万不能替儿子应承的，可她又想，四阿哥送给佟贵妃的事已经伤了玄烨一次，若在孩子的名字上再横加阻挠，只怕还要伤了他。她的男人是君主是帝王，自有常人所不能企及的骄傲，玄烨说过要给自己无上荣光，这又何止是一个字？

玄烨欣然，拿过红纸又细细端详，笑着说：“下一回拿金沙写了，更有气魄，这一胎若是女孩子也不打紧，咱们总还会有儿子，你就好好收着。”

“皇上。”岚琪还是开口，听见“金沙”“气魄”几个字眼，她到底忍不住了，握着玄烨的胳膊，真诚地看着他说，“皇上可知，‘祚’字之重？臣妾很喜欢，也感激皇上恩宠，可臣妾也替儿子惶恐，更矛盾着不愿辜负您的心意。”

玄烨轻轻将大手覆在她纤纤玉指上，柔软地触在掌心，安宁惬意感直往心里钻，他笑着说：“朕有分寸，朕不会胡来，说一句不敬不孝的话，朕不会做先帝曾经的荒唐事，朕还有皇祖母约束，有朝臣规劝谏言，你放心。”

“皇上是说，太皇太后已经答应用这个名字？”岚琪很意外。

“皇祖母若不点头，朕岂敢？皇祖母和朕自有打算，朝臣们若非议，朕也有应对之策，这并不只是一个名字，而是皇祖母和朕守护皇室传承的信念，有些话朕不能对你说，不是你不能听，而是真的不愿说出口。”玄烨认真地回答她，安抚她，“你这样自重，朕很欣慰，皇祖母也会欣慰。岚琪，如果四阿哥不送走，他会有更好的额娘来教导他，朕始终遗憾。”

岚琪心里一酸，但又坚强地说：“子以母贵，贵妃娘娘又如此疼爱孩子，臣妾没有遗憾，更不后悔。”

玄烨眉骨微动，他竟从没想过什么子凭母贵的事，大概在他心里岚琪从不低微，才不会想到这一层。莫名地，因这一句话，他完全释怀了四阿哥的事，捏着岚琪的手说：“还是那句话，你是个好额娘。”

知是太皇太后已经点头的事，乌雅岚琪心里再没有负担，踏踏实实替未出生的儿子接受了这个赐名。此刻听玄烨夸赞她，一时飘飘然，脸上如花绽放的笑容看得玄烨好生喜欢，两人放下各自的包袱说悄悄话，自在闲适地度过一日。

之后的日子直至春节，皇帝分居承乾宫、咸福宫和永和宫，荣嫔、端嫔等其他几位偶尔见一面，总之佟贵妃、温妃之下，无人能与德嫔相比。乌雅氏挺着八九个月大的肚子，照样将皇帝留在寝殿。旁人眼巴巴望着永和宫紧闭的大门，猜不透这个出身低微的女人，究竟哪儿讨人喜欢。

年节里，各宫各院有资格的都请旨邀家人进宫小聚，嫔位以上唯有温妃和德嫔没请旨，但钮祜禄家的人还是主动向皇帝请旨跑进宫来，只有永和宫德嫔娘家的人没进宫。玄烨问过两次，岚琪都说往后有的是日子，他也不再勉强。

这日初六，佟国纲、佟国维二府夫人入宫向贵妃请安拜年，恰遇明珠夫人也携女眷入宫，二位佟夫人以礼相待，可明珠夫人自认皇族出身高人一等，并没将她们放在眼里，不曾看一眼就走开，更不要说过来笑脸打招呼，弄得妯娌二人很尴尬。

佟国纲系骁勇武将，其妻自也不比那些柔弱妇人，哪怕有些年纪了，仍不改说话直的习惯，之后与弟妹一起见了贵妃，大佟夫人当着侄女的面就说：“惠嫔在宫里什么光景？怎么明珠府的女人见人鼻子是朝天冲的，就不怕眼睛不看路，一跤摔个大马趴？”

贵妃在家时就爱大伯母不拘小节的性子，大伯父戎马一生，是她崇拜的大英雄，比不得明珠这类文臣靠几根花花肠子哄着主上，在她眼里伯父这样金戈铁马打江山的，才是真正股肱之臣，这会儿听伯母说笑，也乐呵呵道：“伯母一会儿出宫时瞧瞧，指不定又碰上了，要是明珠夫人真摔个大马趴，您可得上去搀扶一把，好好给说说。”

佟夫人见女儿和长嫂这样开玩笑，心里觉得不合适，只在一边安静坐着。不多久乳母领着四阿哥来，过了周岁后四阿哥长得更快，胖胖的小腿越来越有劲儿，被乳母扶着才跨进门就自己摇摇晃晃跑向贵妃。贵妃将他抱个满怀，柔柔地问着：“让额娘摸摸肚子，胤禛饿没饿？”

佟夫人看着心里很是感慨，女儿连着两次小产，太医断言难再有身孕，且看皇帝对她一直不曾疏远，但长久以来没什么动静，可见太医所言并非武断。家里老爷常对她抱怨，说些女儿小时候身子没调理好之类的话，佟夫人一直忍耐着。

那日听说皇帝将四阿哥送给贵妃，她心里落了好大一块石头，对这个孩子也当亲外孙一样看，可又时常听丈夫唠叨几句，知道抱养的孩子也有养不熟的，更重要的是，孩子的亲额娘还在，若是默默无闻之辈也就算了，偏偏还是皇帝最喜欢的妃嫔，如今想来，总还有些顾虑隐忧。

“伯母，您回去可要和大伯父说说，等咱们四阿哥长大了，请大伯父教侄外孙骑射功夫，如今宫里头阿哥多了，可不兴他放着自家侄外孙不管，反而去教别的阿哥。”佟贵妃霸道地与伯母撒娇，“我可是知道的，大阿哥今年要学骑射功夫，您让伯父靠边站，今天明珠夫人假模假样的事儿你也去给说说，别让大伯父去教什么大阿哥。”

大佟夫人连连称是，笑着说哪儿有不教自家孩子，跑去管别人的道理。贵妃心满意足，之后要带胤禛去吃饭，也请伯母和母亲入席。大佟夫人领着四阿哥走在前头，佟夫人喊了女儿说：“贵妃娘娘，臣妾有些话说。”

贵妃方才就见母亲神情不自在，知道她是多虑之人，但心情好也不愿计较，慢走几步问母亲：“额娘在家受委屈了吗，那些小蹄子又兴风作浪了？”

佟夫人苦笑道：“她们能怎么折腾，知道你在宫里是贵妃，谁敢欺负我？臣妾不是说家里的事，是看娘娘如此疼爱四阿哥，才有些顾虑。”说着瞧瞧四周无外人，青莲也去膳厅了，才轻声道，“娘娘笃定德嫔不会再要回孩子吗？万岁爷那么喜欢她，到底为什么把四阿哥送来，臣妾问过老爷几句，他说他私下和皇上不论君臣时聊过几句，也不算求，但那么巧，之后没多久就把四阿哥抱来了，他也不知道究竟是怎么回事。”

“总是件好事吧，还有比送个大胖儿子来更好的事吗？”佟贵妃明媚的眼睛里满是得意，挽着母亲说，“额娘听没听过钮祜禄皇后的传言，阿玛曾跟我透露过几句，当初皇上立她为后，也是有些许条件的，其中一条就是要她照拂德嫔。不论如何大家都明眼瞧着，最初和乌雅氏针锋相对的是钮祜禄皇后，但自皇上有意无意表明立后之心起，她可就处处帮着乌雅氏了，临了的日子里也是乌雅氏在身边，我就猜想这个缘故是不差的。”

佟夫人不大明白：“娘娘想说什么？”

佟贵妃嘴角一扬，笑容里似乎掺杂了许多情绪，口中只是说：“我和乌雅氏之间也没少折腾，我曾几次三番地折磨她，但不论怎么做也没压垮她，皇上还是那么喜欢她。我心想也许皇上是希望我以后别再欺负她，才会把孩子给我，好让我看在孩子的分儿上，和她好好相处。额娘，你说我想的对不对？”

母女俩都停下了脚步，佟夫人心疼地看着女儿：“娘娘心里委屈？”

佟贵妃却笑：“白得了儿子，什么苦也没吃，我还委屈什么？”

可佟夫人了解女儿，看得出她眼底藏着不愿表露的情绪，唯有安慰她：“臣妾瞧着，四阿哥和您很亲，自小养在您身边的，不怕将来有二心，抚育之恩大如天，四阿哥会是有孝心的孩子。”

才说完，前头小不点儿又折回来了，大佟夫人跟在后头扶着，一路笑着说：“娘娘还不来吗？四阿哥满世界找您呢。”

贵妃脸上顿时只有灿烂笑容，赶过去把宝贝儿子抱起来，一改方才和母亲说话的神情，温柔甜腻地哄着四阿哥。佟夫人在后头瞧着，心里头终究不是滋味。

惠嫔这边，因大阿哥书房里已经开始上课，并没有与明珠夫人相见。二人聊起路上遇见佟家妯娌，明珠夫人冷笑：“贵妃年纪轻轻就不能生养，可见也是没福气的，娘娘心里别在意，大阿哥终归是长子，贵妃固然尊贵，可四阿哥又非亲生子，到底不一样。”

惠嫔近来因不得意，对明珠家的态度和早前又有些不同，见明珠夫人一心在自己这边，也乐得和她相好，听见这些话，又勾起她子凭母贵的怨念，好好的大阿哥，怎么就被弟弟比下去了，若是贵妃生的她也罢了，偏偏是乌雅氏的儿子。

“我从前不争不抢，枉费了大好青春。”惠嫔恹恹道，“太皇太后这次打压宜嫔，弄得我心里也不自在，更不敢和年轻的几个去争了。”

明珠夫人正要开口，见惠嫔的宫女进来禀告：“觉禅答应到了。”她双眸一亮，让请进来，一边对惠嫔说：“娘娘愁什么？年轻的，不是正有一个？”

惠嫔摇头：“嫂嫂不知，她是个痴儿，凭我怎么撩拨她都不动心，还对着宜嫔、郭贵人口口声声说我利用不上她。既是如此，我原好心给她前程，反变成低声下气求她，我何苦来的？嫂嫂还是省了心吧。”

说话工夫，觉禅答应进门来，瞧她年节里不似平日穿得清素，珊瑚色的宫装鲜亮但不艳丽，嫩红的颜色里透着清新之感，她又是最擅长针凿功夫的，自己随便改几下，就有卓然于众的别致。再加上那张足以艳冠群芳的漂亮脸蛋，叫人不得不奇怪为何至今默默无闻。

明珠夫人更是看呆了，心里暗暗念了声佛号，不怪儿子心心念念这个表妹，这样的女人哪个男子见了不动心。哪怕彼时年纪还小，总也有让他动心的地方，如今这要是再见了，家里妻妾都要被比下去了，不知道儿子的魂是不是又要被勾走，便满心想着回家要与丈夫商议，再不能给儿子入后宫行走的机会。

想这些的工夫，觉禅氏已向惠嫔行了大礼，盈盈立在两人面前，宫女已经搬来凳子，她浅浅坐了，低垂着眼帘不言语。

惠嫔看了一眼明珠夫人，嘴上不说话，脸上却写着：你瞧，就是这德行。

明珠夫人示意惠嫔回避一下，让她和觉禅氏单独聊聊，惠嫔便恹恹地让出地方，径自出去和其他女眷们说话，暖阁里只留下一老一少。明珠夫人心里将话转了又转，才笑着开口："答应在宫里可好？今日进宫前，容若还让我问候答应一声，一会儿出宫回府，我还要告诉他呢。"

觉禅氏这才稍稍抬起头，平静似水地说："我很好，不敢劳烦公子惦念。"

明珠夫人直白地说："答应这话我虽明白，可他心里的惦念，岂是一句话劝得住的，前些年你在宫里不好时，他也跟着憔悴，如今才好些了。"

"我很好。"觉禅氏还是这三个字，不知是不愿搭讪，还是没别的话可说，心里头究竟是平静还是翻江倒海，面上竟是一点儿也看不出来。

"觉禅答应，有些话说出来不好听，可我们既是亲戚，你又和容若青梅竹马一场，就不顾忌那么多了。"明珠夫人扶一扶自己发髻上的簪子，似乎在掩藏什么尴尬，见觉禅氏不为所动，继续道，"朝廷上的事咱们弄不懂，可有一点是明白的，后宫对朝廷的影响不可小觑。听我家老爷对容若说，再过几年太子和阿哥们长大了，朝廷上的势力也要跟着泾渭分明。我们明珠府和惠嫔娘娘、大阿哥有着剪不断的关联，既然如此，当然盼着惠嫔娘娘和大阿哥好，但是你也瞧见了，宫里妃嫔越来越多。那位德嫔娘娘圣宠不倦，贵妃又得了四阿哥，将来什么光景真真难以估量，这样一来，我们家容若的前程……也就难估计了。"

明珠夫人不知是说得口渴了，还是想让觉禅氏好好想一想，端了茶浅浅喝了两口，但眼珠子一直盯着她看，见她面无表情，心里不免几分生气，可还是忍耐了，放下茶碗继续说："惠嫔娘娘双手不敌四拳，总要有知根知底的人相帮才好，觉禅答应你生得这般如花美貌，皇上若见了一定很喜欢，来日若能在皇上面前说上几句话，助得惠嫔娘娘和大阿哥，也就是助得容若了。"

"可公子他不会要女人相助。"觉禅氏终于开口，朝明珠夫人一笑，美丽的脸衬着这样的笑容，莫名透出几分冷艳孤高感，只怕谁见了也不能喜欢，她却浑然不觉，继续道，"我是罪籍出身，实在不敢高攀惠嫔娘娘，更谈不上什么相助，夫人煞费苦心说这么久，这几句话一定让您失望至极，我也只能说声对不起。"

明珠夫人本来就是骄傲的人，难得愿意低下眼眉，却被觉禅氏囫囵堵回肚子里，气得她眼睛都红了，冷笑道："怪不得惠嫔娘娘那样的好性子，都叫你磨干净了。"

觉禅氏低眉一笑："说起来我也不记得自己曾经是什么性子，深宫最磨人，夫人只是不知道罢了。”

明珠夫人也不好与她撕破脸皮，忍下一口气说：“还请你好好想一想，不说惠嫔和大阿哥，就想着我家容若，不管他是否愿意让女人相助，你有没有心不是全在自己？”

觉禅氏却缓缓离了座，欠身后要走，只温和地留下一句：“那夫人就权当我没有这个心。”

明珠夫人目瞪口呆，看着她莲步轻移不声不响出了门，自己干坐着愣了半天。待惠嫔又回来，瞧见她的样子就知道没说通，颇有几分看笑话的意味，呵呵笑着：“嫂嫂何苦呢，她真是荤素不进，预备一辈子老死在这宫里了。你还不知道吧，她在翊坤宫日子很不好过，宜嫔还成，可妹妹郭贵人脾气坏，不顺意了就拿她出气，当个奴才似的又打又骂，就是这样她都能忍，我算是服了。”

明珠夫人低咒一声：“活该。”

觉禅答应离了惠嫔处，迎面一阵寒风扑来，直叫她神清气爽。暖阁里太热，热得心都要迷了，此刻才觉得精神些，不知为何说了那些话心情甚好，便挽着宫女的手一路往翊坤宫回去，可她又怎会知道今天这条路，注定了和从前不同。

回去的路走了半程，就在宫道上遇见一行人迎面而来。年节里宫内往来人多，侍卫关防比平日更严谨，觉禅氏来的路上也远远遇见过一队侍卫，但没想过会遇见他，而这一刻纳兰容若也没想到，会遇见表妹。

一众侍卫都侍立在侧垂首不看，直等觉禅答应走过去才好。两人擦肩而过，她本以为自己会伤心，可意外的是很平静，仿佛是因为看见他气宇轩昂、精神清明而安心，平静地和宫女走过去，直到容若的身影完全从眼中消失。

“你们，过来！”可突然间听见熟悉的宫女的声音，觉禅氏朝后看，果然是郭贵人身边的宫女，正冲着容若一众人说，“郭贵人的轿子歪了，过来帮忙。”

容若几人赶紧跟过去，觉禅氏微微蹙眉，只听身边宫女说：“答应出门前，郭贵人不是已经先去了太皇太后那里吗，说是慈宁宫想看小公主，估摸着这会儿回来了。”

“我们也去瞧瞧。”觉禅氏抬起脚就走，可宫女却拉住她说：“郭贵人说不定又要怎么发脾气，您何苦？”

“刚才她的宫女不是也瞧见我们了，一定会告诉郭贵人，她若知道我们在这里而不过去，会更生气。”觉禅氏嘴里应着这句话，心里其实是惦记容若。她口口声声对明珠夫人说没有那颗心，可只有她自己知道，骨子里血液里还有心里，只容得下他一个人。

不是明珠夫人和惠嫔的撩拨没用，而是因为没看见，看见了，什么都不同了。

匆匆跟着赶来，果然见郭贵人的轿子歪在路边，有一个太监跌伤了正倒在路上哼哼。这里前后都没有落脚的地方，郭贵人还在轿子里抱着公主坐着，听说有侍卫过来了，便吩咐道：“你们派人去给我再弄一乘轿子来，我和公主在这里等，可不能太久了，公主不能挨冻。”

容若带人将轿子看了看，轿子没有坏，只是那个小太监自己腿脚不好，再换一个人抬轿子就成，并不需要换什么新轿子，便吩咐手下一人说：“你帮着把郭贵人的轿子抬回翊坤宫。”

谁料郭贵人却怒气冲冲：“公主坐在轿子里呢，这轿子分明就是坏了，再摔一下跌坏了公主，你们担当得起吗？”

有宫女提醒她说：“主子，外头是纳兰大人。”

郭贵人却不耐烦地问：“什么纳兰大人？”

“纳兰容若叩见郭贵人。”容若行了礼。

“原来是明珠家的大公子。”郭贵人也算知道，一时不似方才那般傲气，客气了几分说，“也非我为难纳兰大人，公主千金贵重，可不敢有闪失，不过是换一乘轿子，有那么难吗？”

“臣还要和其他侍卫巡视关防，并非怠慢贵人和公主，留一个侍卫抬轿子不影响什么，但……”

容若话没说完，郭贵人一把掀开了轿帘，可不等她看见纳兰容若，入目竟见觉禅氏的身影，那一身珊瑚色的衣裳她还是头一回见，不知道她做什么打扮得这样好看跑出来，顿时眉头紧蹙，指着觉禅氏就骂：“怪不得晦气，竟是遇见你了，好端端地你怎么出翊坤宫了？宜嫔娘娘跟前不要人伺候了？”

边上容若一字字听见，惊得心里直颤，他本不敢多看表妹几眼，这一下索性看过去了，果然见她低垂眼帘，神情尴尬地说：“只因惠嫔召见，宜嫔娘娘就让臣妾过去坐坐。”

这是容若第一次看见她的卑微，几句话就看得出来郭贵人对表妹的态度，表妹自去了翊坤宫后，里头的事要知道就更难，眼下看来，她过得一定很不好，方才乍见光鲜亮丽的人走来，还以为是比从前好的。

“我说你……”郭贵人正要再发作，却突然被人打断。

“郭贵人，侍卫们还要巡视关防，何时何地至何处都有规矩，不能耽误时辰，臣愿意为您抬轿子，翊坤宫就在前头了。”容若不知怎么想的，转身喝令手下继续去该去的地方，他则扬手将衣袍长摆撩起来系在腰间，不等郭贵人答应，就指挥剩下的三个小太监抬轿子。

郭贵人见他如此架势，一时也蒙了，轿子一晃被抬起来，她赶紧牢牢抱住公主，轿子果然没坏，稳稳当当重新前行，并没有不妥之处。

觉禅答应一步步跟在后头，轿子里的人也没有再发作，直等到了翊坤宫门前，郭贵人被搀扶着下来，转身看了眼满头大汗的纳兰容若，嘴角一抹冷笑，也不谢一句就转身进门。觉禅氏也不能在外头逗留，跟着走过去，从容若身边擦身而过时，听见很小声的一句：“保重。”

仅仅两个字，在她心里沉得几乎要扯破胸膛，咬着唇定心往门里走，她知道他为什么这样做，只有他才会心疼自己被人欺负。

翊坤宫的大门在身后隆隆合上，把觉禅氏和容若分开在两个世界，她抬头望一望天，却只看到四面高墙的压抑，刚才看着容若辛苦抬轿子的心痛，怎么也散不去。

“答应，咱们该去向宜嫔娘娘回话，回了话咱们就回后院去吧，别在郭贵人眼前晃了。”宫女好心提醒，便搀扶她往正殿来。

觉禅氏收起心神，走向宜嫔的寝殿，门前宫女掀起厚厚的帘子，她还没走进去，就听见郭贵人尖锐的笑声，一声声说着：“姐姐真是没看到，纳兰容若满头大汗，只怕连皇上都没见过他这么狼狈的模样，堂堂一等侍卫，竟然来给我抬轿子，说出去都没人信。不过我真是解气，惠嫔那种人见咱们不好了，连门都不登，从前见我们得意时，连旧年要好的荣嫔都能甩开，姐姐往后可别再与她亲近了。”

又听宜嫔说：“你做得太过了，他是皇上器重的人，若是传出去，万岁爷也要不开心。”

可郭贵人却高声冷笑：“什么器重的人，不过是个奴才，给我和公主抬一回轿子也不委屈他，下回可别叫我再撞见了，不然这么好用的奴才……”

“你够了，再不许有第二回，你怎么回事……”

里头姐妹俩说着就争执起来，门前宫女问觉禅氏还进不进去，觉禅氏捂着胸口说：“有些咳嗽，不敢染给娘娘，我先回去了。”说完就领着宫女走开，一口气径直冲回自己的屋子，屋子里烧着炭很暖，冷热交替一下子没缓过来，真的就咳嗽起来了。

“答应没事吧？您可不能生病，万一病了要请太医，郭贵人又要骂人了。”宫女忧心忡忡。

觉禅氏的手撑在炕上，听见这一句竟倏然握紧了拳头，炕上的褥子被抓起来，连炕桌都被抽动了，那一声声奴才缭绕在耳边，刚才容若辛苦的样子也映在眼前，一点一点沉下呼之欲出的怒火，觉禅氏漂亮的眼睛里射出寒光，不由自主说了句让身边宫女突然有了盼头的话：“我不会再让她欺负。”

虽然这件事闹得宜嫔和郭贵人发生争执，也勾起了觉禅氏心底的恨，可也不过是紫禁城里一件微不足道的小事，翊坤宫里日后如何发展且不论，对于别的人来说，知道与不知道都毫无差别。正月里大家一边热热闹闹过节，一边盼着的，就是看德嫔这一胎生男生女。

太医算日子说德嫔在二月中旬临盆，但她生胤禛时曾延后了好些日子，心想一定是要等到二月末了，她对着玄烨也这样说。玄烨见她精神好，算算日子又还有好些天，正月里就允许她参加了几次宴席。

岚琪自己一直也没觉得不好，谁晓得正月一过肚子就掉下去，之后连着几天都肚子疼但又不见动静，比不得上一回生四阿哥时安安稳稳。太医、稳婆们自然把话说得要紧一些好事后开脱，可把太皇太后和玄烨都吓着了，好容易熬到二月初五凌晨丑时，才终于是真的要生了。

苏麻喇嬷嬷又一次来陪着，虽然前几天闹肚子疼折腾，今天生产总还算顺利，一阵一阵宫缩的痛折磨着她，比起生四阿哥时没经验，这一回岚琪显然能忍耐多了，嬷嬷陪着她，两人天南地北地说闲话，只等着开了指好上“战场”。

就在聊起孩子的名字，说若是女孩子叫什么好时，稳婆说德嫔该生了，最大的痛苦也来临，再没有心思说这些话。就在岚琪全身心准备要接受生产的疼痛时，稳婆却向嬷嬷禀告了极糟糕的一件事，孩子恐怕要从脚落地，德嫔娘娘极有可能难产。

消息传到乾清宫，李总管吓得半死，可皇帝还在乾清门外御门听政，根本不可能去禀告，唯有一趟又一趟地去永和宫问消息，眼瞧着前头大臣们要散了，那边却还没有好消息过来。眨眼又过半个时辰，玄烨散了朝会，急匆匆往回赶，见了李总管第一句就问：“德嫔怎么样了？”

李总管腿软跪在地上说：“一个时辰前送来的消息，说德嫔娘娘难产，说孩子脚先落地。”

玄烨如遇五雷轰顶，当年赫舍里皇后难产，太子也是脚先落地，孩子呱呱坠地的一刻，赫舍里皇后香消玉殒。

“混账，为什么不来报？”玄烨疯了，转身就往永和宫走。前头急匆匆有李公公的徒弟跑来，扑在地上喘气如牛地说：“恭喜皇上，德嫔娘娘生了小阿哥，小阿哥……”

“岚琪呢？”玄烨却一把揪着那太监的领子，赤红了双眼问，“她怎么样了？”

李公公也上来推了一把说：“皇上问德嫔娘娘怎么样了。”

“奴、奴才不知……”话音未落就被玄烨摔在了地上，他大步流星直奔永和宫。到了承乾宫门前，贵妃刚好走出来，瞧见皇帝目不斜视地走了过去，直觉得心头重重一沉，本想去看看德嫔的心情，顿时烟消云散。

苏麻喇嬷嬷才料理好小阿哥，听说皇帝驾到，吓得赶紧冲出来拦住，劝玄烨不能进去：“德嫔娘娘没事，太医说了只是累昏厥了，没有大出血也没有别的症状，是吃了大苦头累坏了。皇上不要担心，上苍庇佑着呢。”

听说岚琪没事，玄烨只觉浑身一软。

“皇上看看小阿哥吗？”苏麻喇嬷嬷见玄烨有些回不过神，知是心情起伏太大一时缓不过来，又心疼又感慨，引他进了正殿坐。

不多时就有乳母抱着小阿哥来，灰红的婴儿皮肤皱皱巴巴，眼睛紧紧闭着还看不清楚到底是什么模样，倒是那鼻尖形似岚琪，嘟哝着的小嘴聚成一点，也不知像谁，玄烨终于笑了，问嬷嬷：“这孩子像岚琪多些？”

苏麻喇嬷嬷只是笑：“都像都像。”

他不敢多抱，怕伤了孩子，等乳母再接过去，就又问嬷嬷：“岚琪没事吗，她醒了没有？为什么不弄醒她，万一……”

“太医说德嫔娘娘本身底子好有力气，又吃得起苦，虽然太医和稳婆都吓得半死，但是娘娘她自己熬过来了。不过熬是熬过来了，可吃了很大的苦头，奴婢心疼坏了。”苏麻喇嬷嬷越说越动容，刚才瞧着岚琪拼尽全力的样子，早已不是前年初产时还拉着自己说想家里额娘的人了，平日里嘴甜性子软，瞧着终日乐呵呵温柔可爱的人，竟也有如此惊人的勇气和魄力，很坚定地对自己说，她一定能生下来。

“奴婢多嘴说一句，皇上莫要生气。”嬷嬷又支开边上的人，轻声对玄烨说，“皇上日后必然更加疼爱德嫔娘娘，可女人生孩子太伤元气，德嫔娘娘生完四阿哥半年就又有了六阿哥，虽说是娘娘身子好才有的福气，但再好的身子也经不起折腾，皇上日后心疼娘娘时，多少小心一些。”

玄烨微微脸红，苏麻喇嬷嬷是自小照顾他的人，自然说得这些话，只是年轻的皇帝也难免会害羞，垂首憨憨一笑：“朕知道了。”

苏麻喇嬷嬷欣然，又提醒说：“皇上不赏赐些什么？还有小阿哥的名儿也该下旨了吧？您这里忙着，奴婢要去慈宁宫复命，太皇太后一定等着急了。”

玄烨这才想起祖母来，忙道：“朕再坐一会儿，瞧瞧她若醒了想隔着门说几句话，嬷嬷放心朕不会进去，一会儿也去慈宁宫给皇祖母道喜。”

苏麻喇嬷嬷很放心，又留下两个能干的宫女，出门走过承乾宫时，瞧见贵妃领着四阿哥正走出来，四阿哥摇摇晃晃走得很好了，苏麻喇嬷嬷上前行了礼，佟贵妃只笑：“太阳好，本宫领四阿哥出去走走晒太阳。”

苏麻喇嬷嬷听着，请贵妃和四阿哥先走，她立在原地瞧着母子二人离去的背影，心下叹了叹，贵妃此刻若领着四阿哥去永和宫，皇上必然高兴，她为何非要高高在云端坐着，就是开口问自己一声永和宫怎么样了也好，明明相邻而居的人却这般置身事外，若是被皇帝看见，未必不寒心。

本大好的心情稍稍被影响，苏麻喇嬷嬷回慈宁宫复命。主仆俩几十年在一起，太皇太后瞧她一个眼神就知道还藏了什么心思，担心是岚琪不好他们瞒着自己，一再追问，苏麻喇嬷嬷才说：“奴婢是想佟贵妃，今天永和宫那么大的动静，荣嫔、惠嫔几位都派宫女来盯着，可贵妃娘娘就在边上住着，不闻不问也罢了，奴婢回来时瞧见她领着四阿哥去晒太阳，分明看着奴婢从永和宫出来的，也都不问一句。奴婢担心贵妃娘娘这样子早晚要惹得皇上不高兴，皇上心里至今恐怕都没放下，若是真闹出些什么来，辜负了德嫔娘娘好心，孩子被抢来抢去的，也没意思。”

太皇太后也不大高兴，但静静想了会儿，还是说：“玄烨的确对这件事耿耿于怀，但我信得过岚琪，她既然自己要把孩子送给贵妃，绝不会让皇帝再要回来，眼下太太平平也没什么不好，贵妃一门心思在孩子身上，总好过像从前那样瞎折腾。”

不多久外头已经有消息，说六阿哥赐名胤祚，而果然不到一个时辰，就有亲贵老臣求见太皇太后，苏麻喇嬷嬷一律挡驾，把他们请去了乾清宫等皇帝，说皇上早不是儿皇帝了，不要什么事都来烦慈宁宫。

玄烨那儿也预备好了被朝臣问孩子名字的事，离了永和宫后也无暇来见祖母，径直去乾清宫与几位大臣关起门来说话。不消半天就压下了非议的风头，毕竟他不是先帝，他有东宫太子，这个“祚”字更多的意味还是福，至于另外一层意思，且看人心如何想，自然也有他和太皇太后对于皇位继承的顾虑。

而孩子有了名字时，虚弱的母亲还在昏睡中，岚琪这一觉直睡到傍晚夕阳嫣红时，醒来浑身绵软无力，脑中也是一片空白，剧痛后的身体仿佛又一次脱胎换骨，她呆呆看着窗前的环春，人家喊了她好几次，才终于醒过神，第一句便问：“孩子呢？”

她知道，自己难产，彼时的勇气和努力现在变得很模糊，几乎不记得到底有没有生下这个孩子，只记得用尽最后一丝力气，自己就坠入了无边无际的黑暗，眼下也不过是突然从黑暗里转回人间。

“小阿哥在摇篮里，睡得可好了。”环春侧过身，朝后指了指，“小阿哥很健康，主子放心，倒是您自己太虚弱了，要好好养养才行。”

岚琪让她拿靠垫来，将自己垫着坐起来，软绵绵的身体毫无力气，之后喝水喝药都拿不动一只碗，胜在精神好心情好，一直看着不远处的摇篮笑着，盼着孩子能醒，好抱过来让她瞧瞧。

可夜里六阿哥终于醒了哭闹吃奶时，他的额娘又昏睡过去，母子俩总不能好好见一面。幸好岚琪昏睡一天一夜后恢复得极好，第二天下午终于有力气把胤祚抱在了怀里，可这一抱，一直坚强的人突然落泪，恰好那会儿苏麻喇嬷嬷来，瞧见这光景就知道是想念四阿哥了。

乳母给喂了奶哄了睡，苏麻喇嬷嬷就让把摇篮放在床边好让德嫔随时看着。等不相干的人都退下去，苏麻喇嬷嬷才安抚她：“好歹六阿哥能长久留在您身边，四阿哥也有贵妃娘娘全心全意地照顾，娘娘就不要伤心，月子里掉眼泪对眼睛不好。”

岚琪也只是一时动容，想起了生胤禛后的十二天，自己和孩子朝夕相处，想着胤禛吃过亲娘的奶，才忍不住落泪。并且这一次生胤祚，第二天了她仍旧没有奶水，也不晓得是不是头胎后回乳的药吃坏了，还是生产时太伤元气，连乳娘都说怕是难有，这个能养在身边的孩子，反而吃不上亲娘的奶，她才更难过，而这又是违了规矩的事，她还不能说出口。

苏麻喇嬷嬷又说：“娘娘好好养一两个月，等春暖花开，太皇太后年头上一直惦记园子里的花草，到时候陪着太皇太后去园子里住一阵，那里清静更宜休养身体。”

岚琪软软一笑：“留皇上在宫里？”

苏麻喇嬷嬷与她更少些顾忌，凑近了亲昵地说：“娘娘自然要伺候皇上，可这半年一年的，要小心些，为了长长久久身子好，何况这一次又是难产，不把身子养好了可不行。”

岚琪满面通红，怀孕时外头难听的话她也听得一两句，可她真的没有豁出去伺候玄烨，玄烨也比谁都疼惜她，怎么会要她挺着肚子和自己亲近。这大半年日子里她怀着孩子辛苦，玄烨忍耐也辛苦，但苏麻喇嬷嬷如今又要自己好好养身体，不由得心疼起玄烨，更有几分促狭的小心思，窝在苏麻喇嬷嬷怀里直傻笑。

只是她心里还有一件事终究不能完全理解，玄烨曾经的话也规避了最要紧的意思，这会儿和苏麻喇嬷嬷闲话许久后，岚琪还是忍不住问了。

苏麻喇嬷嬷听说问六阿哥名字的事，也知道德嫔这些年在皇帝的领引下看了许多书不会不懂这个字，见四下无人，便轻声道：“奴婢原也不该说这些话，所以您听过了就忘了，别记在心里。”

岚琪懵懵懂懂地听着苏麻喇嬷嬷解释，才明白自己仍旧是太稚嫩，她怎么就想不到，毓庆宫里虽有太子，可他还是个孩子，哪怕将来长大，也不晓得会遇到什么，如果有一天太子没了，皇室传承就要选新人，而玄烨他……

“这些事不必您操心，您的责任是伺候好皇上和皇子，宫里有几位娘娘可把这些事儿揽在自己身上了，但那样一缠，该做好的事做不好，不该做的事也一塌糊涂，到头来只怕什么也落不着。”苏麻喇嬷嬷语重心长地嘱咐岚琪，“娘娘的心智要长，从前怎么过日子，将来也怎么过，同样的话奴婢也曾对其他人说过，可她们没绷住。您可要知道，自己的男人，是天下的君主啊。”

岚琪使劲儿点头，她当初就是想到玄烨君主帝王的骄傲，才没有拒绝“胤祚”这个名字，如今嬷嬷一点拨，心里更是敞亮明白。一直以来太皇太后和玄烨的偏心恩宠她都照单全收，不是不谦卑更不是恃宠而骄，仅仅是不愿辜负人家的心意，她清清白白为何受不得，扭扭捏捏又要将呵护自己的人的心意置于何处？至于不相干的人怎么看她，她不在乎。

产后第三天，六阿哥洗三，旧年太皇太后还去看过小公主洗三，这回却没来永和宫，倒是太后抱着五阿哥来了，众妃嫔才敢来凑热闹。

五阿哥才两个月大，兄弟俩放在一处看着也没太大差别，太后很欢喜，与岚琪说：“他们是一般儿大的，比起其他兄弟一定更亲近，你可别总把六阿哥藏在永和宫里，让他们兄弟多在一起才好。”

“臣妾可小气了，将来太后若是偏心五阿哥，臣妾就不带六阿哥来玩。”岚琪嘻嘻笑着。太后责备说：“我把六阿哥也抱走，看你还小气不小气。”

娘儿俩说笑乐得不行，外头荣嫔、端嫔进来，说摆了席面太后也不过去吃，其他人都不敢动筷子。太后说她没胃口，看着俩孩子就饱了。荣嫔和端嫔哄了几句也不得法，岚琪央求她们替自己好好招呼其他人，这才退了出来。

出门端嫔却轻轻拉了荣嫔，低声问："姐姐刚才瞧着俩孩子，心情似乎不好。"

"没什么不好，就是感慨。"荣嫔将胸前挂着的鸡血石串子扶端正，低着头说，"我一次次鬼门关过来，统共留下胤祉和荣宪，往后只怕也再没什么机会，心里头有些不是滋味。"

端嫔搀扶着她说："姐姐已经是好福气了，我虽不该说这些话，但德嫔的福气太盛，不知她什么体格儿，也不知道能承受到几时，咱们俩这样的还是别想了，只怕一压下来，什么都没了。"

荣嫔点头说："可不是这样，原就不是一样的人，她生来就该有富贵命。"

说话时惠嫔从前头过来，笑着说："姐妹们都等急了，说你们去请太后，怎么自己也不来了，又让我来瞧瞧，都等着吃酒呢。"

"大白天吃酒，醉了出洋相怎么办？"

几人说说笑笑过去，不管如今彼此到底是什么关系，面上的客气总是有的。今日来贺六阿哥洗三，太皇太后赐的席面，惠嫔、荣嫔为首，其余贵人常在答应都来了不少。布贵人和戴答应一向是永和宫的座上宾，今日当然也在列，且戴答应有着身子更是金贵，而安贵人会来她们都没想到，上赶着来和戴答应套近乎，布贵人有心讽刺，被戴佳氏拦住了。

且说布贵人有段日子不待见戴佳氏，可人家安安分分有了身孕也没变模样，她本就是心软的人，再听岚琪劝说几句，也放下戒心愿意亲近。钟粹宫里终究是亲如一家，又有永和宫相好，算是如今宫内最引人羡慕的所在。想想多年前那个王嬷嬷嫌弃布贵人没用，抱怨钟粹宫日子不好过，又怎知会有如今光景，可见是那老嬷嬷自身没福。

众姐妹坐着吃酒玩笑，席间有人说起："园子里有人过去打扫了，说是开春等德嫔娘娘身子养好后，要侍奉太皇太后过去住些日子。"

这话才说，外头又有客人到，郭贵人竟然也来了，还抱着小公主一同来。荣嫔和端嫔帮岚琪招呼客人，当然不能怠慢，先去回了太后和德嫔，才过来一起坐下。郭贵人与旁人总还算说得上话，几句闲聊后又说起太皇太后要去园子里静养的事，郭贵人含笑问："德嫔娘娘伺候去？"

有人道："慈宁宫里出来的消息，应该错不了。"

郭贵人吃着自己杯子里的酒，心里转了又转，德嫔这一走少说得过了夏天才能回来，狐狸精一走，皇上自然少不得在后宫转转，她和姐姐都养得不差了，这样好的机会不抓紧，等狐狸精回来再缠着皇帝吗？

实则座下有这样心思的女人，又何止郭贵人一个，她随便看几眼，都是面上若有所思的神情，心头不禁冷笑，想这些女人也不掂量掂量，自己有什么姿色有什么能耐。

午后不久，太后要带五阿哥回去，郭贵人本有心想凑上去看一眼，其他人却将她推在后头，而太后也说："你们都吃了酒，下午各自回去歇着不要出门。"如此众人也不能再聚，隔着门与德嫔告辞，纷纷散了。

郭贵人抱着公主回来，觉禅答应正在给宜嫔量尺头预备做新衣裳。自从觉禅氏来了翊坤宫，宜嫔虽然还穿着针线房送来的衣服，但偶尔就会让她做几件好看别致的，这些事对觉禅氏来说不难。再者宜嫔总还算客气，她并不觉得委屈，郭贵人看不起她不要她做，她还省心了。

此刻郭贵人回来，瞧见她在这里，自然又没好脸色，冷哼一声："立刻出去。"

宜嫔叹息妹妹的脾气，笑脸让她先离开，觉禅氏收拾了东西便退到门外头，可打从窗下走过时，却听见郭贵人心情甚好地说："姐姐，咱们的机会可要来了，我听说等乌雅氏出了月子，要侍奉太皇太后去园子里住，这一住怕是秋天才回来。"

宜嫔显然也很意外："没听说啊，是讹传吧，何况她那么久没伺候皇上了，皇上舍得？"

"说是慈宁宫放出来的消息，至少园子里有人打扫是真真儿的，姐姐且等一等，等乌雅氏那只狐狸精一走，皇上就只惦念你啦。"郭贵人异常兴奋，啧啧道，"照我看，必定是她这次难产伤大了，不好好养一养也不敢伺候万岁爷，最好一辈子也养不齐全，省得她狐媚了皇上。"

宜嫔嗔责："你别又说这些，等她走了再说，机会一定要珍惜，你让我好好想一想。你也是，可要少吃些，把腰身再收一收，生了恪靖到现在还瞧着胖乎乎的。"

之后则听郭贵人说太后不让她看五阿哥的事，觉禅答应便回后院自己的屋子，将东西都放下。洗手时瞧着炕上铺的一件天水色尚未做好的新旗装，她擦干了手拿起剪子就往腰头上裁，吓得宫女问她做什么，觉禅氏面无表情地说："我的尺头比宜嫔小。"

二月春寒褪尽，三月上旬已开始暖洋洋让人犯懒，德嫔坐月子的时候皇帝隔三差五都去陪她，众人冷眼瞧着，只等着太皇太后启程去园子里住的消息。果然三月中旬，皇帝下旨让裕亲王、恭亲王家里的福晋来伺候太皇太后和太后去园子里小住静养，而后宫里头，只派了德嫔乌雅氏随驾伺候。

此行五阿哥、六阿哥都带着，虽然都只是几个月大的孩子，但放在宫里谁也不放心，还不如路上小心些，好安安稳稳送到园子里去养。

而再看随驾伺候的人，宫外是裕亲王和恭亲王两家嫡福晋，宫里头则是德嫔。看起来似乎也没什么，但再细细想一下，两家嫡福晋都是王府里正房正妻，那与她们同行的德嫔又该怎么算，有心的人不敢说出口，无心的人自然也不会多想。

太皇太后和太后一离宫，玄烨就独自回乾清宫，各宫各院也该散了，贵妃匆匆要回承乾宫，却不想温妃跟上来说："臣妾可否随娘娘去瞧瞧四阿哥？"

佟贵妃睨她一眼，冷笑道："本宫还当是谁在讲话，年节上也没怎么见面，都快忘记咸福宫里还住着一位娘娘。"

温妃欠身笑道："臣妾身上一直不好，所以没出门走动，今天要来送太皇太后出门，出来走走倒也觉得舒服，这么久了没能好好为娘娘喜得贵子道贺，今天才想去瞧瞧，听说四阿哥已经会喊额娘了。"她说着指一指身后捧了东西的冬云，"娘娘瞧，臣妾出门时就带着贺礼。"

佟贵妃哼笑道："都是旧年秋天的事了，到底要不要谢谢你的好意？本宫看是不必了，既然你说身上总不好，那就更不该去承乾宫，四阿哥年纪小，万一染了你身上的病怎么成。之前你不是把话都清清楚楚跟本宫说明白了？这段日子一直都好好的，难道你又闲出毛病了？"

温妃低眉笑一声："那些话臣妾记得呢，可臣妾是去看四阿哥，看的是德嫔的人情。"

贵妃心内大怒，她最恨人将四阿哥和德嫔放在一起说，碍着此刻在外头，边上又有多少双眼睛看着，到底还是压住了火气，冷幽幽地说："管好你的嘴，宫里头嘴碎的，就没见几个有好下场。"

温妃的笑容很无辜，反问道："臣妾说什么了，难道四阿哥不是德嫔生的？听说贵妃娘娘一直不让德嫔看孩子，臣妾还不信，眼下您连臣妾都不让看，想必亲娘果然也是看不得的。"

佟贵妃才要走，听了这话索性转过身来立定在她面前，一字字钉子似的扎在她身上："你姐姐短命，你瞧着不至于，可你要是不想活，我这里有的是法子成全你，你又是吃了什么失心疯的药？不如找来砒霜鸩毒吃了才干净。”

青莲瞧见两人是要戗起来的架势，不明白好端端的温妃怎么又来挑衅，赶紧劝着贵妃回去，拿四阿哥哄她，才算把自家主子拉走了。可佟贵妃被钮祜禄氏弄得满肚子火，心里再想着胤禛，便派人让家里来信，不知是不是宫外头钮祜禄氏又想要什么花样，不然温妃断不会又这般神神叨叨。

其他诸人见佟贵妃和温妃神情尴尬，看似不欢而散的模样，也都不敢等着看热闹，一等佟贵妃走远，也都各自散开。荣嫔和端嫔结伴，想去钟粹宫看看这几天身体不好的戴佳氏，戴答应自二月末起身体就不好，岚琪离宫前也请端嫔多多照顾。

“太医说胎儿不安稳，我劝她搬到东配殿去住，那里比后院好些，她说那里是德嫔住过的地方，不肯。”端嫔叹息着说，“倒是个安安分分的人，瞧着眼眉有几分像德嫔，还以为会以此博宠，如今这样也好，我省心了。”

荣嫔知道端嫔叹的不只是戴佳氏，而是之后几个月里乌雅氏不在六宫，皇帝身边不能没有人伺候。女人们终于盼到这一天，往年那些莺莺燕燕的把戏又该来了，不知道这一次，会是哪一个人冒出头。

“翊坤宫里姐妹俩怕是铆足了劲儿的。”荣嫔说，靠近了端嫔讲，“听说大阿哥在书房里调皮戏弄师傅，皇上大怒动了家法，虽然没对外说，也传出来了些。惠嫔心里一直都不得劲，这回怕是也不会轻易放过，再晚两年她也三十岁了。”

端嫔摸一摸自己的鬓发，她们并不老，可后来的太年轻，乌雅氏如今生了两个阿哥封在嫔位，也才刚刚二十岁出头，还有大把大把的青春在这宫里头。她们明明也不老，却已经走到了尽头似的。

“为了惠嫔的大阿哥，为了我自己，那回是真伤了万岁爷的心，皇上和我谈过一次，他知道我的难处，我也知道他的不易。”荣嫔眼圈儿也红了似的，拿帕子掩了掩眼角。

端嫔劝她：“咱们守着孩子好好过吧，赫舍里皇后和钮祜禄皇后都走了，咱们那会儿的人，就剩下你我，皇上是念旧的，当年日子辛苦时的情分他不会忘。年轻人若要闹，咱们只管冷眼瞧着，养大了孩子过好自己的日子才是正经的。我瞧着乌雅氏的福气还在后头，咱们和她处得好，再不济，皇上也会爱屋及乌。”

荣嫔苦涩地一笑：“真不晓得十年后，等她也有了岁数不再年轻，是不是也要靠着新来的爱屋及乌。”

说话工夫，已到了钟粹宫，两人刚进门就听宫女说后头来了客人，是翊坤宫的觉禅答应，荣嫔很稀奇：“她怎么来这里？”

等到后院戴佳氏的屋子，果然见布贵人和觉禅氏在一旁坐着，瞧见她们来了赶紧起身行礼，只听戴答应欢喜地说：“觉禅姐姐给臣妾送了百家被来。”

“是宜嫔娘娘的主意，宜嫔娘娘奉旨安养不能出翊坤宫，所以让臣妾送来了。”觉禅氏应答着，和宫女一起搬了凳子让端嫔和荣嫔坐。这边屋子狭小，人一多就显得拥挤，她便要告辞，荣嫔则笑道：“我才来你就走，人家还当我们有嫌隙呢。妹妹赶紧坐下，我们说说话儿，再过些日子天热了，才真正腻烦一屋子人挤在一起呢。”

觉禅氏答应下，见宫女送茶来，也帮着奉到二人面前，一屋子女人和和气气说了会儿话。戴答应终究身体欠佳不能久陪，荣嫔和端嫔去前头正殿坐，这一回觉禅氏真的告辞要回去复命，众人也不强留。

她一走，布贵人也回去歇息，荣嫔和端嫔在屋子里坐了，支开吉芯几人，荣嫔便说：“你瞧见没有？”

端嫔连连点头道：“你一直说她漂亮，我还不信呢，这会儿凑近了仔细瞧才知道人比人的厉害，德嫔远远不及她。”

“听说郭贵人恨她总虐待她，估计也是因为长得好看。”荣嫔啧啧道，“这几个月可有好戏看了，咱们等着瞧。”

这厢觉禅氏回到翊坤宫，来正殿给宜嫔复命，瞧见郭贵人歪在一旁哼哼，她晓得郭贵人为了收腰把生公主后发胖的身体瘦下去，这几天都没好好吃过几口饭，身子的确是清减了不少，可脸色蜡黄气若游丝，今天去给太皇太后和太后送行也走不动。翊坤宫里竟然是她出面去的，想想也可笑。

宜嫔听说百家被送到了，叹着说：“我如今也只能这样广施恩惠，等入夏我能走动了，再亲自去各处活络活络，怎么好端端的，我就成了瘟神不被人亲近了？”

觉禅氏不语，不久要告退，郭贵人突然翻身起来问她：“戴佳氏身子不好？”

“是不大好的样子，和臣妾说了几句话就累了。”

郭贵人冷笑道：“你知道为什么？”

觉禅氏摇了摇头，想象着郭贵人说不出什么好话，果然就听她说：“她不过是被德嫔捡回去的可怜虫，在后院不好好待着，还绞尽脑汁在皇上面前献媚博宠，运气倒也不差，可报应还是来了，眼下不好了吧。我瞧着这一胎，也未必……”

“妹妹，你不是没力气吗？”宜嫔打断了妹妹的话，转而对觉禅氏道，“辛苦你了，后几日你就在屋子里歇着吧，花粉柳絮飞扬，你容易咳喘，不必到前头来了。”

郭贵人立刻插上一句：“不许到前头来，不然我剁了你的脚。”

觉禅氏躬身答应，面无表情地往自己屋子里走去。她的宫女香荷今天没跟出门，见她回来了就拉近了说：“奴婢去洗衣裳，回来瞧见郭贵人的宫女在我们这里偷偷摸摸的，奴婢回屋子就搜了搜，您瞧啊。”

觉禅氏见香荷手里托着一只黑绒的袋子，拆开一看，惊得柳眉倒竖，心里头怦怦直跳，竟是一道不知乱七八糟写了什么符，上头唯一能看得懂的是自己的生辰八字，想来郭贵人不会给自己祈福，必然是诅咒之物。

心惊后就是一片寒凉，她走到香炉边亲手引燃烧了，回眸见炕上一件宜嫔的还未做好的衣裳，不声不响地拿过绣篮，将黑绒袋子剪开裁成长条，一条一条镶在了衣裳的下摆，玫红色的暗纹配着黑绒滚边用金丝银线压着，也别致得很。

才收拾好这些，前头郭贵人的宫女又来，这回却是堂堂正正地来，笑嘻嘻说郭贵人正清减饮食，把她用的那些点心食物都送来给觉禅氏。食盒里打开都是精致上乘的东西，觉禅氏含笑谢过，可等宫女走远，就对香荷说：“我不要吃，你处理了别让她们看见。”

香荷也点头：“指不定里头掺了什么药，吃了要毒死了。”

觉禅氏心里一个激灵，咬了咬唇，拿起一块点心，一手握着拳头很紧张地说：“香荷你愿意替我吃吗？将来我一定带你离开翊坤宫，不让人再欺负你。我不吃她见我没病没灾一定还会想别的法子来折腾，可我现在不能吃，你明白吗？”

香荷愣了愣，但稍稍一想，就明白她的意思，立刻抓过来就吞下去，又把盒子里其他东西各吃了一些，之后主仆俩大眼瞪小眼地坐着等。果然傍晚时分，香荷肚子疼得满床打滚，来来回回几次如厕才好些，看这症状，吃的东西里兴许是掺了什么腹泻之药，香荷哭着说：“郭贵人太狠毒了。”

觉禅氏给她盖好被子，让她好好休息：“她就是怕我去前头坏了她们什么好事，我也要去装病了，你赶紧好起来，好照顾我。”

之后几天，觉禅氏便缠绵病榻，前头宜嫔听说还觉得奇怪，直到听见妹妹在边上冷幽幽笑着说：“她死不了，不过嘴馋吃多了活该生病，姐姐你担心她做什么，惠嫔如今都扔在这里不管她了，我们非亲非故操什么心？还是防备着狐狸精来魅惑皇上要紧。这几天皇上在承乾宫，等给足了贵妃娘娘面子，就该去别处逛逛了，咱们翊坤宫的花儿开得也好，皇上不会不来的。”

说着郭贵人喊来桃红，吩咐她：“去炖各色各样的时令补汤，每天按时给乾清宫送去，不管李公公收不收，不管皇上喝不喝，你们都要去送，说是宜嫔娘娘亲自炖的，听见了吗？”

桃红连连答应，宜嫔问妹妹做什么，郭贵人怪姐姐：“太皇太后不让您出去，没说皇上不能进来，万岁爷上回来，被觉禅氏那小蹄子搅了，现在每天让桃红送补汤去，李公公是明白人，德嫔又不在宫里，皇上血气方刚不能没人伺候，咱们姐妹素来也没招惹皇上讨厌，怎么就不成？”

宜嫔想想也是，她和皇帝并没有什么真的不愉快，至今沉寂在翊坤宫，不过是因为太皇太后让她安养身体，谁也没说她做错什么。至于把孩子给太后抚养，外头也有好听的话，说她惦记太后宁寿宫里太冷清，所以除夕新年里她得的赏赐也不比别人少，年节里因为不能赴宴，皇帝还亲自赐了席面送来翊坤宫。这样子算，自己和惠嫔的境遇绝对不同，惠嫔恐怕是真的走到尽头了，自己才开始呢。

转眼四月初，太皇太后和太后在园子里静养得很好，消息传回紫禁城，玄烨自然也放心，至于岚琪他虽然想念，但想她在那里避开宫内繁杂能和皇祖母安安静静过几个月，再有产后身子需要保养，也乐得享受思念的酸甜，来日小别胜新婚，再见面自然更加亲近。

唯一辛苦的，大概是李公公，自从德嫔娘娘离宫，各宫各院的娘娘主子们没少照应他，送银子送东西，想尽办法贿赂拉拢，盼的不过是李公公能把圣驾往她们院子里引。可李总管在乾清宫当差这么多年，什么没见过，岂是这点小恩小惠所能打动，在他看来，与其莫名其妙让皇帝去见什么人，还不如等皇帝想见才好。眼下宫里也不像往年那样缺阿哥公主，他没必要瞎操心，万一自作聪明弄巧成拙，还会落得个里外不是人。

翊坤宫每日定时来送补汤的事，不出几天其他各处也竞相效仿，李公公哭笑不得之余，也都据实禀告皇帝知道。可玄烨又不是第一天做皇帝第一天有后宫，这样的事见怪不怪，不过是和李公公一笑了之，偶尔哪天哪位进的汤水合他的脾胃才会用一些，大多数都让李公公自行处理了。

这些日子里，玄烨多在承乾宫或咸福宫，一来不想后宫争奇斗妍闹出什么笑话，二来承乾宫和咸福宫牵系着前朝势力，再有四阿哥已经会喊皇阿玛，正是最可爱的时候。虽然佟贵妃也喜欢皇帝常常去看他们母子俩，可玄烨不会告诉她，自己抱着孩子时，想的是在宫外陪着皇祖母的岚琪。

五月惯例皇帝会悼念赫舍里皇后，月初那些日子几乎不进后宫，宫里女人们伸长脖子等了这么久，可眼瞧着夏天就要过去，皇帝竟然没正眼瞧过谁，渐渐有人支撑不住，乾清宫门前每日送来的汤水点心也开始少了。

一直到五月中旬，还在坚持每日进献汤羹补药的，只剩下翊坤宫。这一日，皇帝终于翻了牌子，郭贵人奉召侍寝，李公公派人来传旨时，郭贵人欢喜得不得了，甚至没顾忌姐姐的脸面，欢欢喜喜跑回她自己的屋子去打扮准备。

桃红送走乾清宫的小太监，回来见主子脸色很不好看，轻声劝一句："皇上想着贵人，怎么会不想着娘娘呢，兴许是今日召见贵人，明日就来咱们翊坤宫了。"

宜嫔冷冷看她一眼，口是心非地说："我自己的妹妹好，当然就是我好了，你瞎想什么？快去帮她打扮打扮，这两个月瘦了不少，可气色却不太好。"

桃红讨得没趣，也不敢多嘴，往郭贵人的屋子里来，还没进门就听见她在说："皇上一直都喜欢我多些，我姐姐从前还挺活泼的，现在越来越沉闷，皇上才不会喜欢闷葫芦，而且，姐姐张口就是满嘴大道理，烦不烦人。"

听见这些话，桃红没再往门里去，心想着一个娘肚子出来的姐妹，竟也能说出这样的话，郭贵人早晚输在自己这张嘴上。她正要回正殿时，依稀瞧见有人出去，可看得也不真切，就没多想。

从桃红眼皮子底下出来的人，是觉禅氏主仆，香荷不知道主子要出门干什么。只是一听说前头传旨让郭贵人晚上准备去乾清宫后，她就从床上起来梳妆打扮，并没有刻意弄得很漂亮，简简单单装扮得乍眼一看宫女似的模样，就和她偷偷摸摸溜出来了。

两人沿着墙根走了好长的路，快接近乾清宫时，觉禅氏塞了两块从前惠嫔给她的银子给香荷，让她去乾清宫附近找个小太监问问皇上在不在宫里，只说是翊坤宫郭贵人的宫女，想在路口等一等皇上。香荷是个胆大的丫头，立刻就去了。

两块大银子散出去，也得到了消息，万岁爷此刻竟不在乾清宫，一个时辰前才去了承乾宫，听说四阿哥有些咳嗽，就和太医一起去了。觉禅答应不由分说就拉着香荷走，眼下天热出门晃悠的人很少，她们俩看着都像宫女一样，路上也没人在意，一直走到近承乾宫的地方，两人沿着墙角跟听动静，足足等了小半个时辰才见有开宫门的迹象。

"主子，我们要拦皇上的驾？"香荷还不明白答应要做什么，若说是要在御前露个脸，主子大可以把自己打扮得漂亮些，她那么好看的人，皇上肯定一见就过目难忘。但今天两人一起出来，她穿戴得几乎就像个宫女，这样子怎么能博得喜欢？

“在承乾宫外拦驾，我还没气死郭贵人，就先被贵妃娘娘打死了。”觉禅氏拉着香荷沿着来路往回走，走了挺长一段路，停下来后却拉着香荷的手说，“用力打我一巴掌，使劲儿地打，要看到五指印才行。”

香荷吓得目瞪口呆，浑身直哆嗦：“主子……您要干什么？”

“你打我这一巴掌，我才永远不会再被郭贵人扇耳光。香荷，难道你还想在翊坤宫待着？”觉禅氏胸前起起伏伏，晶莹绝美的双眼里有着坚毅的神情，“我去求惠嫔的确可以离开那里不再被郭贵人欺负，可我转身就又落到惠嫔手里，这样的话不管去什么地方，一辈子都被人捏在手里，我宁愿冷冷清清在宫里哪个角落孤老到死，也不要被她们掌控。香荷，你使劲儿打我，我不会怪你。”

香荷已经吓得泪流满面，可听见主子说这话，顿时又有了勇气。她们在翊坤宫吃的苦说出去只怕都没人信，好好的答应，过得还不如奴才。那样没盼头的日子活着也没意思，不如搏一搏，便咬牙横下心，闭着眼睛一巴掌挥出去，震得她手也麻了。面前的人冷不丁吃一掌，脑袋轰然眼前发黑也跌下去，等缓过神，只觉得左颊火辣辣地在膨胀，伸手一摸就是刺痛，一棱一棱必然是指印了。

香荷哭着问：“主子疼不疼？”

但远处有脚步声传来，觉禅氏一把拉她跪下，拔下了发髻上的簪子扔在地上，伸手扯散了香荷的衣领，也弄歪了她的发髻，弄得两人像被狠狠折磨了一顿似的，而后贴着墙根跪着，这一等，皇帝就走近了。

李公公跟着御驾过来，老远就瞧见前头跪着两个人，起先还以为是路过的宫女跪着等圣驾过去没在意，可等走近了瞧就觉得不正常。而他能看得见，端坐肩舆上的玄烨怎么会看不见，不等李公公派人，玄烨就先问他：“那两个人怎么回事？”

前头小太监已经来禀告：“皇上，是翊坤宫的觉禅答应和宫女跪在路边。”

“觉禅答应？”玄烨皱眉，他几乎想不起来是谁，等肩舆到了她们身边，仔细看见两人狼狈的情形，更是莫名其妙，愠怒道，“怎么回事？”

边上香荷吓得大哭，觉禅氏按住她不让哭泣，自己拢一拢头发，无意地露出脸上赫然醒目的五指印，却又不相宜地平静地应答：“臣妾和香荷路过这里，遇见郭贵人，郭贵人说皇上今晚翻了她的牌子，臣妾说瞧见皇上去了承乾宫，郭贵人不信，后来打听到皇上是在承乾宫，突然就发脾气，将臣妾和香荷揉搓一番，让跪在这里等天黑才能回去。”

玄烨冷笑：“朕不过是去瞧瞧四阿哥。”而后看向李公公，李公公尴尬地说：“万岁爷圣明，奴才也只是听说过几次，郭贵人脾气是不大好，好在宜嫔娘娘一直教导着的，今天这事儿，奴才也不好说啊。”

“朕今晚是翻了郭络罗氏的牌子？”被胤禛生病一闹，玄烨竟然已经不大记得了。

李总管多机敏的人，立刻说：“恐怕郭贵人弄错了，或是下头奴才传话有偏颇，奴才一定追查责罚，万岁爷就不必操心这些事儿，今晚不是说好去咸福宫温娘娘那儿坐坐的吗？”

玄烨不以为意，想了想随口说：“今晚批折子，就在乾清宫了，走吧。”一边说着，又指了指边上的人，示意李公公照拂一下。

肩舆复行，御驾渐渐走远，李公公过来请觉禅氏回去，说要给她找太医，觉禅氏却立刻谢道：“皇上恩典，公公好意，我心领了。只是六宫相处最宜太平，我回去休息休息就好，劳师动众请太医，宜嫔娘娘脸上过不去，多一事不如少一事。”

李公公喜欢和明白人打交道，不管觉禅氏到底为什么会出现在这里，说话敞亮明白的人他也乐意搭讪，便客气几句，径自追了圣驾往乾清宫走。

地上香荷吓得腿软爬不起来，觉禅氏却冷静地拖她起来，把她散了的衣领扣整齐，歪了的发髻用簪子固定好，自己竟随身带了蜜粉厚厚地扑在脸上遮盖伤痕，这才领着香荷返回翊坤宫。进门后瞧见有宫女往郭贵人屋子里送热水，知道是在香汤沐浴，天注定似的好时机，赶紧又溜回后院去，脱了衣裳照旧躺着装病。

“主子。”惊魂未定的香荷洗了脸回来，瞧见觉禅答应已经安逸地躺着了，她仍旧满肚子疑惑，轻声问，“您都有胆子溜出去拦驾了，为什么不打扮得漂亮些，好让皇上一眼相中呢？”

觉禅氏脸上火辣辣的，让香荷拿镜子过来瞧了瞧，见没有破皮很安心，才舒口气说：“德嫔娘娘离宫后，多少人争奇斗妍，我穿得再好看，皇上也不会在意的。我今天也不是去博宠，就是想坏了郭贵人的好事，那回皇上来了连正殿门都没进转身就走，因为瞧见我跪在院子里，皇上未必记得我就是那个人，可他讨厌后宫有凌虐的事不会错。”

"那……"香荷想问，犹豫着没说出口。

觉禅氏无奈地笑道："你想问我，到底想不想让皇上看中？"

香荷垂下脑袋嘀咕："不然怎么离开这里？"

觉禅氏把镜子递给她，自己侧过身躺下，心里针扎似的疼，想要离开这里，就要背叛自己的心，可她什么都不怕，只怕容若误会她变了心。

"主子您躺会儿，奴婢去前头瞧瞧，指不定李公公这会儿就又传话来，郭贵人一定要气疯了。"香荷转身放下镜子就要出门，觉禅氏提醒她："小心些，瞧见你回头拿你出气。"

香荷满口答应着，蹦蹦跳跳跑开，不到一盏茶工夫就兴冲冲跑回来，叽叽喳喳说前头的事：李公公果然派人来，说万岁爷今晚要看折子，不需要郭贵人去侍寝，来的人传了话就走，郭贵人那会子还浸在浴桶里，气得差点儿没沉到底下淹死。

觉禅氏脸上的肿痛渐渐消退，听着香荷这些话，心也跟着一点点宁静，香荷气哼哼地说解气，可她自己竟毫无感觉，哪怕郭络罗氏真的淹死在浴桶里，她似乎也不会觉得有什么开心。不知是还不足够让她一解长久以来的怨气，还是在她看来郭贵人哪怕真的死了，也抵消不了她对容若的侮辱，此刻只是叹了一声，劝香荷："你别露在脸上，小心她们找麻烦。"

香荷却伏在她身上问："五月六月一过，太皇太后和太后就要回来了，到时候德嫔娘娘也回来，主子可就没什么机会了呀，奴婢觉得您现在和前头两位争一争没什么的，如果他日和德嫔娘娘争，只怕太皇太后不答应。"

觉禅氏苦笑："哪儿有这么严重，这宫里别人我不敢说，但德嫔娘娘是个好人，你看钟粹宫里的戴答应，她和我过的日子一样吗？何况我又不在乎什么恩宠，我就不想郭贵人好过，也想离开这里。"

香荷笑嘻嘻说："等主子出头了，赏奴婢一对金耳珰成吗？"

觉禅氏笑："你要这个做什么？也不值什么钱。"

香荷啰啰唆唆地说："我娘是小儿子媳妇，总嘀咕我奶奶给大伯母金耳珰，我小时候答应过长大了给她买，可我进宫几年了也没攒下什么钱。"

觉禅氏爬起来，从首饰盒子里挑了一对金耳珰塞给她："这是惠嫔娘娘从前给我的，我也不喜欢戴金子，你拿回去给你额娘，可要好好收着了。等我日子好些了，就找机会让你回家一趟，不过去了可要回来，不回来要杀头的。"

香荷喜出望外，再三问主子是不是真的不要了。觉禅氏打开一个层层叠叠包着红绸的锦盒，里头卧了一只玉镯子，细细窄窄的模样，玉色凝滞、浑浊粗糙，怎么看都不像是值钱的东西。香荷凑着脑袋看两眼，摊开手里的金耳珰说："奴婢觉得还是这个值钱些。"

觉禅氏却将镯子小心翼翼收好，说："这是不值钱，大街上随便买的假玉，可我稀罕，什么金子银子都比不上。"

她当然不会告诉香荷，这是纳兰容若给她的，小时候偷偷领着她逃出家去玩耍，一个是公子哥儿一个是大小姐，随身能带什么银子，傻乎乎地满世界瞎逛，这只镯子还是容若拿腰上挂的真玉佩换回来的。俩孩子回去就被大人结结实实打了一顿，问容若玉佩哪儿去了，他咬着牙说不知道，可回过头就笑嘻嘻对她说："下回我还带你出去玩。"

那时候年纪小，哪里懂什么情情爱爱，可就是彼此简单真诚，那一段岁月才弥足珍贵。后来家里阿玛犯了事，好好一个家散了，自己入宫为奴。容若千方百计打听到，瞒着他阿玛把自己从做苦役的地方调去环境相对好些的针线房，自己也争气，凭着额娘教的本事立住脚跟，盼着有一日能出宫回到他的身边。可惠嫔却亲手把自己送上了龙榻，斩断她的情丝，毁了她的人生。

"我就是被折磨死，也绝不要被惠嫔摆布。"想着这些剜人心肺的痛苦往事，觉禅氏嘴里恨恨地吐出这句话，唬得香荷推她："好端端的，您怎么了？"

觉禅氏摇摇头："没什么，想着从前的事，算计往后的事，心里烦了。"又扶着香荷说，"若是这几日还要吃些苦，你一定和我咬牙挺住了，往后自然有好日子等着咱们。"

她们这边主仆俩雄心壮志等着未来的日子，前头郭贵人气得几乎昏厥在浴桶里，被宫女们从热水里拎出来，整个人软绵绵没力气。清减饮食那么久，本来气血就差，这一闹几乎是要病了。宜嫔赶过来看，支开桃红几人后说："幸好没去，不然你这样没力气，侍驾也要出洋相。别生气了，皇上兴许真的有事儿呢，你再养几日，我让桃红给你炖补气血的汤来。"

郭贵人只是伏在床上嘤嘤而泣，模模糊糊地抽搭着："一屋子奴才都看我笑话了……"

看笑话是必然的，后宫女人最风光的，莫过于可以陪在皇帝身边，而最狼狈尴尬的，也是类似这种说了要见，却半途反悔的事。当然郭贵人还没出门，总不算太丢脸，那些去了龙榻边上再被退回去的，才真真叫丢脸。

但也有例外，永和宫里乌雅氏，挨过太皇太后鞭子，被皇帝从乾清宫撵回去，甚至和皇帝一两个月不相见，可人家还是稳稳当当被皇帝捧在心尖喜欢，换作别的人，有那么一两回这辈子就算完了。郭贵人眼下就担心，自己是不是这辈子也算完了。

宜嫔劝说几句就回自己屋子去了。屋子里的冰化了，桃红张罗小太监搬来新的，无意中瞧见主子坐在凉椅上，眼角眉梢得意的笑容让她看着心寒，前头姐姐妹妹好听的话还在耳畔，这会儿却能笑成这样，深宫真是虎狼之处，血亲骨肉算什么？自然桃红也不会想太多，她们做下人的，看着主子做事就成了。

第　二　章

荷花池沉琴

此时外头轰隆隆响雷，毫无预兆的一场大雨倾盆而下，远离紫禁城的行宫内，也同样落了这一场大雨。园中湖内乌泱泱地养着荷花，雨珠子砸在荷叶上，噼噼啪啪急促凌乱，可这样令人烦躁的声音里，却有古琴悠扬冲破雨幕，丝毫不被雨声影响。

裕亲王福晋和恭亲王福晋顶着雨来瞧瞧太皇太后这边的光景，走过曲曲折折的水桥，雨落荷叶的凌乱里隐约听见古琴，恭亲王福晋哎了一声："德嫔娘娘哪儿是来伺候太皇太后的，自己见天地在那里弹琴，她是来休养的，咱们才是来伺候人的。"

裕亲王福晋远远瞧过去，水桥那头连着一间矗立在水中的亭子，四周纱帘已经被大风雨水摧残得卷成细条子，往日隐隐约约在里头的人，此刻清清楚楚能看得见，裕亲王福晋笑道："德嫔娘娘答应了太皇太后要学成了弹给她听，每天苦练，但手头活计也没少做，不然咱们哪里有工夫去歪着歇午觉？"

恭亲王福晋恹恹地说："我是想她若没这么闲，咱们也不必在这里应景了，我惦记家里头呢。我一出门那些狐媚子不定怎么勾引王爷，家里头指不定已经闹翻天了呢。"

"你听嫂子一句话，别管那些事，不然真惹急了常宁，你有什么好果子吃？"裕亲王福晋看得开些，拉着弟妹继续走，劝她说，"咱们俩都没用，守不住自己的爷，让小蹄子们爬在头上，可那又怎么样，咱们终究是一家主母，那些人不过是奴才，王爷过几年又会喜欢新鲜人，她们也猖狂不了多久，可一家主母总是你我，谁能替代？"

恭亲王福晋却说："可心里总不是滋味，胸前日日堵着一口气，活得没意思。"

两位福晋从这边过去，远处亭子里抚琴的岚琪也瞧见了，但这会儿太皇太后和太后都在诵经，去了也见不着人，再过半个时辰才能好，所以她才动也不动地继续拨弦，说等风雨停了再走不迟。

自来了园子里听见这边琴师弹琴，自己无意中在太皇太后面前漏了嘴说也想学，老人家竟就成全她，还下令说要学就学好了，回头好弹给她听听。岚琪便下了苦功夫好好用心学，连琴师都夸赞德嫔悟性高。她心想自己长年累月听佟贵妃弹琴，自然是无师自通，也懂了些许音律。

三月中旬来，转眼两个月，德嫔十指都磨过一层皮了，如今指尖拂过琴弦越来越得心应手。刚开始磕磕巴巴还被太皇太后嘲笑过，如今一口气能弹出完整的曲子，老人家很高兴，更不要她伺候那些琐碎的事，让她用心好好学，说能静心养神，是好事。

此时环春把自己的衣裳脱下来给岚琪搭一搭，岚琪推手说不要，大热天的叫雨水冲一冲暑气才舒服，手里轻轻拂过琴弦，却若有所思地说："不晓得承乾宫这两个月是不是时常弹琴，不过等我回去就不能弹了，贵妃娘娘听见了一定会生气的。"又不知想着什么，似自言自语说，"四阿哥若是也常常听贵妃弹琴，一定喜欢，真想让他也能听我弹一次。"

雨声大，主子说什么环春听得并不真切，只是瞧她脸上好端端地悲戚起来，就笑着哄她："主子是不是想皇上了？"

岚琪瞪她一眼，又羞赧地笑道："当然想了，难道我还不能想一想？"

环春笑道："听说皇上这些日子都只在承乾宫和咸福宫几处，没有新得什么人喜欢，主子心里是不是很高兴？"

岚琪扬起下巴，笑容满面地说："你猜？"

这句玩笑过后两天，连日大雨终于见晴，紫禁城里的暑气也被冲刷得干干净净。难得两天清爽日子，佟贵妃便又勾起了戏瘾，在承乾宫摆了两天的戏请六宫观赏。玄烨当然没有异议，夏日烦闷本就没什么乐子，她们能高兴一回也好。

而宜嫔入夏后渐渐能走动，连着两个月给乾清宫送羹汤无一日缺席，皇帝也不是没记在心里，便让李公公传旨说她不必再静养。太皇太后那里自然也是皇帝去禀告，故而这天佟贵妃请客看戏，她和郭贵人就带着小公主一起来了。

宜嫔许久不出门，但私底下让桃红广施恩惠，那些低位分的宫嫔还是愿意和她亲近。再者恪靖公主娇俏可爱，四阿哥很喜欢，嘴里一直喊着"妹妹、妹妹"地围着乳母转悠，贵妃见儿子高兴她自然也高兴，对着郭络罗氏姐妹俩，倒也客气了许多。

众人热热闹闹地看戏，竟是谁也没察觉，觉禅氏打扮得清清爽爽地也来了，安静地坐在席末，直等众人都散了，宜嫔和郭贵人才看见。

在外头人多郭贵人不好发作，气哼哼地往翊坤宫走，一进门宫门还没合上，郭贵人就冲过来把她推在地上骂：“我出门时有没有关照过你别乱跑？你去承乾宫干什么，长得狐狸精似的脸，你就不怕贵妃把你撕烂了？”

觉禅氏却自己慢慢爬起来，平静地应答说：“贵妃娘娘那日来人发请帖时臣妾也收到了，贵妃娘娘邀请臣妾去，臣妾不敢不去。”

“屁话！”郭贵人越发口无遮拦，不干不净的话也冲口而出，知道打脸不好，一脚踹在她腿上，觉禅氏朝后一仰就跌下去，只听郭贵人骂骂咧咧着，“贱人，你也配让贵妃娘娘邀请？你信不信我剁了你的脚？”

觉禅氏伏在地上，稍稍抬头，就见门前有人进来，她再低下头，唇边露出一抹笑容，便听见李公公尴尬地问：“这是怎么了，郭贵人生这么大的气？”

之后就听见慌慌张张的声音，宜嫔和郭贵人急匆匆赶过来，说着：“臣妾参见皇上。”

觉禅氏心中很安逸，下午宜嫔和郭贵人走后不久，她想趁机去一趟针线房要些东西时，遇见乾清宫来的奴才，说皇上等戏散了要来这里坐坐，她满口答应回头会禀告宜嫔知道，但转身就不去针线房了，自己打扮周正跟着来看戏，算着时辰搏一搏，若是皇上能撞见这一幕，是她的运气，若撞不见，她之后还另有打算。

上天庇佑，皇帝在说定的时辰来了，刚才郭贵人那些不干不净的话，大概也已污了圣听。

“没事吧？”觉禅氏正想着这些，胳膊突然被人扶住，皇帝那不怎么熟悉但也不陌生的声音响起来，正在问自己，“还能起来吗？”

觉禅氏的心都要跳出来了，浑身颤抖着从地上站起来，稍稍抬头看了一眼圣驾。

玄烨也是头一回仔细看这个女人，入目的美色让他不自禁皱了皱眉，没想到他的后宫里，竟还有如此绝色佳人。

“万岁爷，这位是翊坤宫的觉禅答应。”李公公见两人都愣住，忙插进来一句，他这一说，觉禅氏也回过神，赶紧屈膝行礼，口称万岁。

玄烨看看她，又转过去看看一脸惊恐的宜嫔姐妹，方才进门亲眼看到郭贵人张牙舞爪的样子，那一句句不堪入耳的脏话听得他好生厌恶。早前听说郭络罗氏脾气坏还以为是小性儿，从前伺候在身边时瞧着大大咧咧很活泼，也没觉得不好，之后屡次三番地遇见，眼下是彻底寒了心。

宜嫔知道局面无法挽回，只有认栽，俯首道："臣妾没有管教好自己宫里的人，请皇上恕罪，臣妾往后一定好好约束郭贵人，再不会有这样的事发生。"

玄烨冷然道："你约束了那么久，也不见效，还是让她好好在屋子里反省，正好天热也不必出门走动，往后就在自己的殿阁里，暂时不要出门了。"

"皇上……"郭贵人惊呼，可一下就被姐姐摁在地上呵斥："你还有什么可说的？"

玄烨懒得看这些，转身就要走，才动了脚，又转回来对地上的觉禅氏说："贵妃那里明日还有戏，喜欢就去看吧。"

觉禅氏伏地叩拜，什么话也没有说。皇帝终于转身走了，听见外头有动静，似乎是去承乾宫，这边所有人都瘫在地上，个个热得一身汗，郭贵人脖子下的衣襟都湿透了。

觉禅氏扶着香荷爬起来，朝宜嫔行礼后，就回后院自己的屋子去，可进门才坐下，还不等香荷送一碗凉茶来，就有急促的脚步声和着骂骂咧咧的声音往这里来。觉禅氏才起身，就见郭贵人领着手下的宫女冲进来，她厉声呵斥着："我的首饰不见了，指不定是你这里的宫女偷偷摸摸拿走了，给我搜。"

说是搜东西，几个宫女却是又摔又打，瓶瓶罐罐都摔得满地，香荷过来要护，被郭贵人反手一巴掌打在地上，就呵斥小太监拖出去打。觉禅氏被一个宫女拉着也护不得，可她转头竟瞧见一个宫女在翻她的柜子，拿出了容若给她的镯子，立时疯了似的要扑过去。

如此激烈反常的举动勾起郭贵人的好奇，让宫女死死拖住她，自己过来打开盒子看，竟是一只不值钱的假玉镯，冷笑道："这不值钱的东西你也要，下贱。"

应声那镯子就被狠狠摔在地上裂成几段，随着一声清脆的声音，觉禅氏的魂都被掏空了似的，整个人软下来跌在地上，看着那只断成几节的镯子，竟是连哭也哭不出来。

"下贱东西，我的首饰一定是你这里的人偷的，明日我再来搜，看你拿不拿出来。"郭贵人气得浑身发抖。可她话音才落，抬头要走时，地上的觉禅氏突然蹿起来，顺手抡起被掀翻在地上的炕桌就朝郭贵人的头上砸过来。那炕桌虽不是上等楠木之类，也结结实实是木头做的，亏得孱弱的女人能双手抡起来，而这一下照死里砸的劲头，郭贵人本能地抬手挡，竟是听见骨骼碎裂的声音似的，一阵剧痛袭来，脑袋一轰，当即就昏厥过去了。

宫女们都看呆了，但见觉禅氏拖起炕桌又要抡时，才七手八脚来拉开，再有人去前头禀告宜嫔知道。桃红急红了眼来说要闹出人命了，宜嫔却淡定地喝着茶，冷冷地说：“该劝的我都劝了，她自作孽，别弄得我也一身脏。”

皇帝走后，眼看着妹妹冲去后院要收拾觉禅氏，当时她脑中闪过的念头不是阻拦，而是巴不得她们两败俱伤，好让她这里自此清净。那一瞬什么亲情骨肉，都比不过皇帝失望厌恶的眼神让她心痛欲碎。

可不论宜嫔如何冷漠，事情的确是闹大了，李公公那儿听说后愁得唉声叹气，跟着荣嫔和惠嫔赶过来瞧光景。因郭贵人的手臂重伤骨折，而觉禅氏的屋子也被砸得稀烂，这事儿真是难说谁对谁错。

荣嫔不想管闲事，要去承乾宫让佟贵妃做主，自己好推开些责任。可惠嫔听说皇帝来过的事，眼珠子一转，对荣嫔说：“贵妃娘娘难得几天心情好，弄这些事让她做主，她心里还不记恨你？好歹没出人命，皇上也一早下旨让郭络罗氏闭门思过，就继续让她闭门思过吧。不过觉禅氏是不能住在这里了，不如我领回去。”

荣嫔嘴上不说，心里直冷笑，惠嫔如今的算盘越拨越利索，可也越拨越糊涂，敢情当别人都是傻子，你把人弄回去了，皇帝改日要想起来，还得问你，你现成的人情送过去，落得成人之美的好处。便盘算着要如何掐了惠嫔的念头，但嘴上只是说：“你领回去便宜，可宜嫔脸上不好看，弄得她翊坤宫容不得人似的，还是问问她的好。”

荣嫔把事往宜嫔身上一推，惠嫔也不能强行带人走。两人来宜嫔的屋子要见时，桃红出来挡驾说：“主子被郭贵人气得病了，才喝了药睡过去，知道两位娘娘能做主，她暂时不想再过问，请二位娘娘不要念着郭贵人是她的妹妹，照着宫里的规矩，该怎么样就怎么样。”

惠嫔和气地笑道：“年纪轻，打打闹闹是常有的，谁还真计较呢。就是想来问问你家主子，觉禅答应看样子再留下不好，宫里多的是地儿，多一事不如少一事，还是让她搬走吧。”

这样桃红倒有些尴尬，才说宜嫔睡下了，也不能立刻就回去问，正不知道怎么应答，方才跟过来后回去复命的李公公又回来了，大热天的跑得一身汗，定是满肚子怨气，但瞧见几位还是恭恭敬敬地说：“奴才回了万岁爷，万岁爷说既然不好相处，还是分开住好些，说觉禅答应从前跟那拉贵人住的那地儿也挺清静的，就搬回去住吧。”

荣嫔心里一松，不管觉禅氏去哪里，都好过跟惠嫔走，边上惠嫔果然僵着脸，笑呵呵说一句皇上圣明，便由着李公公派人去接觉禅氏。而她们再跟过来瞧时，却见觉禅氏满地在找什么东西不肯走，被二人劝了几句，才带着被打得浑身是伤的香荷离开，这里的东西李公公说会让小太监收拾好了，再给她送回去。

几经折腾，终于逃脱翊坤宫的魔爪，觉禅氏从哪儿来的又回哪儿去，进门时一切都还那么熟悉，可香荷却哆嗦着说："奴婢害怕。"

"怕？"身心疲惫的觉禅氏在院子里石凳上坐下，跟过来的敬事房宫女太监过去打扫寝屋，一个个都十分殷勤客气。觉禅氏也无心照看，只在这里喘口气，见脸上肿得眼睛都被挤在一起的香荷说害怕，一边心疼地给她抿好头发，一边苦笑着问，"你怕什么，怕郭贵人再来找麻烦？"

香荷摇头，指了指那边屋子说："那拉贵人住过的，奴婢怕。"

觉禅氏冷笑道："地震是上天之怒，既然是老天爷收她走，必然是收得干干净净，哪里还容得她回来找麻烦？再者鬼魂有什么可怕的？香荷，这世上最可怕的，是活人。"

说话的工夫，屋子里的一切都准备妥当，敬事房来的宫女太监十分和气，似乎是李公公特地嘱咐过的，又留下两个小宫女让觉禅答应使唤。不知不觉的，觉禅氏的境遇比以往任何时候都要好。再后来原先的东西也被整理干净送过来，衣服被褥都好好的，只是砸坏的东西不能再拿来，内务府送来些新的器皿让摆放装饰，觉禅氏私有的金银首饰也没缺太多，唯独一件东西没了。

她最心爱的那只玉镯没了，当时脑中一热就只想弄死郭络罗氏，等她回过神再去找，不知是不是已经被太监宫女清扫干净，断了的镯子不见了。

"算了。"

冷静下来后，觉禅氏对自己说了这两个字，今生与容若注定无缘，还留着镯子做什么。可她怎么也没想到两天后李公公来看她，把用金子镶嵌修复好的镯子送还给了她，笑盈盈说道："奴才听说您是瞧见这只镯子坏了才发怒出手伤了郭贵人，奴才总要一五一十地去万岁爷跟前回话，万岁爷说兴许是您入宫前家里带进来的稀罕之物，哪怕不值钱也是个念想，让奴才找内务府的工匠用金银衔接起来又修好，这会儿送来给您，请您收好了。"

且说那天李公公跟着荣嫔、惠嫔过来，打听清楚前因后果，就顺手把那几截断了的镯子拿走了，回过头去皇帝面前复命，特意提起这个，玄烨便让他把镯子修复一下，送还给觉禅氏。李公公从皇帝小时候起就跟着他，江山大事上他或有不懂的，难以揣测圣意，可这后宫里的事儿，皇帝一个眼神，他就知道该怎么做。觉禅氏貌若天仙，宫里近几年都没有过这般绝色，皇帝是个血气方刚的大男人，能不动心？

可谁也不知道这只镯子背后到底是怎样一段故事，李公公的好意和自作聪明，此时此刻只勾起了觉禅氏心底无可奈何的苦涩，甚至觉得是滑天下之大稽，皇帝竟然给自己的妃嫔修复她和其他男人的定情之物。

而这件事但凡说一个字，就是死。

李公公更殷勤地笑着说："内务府才做好了您的绿头牌，觉禅答应准备着吧。"

觉禅氏的手正要触摸到镯子，李公公这句话说出口，她浑身一哆嗦，手也僵滞了，多少的情绪一起涌上来，只呆滞地看着李总管。李公公还以为她是乐坏了，笑着躬身让她准备着，之后就走了。

香荷送客回来，脸上伤还没好的小丫头欢喜得活蹦乱跳，扑在主子膝下说："恭喜主子，主子，咱们终于要出头了。"

觉禅氏的眼泪扑簌簌而下，香荷慌得问她怎么了，是不是太高兴才掉眼泪，可是越问主子越哭。最苦的日子里都没怎么掉过眼泪的人，此刻竟哭得不能自已，甚至从炕上滑下来，蜷缩在地上大声哭，手里捏着早不是原貌的镯子，哭得浑身颤抖。

"答应您怎么了呀？"

香荷吓坏了，生怕好容易来的运气被主子这么一哭就没了，但无论觉禅氏如何痛哭，她无法左右皇帝的意志，也无法左右自己的命运，她不可能活生生哭死，只能勉强笑着被送上乾清宫的龙榻。德嫔的话她还记得，她不能反抗，不能让皇帝不悦，惹怒了皇帝，但凡有人去查，去翻她的过去她的曾经，容若就一定会被牵连。

她必须让皇帝喜欢自己，喜欢自己，哪怕翻出过去的事，那也仅仅是过去，她要让皇帝知道，现在的自己，只属于紫禁城里最至高无上的男人。

红烛高照，端坐龙榻，脚步声声声近，觉禅氏的心一下跌入无底深渊，牵扯的剧痛让她幡然醒悟，原来在翊坤宫被郭贵人折磨的自己尚有血有肉，而从帐子掀起的那一刻起，她这一辈子都要活成没有灵魂的行尸走肉，可后悔，已经来不及。

这一夜，子夜时分电闪雷鸣暴雨如注，之后接连几天大雨不停，内务府绿头牌上也日日都是觉禅氏的名字。雨霁天晴时，昔日默默无闻的觉禅答应，已然摇身一变升为常在，清清静静地住在皇城偏僻的那个角落里。

众人皆知觉禅氏有国色天姿，也知她曾经受过的折磨苦难，在唏嘘她起起落落的人生时，不乏好事者盼着夏日过去太皇太后回宫，好看看昔日圣宠的德嫔眼瞧着这光景，会是何种心境。到底是绝色佳人，皇帝对觉禅氏的眷顾并不亚于曾经的乌雅氏，六月前的日子里，乾清宫龙榻上，再无六宫旁人什么事。

六月初，李公公奉旨赴行宫向太皇太后和太后请安，来时娘儿几个正在摸牌取乐，独不见德嫔在跟前，恭亲王福晋说："李公公不知道呀？还以为万岁爷时刻瞧着这里的动静呢，德嫔娘娘病了十来天了，前些日子老是下雨，被雨扑在身上着了凉，身子烧得火炉似的，这几天才见好了。"

太后也嗔笑："皇上必然是忙国事，连皇祖母这儿也无暇关注，可是李总管你怎么回事，也不派人瞧着？咱们还眼巴巴地以为宫里头什么都知道呢。"

相反的，太皇太后这里却大概知道宫里有些什么事，此刻瞧李总管笑得一脸尴尬，冷声问道："你这一脸谄媚的笑，宫里头有什么好事，能让你这么乐呵？戴佳氏快生了吧，算算日子我们回去前，孩子能落地吗？"

李公公忙说戴答应要七月中下旬才临盆，也说皇帝让他来问一问，太皇太后几时动身回宫，太皇太后说德嫔身子不好，至少等德嫔养足元气才成。太后无意中玩笑一句，说怕是皇上想念极了。太皇太后却见李公公眼神一晃悠，便问他："皇上近来有喜欢的新人了？"

李公公知道不能隐瞒，反正回宫早晚也会看见，只能将觉禅常在的事说了，尴尬地笑着："也不是新人，早年就在宫里了，这些日子又遇见了。"

"什么觉禅氏？"太皇太后显然不大高兴，也许如今膝下孙儿多了，她不如从前那样随便谁侍寝都好，也可能是真的上年纪了，偏心岚琪就真的偏心得容不得旁人，听见皇帝眷恋新宠，又想连德嫔病了十来天都不知道，心下生气，将手里的牌一推，骂李总管说："混账东西，乱七八糟的人都往乾清宫送，你也不睁眼瞧瞧清楚，大热天的，你就不怕你主子伤了龙体？"

李公公吓得半死，伏地请罪。两位福晋忙劝太皇太后别生气，太后也在边上说："皇额娘别动怒，皇上有分寸呢，一定是李公公夸大其词了，什么觉禅氏呀，宫里头还有贵妃和温妃在呢，哪儿有这听都没听过的女人什么事？"

李公公忙也解释说皇帝大多数还是在承乾宫和咸福宫，内务府记档也有限，皇帝很有分寸之类云云。太皇太后却生气说："我听说江浙一带暴雨成灾，平地积水淹没民宅，皇帝难道不是该忙着赈灾救民吗？你回去告诉玄烨，让他想着天下黎民百姓，想着救济苍生，好好禁一禁。”

屋外头，岚琪扶着环春转身沿着来路回去，她发烧病得虚脱，走路脚下也飘乎乎的，刚才听说李公公来了，想来问问皇上好不好，竟是听见这一通吵闹。太皇太后发了脾气，她本该进去相劝，但这情形下太皇太后为了什么发脾气她明白，断不能进去火上浇油，还是离了的好。

环春心疼她，方才听说什么觉禅氏，就感觉到主子身上的颤动，她本来就是最实在的人，会嬉闹欢喜，当然也会吃醋泛酸，离宫这么久了，惦记皇上惦记四阿哥。今天拖着病体兴高采烈来想问问他们好不好，却听见这些话，好是好的，好的把这里都忘记了，主子病了十来天，竟然连李公公都不晓得。

“环春，一会儿你去送送李公公，让他回去报喜不报忧，别让皇上惦记，太皇太后生气的事迟些说也不打紧，眼下江南受灾，他一定愁坏了。”岚琪突然驻足，拉着环春讲，“也别让李公公提我生病的事，你跟他说，我自有道理的。”

“万岁爷就是不知道您这儿的事，才……才那什么了。”环春却不答应，垂着脑袋嘟囔，“奴婢是不去说的，就该让万岁爷知道这里的情形，知道您病了，他才会心疼。”

岚琪无奈，扶着她的胳膊说：“这话传过去，别的人该怎么想？一定说我容不得觉禅氏，想法儿要夺回皇上的心呢，我是无所谓旁人怎么讲的，可我不在宫里啊，那些话还不都得传进皇上的耳朵里？环春你说，皇上喜欢我什么呀？”

环春抬起头看着主子，一时无语，岚琪继续说：“我能有现在的福气，知足了。这一辈子都不愿给他添任何麻烦，就是自己有苦有委屈我也会忍耐。他是君主是帝王，整个天下都是他的，何况一两个女人？我当然吃醋，心里还怨，可我不能让别人把这些话传给皇上听，不能让他猜让他困惑，我高兴也好，委屈也罢，都要实实在在摆在他面前，环春你能不能明白？”

环春点了点头，仿佛是病这一场，病愈后的人比从前更成熟了，又或许是长年累月点点滴滴的积累，每天看着不觉得怎么样，眼下突然遇到事情，就显露出来了。

岚琪目色坚定，纤眉微蹙，从容地告诉环春：“你去告诉李公公，是我不让他说，有什么事儿也算在我身上。一来不要皇上分心这里的事，让皇上好好安心处理江南水灾；二来你告诉他，我就是不愿被其他妃嫔在背后嚼舌根子。如今觉禅氏得宠，她们自己不好了一定也巴不得别人不好，要是知道我病了，指不定偷着乐呢，凭什么让她们乐？”

环春一一记下，走了几步唤来其他宫女搀扶主子回去，自己到前头去等李公公。等了小半个时辰才见李公公灰头土脸地出来，一见她就眸子发亮，上赶着来问：“德嫔娘娘可好？环春你这丫头也真是的，怎么不找个人传话回去，弄得我里外不是人。”

环春赶紧把主子的话都一一说了，李公公显然有些为难，环春又说：“再有些日子就回宫了，您就担待这些天，这里奴婢们好好伺候着不会有事，皇上赈灾要紧，等江南水患过去了，咱们也回宫了，有什么话让德嫔娘娘自己和皇上说去，太皇太后要生气也自有他们祖孙俩说话的道理，咱们插在中间传话，算怎么回事儿呢？”

李总管这才有些动摇，环春又絮絮叨叨劝说几句，更忍不住埋怨：“李公公您真是的，总说心向着我家德嫔娘娘，这才离宫多久呀，就弄出什么觉禅常在，宫里贵妃娘娘没和您闹啊？”

李公公才被太皇太后训得狗血淋头，那里容得环春来挤对他，龇牙咧嘴地瞪眼说：“小蹄子你也来踩一脚不成？这么些年你瞧见我往乾清宫送什么人了，万岁爷但凡不多瞧一眼的，人家哪怕在乾清宫门前抹脖子我都不会抬眼看，你有本事拿这话招呼万岁爷去，冲我讲，算你忠心？小丫头片子，回去好好哄着德嫔娘娘是正经，觉禅常在美则美矣，性子不讨喜欢，我们万岁爷岂会为了一张漂亮脸蛋没了尊重？你等回来瞧瞧就知道了。”

环春心里一个激灵，笑嘻嘻问：“这么说来，皇上对觉禅常在的恩宠不过尔尔？”

李公公睨她一眼：“谁知道我这一回去，又是什么光景？你正经伺候好德嫔娘娘才是，好端端的，太皇太后都没见被雨水扑了，德嫔娘娘却先病倒了，还不是你伺候不尽心，等回去我再收拾你。”

环春讨得没趣，也不敢再多嘴，笑嘻嘻哄了几句，又强调了请他回去别说。李公公歇了片刻便启程回宫，一路上将这些事细细揣摩，心里仍旧摇摆不定，但等他回到宫里，瞧见大臣往来频繁，皇帝为了江南受灾的事愁眉不展，这才定了心不提行宫里的事。

且说前些日子京城暴雨连日，江南更甚，一道道八百里加急的折子送上来，只道苏州大水大疫，江阴暴雨积旬，高邮数日不歇，无锡淹及惠山，江南各处城垣倾圮，庐舍淹没，禾苗俱淹，秋收不能，百姓伤亡难以计数，富庶之乡遍地灾民。看得玄烨眉间深深刻下印子，每日只与大臣合计赈灾之事，六部官员不得歇，乾清宫里灯火通明，忙了四五日才初步拟定赈灾事宜。

而此番赈灾如此仓促，全因旧年京畿地震后，朝廷摸索出一套赈灾对策，入夏前做水灾准备时，原以为依照之前的法子应对今年可能有的灾难便可，谁想到此次江南水患百年不遇，旧年的法子完全跟不上百姓受灾的程度，这才慌得一班大臣手忙脚乱。幸而国库尚有银两救济，虽忙忙碌碌日夜连轴十余日，总算也舒口气。

但经此一事，玄烨顿悟居安思危之道，自责自恃过高耽于享乐，三藩初定之后松懈了精神，他的一时疏忽，导致成千上万的百姓受苦，率文武百官于天坛祭天祝祷后，时常在乾清宫思过，或与大臣进讲，整个六月不入后宫，内务府的绿头牌停得都积了一层灰。转眼入了七月，佟贵妃在荣嫔的提醒下才向皇帝提了提，问几时恭迎太皇太后回宫。

后宫里，觉禅氏圣宠之后朝廷就遭逢大灾，虽不至于将罪过归咎在她的身上，但皇帝因为忙碌无暇，她数日风光后，就被遗忘在那个清清静静的角落里。有好奇心重的妃嫔登门去探望，回来说她态度清冷不善言辞，去了也没意思，渐渐便无人再登门，还真是遂了她的愿，从此能清净度日。

众人也说，若非此次灾难，照她这样受宠下去，承乾宫里佟贵妃也要坐不住了，佟贵妃昔日连姿色不如她的德嫔都容不得，岂能容得下如此艳冠群芳的女人。而且仔细瞧过觉禅氏的人无一不说，她的确是真真正正的美人。

这一日久不见客的院子里，惠嫔娘娘带着宫女到访，觉禅氏在门内迎了，惠嫔不急坐，先站着仔仔细细打量她，啧啧道："当初针线房里那个小丫头什么模样我还记得清清楚楚，女大十八变，真是完全不同了，你这天生的美人坯子，我算是信了明珠夫人说的，你额娘也是个美人。"

夸赞漂亮的言辞，觉禅氏已经听得烦腻了，别的人来登门闲坐她都无所谓，爱来不来，只有惠嫔，是她自流连乾清宫数日，晋升常在后一直等的人，她晓得惠嫔不会轻易放弃，而之前正是热闹的时候，她没有好的机会插进来。如今朝廷为了赈灾，皇帝渐渐冷淡了自己，惠嫔是该来了。

香荷奉了茶，惠嫔让她和自己的宫女都去门外等候，待喝过茶，便开门见山地说："皇上这些日子忙，后宫里什么都惦记不上，但前头的事已经差不多了，反正每年都有四季灾害，皇上不可能时时刻刻都盯着。过些日子太皇太后可就要回宫了，你这些日子该去乾清宫露个脸，别叫皇上把你忘了。这一处实在太僻静，怎么不求个恩典，搬去东西六宫寻个风水好的地儿？"

觉禅氏且笑道："娘娘尚未住进东西六宫，臣妾怎敢觍颜安枕，多谢娘娘好意，臣妾在这里很好。”

“我虽不在东西六宫，也住在热闹的地方，但你这里太偏僻了。”惠嫔尴尬地笑着，如今她和荣嫔尚未迁入东西六宫，虽然都已是一宫主位之尊，但因为早年就各有院落独居，大概是皇帝瞧她们住得好好的就没动搬家的念头。说不好听些，她们俩也再不会有什么机会添子嗣，并不需要更宽敞的地方。但不能主一宫，始终是惠嫔心里不自在的结，这会儿觉禅氏毫不忌讳地说出来，心里对她不免又多一层厌恶。

可厌恶归厌恶，对惠嫔来说，值得利用的人，谈不上喜欢或厌恶，在她眼里和没血没肉的工具并无差别，便又说道：“一直默默无闻，日子未必不好过，就怕一时盛宠转眼落寞，就会有人来踩一脚，那样的日子才真正可怕难熬。我劝你上点儿心，不必让皇上宠上天，可凭你的姿色才貌，让皇上时不时想起来很容易。你从前和容若青梅竹马，他是皇上面前第一才子，你肚子里的墨水一定也不少，我晓得你进宫做宫女前就会读书写字，皇上从前喜欢德嫔，见天拉着她写字读书，你一定比她聪明能干多了，怎么不好好利用利用？”

觉禅氏缓缓抬起眼看着惠嫔，清冷一笑：“臣妾都忘了。”

都忘了，那些岁月，花前柳下，美好的时光都忘了，她一介女流但满腹诗书，容若领着她博览天下，小小年纪就被夸有状元之才。但她终究是个小丫头片子，家里人不过觉得新鲜有趣，因见也不耽误针黹女红，又愿意依附明珠府，便由着她跟着容若吟诗作对，只当是小孩子闹着玩。而家道中落时，树倒猢狲散，谁还惦记她有没有念过书。

“臣妾从苦役处辗转至针线房，后来跟着那拉贵人，又转去翊坤宫，这些年终日只与针黹为伴。”她顺手拿过边上未缝好的荷包，将针头在发髻里稍稍一蹭，指尖不停，口中也继续说，“臣妾如今连一张礼单都写不成，更不知道怎么握笔磨墨，在乾清宫那几天，皇上也没提起来这些，娘娘还是不要惦记了。”

惠嫔又被噎了这一句，满肚子不乐意，冷哼着：“我是为你好。”

觉禅氏放下手里的针线，抬眸清然笑道：“娘娘是为自己好吧，臣妾等您来，盼得脖子都酸了，自认低贱不敢登门，但盼着您来一回，好把话都说清楚了。臣妾只有这一张脸，心是空的，灵魂也早不知去哪儿了，不过是行尸走肉，您和其他娘娘们瞧着臣妾在乾清宫的日子好，臣妾和皇上到底怎么样，您想听听吗？”

“你这什么话，合着我打听你们床第之事？”惠嫔怒道，眼眉纠结时，眼角竟露出一道细纹。

觉禅氏摇头："您误会了，臣妾是想说，皇上和臣妾不过雨露之恩，莫说臣妾不想被您利用，就是愿意为您做什么，也帮不上忙。您跟在万岁爷身边十多年了，难道不明白臣妾这些话的意思？"

惠嫔怎会不明白，可她不甘心，哪怕雨露之恩，也好过自己如今连乾清宫的门都走不进，可这个女人竟说得这么直，什么不被利用，什么不愿意被利用……越想心里越火，惠嫔倏然起身，作势要走，才迈开步子，又回过头对她说："你也知道，我在这宫里十多年了，你以为自己说这几句话，就能逃脱我的摆布？咱们走着瞧便是了，有本事就混出德嫔那样子来和我平起平坐，若不然……"

觉禅氏也起身，笑盈盈地看着她："臣妾有什么可让您摆布的，您若想用往事来让臣妾就范，大不了鱼死网破，您也脱不了干系。或者，您是要臣妾去劝皇上召您侍寝呢，还是让臣妾去刺杀皇上？"

"你疯了！"惠嫔大骇，浑身都颤抖起来，几乎要伸手去抓她的衣领，到底还是冷静下来，重重喘息着，"宫里的日子还长呢，你慢慢熬。"

两边不欢而散，素来端得稳重大方的惠嫔气急败坏地走出去，外头香荷吓得头也不敢抬，只等人走远关了院门才回来瞧自家主子，关切地问："惠嫔娘娘为难您了？"

觉禅氏摇头笑道："她还能为难我什么？"可话音才落，只觉得胸中一阵郁闷，肠胃里翻江倒海，热流上涌，转身就伏在桌上吐了，直吐得搜肠刮肚。待静下来歪在床上，听着香荷说要去请太医，觉禅氏手指稍稍一算，浑身发紧，她的月信，五月初至今……

乾清宫里，连月忙碌的玄烨难得松口气，前几日贵妃来请旨问几时恭迎太皇太后回宫，今日便召见兄长进来，想让他去接驾。此刻福全才进乾清宫，未及坐下，瞧见李公公进来，就说："你去太医院包些上等血燕让人捎去行宫。"

玄烨奇道："才想让皇兄去接皇祖母回宫，怎么又要送东西去？皇祖母要进血燕？"

福全反而更奇怪，说道："前几日贱内送信回来，问家里安好，还问有没有现成的血燕送些过去，说德嫔娘娘咳喘一直不见好，让送去给娘娘服用。臣府里有一些已经拿过去了，刚才进宫见太医院进药材，就想起来这件事，心想宫里的一定更好，才来提醒一声，难道皇上不知道？"

玄烨眉头紧蹙，目光转向李总管："德嫔几时咳喘？朕前天问你行宫那里可好，也没见你说什么，难道朕问你在前？皇嫂写家信在后？”

福全一边坐下，喝着茶说：“臣这里可有七八天了，德嫔娘娘生病不是五月里的事吗？皇上不知道？”说完抬头就见李公公伏在地上，抖得筛糠似的，他笑道，“李公公这是怎么了？”

福全和玄烨自做了君臣，还从未见他如此生气过，可他也万没想到会是为了一个女人。而李总管也的确过了，这得亏是德嫔生病，若是太皇太后生病他隐瞒不报，只怕不等他走出乾清门，李公公就身首异处了，且弄得福全自己也很忐忑，不知道是不是说错话闯了祸，之后见皇帝没有事要找他，赶紧溜之大吉。

至于李总管，幸而是经年跟在玄烨身边的，玄烨虽怒尚不至于要他性命，且听李公公将事情原委说明后，只是一个人生闷气。李公公提心吊胆候在门外头，直到日落黄昏时，承乾宫来人问皇帝今夜还过不过去用膳时，他才硬着头皮进来，却见皇帝好端端在桌前看着折子，指了一堆批阅好的奏章和一堆没来得及看的说：“这些发还下去，这一些打包收起来，你去传旨，朕明日出宫亲迎太皇太后回宫，不必太大的铺张，暂时也别先送消息过去，皇祖母一定会派人来阻拦朕。”

李公公的心终于妥妥帖帖装回肚子里，麻利地收拾好折子，心里想着，皇帝恐怕不是去接祖母回家，该是去探望德嫔的。他自行宫回来，皇帝的确问过几次好不好，自己说好他就信了，而且朝务实在太忙，乾清宫曾三四日不熄灯火。之前若怪皇帝眷恋新宠美色，还说得上几句，之后的日子皇帝可连后宫都不进，实在是因为太忙。就不知行宫那边怎么看待这些，既然裕亲王福晋都往家里要东西，可见这病是一直没好全。

“朕到了园子后，不要惊动里头的人，至少别让岚琪知道朕过去了，朕就想去瞧瞧她，未必接人回来，还是那里清静才好养病。可她发烧一次缠绵一个多月不见好，太医都在干什么？”翌日出发时，皇帝总算是说了心里话，连带着又责骂，“去太医院带几个太医，那里伺候的通通带回来问罪。”

皇帝亲迎祖母回宫，孝字当先，哪怕有人要议论行宫里还住着一个德嫔，也无人敢直白地说出来。倒是随着御驾离开紫禁城，一直没在宫里流传的事才宣扬开，众人才知乌雅氏竟在行宫病了月余，而且病情严重时，正是觉禅氏受宠的那些日子。

少不得有人酸溜溜说：“她倒是好性子，换作我早就传话回来了，这么好的机会德嫔娘娘倒忍得住。”

她们却不知，德嫔打从进紫禁城的门起，就学会了什么都要忍。

皇帝出行，不可能不惊动前方官员，哪怕他三令五申不要让祖母知道，园子里也一早得到消息，传到太皇太后面前时，听说孙儿不叫自己知道，老人家对苏麻喇嬷嬷笑：“他是不想让岚琪知道吧，既然如此你们也别去张扬，看他来了要做什么。”

苏麻喇嬷嬷直笑：“您原还惦记那位觉禅常在会如何成了气候，偏是遇上江南大灾，皇上不得不先搁置下，也恐怕只是觉得新鲜，瞧这一放下，就没再记得拿起来。”

“听说那个女人生得很妖艳，我竟是毫无印象。”太皇太后微微蹙眉，“玄烨年轻气盛瞧见漂亮的动心也是有的，我不怪他，就是不愿他这几年一心一意把岚琪捧上天，才离了几个月就另有新欢。他喜欢谁不喜欢谁我不该插手，可叫朝臣百姓传出去，说当今圣上薄情寡义、沉湎女色，就不好了。”

苏麻喇嬷嬷连连称是，又提及说：“奴婢找人问过，这个觉禅常在的确早年就在宫里，各处辗转，曾经还在惠嫔手底下做过宫女，有一次惠嫔领她来慈宁宫请安，还给您修了钿子，是个手巧的孩子。后来说是有一回惠嫔夜里去乾清宫送羹汤，皇上一时动情，惠嫔那时候身上正不方便，身边有这个宫女，皇上就留下了。之后一直病病歪歪，后来才好些，因太后喜欢她手巧做的衣裳，那会儿钮祜禄皇后还在呢，就给了个答应的名分。起先跟着那拉贵人，后来因为得罪了贵妃被责打，奄奄一息时又去了翊坤宫，这次听说是翊坤宫里闹什么事，才让皇上留心的。”

“这样折腾？”太皇太后连连摇头，“亏她活到现在，这样折腾也没损了那张脸？”

苏麻喇嬷嬷叹道：“宫里头的人，哪一个又容易了，奴婢不过是把觉禅常在单个儿挑出来说了。”

而听见和惠嫔有关联，太皇太后又叹息：“她近些年越发不如从前稳重了。一来没了圣宠，二来阿哥公主越来越多，她守着大阿哥算计着自己和儿子未来的前程，渐渐就不是从前那个惠贵人了。”一时想起自己年轻时的经历，感慨道，“我竟也不忍心责怪她，当年为了福临，我何尝不是卧薪尝胆，一天一天算计着熬过来的，她做的或许是错，可有这样的念头本也是人之常情。”

见主子伤感往事，苏麻喇嬷嬷再没敢说。正好环春来问安，太皇太后才高兴些，环春说：“娘娘让奴婢来讨个恩典，求太皇太后让她出门逛逛，总闷在屋子里病也好不了，而且娘娘近来琴艺更加精进了，想在太皇太后您跟前献艺呢。说不敢离得太近，但您是否愿意屈尊移驾到园中湖去坐坐，今天太阳那么好，出去晒晒多好。”

太皇太后笑道：“皇上过来了，你回去先别告诉你家主子，让她惊喜惊喜。”

环春已经忍不住又惊又喜了，满口答应不说，太皇太后又道：“这就过去坐坐，叫上太后和两家妯娌，若是凑巧玄烨这会子就到了，叫他瞧瞧我们娘儿几个过得好好的，谁稀罕他惦记了。”

苏麻喇嬷嬷见主子笑了，顿时松下心，指挥环春去张罗。不多久众人簇拥老人家来到湖边太阳浓郁处坐了，湖中亭里摆了琴，岚琪也已经在那里，见太皇太后和太后来，先周周正正行了礼。两处隔得也不远，太后说笑道：“这亭子里纱帘飘飘，湖里又满是碧绿碧绿的荷叶，德嫔这一身绯色衣裳穿着，就跟夏日里盛开的莲花似的，真该把南怀仁找来，让他照样画下来。”

裕亲王福晋笑道：“德嫔娘娘这临湖抚琴的模样，南大人那洋人的画画不出韵味，得找个江南画师来，水墨粉彩才描得出几分味道。”

“不知宫里传说的那位绝世美人又是什么光景，德嫔娘娘如此绝色，难道真的要被比下去？”恭亲王福晋瞧着前头亭子里烟纱缥缈之景，无意中说出口，可等她回过头瞧见太皇太后则一脸愠色。裕亲王福晋推她，轻声说：“哪壶不开提哪壶。”

众人正尴尬时，琴边端坐的岚琪却仿佛什么也没听见，十指纤纤已然拂过琴弦，悠扬琴声乘水而至，叮叮咚咚间似见高山流水似见树林青葱，鸟语花香在琴声间流转，太后讶异道：“德嫔竟有如此悟性，她才学了多久？”

太皇太后刚才被恭亲王福晋勾起的不悦散了，静静聆听琴声，她在此之上虽无造诣，但玄烨幼年时爱琴，看着他学过几年，听了不少琴声，再或许因有了年纪，更能听出弦外之音。岚琪端坐那一侧，看似娴静优雅，声声慢慢里，却似倾诉心头酸涩，让她老人家听着，都不免跟着心酸。

一曲终了，众人击掌赞叹，太后邀岚琪再弹一曲，岚琪欢喜又得意，再次拨动琴弦，更加专注凝神，不经意间便将心事付诸瑶琴。外头玄烨进了园子，一步步听着，待入目湖中亭佳人抚琴时，不自觉就停下了脚步。

有人静悄悄来传话，苏麻喇嬷嬷远远瞧见，便附耳在太皇太后身边说：“万岁爷到了。”

太皇太后面上不动声色，只轻声说：“来得是时候，咱们听完这一曲，就散了，让他站在那里也好好听听，听听被他忘记在这里的人，心里有多难受。”

而岚琪浑然不觉皇帝驾到，自以为心无旁骛凝神静气的一曲，却不知不觉倾尽所有心事思念，待摁住琴弦收下最后一声，那边太后、福晋的掌声又将她拉回现实，起身上前欠身，遥遥听见太后说："等回宫时，也让皇上听一听，咱们德嫔可不止读书写字要考状元，学琴也是一等一的悟性。"

岚琪面上承欢，心里却有她的无奈，又见太皇太后起身，众人也拥簇着要走，那边有个宫女过来说："风大了，苏麻喇嬷嬷请太皇太后回去了，让您也早些回去歇着，还咳嗽呢，别再吹着风。"

岚琪应下，待一众人都走远，刚刚还欢声笑语的热闹顿时消失，她心里头一沉，回眸见桌上的琴，也不是什么稀世罕有的好琴，不过是自己想弹，太皇太后让琴师寻来一把好的给她。

环春已经瞧见远处圣驾，只是离得有些远，又有树木掩映，不瞧仔细看不见，她答应太皇太后不说，便也不敢提，劝主子回去避避风。岚琪却说："你让小太监去找两块沉一些的大石头来，或青石板也成。"

环春不知她要做什么，可见面上有悲戚之色，说话时又咳嗽了几声，便不想违逆惹她难受，唤来前头太监去置办。这里随处都有假山树木，找几块石头很容易，不多时便搬来一块硕大的石头。

岚琪看了看，贝齿轻轻咬了唇，转身一把扯下亭子上悬挂的纱帘，长长地绞成一股绳子，将石头和琴两头绑住，环春这才明白她要做什么，惊得一句话也说不出来。

"一会儿我把琴扔到湖里，你们就把石头放下去。"岚琪捧起古琴，指挥两个小太监搬起大石头，那两人也有些不知所措，岚琪却恬然一笑，"没事的，回头我让环春赏你们银锭子。"

说完这些，抱着琴走到栏杆边，望着远处波光粼粼的湖水，亭子周遭皆是荷叶，唯有这一处临水，伸手将琴悬空，边上小太监也合力搬起了石头，她默默闭上眼睛，手中一松，琴身落下，大石头也跟着坠下去，嗵嗵两声砸水的声响，之后只听水流潺潺。岚琪睁开眼，看到在大石头的牵引下，原还浮在水面上的木琴，稍稍挣扎后，很快就消失了。

远处玄烨目睹这一切，手里的折扇都要扼断了，他不明白岚琪为什么要这么做，她不愿意弹琴给自己听？是计较佟贵妃也弹琴，还是她另有怨气？自己曾让她不要提承乾宫里的琴声，可从未说过她不能弹琴，古琴本是自己喜爱之物，只是如今变了味才不怎么触碰，可他愿意听岚琪弹琴，为什么她要这么做？这么做，是笃定了今生今世都不再碰琴弦？

而她刚刚那一声声泣诉般的琴音，也是在怨自己？

"万岁爷，咱们……过去吗？"李公公眼瞧着这光景，心里很不是滋味，催促皇帝动身，玄烨却朝后退了半步，一旋身说："走吧。"

李公公日瞪口呆："走？"

"回宫。"

"皇上，您……"李公公不管不顾地冲过来拦住，"太皇太后那儿可是知道您来了呀，您这一走，老人家还不急坏了？"

玄烨脚下步子停了，李公公又诚恳地说："奴才多嘴，万岁爷，您这要是一走，回头德嫔娘娘知道了，若是夜里一个人偷偷地哭，您舍得？"

玄烨目光一颤，"咔嚓"一声响，手里的折扇真的生生被折断了。

折扇断裂的声音很快就消失，手心的痛却迟迟不散，痛得直往心里钻。

李公公不敢再出声，随行的侍卫太监也不敢有动静。玄烨怔怔地立了须臾，他怎舍得她偷偷掉眼泪，可一想到她方才沉琴的举动，禁不住满腹不解勾起怒意，脚下微微一动就又要走，却听得几下咳嗽声乘风而至。

咳嗽声持续不断，玄烨忍不住转身看过去，远远瞧见岚琪扶着栏杆一下下抽搐，环春在边上抚背顺气，好一阵才歇，玄烨问李公公："她为什么病到现在？"

李公公又不是太医，哪里说得出缘故，张口胡乱道："听说五月末那会儿淋雨着凉，发了几天的烧，烧得火炉似的，退烧后就留下咳喘的毛病，一直慢慢养着，只是未见好转。"

皇帝瞪着他责备："这不是废话，朕问你为什么？"

李公公苦笑："万岁爷息怒，奴才可不是太医啊。"

玄烨眉头颤动，不做言语。但见环春扶着岚琪离开湖中亭，她一身绯色慢步水桥上，缓缓悠悠宛若夏日初莲，玄烨情不自禁朝前走了几步，而那边的人也倏然停下。

环春折回亭子里不知拿什么东西，岚琪一个人站在桥上，瞧着桥边绿蜡似的初秋荷叶，渐渐就不老实，蹲下来扶着才过脚踝的水桥栏杆，伸手不知要去够什么。玄烨这边看得眉头紧蹙，心里一个不安的念头才略浮上来，眼前绯色便如花绽开，轰然一瞬栽入水中。

耳边吵吵嚷嚷是救人的声音，李公公早带着侍卫冲过去了。玄烨浑身僵硬，还是李公公又跑回来喊他："万岁爷，万岁爷，德嫔娘娘掉水里去了。"

"朕看到了。"皇帝没来由地浑身是火，知道那里有人救，知道那里水下都是荷叶牵绊不会沉下去，他大步流星就往皇祖母的殿阁去，冷冷撂下一句，"把人捞起来，让太医给她看，旧病新伤都治好了，朕再听见她咳嗽一声，你们通通提头来见。”

后面的话，自然是气话，哪里有灵丹妙药可以眨眼工夫就镇咳。李公公让几个小太监跟着皇帝去太皇太后那里，自己跑来水桥上看。德嫔已经被捞起来了，也没吃多少水，大概是吓蒙了，瞧见他时也没什么反应，只等众人七手八脚要把人抬走时，她看着李公公的眼神才有了询问之意。李公公跟在后头无奈地笑：“娘娘，皇上来了，都看见了，看见您一头栽进水里去，您能告诉奴才，您要做什么吗？”

岚琪却怔怔的，什么话也说不出，眼神倏然晃去别的地方，可周遭都看了一遍，哪儿有玄烨的身影？他来了，在哪儿？

这边太皇太后见孙儿怒气冲冲地来，屈膝行了礼坐在一旁就不说话，气呼呼的模样惹得她困惑又不悦，哼声说：“你若是来给老祖母脸色看的，还是回宫去吧，我在这里养得很好，本来也不想回去，谁稀罕你来接了？”

玄烨回过神，忙屈膝要认错，被苏麻喇嬷嬷搀扶着说：“万岁爷这是怎么了？您从哪儿来的，和德嫔娘娘说过话没有？”

玄烨才道：“她跳湖了。”

说的是气话，可把太皇太后吓得脸色都白了，玄烨这才慌了，哄着祖母把方才的事说了。太皇太后依旧生气，指着苏麻喇嬷嬷说：“环春那几个小蹄子你也该去管教管教了，伺候得她病一场不算，如今又落到水里去，都是你惯坏的奴才。”

玄烨见苏麻喇嬷嬷也挨骂，倒不忍心了，帮着嬷嬷和环春她们说：“她原就有些顽皮，环春怎么敢管她，她要沉了琴，不也是一句话的事。”

“沉琴？”太皇太后不解。

玄烨这才真有些委屈和莫名，坐着悻悻然将方才的事再说过，太皇太后和嬷嬷都听得诧异，老人家唏嘘着：“还以为她一门心思学弹琴，是想弹给你听的，她这是做什么？”

说话工夫，李公公来复命了，笑得好生无奈，告诉二位主子说：“奴才问了，德嫔娘娘说她想把荷叶拎起来看看能不能瞧见下头的莲藕，大概是力气用得不当，一时失了重心就扑下去了。”

苏麻喇嬷嬷忙问：“伤了哪里没有？吃了脏水了吗？太医怎么说？”

李公公见一边皇帝也满心不安，才嘿嘿一笑说：“没吃几口水，都已经吐了，身上也没有伤，水桥下面都是荷叶，没沉下去多少，就是吓坏了，捞上来半天没反应。”

“太后娘娘才说德嫔穿着绯色，立在水上像莲花似的，她怎么就真的扑到荷叶上去了，要是太后瞧见该乐坏了。”苏麻喇嬷嬷开着玩笑，示意太皇太后别再生气，不然皇帝也下不来台。老人家被岚琪弄得又气又好笑，嗔怪玄烨：“你在这里坐着干什么，去瞧瞧她才是，只有苏麻喇和李总管在，我也不忌讳说你了，你在宫里得了新人，把我们这里老老小小都忘记了？”

玄烨一怔，皱眉看着祖母，半晌才应：“孙儿不敢忘记祖母。”

“那岚琪呢？”太皇太后说，“人人都说我偏心她，不错，如今我就大大方方地偏心她了，什么好的都只愿意给她一个，你是我的命根子，我当然也只舍得给她。”

玄烨倒被祖母逗乐了，无奈地笑道：“皇祖母这话回宫可不能说，不然后宫里那些张牙舞爪的，还不吃了她。”

太皇太后笑道：“既是心疼她，别在我这里干坐着，先去见过太后，之后就不必过来了。”

玄烨知道再不走，祖母真该生气了，起身告辞，领着李公公往外头走去。苏麻喇嬷嬷才要送送，太皇太后却肃然喊她：“把她身边的人好好教训教训，也让她知道知道轻重。”

嬷嬷明白太皇太后再如何偏心疼爱，心里总想着更大更远的事，她并不希望德嫔只会承欢膝下，还希望她能立足后宫，但往后几十年，老人家可未必还能一路呵护下去。

等玄烨去给太后请了安，再被引着往岚琪的住处来，就见寝殿门前院子里，满满当当跪了好些人，环春为首，玉葵绿珠几人一并永和宫所有随行的宫女太监，通通跪在那里。边上看守着的是慈宁宫的老嬷嬷，见了圣驾，忙迎上来，说是苏麻喇嬷嬷教规矩，请皇上不必理会。

玄烨也听见祖母方才生气的话，不便插手这些事，抬眼见岚琪正趴在窗上看，眼睛直直的，完全没注意到自己来了，等他一步步走近寝殿，幽静的香气沁入鼻息，心里的火早已淡了下来。

而窗下的人听见动静探出身子，乍见是玄烨走进来，想也没想就跪行到了炕边，满目恳求之色，急得眼睛里水汪汪的，指着窗外瘪着嘴说不出话。

玄烨一见她心就软了，长发似乎才弄干了，瀑布般散在肩头，楚楚可怜之态，让他不禁皱眉头道：“还不是为了你？”可话说完就转身出去唤人，“都起来吧。”

岚琪趴在窗口看，瞧见大家跌跌撞撞都起来散了，才松了口气似的软下来，跪坐在窗下。忽然浑身一个激灵，再抬起头，玄烨果然折回来，她才想起前后种种事，想起李公公说皇帝看到她把琴沉入湖中的情形，惶恐地垂下脑袋，不敢再看他的眼睛。

玄烨在炕边坐下，突然朝她伸出手，露出掌心一道血印子，血迹已经干涸，狰狞地纠结在伤口上。岚琪瞪大了眼睛，玄烨却说："不要声张，让环春拿药箱来，替朕弄干净。"

药箱送来，岚琪没有假手他人，亲自小心翼翼地给玄烨处理伤口，不知被什么划开的口子，伤口不大却很深，清理上药时都感觉到手掌微微颤动，她心疼得不行，却听见人家说："看见你把琴沉到湖里去，朕气得折断了扇子，被扇骨戳伤的。"

玄烨故意这样说，明明那一刻还没有折断扇子，可他这样说，直把眼前的人怔住。岚琪的手停下来，又被玄烨拍了脑袋说："快点儿弄好了。"

"让太医来看看吧，伤口很深。"终于开口说话，岚琪一阵恍惚，仿佛不在行宫，仿佛没有夏日那一场病，也没有什么觉禅氏，更没有她沉琴的决心，还是从前乾清宫里的光景。

岚琪低头继续处理伤口，上了药粉要包扎，玄烨却捏住了掌心收回手说："包扎起来别人就看见了，多事。"

岚琪手里拿着纱布不知该怎么办才好，玄烨轻哼道："几个月不见，你不会伺候人了？在这里养病，听说连胤祚都不照顾，天天就弹琴，可为什么朕来了，你却把琴沉了？"

纱布不自觉地缠在了手指上，一圈一圈缠得指关节生疼她才恍过神，垂目轻声回答："学琴是臣妾长久以来一个念想，但臣妾不会在紫禁城里弹琴，把琴沉了不是不想弹琴给您听，只是不愿带回紫禁城。"

玄烨冷冷地说："难道你即刻要回宫，赶不及就要沉了？"

岚琪倏然扬起脸，用力地点头："皇上今日不来，臣妾已打算请旨，不等太皇太后先回宫，自己要先回去了。"

"自己回来？"玄烨眉头紧蹙，乍听之下不明白，可再稍稍一想，心里竟热起来，一改方才冷冷的语气，问她，"回来做什么，你舍得留下皇祖母在这里？"

"再等下去……咳咳……"岚琪刚要回答，嗓子里一阵痒，转过身猛地一阵咳嗽，咳得玄烨心惊，伸手抚摸她的背脊，而一触碰到身体，没来由就觉得心疼。

等岚琪缓过来，唇边却多了几分笑意，眼神也渐渐明亮，更似乎是在为了什么得意，嗓了还略沙哑就又开口说：“再等下去，臣妾就要想皇上想疯了，不过还是臣妾又赢了一回，皇上先来了。”

说完这句，明媚鲜亮的笑容又在她脸上绽放，一扫病容的憔悴，她主动扑进了玄烨的怀抱，倒让皇帝怔了怔，可香香软软的人入怀，久违的安逸舒心感，让他不由自主地抱起了岚琪。

一直以为见了面，就会瞧见她哭，刚才的琴声也满是怨艾思念，从太后那里一路过来，心里就矛盾要不要见，奈何皇祖母压着，可他真的不想看到她哭，她的委屈玄烨全明白，但玄烨也希望，能有一个人来体谅自己。

“明年或又要大选，往后还会有更多的新人进宫，朝堂上的局势瞬息万变，朕必须同时制约后宫的平衡，朕一定还会疏忽你，甚至还会伤了你，可是……”

玄烨的话未说完，就感觉怀里的人更紧地抱住了自己，轻轻从他的胸膛前发出声音，似乎在说：“不管皇上有多少新人，被乌雅岚琪缠上，可丢不掉了。”

“丢不掉了？”

“嗯。”

“那朕这会儿若想听你弹琴？”玄烨的心渐渐松下来，把怀里的人推开，捧着她的脸颊，柔嫩的肌肤触在掌心，心里头一热，禁不住亲了一口，白嫩的肌肤瞬间就染上了绯红。

“那也要看臣妾有没有心情了，现在可碰也不想碰，皇上且等等再说。”岚琪噘着嘴，眼中满是笑意。她觉得自己大概是天下第一个没出息的女人，想他想得夜不能寐，吃醋觉禅氏得宠又不能在人前表露，她更不愿承认把琴扔下去的那一瞬是想宣泄怨气，可一见玄烨来，就算刚才只是听见李公公说，她就突然什么都不在乎了。

能看到他，能被他抱着，哪怕宫里还有十个百个觉禅氏等着，她也无所谓。

“朕整个六月都没入过后宫，忙得日夜连轴转，身边连一个贴心的人都没有，你怎么不早些动念头要回来？”玄烨嗔怪着，“你就是比朕狠心。”

岚琪嘟囔道：“可臣妾病着呢。”

“不知道你病着，是朕疏忽，可朕一听说你病了，立刻就启程来看你，你还要吃醋还要不开心吗？他们说不知道你为什么发烧后一直病到现在。”玄烨说着，突然将手覆盖在岚琪柔软的胸脯上，惊得人家一颤，他却笑，“朕只想和这里头乖巧听话的小宫女好，你这样矫情的最讨厌，你老实说，到底为什么把琴沉了？”

岚琪推开他的手，只管黏糊糊地贴身上去，可是一靠在玄烨怀里心就松下来，安逸地笑着：“反正就是臣妾又赢了。”

“天底下只有你敢说赢了朕，兄弟大臣们与朕下棋都不敢赢，你总是这样挂在嘴边，叫人听去，就是恃宠而骄没规矩，成何体统？”玄烨说这些，身子已经在枕头上靠下去，怀里的人跟着一起躺，伸手滑过她丝绸般的秀发，指间微凉的感觉让他想到刚才岚琪倒头栽进湖里的模样，又冷了脸说，“莲藕有什么好看的，你怎么那么傻？朕看你那样子，脑袋里稍稍想着你会不会掉下去，转眼你就真的掉下去了，朕都不知该生气还是担心你，如果周遭什么人都没有，你不就淹死了？”

提起这个，岚琪才觉得还有些惊魂未定，皱眉头说：“那一刻臣妾想，都没记住最后见您时是什么模样，心都要跳出来了。幸好下面都是莲叶层层叠叠，身子是被托住的，没往下沉，皇上放心，臣妾淹不死。”

见她还说得头头是道，玄烨忍不住屈指在她脑门上重重一叩，疼得岚琪惊叫了一声，两手捂着额头直哼哼，再等松开手，白皙的额头上稍稍隆起一个红彤彤的包。玄烨笑了，而她自己伸手摸到肿起的地方，顿时热泪盈眶，转过身缩到那一头去，竟是真的抽抽搭搭哭起来。

“很疼？”玄烨立刻凑上前，想要她转过来看看，可人家死死不肯挪动，他用力把岚琪转过来，岚琪又抬手捂住额头，眼泪汪汪地说：“本来就长得难看，这下更难看，皇上快走吧。”

玄烨闻言，立时虎着脸：“你赶朕走？”

岚琪心里突突直跳，竟还是点点头说：“不是赶，是请，皇上请回，臣妾现在样子丑陋，不宜伺候圣驾。”她这话说出口就想狠狠给自己一巴掌，乌雅岚琪你在作死吗？可就是没忍住，甚至继续说，“那个什么觉禅常在貌若天仙，皇上一定舍不得在她额头上磕个包。”

玄烨满面冷意，挪动了一下身子，岚琪心里一沉，后悔已经来不及了，正想着要不要再去拦住不让走，身前的人突然把自己拖过去往炕上一摁，伸手就解开了她颈下的口子，大手揉在左胸口的丰盈处，看着身体下哆哆嗦嗦的人，恨恨地说：“让朕好好摸摸这里，把听话乖巧的乌雅岚琪放出来，把现在这个伶牙俐齿顶嘴的塞回去，朕厌烦极了。”

刚才还怦怦直跳的心顿时化作水一般，岚琪傻笑着双手捂住玄烨的手摁在胸口：“可惜两个都病着，不能伺候皇上。”

话说完，又想起来额头上那个大包，赶紧又抬手捂住，玄烨被她逗得又气又好笑，欺身上来狠狠亲了两口说：“你哪儿是病，是矫情而已，朕来了，比任何太医开的药都管用，身上冷冰冰的，朕给你揉揉可好？”

岚琪才被从水里捞起来弄干净，没来得及梳头穿衣裳，苏麻喇嬷嬷就来把环春几个通通叫出去罚跪。玄烨见到她时身上也只有银晃晃的绸缎寝衣，这会儿禁不住几下就被脱得所剩无几，大手在冰肌玉骨上慢慢磨蹭，冰凉无血气的身体渐渐发热，他们一年多没有肌肤相亲，已然生育两个孩子的身体，被稍稍一撩拨，便似云似雨难以自制，再想不起来什么病不病的，眼瞧着日近黄昏，更不顾什么了。

太皇太后让玄烨不必再过去，他还真就没再去祖母面前。直到第二天一早两人过去请安，见岚琪面色红润气血极好，老人家心里发笑，拉在身前却说：“仗着生病，躲着我和孩子，皇帝一来你就好了？”

岚琪羞得满面通红，转身去边上抱着胤祚，皇帝过来看，小家伙长得虎头虎脑，四五个月大，似乎比他亲哥哥那会儿长得还好些。见岚琪得意，玄烨嗔她：“你病了这么久，谁在照顾，有什么可得意的？”

岚琪不理睬，抱着儿子去太皇太后身边。玄烨在一旁坐了，不多时太后过来，两人起身请了安，又见裕亲王福晋和恭亲王福晋来，皇帝道声辛苦，便说启程回宫的事，请众人都稍作准备，预备两天后就走。

说话工夫李公公来，说折子送来了，原是皇帝改变主意要住几天，宫里的折子就辗转送了过来。玄烨哄心上人和看祖母都是要紧事，但国家大事也时刻不能放下，太皇太后也不留他，让皇帝去清静的殿阁里办国事，碰上要紧的事连着大臣都跟到行宫来了。

之后一下午岚琪也没见到皇帝，就听李公公对太皇太后说皇帝这一个月多忙，听说几天几夜不歇息的也有，才后悔自己不该撒娇吃醋，自己好日子过着，哪里知道他的辛苦。便悄悄回住处，开灶炖汤羹，日暮时分暖暖地送来。

彼时玄烨正好放下手里的事，起身就见她入门来，顿时心情愉快，携手在窗下坐。夕阳斜射，看着她纤纤玉指盛汤羹端到面前，惬意道：“早想带你来园子里住住，那年说封了印就来，结果没成行。如今虽磕磕绊绊的，还有别的人在，且不过住两日，可朕觉得很自在，像在世外桃源，要紧的是，你在身边。”

岚琪笑悠悠道："臣妾炖的竹荪鸡汤，可不是红豆莲心，皇上怎么说出来的话，甜甜蜜蜜的？"

玄烨伸手在她脸颊上拧一把："这张嘴最烦人，还想在额头磕一个大包出来？"

岚琪朝后缩了缩，指着汤羹说："皇上赶紧喝，人家守着炉子炖了一下午。"

玄烨优哉游哉地喝了一碗，的确鲜美清爽，又要了一碗才觉满足，懒洋洋要躺下去，却被岚琪拉起来说出去散散步。他也觉得该松松筋骨，跟着出来，沿着园中湖走，走到水桥上，瞧见昨天岚琪落水的地方，玄烨转身喊人："弄一块大石头来放在这里，往后德嫔娘娘再走过就小心了。"

岚琪脸涨得通红，逗得玄烨大笑，再往湖中亭来，见她昨日沉琴的地方，玄烨才微微蹙眉，虎着脸说："你何苦呢，看得朕心碎，满脑子想着朕到底对你做了什么，才让你生出这样决绝的念头，你说是不是错了？"

"皇上就那么想臣妾认错？"岚琪很坦率，"可臣妾自觉没错，沉琴的事若您没撞见，恐怕一辈子也不会知道，只是看见了才觉得生气难过。而臣妾要这么做的初衷，却并不是这样的，臣妾不想违心认错。反正再也不想弹琴，这辈子会弹琴也弹过琴了，太后福晋她们都说好，臣妾满足了。"

"那朕就听不得？"玄烨的眉头没有舒展，人家就拿柔软的手来揉，笑着说："皇上不是听见了吗，不算没听过。"

玄烨说："声声都是怨，听得朕心里烦。"

岚琪却笑道："但那是臣妾的心，没有任何功利目的，是真心实意弹出来的琴声。可往后再要弹给您听，就说不准了，那样子臣妾学琴反成了后悔的事，现在这样，才心满意足。"

玄烨揽她入怀，纤腰不盈一握，无奈地笑着："要你读书写字是朕后悔的事，弄得越来越聪明，口齿伶俐，朕说一句顶十句。"

怀里的人软软笑道："还不是皇上喜欢听？不喜欢听，说半句都嫌弃。"

远处裕亲王福晋和恭亲王福晋从住处过来，要去安排太皇太后的晚膳，远远瞧见皇帝和德嫔在亭子里说话，亲昵的模样叫人生羡，恭亲王福晋啧啧道："德嫔到底是厉害，这一次回去，恐怕要比从前更得宠了。"

话虽如此，可紫禁城里，承乾宫有贵妃圣宠不倦，咸福宫里温妃近来也讨皇帝喜欢，新晋的觉禅氏更是艳冠群芳，德嫔秋日归来要面对何种情景，一切皆未知，而眼下皇宫僻静的小院落里，就已有一件事将对后宫有所影响。

觉禅常在似乎是有了身孕，香荷劝她禀告荣嫔知道好请太医，她三思后却拒绝，冷静地对香荷说："等皇上回宫再提不迟。"

而香荷在宫内耳濡目染，便想着更远的事，问起生了皇子或公主是不是要送去阿哥所，还是要被哪位娘娘抱走，觉禅氏才说："所以现在不能让别人知道，我不在乎孩子被送给什么人，阿哥也好公主也好，都无所谓，只有一个人不行。"

香荷眼珠子转悠了一下，轻声问："惠嫔娘娘？"

第三章

教养四阿哥

两日后，皇帝亲迎太皇太后回宫，浩浩荡荡的队伍入宫门，恰逢钟粹宫里戴答应产子，本该是喜事，奈何小皇子先天足有残疾，不免叫人惋惜。

车马劳顿，从玄烨口中的世外桃源又回到宫里，岚琪才觉得在那里的几个月不过是一场绵长的梦。现实终究还在这紫禁城里，如今她回来了，梦也醒了，幸是想到玄烨说将来要带她大江南北地走一走，才多了些海阔天空的期盼。

岚琪回永和宫后，在炕上睡了大半个时辰，听见胤祚的哭声才醒来，只觉得浑身疲惫，正打算勉强起身换衣服去慈宁宫伺候，环春送药来给她喝，笑着说："还是太皇太后体贴，派人来说这几日您不必过去了。再有七阿哥的赏赐也有了，太皇太后说先天不足的孩子定有些来头，戴答应有功升了常在，让住进东配殿。"

岚琪皱眉喝干了药，急急忙忙在果脯盘子里撕了一块杏脯，又听环春继续说："但是太皇太后说小阿哥天生不足，后天抚养不能再有疏忽，钟粹宫里人多又有两个公主，只怕不能尽心，所以已经送去阿哥所了。"

"去阿哥所了？"岚琪叹了一声，"如今哥哥姐姐们都在各自额娘膝下，他孤零零在那里，怪可怜的。"

之后还是穿戴整齐，不去慈宁宫，去后头钟粹宫瞧了瞧。彼时戴答应已经醒过来，端嫔说既然太皇太后有恩旨，不等她出月子，今天就把她直接搬进东配殿。岚琪在自己曾经住过的地方看着戴佳氏说话，恍然觉得很不真实。

她还记得自己元宵夜后回来，在这里接受宫女太监的拜贺，之后在布贵人身边哭得眼睛红肿，李公公便提醒她，不能在太皇太后面前失仪。曾经的一切历历在目，第一晚在乾清宫的情景也仿佛是昨日之事。可什么都不同了，她已经是在嫔位的娘娘，如今这里又住了一个常在，但她必定走不得自己的路，而自己的路又要走多远走多长，也许几十年后往回看，还会是现在的心境。

戴常在生了个小皇子，竟惹得岚琪思考人生，从钟粹宫回来后便闷闷不乐，环春几人也不敢胡乱劝说，不想夜里乾清宫就有人送话来，说皇帝夜里过来，让德嫔娘娘准备。

夜里玄烨过来时，胤祚正在哭闹，不知哪里不舒服，足足哭了小半个时辰。一屋子人围着转悠，岚琪更是束手无策，连皇帝进门都不及接驾。结果玄烨进来把孩子接过去，小家伙立时不哭了，睁大眼睛看着父亲，乌黑的眼珠子转悠半天，就在父亲怀里睡踏实了。

做父亲的好生得意，玄烨素来是对奶娃娃没法子的，平时都不太敢抱。今天是见岚琪一脸挫败不耐烦，才想哄她高兴抱一抱儿子，谁晓得一抱就踏实，情不自禁冲着岚琪邀功自傲，心情甚好地说："到底是朕的儿子，知道阿玛和额娘哪个才可靠。"

"皇上高兴只管高兴，做什么挤对臣妾？"岚琪心情也好些了，两人相依看着乳母照顾好儿子，便回寝殿。玄烨在乾清宫用的晚膳，坐下就只要一碗茶喝，喝茶时说起七阿哥的事，玄烨才皱眉："是个可怜的孩子，朕本不想将他独自放在阿哥所，但既然是皇祖母的意思，朕也不好违逆。岚琪你帮朕留心些，将来若有谁轻贱七阿哥，或是朕疏忽时，要记得提醒朕几句。"

岚琪点头答应，玄烨再看她时，伸手来学着她平日的模样揉一揉她的眉头，笑："进门就见你愁眉苦脸，现在儿子踏踏实实睡了，怎么还不高兴？"

"舍不得园子里的自在，进宫就觉得心里闷闷的。"岚琪顺势在他怀里躺下，两人靠在一处。玄烨顺着她的胳膊轻轻抚摸，也叹道："过几年朕南巡，领你去瞧瞧江南园林。我们在京城也造一座园子，距离紫禁城不必太远，往后就能常常过去住。"

岚琪恬然笑道："臣妾可等着啊，您不能随便许诺。"说着抬脸看玄烨，见他方才哄好孩子的喜悦渐渐淡了，也有愁绪爬上他的眉头，便坐直了认真问，"皇上也有不高兴的事儿？"

玄烨眼神一晃，苦笑出声："孩子们长大了，朕突然觉得肩上又多了一个担子。晚膳前让胤禔来说功课，结果朕离宫前布置的功课他都没做好，朕很失望。这孩子骑射极有悟性，书本上的功夫却不肯花心思，朕骂也骂过打也打过，实在为难。想想皇祖母从前教导朕，那会儿朕一门心思就只想把什么都学好，怎么朕的儿子就没有这样的心思？教导他们让他们成才，比对付后宫里的事可要紧多了。他们都是大清的未来，君子之泽五世而斩，这句话一直悬在朕心里。没有好的子孙后代，朕奠定再坚实的江山也迟早被败光。"

听见皇帝说如此严重的话，岚琪不知怎么开口才好。而他絮絮叨叨一吐为快，说出来了心情倒是好些了，笑着说："必须从严才好，胤禔是老大，明年太子也要正经上课，往后弟弟们都瞧着他们。孩子们越来越多，朕不可能面面俱到，必然要教出些像样的哥哥，将来好帮着朕管教弟弟们。"

岚琪笑道："可不是，皇上还要有好多好多皇子公主，您顾不过来。"

玄烨却欺身上来搂着她，笑眯眯说："朕稀罕咱们的孩子，等你身体好些了，给胤祚再生个弟弟？"

岚琪挣扎推开他，笑得满面通红："这几天累坏了，皇上今晚好好歇歇。"

两人一言一语各自说心事，玄烨倒是一吐为快了，但岚琪终究没能说四阿哥的事。她不能说也不敢说，但瞧玄烨今晚的态度，心里明白皇帝不会由着佟贵妃惯坏了儿子。眼下胤禛还丁点儿大，布贵人的忧虑虽然有道理，可也忧虑早了些，再晚两三年也不迟，到那个时候玄烨一定会干涉。他刚刚才说了，稀罕自己和他的孩子，四阿哥终究还是她乌雅岚琪生的。

那之后几天，圣驾都在永和宫休息，内务府里也不见记档之事，但皇帝并不去别处，夏日里得宠的觉禅常在连声音都没了。众人只叹德嫔厉害，不动声色间就抢回了属于她的一切。

而今除了承乾宫和咸福宫的尊贵，宫里再无人能与德嫔相比，昔日风光的翊坤宫仿佛一蹶不振似的。秋色越浓，宫内越平静，只有机警一些的人才在心里担忧，眼下的宁静，莫不是风雨将至的预兆。

中秋在即，佟贵妃请旨皇帝，念夏日江南大灾，后宫欲节省用度，拨款赈灾。玄烨虽喜，但言朝廷不缺后宫这笔钱，还是着后宫大摆中秋宴席。只是佟贵妃不过动动嘴皮子，宫里的事一概懒得管，这事自然又落在荣嫔和惠嫔身上。

这一日，荣嫔过来惠嫔处商议中秋宴的事。正说得高兴，外头宫女匆匆来禀告，说大阿哥在书房闯了祸，已经被皇帝叫去乾清宫，皇帝让惠嫔此刻也过去。几句话听得惠嫔脸色都白了。

如此光景，荣嫔也觉尴尬，与其闷声不响让人猜忌她在心里看笑话，不如实实在在说出口，便劝惠嫔："皇上教儿子，再严再狠我们都不能吱声儿。不要以为我会在心里幸灾乐祸，胤祉也要长大，一样的事就在日后等着我的。"

惠嫔只叹："旁人或许会幸灾乐祸，姐姐你的心我还不懂？也是我的福气，生了长子，既然是福气，就要好好担当着了。"

两人说罢便散了，惠嫔理了妆容坐了肩舆匆匆往乾清宫去。荣嫔来时就是用走的，便带人原路返回，半道上吉芯却来了。她本该在家里支应内务府分派秋冬份例的事，荣嫔便知必然有事。吉芯到了跟前，果然凑在身边说："娘娘，底下小宫女听见几句，觉禅常在似乎有身孕了。"

荣嫔皱眉："几时的事？"

"有一阵子了吧。皇上六月之后没再召幸过，若是那会儿有的，都三个多月了。"吉芯说，"奴婢看她多半是自己知道了，只是瞒着不报。"

"这是天大的好事，为何不……"荣嫔话说出口，就咽下了。如今她贵在嫔位，已经不记得自己做常在贵人那会儿的事。从前的自己，也是如今觉禅氏她们的无奈，竟是全忘光了，她自嘲地冷笑道，"可不是不能报吗，如今更不是从前的光景，不算计好了怎么成？"

便又吩咐吉芯："派人好好瞧着，看看她算计什么。她虽不是紫禁城里最苦的人，可她吃过的苦也不是谁都能熬得住的。这样的人一定不简单，我多留心些总没有错。"

这边荣嫔盯上了觉禅氏，乾清宫那边惠嫔匆匆赶来。还没喘口气，就见纳兰容若从里头出来，不知是不是什么要紧的事连内侍卫都惊动了。容若只是规规矩矩地行礼："惠嫔娘娘吉祥。"

惠嫔轻声问："大阿哥闯什么祸了？"

容若笑："大阿哥没有闯祸，是从书房逃学躲在宫里玩耍，皇上让臣找到后送来乾清宫。"

惠嫔蹙眉叹气，见容若还满面笑意，怨声说："你怎么总是帮皇上担外差，留在京城多好，也好教教大阿哥。"

可不等容若说话，李总管已迎出来，引着惠嫔一路进去。她都不记得上回来乾清宫是几时，终于来了，却是为了儿子犯错，做额娘的也一并被拉来训话。但李公公很客气，一路笑悠悠说："娘娘不必太担心，万岁爷就是喜欢大阿哥才管得紧，您说是不是？"

这份骄傲和自信，惠嫔还是有的，也客气地说："李公公在乾清宫眼观六路，往后书房里有什么事，还请你派个小太监来告知我。我做额娘的若什么都不知道，皇上也看不惯。"

李公公自然满口答应，往后做不做另说。走到门外头，惠嫔就已经听见儿子的哭声，还有皇帝凶巴巴地说："朕杖责你了吗，你哭什么？不是本事大得很，都敢翻墙出去了？"

惠嫔听得心里发颤，深深吸口气，含笑进来。玄烨见她来了也没再继续责骂，惠嫔朝皇帝行了礼，便站在一旁。玄烨又生气地责备儿子：“你额娘来了没看见？怎么不行礼，你念书念得糊涂到礼仪规矩都忘了？”

胤禔虽是长子，但不过八岁多。玄烨幼年离宫，八岁已登基做皇帝，经历种种，自认八岁的孩子应该十分懂事。可大阿哥生于安逸，自幼又得太皇太后宠爱，娇生惯养，怎会及得上他父亲当年的心智。刚入书房时还图个新鲜有趣很是乖巧聪明，但渐渐就厌烦了，小小年纪坐不住多久。书房里太傅讲一篇文就要一两个时辰，而他每天只想着拉弓骑马那些事，根本收不住心。

惠嫔见儿子抽抽搭搭地给自己磕头行礼，心里又恨又疼，却不敢在皇帝面前胡说什么。不论她如今什么境遇，从没在皇帝面前有过不谨慎不端庄的时候。她稳稳当当地绷着脸上的神情，垂首只等皇帝开口。

“你的性子好，断不会宠溺了这孩子，朕不怪你。”玄烨轻轻叹了一声说，“可他若再有出格的事，闯祸也好胡闹也罢，人家就要指着你说话了。”

惠嫔屈膝在地，紧张地应着：“臣妾知罪，是臣妾没有教导好大阿哥。”

“朕不怪你，但大阿哥不适合再在你身边。”玄烨面色深沉，似乎也不愿狠心做这样的事。然而子不教父之过，他不能放任长子继续这般胡闹对付。眼见得惠嫔的身子颤了颤，也觉得她作为母亲可怜，可还是狠心说，“大阿哥即日就搬回阿哥所去，没有额娘在身边，自然就少些依赖。这件事朕已经问过皇祖母，皇祖母也觉得妥当，只能委屈你了。”

惠嫔的心都要碎了，耳朵里嗡嗡直响，脑袋一片空白，听见玄烨说“只能委屈你了”，竟是含泪道一句：“臣妾不委屈，一切以大阿哥教养为重。是臣妾溺爱耽误了大阿哥心智长成，皇上和太皇太后不怪罪，臣妾已是深感惶恐。”

可她说完这些话，胤禔就扑在亲娘身边哭，一声声说着：“儿臣不要离开额娘，儿臣不要去阿哥所……”

玄烨见不得儿子哭闹，训斥他男儿有泪不轻弹，可大阿哥却哭着说要去找太祖母。惠嫔吓得脸色惨白，就差伸手捂住儿子的嘴。奈何胤禔依旧纠缠不休，终究惹怒了他父亲。玄烨厉声喊来了李总管，让传家法，要杖责胤禔。

惠嫔半句话也不敢劝，眼睁睁看着儿子被拖出去打板子。胤禔声嘶力竭的哭声几乎穿透她的耳朵，茫然不知所措时，却被玄烨亲自从地上搀扶起来，她颤颤巍巍地听着皇帝说：“你要有所担当，他是长子，朕对他寄予很多期望，一顿板子要不了他的性命，但能让他记住教训。你若软弱他就会觉得有地方依靠，今日朕不打他，来日他就会被百姓子民唾弃，难道你希望儿子将来做个庸碌无能尸位素餐的皇家子弟？”

惠嫔眼中泪水滴溜溜转着，一点头就落了下来。她也曾经是侍驾在侧的女人，对皇上多多少少还有情意在，长久以来被冷落疏远，突然听见玄烨这样一番肺腑，完全不能自制。她哭得泣不成声，努力挤出几个字说：“臣妾谨记，臣妾听皇上的。”

玄烨也没再多说什么，让李总管好好送惠嫔回去。大阿哥那里杖责一下都不能少，伤后也不许惠嫔去探望，直接送去阿哥所。原先住处的东西除书籍笔墨一律不必再送过去，惠嫔自行处理就好。

惠嫔在乾清宫磕头谢恩，失魂落魄地出来。儿子不知道被带去了什么地方，听不见哭声喊声，也不晓得那些太监会不会下死手打。李公公也无可奈何，只能劝她：“皇上亲自管教，也是大阿哥的福气，别的皇子轮也轮不上呢。”

“皇上今日气大了，李公公上败火的茶才好。”惠嫔忍住眼泪，反过来嘱咐李总管一声，便坐了肩舆回去。可几乎是捂着嘴一路哭到门前，回了屋子更是委屈得号啕大哭。

阿哥所的人很快就来整理大阿哥的东西，她强打精神去照看，将书籍笔墨一律送去，其他东西都留在原处。宫女跟出去想塞些银子，那边的人也不敢要，只好心说了几句大阿哥被打得不轻。宫女回来再告诉她听，惠嫔又是哭了一场。倒是不多久慈宁宫来人，请她过去说话。

这件事也很快在宫里传开了，岚琪正好来钟粹宫看望戴佳氏，纯禧和端静也在跟前。听说大哥哥挨打了，端静吓得眼睛泪汪汪的，纯禧自认是大姐，教训妹妹说：“你要是不听话，皇阿玛也打你，往后可不许胡闹了，你如今也是姐姐了。”

一语说得端静缠着岚琪号啕大哭，哄了半日才好。布贵人倒不似从前偏心亲闺女，还夸纯禧说得对，惹得端静死活要跟德娘娘去永和宫，母子分离的事摆在这里倒成了笑话。但纯禧和端静离开后，众人脸上还是布了一层忧虑。

公主胡闹一些不打紧，终归是娇生惯养将来下嫁婚配，不指望她们什么的。端嫔和布贵人尚好，倒是岚琪膝下已有两个儿子，不管养在谁那里，四阿哥的前程也一定是她记挂的事，戴佳氏的七阿哥也不知未来会如何。如今看皇上如此严苛管教大阿哥，虽是孩子的福气，但她们谁不希望自己的孩子聪明听话，能做个让父亲骄傲的皇子。

“惠嫔一定伤心坏了，当年费那么大的劲儿……”端嫔没留神提起了当年事，听得岚琪眼神也一晃，端嫔立刻改口道，“太子倒是乖巧得狠，若是赫舍里皇后在，一定十分骄傲。”

此时玉葵从永和宫过来，说乾清宫来人请主子过去。岚琪不得已，布贵人送她出来时还取笑：“皇上气大了，你不去顺顺气，哪个劝得？”

岚琪脸红，推开姐姐不理睬她，径直往乾清宫来。到门前才下肩舆，却见前头一乘小轿过来，轿子落下，太子从里头出来。身后有小太监跟上来，手里捧着厚厚一叠临帖。

太子才六岁多，个头倒是见长，和大两岁的大阿哥站在一起一般高，心智也比大阿哥沉稳许多。前几年太皇太后总念叨他太过怯弱，这两年稍好一些，只是性子依旧很闷，小小年纪就少言寡语。此刻过来向德嫔行了礼，他是储君，岚琪也不能像一般皇子那样看待，对着一个六岁的孩子十分客气。又一直记得两年前钮祜禄皇后没了时的光景，很是心疼这个孩子。

“德嫔娘娘也来见皇阿玛？”太子仰着脖子，认真地看着岚琪，声音还很稚嫩，说着老成的话便十分可爱。

岚琪颔首笑：“皇上传旨召见，太子呢？是来给皇上看你写的字？”

太子点头，似乎喜欢岚琪，竟很难得地冲人笑道：“德嫔娘娘先请，儿臣的事不急，只是每日临帖写的字，都由皇阿玛批阅指点。”

岚琪看了眼身后小太监手里捧的纸，稍稍让开说：“还是太子先进去吧，我去别处等一等就好。你皇阿玛正有些不高兴，瞧见太子写的字，一定就开心了。”

太子想了想，点头说：“皇阿玛是为了大皇兄生气，我不会像大皇兄那样。”说罢朝岚琪欠身施礼，便领着小太监进去。跟在他身后的嬷嬷宫女都笑得很尴尬，很快有乾清宫的人来请岚琪在别处等一等。

李总管知道德嫔来了，退出皇帝那边就亲自过来。岚琪见了便问：“大阿哥怎么惹得皇上动刑，公公你也不劝劝。”

“惠嫔娘娘在边儿上半句话都不说，奴才怎么敢插嘴。皇上的脾气您也知道，和太皇太后一个样儿，若是说要打了，谁劝谁倒霉，挨打的那个打得更重。”李公公苦笑着，“皇上气得有些上火了，奴才问要不要请您来，见点了头，赶紧就去请了。您一会儿可要好好劝劝，夏天到这会儿也不是只有忙赈灾的事，还有日常朝务全国各地商农工事。皇上若非万金之躯天命之子，怎么承受得住。”

岚琪欣然笑道：“该是公公你去劝，这几句话说得多好听。一会儿我照样搬给皇上听，就说从你这里学来的。”

她话音才落，竟真听见玄烨的笑声。两人面面相觑，赶紧出去看，隐隐瞧见皇帝和太子在说话，已不见愁容怒色。太子声音朗朗，似在背书，乖巧聪明的模样，让父亲龙颜大悦。

瞧见父慈子孝，岚琪不禁动容，叹息着：“皇后娘娘一定很欣慰。”

李公公则问：“若是有赫舍里皇后在，也就不会有钮祜禄皇后，可娘娘您没怎么见过赫舍里皇后，说的是钮祜禄皇后吧？”

岚琪才知失言，点头说：“不该讲这样的话，会让太子难堪的。”

之后又等了小半个时辰，太子才离了父亲跟前。是极有礼貌的孩子，知道德嫔娘娘等在边上，问过太监她在哪里，过来行礼告辞后才离开。岚琪赞叹不已，之后见了玄烨也说：“太子身边的乳母嬷嬷们一定也是最好的，太子行止有礼，她们也功不可没。”

玄烨方才见了太子心情好些，再见岚琪更觉自在，又听她夸赞太子，脸上笑意更浓。只是提起太子身边的人，皇帝却说：“他原先身边的乳母宫女多嘴多舌，朕已经全打发了。这几个是苏麻喇嬷嬷调教过的人，也不怪太子近些年比从前好。那会儿见了朕就哆嗦，如今按理说长大了该更怕，可反而比从前大方，就是还不像个孩子，恐怕也改不了了。”

玄烨说着不留岚琪在乾清宫，要和她一起去永和宫歇着。两人不坐轿子一路走过来，岚琪想了想还是劝玄烨：“皇上去瞧瞧大阿哥吧，李公公说打得不轻呢，到底还是个孩子，如今额娘也不在身边，该吓坏了。”

玄烨却冷脸看她：“你也是慈母心肠，往后胤祚朕也要亲自管教才好。打了便是打了，朕去看他，难道让他撒娇不成？他都八岁了，还哭哭啼啼成何体统？你也不许再提了，朕才高兴些，你又来招惹。”

岚琪见他认真，当然不敢再多嘴，倒是玄烨怕吓着她，反过来哄她几句，两人才说说笑笑往永和宫去。可还未走近，宫道前头转过一行人，彼此都还没看清，就听见奶声奶气的“皇阿玛”，然后就有圆滚滚的小人儿蹒跚跑过来。岚琪心里猛地揪紧，回宫以来，她还是头一回见到四阿哥。

孩子脚下还不稳，可摇摇晃晃跑得不慢。玄烨见他扑过来，也迎上去一把抱住。胤禛咯咯笑着一声声皇阿玛喊得人心都酥了，又越过父亲的肩头看到岚琪。但岚琪才冲他笑一笑，胤禛就一脸陌生地转过去了。

那边佟贵妃也赶上来行礼，笑着让岚琪免礼，自己便立定到玄烨身边，拍拍胤禛的屁股说：“胤禛又顽皮了，额娘说过见了皇阿玛要行礼，后头还有一位德嫔娘娘呢。”

胤禛懵懂地看着贵妃，小嘴噘得老高。贵妃伸出纤纤玉指轻掐他胖乎乎的脸颊，宠爱地笑道："额娘还说不得了吗？你啊你，快下来，给皇阿玛行礼。"

玄烨虽然喜欢胤禛，可眼下岚琪就在身后，她未必会表露在脸上，但心里一定痛苦极了。如此玄烨也没什么乐趣，哄了胤禛几句就把儿子放下。可小家伙却抱着父皇的腿，娇滴滴地嚷嚷道："皇阿玛，吃饭，额娘，饭……"

佟贵妃幸福又满足地笑道："四阿哥请皇阿玛去承乾宫用膳呢。今日家里正好送了些山珍进来，臣妾让小厨房炖了汤，皇上去尝尝吗？"

"皇阿玛……"胤禛依旧大声嚷嚷，小娃娃扭捏自然比不得大阿哥那样，玄烨只能又把儿子抱起来。他明白今天不去承乾宫，贵妃心里一定会记恨岚琪，虽然他更心疼身后的人，但为避免种下怨恨，还是狠心地对岚琪说："朕去承乾宫，你到慈宁宫去瞧瞧，问问皇祖母胃口可好，让个太监来禀告就成了。"

岚琪应承着，又朝贵妃行了礼，便带着身边的人转身往慈宁宫走，越走越远，身后胤禛"皇阿玛、额娘"的喊声也越来越轻。那边必然也走了，两处相背而行，再往前走，就真的什么也听不见了。

耳朵清净，心也空了，岚琪倏然停下脚步，惊得身后随行的人吓了一跳。环春最知她的心意，凑上来说："皇上和贵妃娘娘已经走远了。"

岚琪点点头，捂着心口深深呼吸，努力扬起笑脸说："咱们去慈宁宫吧，皇上说了的，不能不去。"

环春觉得她还不如回去掉几滴眼泪的好，偏要挤出笑脸去慈宁宫承欢膝下。可她知道劝是劝不住的，在她家主子眼里，只要皇上说过的话，就都要做到。

辗转来到慈宁宫，这里也要摆晚膳了。惠嫔和苏麻喇嬷嬷在外头张罗着，瞧见岚琪来了，掩了掩红肿的眼睛，笑靥如花地说："妹妹是有口福的，贵妃娘娘才孝敬了太皇太后好些山珍，你闻着香味就来了不成？"

岚琪见她淡定自若，努力表现出不受大阿哥的事影响，自己也不好贸然出言宽慰，玩笑几句，走到太皇太后身边，问她胃口可好，之后又打发了太监去回话，太皇太后还是狐疑："既是叫你来问，怎么皇帝去了承乾宫？"

岚琪示意惠嫔在外头，不想多说。太皇太后也不勉强，见她笑得还算自然，一起用了膳。难得惠嫔和岚琪在一起，席间提起孩子的事，太皇太后教导她们要放下慈母心，教导皇子也是国之根本，若是无力教导，就要尽早放手。

她们的天职是伺候好皇帝，教育皇子则是皇室和朝廷共同的事。

一人都虔心聆听教诲，伺候用膳后，又陪坐消食，最后一起离了慈宁宫。在门前就要散了往不同的方向去，惠嫔却跟着岚琪走了一段，岚琪也开门见山地说："惠嫔姐姐有话要对我说？"

惠嫔看着她，从前还一口一声娘娘和臣妾，如今平起平坐，她也真是端得起这份尊贵，稳稳当当就改了称呼，还顺口得很。但这些多想也无益，便笑着说："我去乾清宫前和荣嫔姐姐在一起，走时她劝我不要干涉皇上的决定，皇上就是再狠心做娘的也不能吱声儿。我做到了，可回过头就痛得肝肠寸断。"

岚琪面无表情，轻声说："皇上是疼爱大阿哥的。"

惠嫔吸了吸鼻子，哼笑一声："这我自然知道，可是荣嫔姐姐还有一句话。她说晚几年同样的事也会等着她，我想这句话对你也有用吧，四五年后，四阿哥也该上书房了。"

岚琪颔首看着她，面带微笑："四阿哥的事，贵妃娘娘会尽心照顾。"

惠嫔猜到她会有这句话，不以为意，自顾自地继续说："太皇太后似乎有意，将来皇子凡入书房就都离开亲额娘搬回阿哥所。眼下只有大阿哥，暂时也不便说怕让人寒心，将来是否成行也未可知。可我劝你一句，这是个好主意，这样四阿哥去了阿哥所，就不必让贵妃娘娘宠坏了。这个夏天你不在宫里，我们可都看在眼里的，大阿哥虽顽皮，但还不至于骄纵。"

岚琪看着她，若不是布贵人之前就说过，此刻听见不知又会是什么心境。人人都对她说贵妃太过宠溺四阿哥，不过是不足两岁的孩子，怎么宠溺了点儿就让她们这么看不惯？

惠嫔见她脸色尴尬，心里生出几分快意，终于转身往她该去的方向走。后头太监宫女赶紧准备肩舆，和岚琪擦身而过时，惠嫔又说："虽然你难免也要承受和六阿哥分离的痛苦，但想想这也是为了四阿哥好呢？"

"贵妃娘娘才是四阿哥的额娘，一切自然由娘娘教养，臣妾也会好好教导六阿哥，多谢惠嫔姐姐费心。"岚琪说完这句话，含笑欠身告辞，她们谁也不比谁尊贵些，不过是端得礼数。

惠嫔倒是愣在原地，瞧着乌雅氏从身旁走过，竟觉得与她相距十分遥远。曾经那个谦卑低调的小常在身上几时有过这样的气势，她明明不再是当年那个乌雅岚琪，为何皇帝还是这么喜欢她？

岚琪别过惠嫔后，便径直往永和宫走。从慈宁宫回去有很长的路，可她还是不辞辛苦地绕到后头去。环春知道她不想从承乾宫门前过，辗转回到家里，中秋时节竟都走得一身汗。

岚琪坐在炕上看着宫女们忙碌收拾，热乎乎的身子冷静下来，细汗渐收，背脊上也是一阵阵发凉。

“主子，热水准备好了，现在沐浴吗？”环春进来问，见她发呆，也不知惠嫔到底说了什么，猜想遇见贵妃和四阿哥的事，也足够她难受了。在慈宁宫绷了那么久，这会子缓不过神来也是有的，可主子却突然吩咐道：“你去把宫里的人都叫到正殿里，我有话要说。”

环春一怔，不敢怠慢，忙将永和宫上上下下宫女太监都喊来。如今再不是从前只有她和绿珠玉葵三人的光景，正殿里乌泱泱等了一地的人。岚琪在上首升座，众人跪拜下去，她也不喊起来，正色道：“我也是从宫女过来的，你们如今眼里看到的，手里做着的，我心里和你们一样明白。好的不好的都不多说，只有一件事你们断不能违逆我。”

众人来了永和宫这么久，头一回见德嫔正经摆出主子的威严，个个儿都俯首称是恭听训话。岚琪亦定神继续道：“紫禁城里人多，人多的地方就有口舌是非。自我来了永和宫，外头传说最多的，还是四阿哥的事。之前我曾让环春嘱咐你们，细想还是不够郑重，才要亲口对你们说。”

她清了清嗓子，郑重其事地道：“你们要记着，不论人前人后，四阿哥都是贵妃娘娘的儿子，永和宫的德嫔只有六阿哥。不论别人找你们说什么问什么，都记住了，四阿哥的事和你们和我都不相干，你们伺候好我伺候好六阿哥，就能安安生生过好日子。但若要生外心，或在外头嚼舌根子闯了祸，别怪我无情。”

这番话听得环春心里直颤抖，大家也都呆呆的不知怎么好。还是玉葵先俯首称是，众人才熙熙攘攘跟上来，岚琪再次重申：“永和宫里没有别的忌讳，你们不必噤若寒蝉，只有四阿哥的事不能多管闲事。有好事喜事乐一乐不妨碍，和其他皇子公主一样，除此之外任何事都不许你们去打听过问。我一向好脾气，但这件事你们不要想侥幸试探我。今天是我头一回说这句话，也是最后一次说。往后只要有人在这上头犯错，那么永和宫容不得你，紫禁城容不得你，我也绝不会让你全须全尾地离去。”

殿内气氛凝肃冷酷，德嫔最后这一句说得很平静，字字透着的却是不容违逆的狠劲儿。环春跟了她这些年，半句重话都没听过，今日却是沉到心里的发寒。可怪的不是主子对奴才狠心，而是她对自己太狠心，这一字一句说的，是真正要和四阿哥脱离关系。只怕同样的话明天她也会对布贵人说，主子这是要当自己，从来没生过四阿哥吗？

太监宫女们都磕头答应，说绝不会违背主子的意愿，待散了去，正殿内的冷清竟透出几分凄凉。

环春一人留下，伸手来搀扶主子。才摸到她的胳膊就吓了一跳，看似稳稳坐着的人，竟是在瑟瑟发抖，一下下颤得她心都要碎了。环春终于忍不住：“主子何必呢，四阿哥他……”

岚琪却倏然抬过冷冷的目光，她们从来都是姐妹一般亲昵，几时这样瞪过她。环春吓得朝后退了半步，就听主子说：“你最不能犯错，因为我离不开你。”

“奴婢知道了。”环春热泪盈眶，垂着脑袋不停地抹眼泪。岚琪终于软下了来，伸手握着她，“你不要哭，你哭了我也要哭的。咱们高高兴兴把日子过下去，其他的别再想了，从前咱们不是好好的？”

环春用力点头，搀扶她往屋子里去，喊宫女准备热水伺候主子沐浴，再也不提什么四阿哥，再也不管承乾宫的事。而岚琪自己冷静下来，安静地泡在热水里后，脑袋里竟已想不起来刚才正殿里的光景。

明明胤禛奶声奶气的“额娘”还缭绕耳畔，明明布贵人和惠嫔的话也盘踞在心里，可她就是下了狠心，下狠心让自己当作从没生过四阿哥，下狠心让自己忘记一切酸甜苦辣，把四阿哥和其他皇子公主一样看待。若不然，她终日都会为四阿哥的任何动静提心吊胆，为自己曾经的决定迷茫，而渐渐疏忽身边的事、身边的人。她是为了胤禛好才送他走，眼下就该安安心心伺候太皇太后和玄烨。

布贵人曾对岚琪说，佟贵妃太宠胤禛会给他招恨，连惠嫔都提醒自己贵妃把孩子惯得骄纵。她想想刚才相遇的一幕，四阿哥缠着父亲要一起走，若是玄烨不去，恐怕不是贵妃不高兴，而是这小娃娃要哭闹不休。兴许是贵妃什么都顺着他，所以在胤禛的世界里没有得不到的东西。大概这就是旁人眼里的骄纵，岚琪怎会不担心，可她不能干涉不能插手，不然佟贵妃生恨，玄烨和太皇太后都会担心她。

眼下岚琪唯有相信玄烨不会袖手旁观，相信他不会由着贵妃毁了孩子的前程。皇上心思细腻到能察觉太子身边乳母嬷嬷的不可靠，他还亲口说稀罕自己和他的孩子，更给了六阿哥“胤祚”这样尊贵的名字，所以她能为四阿哥做的最好的事，就是相信玄烨。

想着这些，缭乱的心渐渐平静，乌雅岚琪一步步走到现在，靠的就是明白自己要什么，明白日子该怎么过。不能因为别人几句话，不能因为后悔曾经的决定而迷失方向。她爱胤禛的心要好好藏起来，她做亲娘的要怎么才算疼爱儿子，不需要别人来理解，自己心里明白，就足够了。

出浴后，岚琪让乳母把胤祚抱来，要和儿子一起睡一晚。众人知道皇上今晚在承乾宫不会过来，也都不加阻拦，且见主子脸上笑意浓浓心情见好，都跟着放了心。

永和宫的灯火熄得很早，相邻的承乾宫却热闹许多。四阿哥嬉闹了好半天，玄烨都觉得头疼了，贵妃还精神十足地陪着他，直到四阿哥自己累了倦了才让乳母抱去。玄烨已是浑身疲惫，靠在炕上阖目休憩。贵妃端着一碗热茶进来，尚不自觉地问："皇上是酒吃多了上头吗，蜜茶醒酒，要不要进一碗？"

玄烨懒懒地摆手，想了想又坐起来说："你每天这样陪着胤禛嬉闹，累不累？现在已经很晚了，孩子不是应该早些睡才好？"

佟贵妃却笑道："他白天睡得多呢，晚上不怕晚一些，臣妾会照顾好胤禛的身体的。您瞧他虎头虎脑的，胳膊跟藕节似的。"

玄烨微微皱眉，觉得彼此似乎难以沟通，静了片刻才继续说："太子在乾清宫时，哪怕朕挑灯熬夜，他的起居饮食也是有规矩的。对孩子来说是约束，对他们的身体也好。朕劝你不要太由着四阿哥了，该好好约束他的起居习惯，你自己也不会太辛苦。"

佟贵妃却无法理解皇帝的好意，想着今天他和乌雅氏散步的情景，心里不免酸溜溜的，轻轻笑道："皇上的意思，是臣妾不会照顾孩子？四阿哥来了承乾宫，除了夏天贪凉咳嗽了几声，没病没灾连磕着碰着都没有，难道臣妾还不够尽心？"

玄烨语塞，他哪里是说这些，微微有些恼火，终于道："朕知道你疼爱四阿哥，可是太纵容娇惯。他如今就已生得要风是风要雨是雨的脾气，往后如何是好。"

贵妃低垂着脑袋不言语，护甲轻轻叩击茶碗发出丁当声。玄烨也没再继续说，屋子里的气氛很尴尬，好半天贵妃才终于开口问："皇上不进茶，是不是唤人来洗漱，您早些休息好。"

"朕不留下了，你照顾四阿哥要紧。"玄烨说着起身，贵妃坐在一旁动也不动，竟是傲气地说："那臣妾不送皇上了。"

玄烨头也不回地就走了，出门却瞧见四阿哥的屋子里依旧灯火通明，还听见奶声奶气在嚷嚷"不要，不要"。他蹙眉立足听了好一会儿动静，连贵妃都跟出来问怎么还不走时，才指着儿子的屋子说：“对着乳母大呼小叫的脾气，是好事吗？朕不怪你宠爱他，但这样的脾气往后见了外人，就会丢皇家的脸，丢朕和你的脸。”

贵妃脸上讪讪的，轻声道：“四阿哥是皇子，谁还会对皇子指指点点？”

玄烨一时激动，冷冷地说：“你若想不明白，那也不适合再抚养四阿哥。大阿哥今日挨打的事也不能让你警醒，还是你不知道？朕的儿子不可以骄纵跋扈，皇子的尊贵，可不是在脾气性格上，你再好好想想。”

贵妃亦激动起来，睁大眼睛问皇帝：“皇上口口声声说臣妾的不是，之前明明还好好的，是不是德嫔回来在您耳边吹风了，挖空心思要抢回儿子？”

“当初朕把胤禛送来承乾宫时，对你说了什么？”玄烨看着贵妃，她眼神恍惚，仿佛在寻找已经被遗忘的回忆，可皇帝不等她有所反应，就说道，“朕答应过你，四阿哥不会被任何人抱走，不要重复纠缠同样的问题。总之，你自己再好好想想。”

“皇上……”

贵妃再要出言，皇帝已转身离去。她立在门前眼睁睁看着他的背影消失在黑夜里，耳边骤然响起胤禛哭闹的声音，一声声额娘催着她的心肝。她转身跑入儿子的屋子，小家伙瞧见她张开手就要抱，扑在她怀里呜呜咽咽。贵妃哄了好久他才安静下来，儿子在怀里，却仍旧觉得不安。她不由自主抬眸望向窗外永和宫的方向，心内自问着：“她真的不想抢回去？”

玄烨离了承乾宫，走了十步远却驻足停留，发愣似的呆了好一会儿。李总管不安地上来问：“万岁爷预备去哪儿？”

玄烨这才动了动眼神，转身径自走过灯火通明的承乾宫，一直到早已安静的永和宫门前停下，抬手吩咐身边人：“小声点儿敲门，兴许已经睡了。”

李公公便亲自上去叩响门环，大门开了一条缝，里头值夜的小太监见是李总管实实吓了一跳，李总管则问：“德嫔娘娘睡了？”

“已经歇下了。”小太监打开门，瞧见门外头是皇帝，正要大声通报，被李公公一巴掌捂住了，推到边上去，迎着皇帝进了门。里头有人听见动静，绿珠掌着蜡烛出来瞧，看到是皇帝进来了，倒没有惊慌，迎上来说：“万岁爷，娘娘已经睡了。”

“朕瞧瞧她。”玄烨接过绿珠手里的蜡烛台，自己托着往门里走。一道道门走进，熟门熟路地近了卧榻，却见岚琪侧躺着，边上娇小的婴儿也憨然而眠。

他还是头一回见这样的情景，从未见过母子同榻的模样，瘦弱的岚琪以母亲之姿护着身边更娇小的孩子。她看起来不再那么弱不禁风，纤细的臂弯亦仿佛有无尽的力量，足以为她身边的孩子撑起一片天。

烛光恍惚，做娘的女人很警醒，岚琪睁开眼就先看看孩子，还以为自己睡迷糊了不知胤祚哭闹，以为是环春和乳母掌灯进来了。但瞧见儿子安然睡着，心里才疑惑，循着光源抬头一望，瞧见最熟悉不过的身影，心里头一热，脱口而出：“皇上？”

“小点儿声。”玄烨比了个嘘声，将烛台在边上放下。岚琪已轻手轻脚地从床上爬下来，身上只穿着薄薄的寝衣。玄烨怕她冷，随手拿过边上搭着的衣服给她裹上，两人在别处坐了，岚琪才问：“皇上怎么来了，要在这里睡吗？臣妾让乳母来把胤祚抱走。”

玄烨摇了摇头：“朕只想来看看你，你若不醒朕也走了，可还是把你吵醒了。”

岚琪笑道：“身边有个小娃娃，梦里哼哼一声臣妾都会醒，不是皇上弄醒的。”但一个激灵，明明记得玄烨去了承乾宫的，怎么大半夜地跑来，难道是和贵妃不开心了？不自禁地抬起疑惑的目光，昏暗的光线里，彼此都看不太清对方的神情，却听见玄烨苦笑：“朕还真不想走了，可是胤祚睡得那么好，朕又舍不……”

玄烨的话还没说完，岚琪已经起身出去。不多久又有宫女掌着蜡烛进来，环春和乳母都简单地披着衣裳来，知道皇帝在也不敢过来行礼，匆匆忙忙将六阿哥抱走。小婴儿睡得也实沉，竟没有被惊醒。

一阵动静后，寝殿又安静下来，其他宫女送来洗漱之物。岚琪拉着玄烨过来，亲手伺候他盥洗更衣。一切妥帖后把他推到榻上去，自己则又去洗手，再端了一碗杏仁奶，才走到床边，已见靠着的人安心睡过去了。

她转身搁下东西，回过来坐在床边看着玄烨。他阖目的样子和胤禛很像，虽然已经很久没再见过四阿哥睡着的模样，但曾经的点点滴滴，都记在她心头。儿子也有和他阿玛一样纤长浓密的睫毛，她记得自己在乾清宫时总爱伸手摸一摸熟睡时玄烨的睫毛。这会儿又起了这样的念头，她伸出手去触摸他的眼睛，可指尖还什么都没碰到，就被人捉住了手一把拉上床。

身子重重地跌进去，还没回过神时，玄烨已经抱着自己又静下来，他很轻声地说一句：“朕累了。”

岚琪小心地应着：“皇上早些睡。”

可他却紧紧抱着她，也不知这样能不能入眠，好半天他终于说：“朕多想把胤禛给你抱回来，岚琪，你为什么那么狠心？”

这一句话后，整夜寝殿内再无人言语。岚琪愣了很长一段时间，直听得怀里的男人平稳轻微的鼾声，知道他睡熟了，才将四肢百骸松下。刚才那一句话，让她浑身发紧，连呼吸都似乎有短暂的停歇，玄烨终究不能理解她？还是他为了这一切自责？也许明日起来他就不记得今晚说过什么，自己耿耿于怀，只会弄得所有人都不安心。

迷迷糊糊地睡过去，又是警醒的浅眠，翌日外头叫起的声音才响，岚琪就翻身起来。身边的人还在熟睡，她舍不得叫醒他，但御门听政不能懈怠，她心里有分寸。

而玄烨睡得再熟，被叫醒后也立刻就清醒了。昨晚睡在这里，安稳又踏实，早起直觉得精神百倍，浑身都舒坦。可忙里忙外给他梳头更衣的人，却顶着一双乌黑的眼睛。玄烨看了她好久，突然想起昨晚堕入梦乡前说的那句话，不顾边上还有太监宫女在，捉了岚琪的手就问：“昨晚吓着你了？”

宫女太监们见状都退让避开，岚琪见玄烨神情关切，心内温暖怎还会计较昨晚那句话，笑着说：“臣妾可没听见皇上说什么，端了热奶进来，您已经睡着了。”

“不必哄朕，虽然你听着一定不高兴，但那是朕的真心话。”玄烨毫不忌讳，继续道，“朕还是遗憾，也许会一直遗憾。能做的就是替你看好儿子，朕会用心教养他，教养我们的儿子。”

心内五味杂陈，昨晚才三令五申宫里的人再不许提四阿哥的事，可皇帝一清早就来说什么“我们的儿子”，岚琪既感激亦感动。可她心里还有更坚定的信念，低头想了想，再抬起疲倦但有着坚毅目光的双眼说：“皇上，四阿哥是贵妃娘娘的儿子，您和臣妾都要坚信这一点。这样宫里的人才会觉得臣妾可怜，才会放下一些对臣妾的嫉妒，才不会把魔爪伸向我们的孩子。臣妾和您长长久久，孩子们在身边不过十几二十年，他们总要长大成人自立门户。臣妾更在乎自己能不能一辈子陪在您身边，这也是太皇太后托付给臣妾的责任。”

玄烨目光滞缓，他以为岚琪会希望自己给她这份安心感，可她还是如此狠心无情地一再否认四阿哥的存在。明明心里比谁都痛苦，却是面对自己也要强撑着，他不能理解，可他又在乎现在听见的这些话。幼雏终要离巢，他本应该看得更远一些。

岚琪说这些话，实则越往后越没有底气，仗着被恩宠就口不择言，什么大道理都往皇帝面前送。人家满腔热情来安抚自己受伤的心，明明伤得千疮百孔，还死撑着冷血无情的假面。也会惶恐也会不安，生怕惹怒他拂袖而去，一如他昨夜从承乾宫离开。

但温暖的手掌又重重捏了捏自己的手，玄烨温和地说："朕知道了，朕会有分寸，不会毁了你付出的心血。"

却是这一刻，乌雅岚琪才有想哭的冲动。上天要眷顾她到何时，曾经只为温饱安稳而活着的人，再也离不开他的理解和呵护。无法想象若有一日也色衰恩弛，他的心里再没有自己，还有没有勇气继续活下去。乌雅岚琪所有的骄傲自信甚至是狠心无情，都来自玄烨对她的爱护和珍惜。她看似低调谦和的一切，实则比任何骄纵跋扈更光芒万丈，不怪别人嫉妒她憎恨她，她心里比谁都明白。

"朕要走了，空了就来看你。中秋在即，永和宫里也要装扮得喜庆些。"玄烨笑着，伸手拍拍她的额头又说，"朕走了你再睡一会儿，顶着乌眼圈叫皇祖母看见不好。朕忙的时候，还指望你在皇祖母跟前照顾呢。"

岚琪答应着，欣然将玄烨送到门前。因未及换出门的衣裳，便没有再往外头送。圣驾走了很远之后，环春几人才来问她还歇不歇。

看着时辰还早，岚琪也不推托，回去安安心心地躺下，又歇了一个时辰才起来洗漱。正让乳母抱胤祚来瞧瞧时，外头有动静似乎来了很多人，就见一个小宫女慌慌张张地来说："主子，贵妃娘娘来了。"

贵妃驾到？岚琪自入永和宫，往来客人不少，贵妃相邻而居却不曾踏足一次。自然她有她的尊贵，谁也没希望她光临，可大清早的突然跑来，昨晚皇帝又是离了承乾宫而来这里，想着多年前自己不过是陪皇帝散了散步，彼时的佟妃就闯来钟粹宫大呼小叫，打了环春玉葵，还让她在庭院里跪了许久，往事历历在目，岚琪难免会紧张。

"你们把六阿哥看好了。"岚琪吩咐乳母后，扶了扶发髻便迎到门外。贵妃已经入门，而她身边竟还牵着摇摇晃晃几乎是被拽着走的胤禛。小家伙没有反抗或哭闹，虽然走得跟不上贵妃的步子，还是闷声不响地蹒跚跟着了。只是这一步一摇晃的模样，看得岚琪很心疼。

一众人上前行礼，贵妃脸色也不好看，似乎一夜没睡好，同样顶着一双发青的眼睛。不过浓妆艳抹犹在，从不在人前失了半分尊贵。看着德嫔屈膝在地，她冷然一笑，将四阿哥朝前推了推说："胤禛，这是德嫔娘娘，快行礼。"

丁点儿大的孩子哪能每次都听懂大人说什么，刚刚一路跟着贵妃急匆匆走来已经有些累了，眼下犯迷糊，被贵妃推开后，又跑回来抱着她的腿咿咿呀呀。可贵妃却又把他往前推搡，很严肃地说："快给德嫔行礼啊，胤禛你要听话，不然皇阿玛生气了，要把你从额娘身边领走的。"

岚琪倏然抬起头，看着四阿哥纠缠贵妃，但贵妃却狠心把他往外推，来回几次小家伙终于绷不住，张嘴就大哭。一清早万籁俱静，他这一哭震得所有人都清醒了，紧跟着屋里头胤祚的哭声就响起来，小婴儿显然是被吓着了。

只是胤祚一哭，胤禛却停了，眼珠子滴溜溜转着听声音，还挂着泪水的脸四处转，转头又拉着贵妃的衣摆说："妹妹，额娘找，妹妹……"

胤禛见过襁褓里的恪靖，就以为小婴儿的声音都是妹妹。岚琪心酸，他们亲兄弟竟还未曾见过一面，便听贵妃说："六阿哥在哪里，让我们四阿哥见见。"

岚琪扶着环春站起来，请贵妃往里头去。贵妃亲自抱起胤禛往门里走，孩子伏在额娘的肩头，看见岚琪跟在身后，还是眼泪汪汪的人，自顾自擦去眼泪，也没多看岚琪几眼，依旧和昨晚一样陌生。

众人进屋，乳母正抱着六阿哥拍哄，见贵妃和德嫔都进来，不免紧张地愣在那里。只见贵妃放下了四阿哥，小家伙跑过来仰面看着他，指着说："妹妹、妹妹。"

岚琪终于开口，吩咐乳母："让四阿哥看看六阿哥。"

乳母忙抱着孩子屈膝跪坐到地上，好让才丁点儿大的四阿哥看清楚，更不由自主地纠正："是弟弟，四阿哥，这是小弟弟，不是妹妹。"

胤禛听不懂，茫然地看着乳母。不过他似乎天生喜欢小孩子，之前看到恪靖就很喜爱，现在看着同样粉雕玉琢的弟弟，早不记得刚才还号啕大哭，笑嘻嘻地高兴起来，低下头重重地亲了胤祚一口。而才安静的六阿哥本来也新奇地看着哥哥，突然被这么一亲似乎又吓着了，顿时哇哇大哭起来。倒把胤禛吓坏了，立刻跑回贵妃身边要抱抱。

贵妃却不抱他，又把他推到岚琪面前，强硬地要把他摁在地上，口中严肃地说："快给德嫔请安，额娘教过你的，不记得了吗？"

胤禛极力反抗。也许他并不懂反抗的意义，也不懂什么是对错，可让他不舒服的事他不想做。跌倒在地上也努力爬起来，缠着贵妃又号啕大哭，不肯向岚琪行礼。

屋子里两个孩子哭闹，所有人都紧紧皱了眉头，贵妃屈膝下来瞪着胤禛问："你不要额娘了吗？"

小家伙一怔，紧紧抱住贵妃的脖子，额娘额娘地喊着。岚琪在边上已经痛得麻木，贵妃终于不再坚持，让乳母来把四阿哥抱回去。但孩子不肯离开她，又纠结了一会儿才走，六阿哥也被乳母带去别的屋子。贵妃自己则大大方方在边上坐下，扫一眼岚琪身旁的宫人说："怎么，永和宫待客这样没规矩，本宫来了半天，连口茶也没有？"

众人这才缓过神，闲杂人等退出去，环春带人奉茶后也识趣地退出去。不然又被贵妃冷嘲热讽，也没意思。

"坐吧，你的屋子你还不能坐，说出去人家又要讲本宫狠毒。"贵妃一面说一面喝了茶，舒口气将屋子细细看了遍，冷笑，"你这里的茶的确香，怪不得皇上大半夜的还惦记过来喝一口。咱们住得近也实在方便，都不用你大老远地跑去勾引皇上。我心说皇上明知道咱们不和，为什么还要把你放在永和宫，竟是没想到这些。不然西六宫好些地方空着，把咱们远远隔开了多好。"

刺耳的话岚琪只当没听见，垂首不语也不坐，又听贵妃说："方才你也瞧见了，四阿哥和本宫很亲。在他眼里本宫是额娘，也许过几年多嘴多舌的人提起什么亲额娘，他也不会信。"

岚琪终于说："臣妾已训诫宫里人不可多嘴多舌，请娘娘放心。"

"你多会做人，训诫的话改天传给皇上听，他心里就更同情你。"贵妃轻哼，"你心里不就盘算着，要把四阿哥抢回去？"

"臣妾不敢。"

"不敢？"贵妃突然凑过来，咄咄逼人，就差伸手抓起岚琪的领子了，恨恨地说，"你是这宫里最会勾引皇上的女人，把上上下下都哄得高兴，人人都为你说话，你还有什么不敢的事？皇上大半夜从我那儿离了来找你，也不是头一回。就算不是你倚门卖笑勾引的，可你不也都坦荡荡接受了？在你心里几时有过尊卑，几时有过本分？"

岚琪朝后退了半步，挺直了脊梁站着，又听贵妃继续刻薄："当年大阿哥的事你也有份儿，至今本宫未找你们清算，可并没有忘记。一直觉得你可怜，好歹孩子被我抱走了，所以有些话也不想来说清楚。但你一而再地挑唆皇上和本宫不和睦，根本就不值得同情。乌雅岚琪你听好了，四阿哥是我的儿子，你若敢有念头要他回来，不说四阿哥，六阿哥你也别想养了。"

"娘娘以为四阿哥怎么去的承乾宫？"岚琪抬头与她对视，眼中毫无惧色，"臣妾若想要回四阿哥，怕您都来不及来对臣妾说这些话。您不必威吓臣妾，四阿哥能进承乾宫，臣妾就没打算再要回来。臣妾若要，他根本就不会到您身边。”

“你说什么？”佟贵妃被激怒，奋力将岚琪往后一推。她习惯了所有人对她卑躬屈膝，习惯了凌驾于这些女人之上，习惯了乌雅氏的温顺。此时此刻，竟似被看穿心肺般彷徨无措，情不自禁就动了手。

岚琪朝后踉跄了几下，晨起还没换花盆底的鞋子，很快又稳稳站定，依旧直视着佟贵妃，重复道：“娘娘是没听清楚，还是没听明白，要不要臣妾再说一遍？”

“闭嘴！”佟贵妃指着她，纤纤玉指上有精美华贵的护甲，上头镶嵌着晶莹的宝石，在岚琪面前闪过一道光。她朝前走了半步，却又突然跪了下去，垂首恭恭敬敬道：“四阿哥在承乾宫得到娘娘无微不至的照顾，臣妾由衷感激。看到四阿哥和娘娘亲如生身母子，臣妾心痛之余更觉安慰。这是您将四阿哥视如己出最好的证明，臣妾没有怨言，想必六宫姐妹也不敢在背后指指点点。就连太皇太后和皇上，也一定肯定您的付出。可是……”

岚琪抬起头，看着气急败坏的佟贵妃，镇定自若地说：“您再而三地纠结四阿哥的去留，最终不仅会伤了四阿哥，更会伤害您自己。贵妃娘娘，求您安心。臣妾不会对皇上说半句要回孩子的话，皇上做的决定，岂容一个妃嫔干预？臣妾视皇上为天，哪怕皇上现在要把六阿哥抱去承乾宫，臣妾也不敢违逆。”

“刚刚你明明说，若不是你的心意，皇上不会送四阿哥来，现在又说什么皇上的话不能违逆，反反复复你到底要本宫信什么？”佟贵妃纤眉扭曲，浓妆艳抹的脸上唯有不解和愤怒，指着岚琪说，“巧舌如簧，你就是这样哄得所有人都说你好。”

“娘娘还不明白吗？”岚琪丝毫不避开她凶戾的目光，虽然屈膝低人一等，但浑身上下的气势则早已凌驾在佟贵妃之上，“送四阿哥去承乾宫，是皇上的决定，可非皇上的意愿。臣妾能松手，自然也能要回来。可臣妾说了，臣妾视皇上为天，皇上的任何决定臣妾都不会违逆。所以四阿哥会永远留在承乾宫，除非您自己把孩子推走。”

佟贵妃呆呆地看着地上的人，她总觉得自己懂了乌雅氏的话，可又好像不明白，但即便不明白她也不能再发问。努力让自己冷静下来想，掠过心头的激灵，却让她浑身发紧。

难道德嫔是在说，四阿哥是她送到承乾宫的，但自己和所有人都只看到是皇帝的决定，所以是“皇帝的决定”，她一辈子也不会违背。但她有能力随时随地要回去，一如她的意愿，把孩子送给自己？

说到底，她在说她得宠，得宠到了皇帝愿意为她做任何事。

佟贵妃朝后退了半步，曾经的种种浮现在眼前。她曾经对乌雅氏做过那么多刻薄虐待的事，可她明明已经拥有可以改变皇帝心意的能力，却对自己毫无报复之心。不只如此，甚至还把她的亲生骨肉双手奉上，是她的封号才让她不得不以德报怨？为什么想起来，就只觉得背脊一直发凉？

“皇上把四阿哥送去承乾宫，不是可怜贵妃娘娘您膝下无子，不是同情您连失两胎，是因为承乾宫才最适合四阿哥，有贵妃娘娘您的庇护才能让四阿哥健康长大。娘娘……”岚琪恭敬地喊了一声，深深叩拜下去说，“那拉氏要闷死四阿哥是您亲眼所见，是您把四阿哥从鬼门关拉回来。臣妾斗胆再以生母自居一回，恳求您好好照拂四阿哥，把他养成顶天立地的男儿，做他父皇最得力的臂膀。您才是四阿哥的额娘，永远都是。”

地上的人说得淡定从容，站着的佟贵妃竟已是泪水涟涟。她抽噎了一下，含糊不清地说：“大阿哥当年来承乾宫，我也将他视如己出。可别人却把我当猛虎野兽，还要把荣嫔儿子的死嫁祸在我身上，你也是凶手。”

岚琪不语，佟贵妃骄傲地擦去眼泪，又挺直了脊背，高高扬起下巴，蔑视地看着膝下之人：“四阿哥当然是我的孩子，谁也抢不走。你不要以为这番话会让我感动，也不要以为你会长长久久地骄傲下去。皇上宠你一时不会宠你一世，好自为之吧。”

话音落，骄傲的女人扬尘带风地离去，门前的水晶帘子被掀得哗哗作响。岚琪跪坐下去，只觉得浑身疲倦，刚刚说了什么几乎都忘记了。外头凌乱的脚步声渐渐消失，没多久环春就跑进来，见主子跪在地上还以为贵妃又做了什么，抱着她坐到炕上去，上上下下地打量。岚琪笑出声：“我不再是什么乌常在了，贵妃再生气也不会随便对我动手，你瞎紧张。我总是在她之下，跪几下不要紧。”

“奴婢瞧见贵妃娘娘像是哭过的，又不敢多瞧。”环春还是不大放心，“贵妃娘娘她真的没有为难您？昨晚上皇上是从承乾宫来的吧？”

“皇上是不好，自己安逸睡一晚，却给我出难题。”岚琪轻松自在地一笑，盘腿坐上去自己揉着膝盖，又听环春嘀嘀咕咕说：“贵妃娘娘怎么对四阿哥那么凶，使劲儿把他往地上摁。咱们四阿哥可真倔，就是不服软，这才多大。”

岚琪伸手重重往环春屁股上拍了一巴掌，虎着脸说：“你又啰嗦了，信不信我传板子打你？我说过了永和宫里不许议论四阿哥，不许再提了。什么事也没有，贵妃就是早起过来喝杯茶而已。你出去叮嘱大家，别乱想乱猜。”

环春不服气，小声自言自语着，一边将边上的茶碗收拾了。正出去喊小宫女来接手时，瞧见外头有人进来，不禁呀了一声，不及进来就没规矩地嚷嚷：“主子快来看。”

岚琪满心奇怪，跟到门前看。只见乳母领着四阿哥摇摇晃晃进来，刚刚还哭得涕泪滂沱的小家伙已经又兴高采烈起来，蹦蹦跳跳地走着，远远能听见几声嗲嗲的“妹妹”。

一同跟随的承乾宫宫女赶到面前，屈膝禀告说：“四阿哥惦记着要看六阿哥，贵妃娘娘让奴婢几人送四阿哥过来玩耍，请德嫔娘娘代为照顾一下。等四阿哥玩儿好了，奴婢们再领四阿哥回去。”

岚琪听见环春在后头很轻地说：“太阳打西边儿出了？”她回眸瞪了一眼，转而客气地与那宫女说：“六阿哥在自己屋子里，你们过去吧。我就要去慈宁宫了，不如你也去回了贵妃娘娘，若是娘娘不放心，就把六阿哥抱去承乾宫，这样我也放心去慈宁宫。”

那宫女得令离去，岚琪走到庭院里，第一次近距离地蹲在儿子面前。四阿哥笑眯眯地看着她，虽然依旧一脸陌生，但尚友好可亲，嗲嗲地说：“看妹妹，胤禛看妹妹。”

岚琪笑着哄他：“是弟弟，是六阿哥，四阿哥的小弟弟。”一边说着伸出手，四阿哥已经懂大人这个动作的意思就是要抱抱自己，鬼机灵的小家伙咯咯一笑，扑上来抱住，兴奋地说：“看妹妹去，胤禛看妹妹……”

边上乳母尴尬地解释：“四阿哥只知道小妹妹，奴婢往后会慢慢告诉他的。”

岚琪怀抱着儿子，他身上的气息那样熟悉，即便有了胤祚，即便离宫许久连声音都不曾听见过，但她一时一刻都没忘记过儿子的一切。他在承乾宫那么久了，身上依旧还是襁褓里的香甜气息。胖乎乎地抱在怀里，除了个子长大了有力气了，什么都没改变。

“不打紧的，长大就懂了，何况还有五阿哥七阿哥。中秋节聚在一起，四阿哥看见就明白了。”岚琪温和地对乳母说着，把儿子抱去胤祚的屋子。那边乳母又吓了一跳，不过很快就哄着胤禛和六阿哥玩耍。六阿哥再次看到哥哥，情绪也比较稳定，被哥哥抓着小手捏了两下，竟也咿呀笑出声，看得岚琪心都软了。

去承乾宫回话的宫女很快又回来，说德嫔若眼下就去慈宁宫，可以把六阿哥抱过去，等德嫔娘娘回来时，再把六阿哥送回来。

岚琪很大方，让乳母抱起胤祚跟她们走，自己蹲下来跟胤禛说："哥哥和弟弟好好在一起玩儿，德嫔娘娘去看太祖母啦。"

胤禛不太懂，不过见岚琪如此温柔和蔼，小孩子当然都会喜欢，冲她甜甜一笑，转身拉起乳母的手就要走。这边乳母嬷嬷们也抱着六阿哥跟过去，倒是环春还小气些，一直问主子："您怎么舍得呢，一会儿太皇太后万一不高兴呢？"

"太皇太后就盼着六宫祥和，孙儿们兄友弟恭。能让他们亲兄弟玩儿在一起，我一直都不敢奢望，既然贵妃娘娘让了一步，我怎么好倨傲清高？"岚琪笃然，又跟出去看了会儿，见他们好好走了，便回来穿戴齐整，离开永和宫时也大大方方从承乾宫门前过。今天把话对佟贵妃说清楚，她觉得真真是将包袱全放下了。

第四章

皇帝的绿帽

来至慈宁宫，太皇太后才起来，昨晚起夜多了早晨有些贪睡。一晃眼岚琪到慈宁宫伺候也好些年了，日日在跟前不觉得，但太皇太后的确开始年老，饮食胃口都不如从前好，几时嘴馋多吃一些，就不免要闹些动静。但胜在心胸开阔遇事从容，精神一直都很好，腿脚也还利索。

“您今天多睡半个时辰，一会儿不到晌午皇上就该派人来问为什么了。”岚琪亲手给太皇太后梳头发，笑着说，“皇上一见臣妾，就总问您吃了几口饭几口菜，臣妾说不上来就会挨骂。现在每次陪您用膳，不顾着自己吃饱，总先好好记着您吃了多少。”

太皇太后笑道：“难怪你有生儿子的福气，这不是恶婆婆该做的事，盯着儿媳妇吃了多少吗？”

岚琪笑道：“平常百姓家里，儿媳妇不上桌呢。”

“可不是。”太皇太后愤然，“女人家生儿育女相夫教子，那么辛苦操持一个家，连饭桌都不让上，真真颠倒。我们算是好福气，得在帝王家。”

之后伺候进早膳，太皇太后问起孩子的事，问她怎么不把胤祚抱来，岚琪才说：“六阿哥在承乾宫里，他长牙了，总是哭闹，怕抱来吵着您休息。”

太皇太后闻言，倏然放下了手里的筷子，皱眉问她：“好端端的，哪儿不能放，放在承乾宫？你昏头了？”

一语惊得周遭宫女太监都跪下了，太皇太后冷冷说一声下去，见岚琪立在眼前手里还捧着碗筷要给她添东西，气呼呼说：“还吃什么，赶紧去把孩子抱回来。你实在是太得意，把孩子送去承乾宫干什么？要气死我吗？”

岚琪却硬又给太皇太后碗里添了一只小饽饽，慢悠悠将事情缘故都说出来。说到贵妃来找自己麻烦时，隐去了她嚣张刻薄的语句，只把事情讲清楚，末了劝老人家：“贵妃娘娘一直拧着，早晚还得出事儿。如今她愿意让四阿哥和亲兄弟亲近，就是对臣妾放下戒备了。臣妾不敢说用什么心机城府，可想来还是这样才能长久。旁人看着还以为臣妾依附了贵妃娘娘，往后也欺负不到臣妾头上了。”

原本气呼呼的太皇太后听她一番陈说，竟被说服，感慨岚琪也开始有她的小心思，而且每一件都不着痕迹做得漂漂亮亮的。明明已经是这宫里要风得风要雨得雨的人，却依旧秉持低调谦和的姿态，冷静地看待后宫百态。当初苏麻喇和自己，果然没看错人。

此时，去宁寿宫给太后送东西的苏麻喇嬷嬷回来，在外头就被告知太皇太后动气，紧张地进来看光景，却见祖孙俩好好说着话，一问缘故听了也是啧啧赞叹：“咱们德嫔娘娘的心胸气度，可打做宫女起就有了，天生来的，旁人教不会也学不会。”

“你别夸她，近来越发得意，在我跟前也拿腔作势。”太皇太后轻轻松松玩笑几句，待用罢早膳，听岚琪讲些近来京城时兴的新故事。没多久荣嫔和惠嫔结伴来，安排了中秋宴的事。惠嫔今日依旧是平日端庄稳重的模样，完全看不出才被皇帝夺走了儿子的悲伤。她们走后不久，太皇太后就拉着岚琪的手说：“荣嫔隐忍，惠嫔城府，你自己掂量着，该与谁亲近，又该好好利用谁，没什么客气的。你如今不单是玄烨的女人了，还是两个皇子的额娘。”

果然太皇太后的心思没有错，深宫里的女人每一个面上都看着和气可亲，背过身去鄙夷蔑视还算轻的，暗下诅咒都不算稀奇。这会子荣嫔和惠嫔要各自散了，荣嫔有心说一句：“听说觉禅常在身体不好，妹妹也没留心吗？我听说她性子不好，不想登门去看脸色。但她和妹妹你总算亲近些，中秋宴的事也就那样了，妹妹何不去瞧瞧？”

惠嫔明媚的眼眉微微一动，猜想荣嫔挑她去登门，必然是已经知道什么了。自己去是中她的意，不去则更被动，便笑悠悠说：“正要去瞧瞧呢，荣嫔姐姐不一起去吗？”

“胤祉这些日子脾气不好，乳母嬷嬷管不住，我要回去看看。”荣嫔笑一句，彼此欠身走开。直等走远了吉芯才忍不住问：“娘娘怎么撺掇惠嫔娘娘去看？”

荣嫔笑道：“想了一晚上，惠嫔的大阿哥被带走了，往后的日子她怎能忍受寂寞，觉禅氏这一胎她定不会放手。我顺水送人情，若是真怀孕了，我会好好帮她把这个孩子争取到手，咱们往后的日子还长着呢。她背后有明珠府，为了三阿哥的将来，我没必要得罪她。”又叹息说，“七阿哥有些残缺，她一定也看不上眼，那孩子能安安生生在阿哥所长大了。”

然而惠嫔上一回和觉禅氏不欢而散，许久不登门，今日别有目的前来，彼此生分客气地说了几句话。惠嫔左右瞧着，也没察觉出觉禅氏哪儿不对劲。离去时心里仍旧犯嘀咕，索性放下架子去找荣嫔问个究竟。她们毕竟相处十多年，没有什么抹不开面子的。

而惠嫔一走，觉禅氏就如霜打的茄子般蔫了。她孕中反应极大，亏她死死在惠嫔面前绷住了。但她心里也有隐忧，惠嫔突然来一定是听说了什么，保不准下一次她就领着太医来。就连香荷都机警，关上门回来就问她："惠嫔娘娘怪怪的，一直盯着您上上下下看，是不是察觉什么了？"

觉禅氏眉头紧蹙，一阵阵难受折磨着她，靠在软枕上喘息着，半晌才说："如今大阿哥去了阿哥所，她更加不会放过我的孩子了。"

香荷忙道："去求德嫔娘娘呀，奴婢这就扶您去永和宫。"

可觉禅氏却连连摇头，唇边泛起无奈的苦笑："不能当面求德嫔娘娘，当面求她一定拒绝，我要慢慢让她转变心意，让她愿意主动来帮我。不论她是心甘情愿还是迫不得已，一定要让她帮我，也只有她能帮我。"

香荷嘀咕说："奴婢觉得，您还不如求万岁爷呢。万岁爷之前那么喜欢您，只是后来太忙忙不过来。您若愿意主动去见见皇上，岂不是比求德嫔娘娘更容易？"

觉禅氏冷冷看她一眼，嘴上不说，心里已经不屑。她躲着皇帝还来不及，要她再去邀宠献媚，还不如堕了这个孩子，干干净净。

且说惠嫔离了觉禅氏，为解心头谜团便放下架子往荣嫔的殿阁来。进门就听见欢声笑语，走近了瞧，胤祉正和荣宪扭在一起抢什么东西。三岁多的小家伙哪儿抢得过七岁大的姐姐，急得又喊又叫，引得一边宫女嬷嬷大笑。荣嫔也在一边坐着，乐滋滋地看着一双儿女，如此天伦之乐，却看得惠嫔心中很不是滋味。

"惠嫔娘娘来了。"吉芯喊了一声，众人才见她进来。惠嫔也赶紧收敛心神，笑盈盈地说："我还当你这里有客人呢，热闹得门前连个支应的人都没有。"

说话间荣宪领着弟弟来行礼，她一左一右揽在身边，笑着说打别处来没带好吃的，已经打发宫女回去拿，有早晨才蒸的桂花糕让孩子们等一等。玩笑几句抱了抱胤祉，便和荣嫔进了内殿。两人在炕上坐了，吉芯奉来瓜果茶点，都识趣地退了下去。

惠嫔也不吃茶，开门见山说："我去瞧了觉禅氏，挺好的人，怎么姐姐说不好？她到底怎么了？”

荣嫔倒是有几分惊讶，手里剥着龙眼递给她，说：“我听下头人讲，觉禅氏有几个月身孕了，只是素来低调住得偏僻，谁也没瞧见。而且为了五月里皇上独宠她的事儿，德嫔都回来了，皇上哪怕要哄一哄德嫔呢，也不会再去搭理她。还喜不喜欢是不知道，但那些日子夜夜春宵，肚子里有了也不奇怪。”

惠嫔一惊，手里的龙眼肉滚到地上去，她瞧着滚出的一路水迹发呆，半晌才说：“天大的好事，她做什么不说出来？”

“兴许她心里就没有皇上。”荣嫔轻声说，“对咱们来说，不是坏事。可千万不能因此惹祸，那就糟了，你最脱不了干系。”

惠嫔脸上泛白，胡乱剥弄着手里的几颗龙眼，弄得黏糊糊的汁水淌了一手，愤愤然放下说：“真是个祸害。”

“但肚子里的龙种可金贵了。若是个阿哥，她自己不能养，总要有个去处。”荣嫔递给她自己的手帕让其擦擦手，转而又说，“大阿哥去了阿哥所专心念书，往后你一年难得见几回，又不能像小时候那样动不动请旨去瞧孩子。你若觉得闷，就常来我这里坐坐，胤祉和荣宪和你也亲。”

惠嫔看她一眼，心里明白荣嫔是勾自己开口。她们在一起十几年，或冷或热，利字当头，彼此心里明镜似的，倒也好相处，便笑道：“明珠告诉我，等三藩大定时，皇上要大赦天下，为太皇太后、太后再上徽号，后宫妃嫔也或有大封。我也就算了，姐姐你领着荣宪和胤祉，在这院子里住着不合适。到时候我可要替你求个恩典，搬去东西六宫才正经。”

荣嫔欣然笑道：“这里也挺好的。”说着意味深长地看一眼惠嫔，“当然该是我这个做姐姐的照拂你，觉禅氏肚子里的孩子，你养最合适。太皇太后年纪越来越大耳根子软了，说些好话她就答应了。何况她并不喜欢这个觉禅氏，听说在园子里就把李公公臭骂了一顿，一定无所谓的。再为了大阿哥的事，总要安抚你。”

惠嫔连连点头：“咱们十几年过来知根知底，还是姐姐心疼我。”

荣嫔笑道：“先找个太医给她瞧瞧，后日中秋宴上正好说这个喜讯。”

如此，为了各自的利益，疏远许久的两人又联手算计起了觉禅氏。可觉禅氏人生起起落落至今，加之幼年就读书识字眼界开阔，怎会没一些城府，怎会心甘情愿被她们摆布算计。当日她顺利离开翊坤宫也绕开惠嫔的摆布，如今她必须为了自己的孩子不叫惠嫔额娘而谋划。

五月末那些日子在乾清宫侍奉，觉禅氏就留心了内侍卫的往来时间，也知道容若并非时时都会出现在禁宫，但逢大节他必然会来加强内宫关防，后日的中秋节就一定能遇见她。觉禅氏不可能对香荷说她和纳兰容若的过往，只是告诉她："我和纳兰大人是表亲，你也知道我娘家没什么人可依靠了，想要在这后宫立足没有靠山可不成。明珠府眼下如日中天，我当然也要沾沾光。你不是说我不该沉寂吗？那为了我肚子里的孩子，我是该展露头脸才好。"

香荷单纯，被主子哄着就信了，中秋这日一大早起来就在宫里到处晃悠。从前跟着主子见过两回纳兰大人，她还算认得，不敢交付什么物件信函，一定要等当面见到了才能传话。辛辛苦苦转悠半天，几度遇上贵妃、温妃等人吓得香荷半死，幸好什么事也没出。临近晌午时，终于在一条宫道上遇见纳兰容若，而纳兰容若也记得这个宫女是表妹身边的人，瞧见她一个人慌慌张张地瞎晃悠，心里不免担心。

佯装盘问宫女来去何处，纳兰容若过来喊住了香荷。香荷哆哆嗦嗦胡乱说些什么，就很轻声地说："大人晚上可否在宁寿宫外等一等，我家主子会出来和您说话。"

今晚夜宴摆在宁寿宫，纳兰容若必然会在那里加强护卫，但突然听说表妹要私下见自己，明知道不合适，还是点头了。之后大声叮嘱几句不要在宫里乱走，便领着侍卫离开。

香荷舒口气，差点儿瘫软在地上，回过神后就赶紧跑回自家院子。进门就吓了一跳，一屋子人熙熙攘攘的，门前小太监跟她说："荣嫔娘娘和惠嫔娘娘带着太医来了。"

香荷走进屋子，就听见爽朗的笑声，是惠嫔在说："妹妹就是好福气，我说万岁爷也够狠心的，夏日里那么喜欢，一忙就把你丢在这里忘记了。昨儿我来瞧你就觉得气色不大好，今天和荣姐姐一合计，还是带个太医来看看你才成。你歇着吧，咱们要去上头报喜，如今宫里头真是兴旺，太皇太后一定欢喜。"

香荷侍立在边上，惠嫔和荣嫔被簇拥着往外头走，惠嫔抬眼见到她，知是贴身的宫女，便训斥说："来时不见几个人在跟前，你们这些奴才也太贪玩儿，只当你们主子是好性子欺负吗？再没有规矩好好伺候着，我把你们都送进慎刑司调教。"

香荷吓得跪在地上连连磕头，荣嫔拉着惠嫔走了。屋里屋外的主子奴才都走尽了，香荷才爬起来进屋子，瞧见自家常在软绵绵地伏在靠枕上，面色死一般暗沉，可一见她就有些许光芒。不等开口，香荷已凑近说："妥了，夜里大人会在宁寿宫外等您。”

觉禅氏苍白的脸上竟泛起些许红润，感激地握着香荷的手说：“谢谢你。”

但香荷还是担忧，轻声说：“主子您私下见外臣，真的不要紧吗？别人看到了，可不会乱想吗？”

“不妨碍的，我有分寸。”觉禅氏自信满满，吩咐香荷把她漂亮的衣裳翻出来，自己坐着看她收拾，边盘算夜里的事。固然妃嫔不宜与外臣男眷接触，但大大方方在人前说话，旁人看见也就看见了，不会多想什么。可若让德嫔看到，她一定会想不该想的事，那就达到她的目的了。只是这一步棋走得很险，赌的是德嫔顾惜皇帝颜面，同样的事换作佟贵妃或宜嫔之类，一定早嚷嚷得所有人都知晓，哪里会在乎皇帝的面子。

此时香荷捧来天水蓝的新衣裳，当初觉禅氏把给宜嫔做的改了但一直没机会穿，如今她有了身孕本以为腰量丰盈些了，试穿后还十分合体。香荷啧啧不已：“主子您真是好看极了，瞧瞧刚才惠嫔娘娘和荣嫔娘娘来，满头翡翠宝石，可瞧着就是俗，忒俗了。”

觉禅氏轻笑：“你个小丫头也懂？”再看看镜子里的自己，转了一圈便决定，“就穿这件，宜嫔和郭贵人瞧见，也该怄死了。”

香荷笑嘻嘻：“郭贵人怕是见不到，皇上还不让她出门呢，活该。”

万事妥当，只等夜里宁寿宫开宴。这边岚琪领了胤祚在慈宁宫伺候，瞧见惠嫔和荣嫔结伴而来，禀告了觉禅氏有孕的好消息。老人家虽高兴，却不怎么喜欢觉禅氏，等二人离去，还特意安抚岚琪：“你别不自在，皇帝瞧见年轻漂亮的难免动心，何况皇家子嗣越兴旺越好。这两个月你也瞧见了，若非荣嫔她们今天来说，谁还记得起这号人物。和从前你身边的布贵人、戴佳氏，是一样的。”

岚琪笑着说没事，还和太皇太后拿玄烨开玩笑。可转过身心里就犯嘀咕，觉禅氏怎么会和布贵人戴答应一样，后者清清白白一心一意在这宫里。若非理解他们的情分早在进宫前就存在，是这紫禁城斩断了他们的情分，她心里断容不得觉禅氏存在。她的存在，说难听些，就是给玄烨戴绿帽子。

一想起来，岚琪心里就怎么都不自在，可她却不知道自己正被人算计着，一步步往圈套里走。

这一晚中秋宴在宁寿宫开席，夏日里得圣宠的觉禅氏在沉寂数月后重新光鲜亮丽地出现在人前。而六宫都已知她有了身孕，羡慕之余，此刻见她一身天水蓝的锦缎宫装，只配简洁别致的珠钗首饰，面上略施粉黛就有倾城之色，娉娉袅袅天生丽质，笑颜婉转顾盼生姿，这样的女人哪个男人见了不动心。

太皇太后端坐上首也见到觉禅氏的衣着形容，与身边苏麻喇嬷嬷冷笑道：“倒是奇了，这样绝色，为何甘愿沉寂。若非有了这一胎，她要老死在那个角落里？”

“觉禅常在的确美艳，奴婢在宫里这些年也没见这般姿色。当年的董鄂妃若在，也被比下去了。”苏麻喇嬷嬷说，“之前瞧见时还是个丫头，几年不留神竟有这般变化。”

太皇太后则不屑：“董鄂氏是个病秧子，算什么美人，我姐姐才是美人，可眼下瞧瞧，竟也不如她。”说话时目光还悠悠落在觉禅氏的身上，许久才收回来说，“太美的女人和有毒的花朵一样，越是妖艳越是包藏祸心。你给我派人盯着她，不许她勾引玄烨。”

苏麻喇嬷嬷虽然答应，但还是劝道：“皇上自有皇上的打算，一个微不足道的常在若能逆转或平息宫内吃醋嫉妒的风浪，皇上何乐而不为，您说是不是？”

老人家眉头稍稍松开，叹气道：“可不是，我的玄烨已经不是少年郎了。”

这几句话后，到底是热热闹闹过节，太皇太后没有露在脸上，和太后一起为了觉禅氏有孕，恩赏了一些东西，关照荣嫔和惠嫔多留心。毕竟是低阶宫嫔眼下又不得宠，比不得旁人劳师动众。

今日诸皇子公主能赴宴的都来了，但六阿哥在慈宁宫兴奋了一天，夜里要来赴宴时却呼呼大睡。岚琪便让乳母把孩子抱回去，夜里就没来凑热闹，这会儿她离开必然是回去瞧瞧孩子。

德嫔离席众人都没在意，不久后觉禅氏也借故离席。彼时正好锣鼓喧嚣人影憧憧，众人都在为武生连翻筋斗鼓掌叫好，仿佛谁也没察觉她的离开。

香荷跟在身后，宁寿宫不比东西六宫的规格，殿阁更为宽敞，主仆俩走一阵，身后鼓乐就听不见了。快到门外头宫道上，香荷跟上来说：“奴婢瞧仔细了，没有人跟来。可是主子您真的要去见纳兰大人，万一被人……”

“没事，我又不偷偷摸摸，谁爱见谁见。”觉禅氏敷衍着，径直又往外头走。她只是让香荷传话给容若夜里在宁寿宫外等她，可她没说什么时辰也没说在哪里，但心里明白他一定会来一定会等。果然走出宫门朝前拐弯不见人影，再折回来时，就见纳兰容若迎面而来，她顿时心定了。

只因彼此都知道，偷偷摸摸反而惹事，不如大大方方在宁寿宫宫门外“相遇”。纳兰容若本来就是来保护皇帝周全加强关防的，难免遇见妃嫔，一切都看似顺理成章。

“听闻常在有了身孕，臣恭喜您。”两人不近不远地相视而立，香荷跟在后头查看周遭的动静。容若身边也没有跟侍卫，似乎是放走了侍卫独自留下，又或者独自巡视关防。此刻他躬身朝觉禅氏施一礼，“还望常在保重身体，您素来羸弱，孕中辛苦不可小觑。”

觉禅氏凄然一笑：“小公子们可好，听说嫂夫人又有身孕了？”

容若身子微微晃动，似乎有着和眼前人一样的心思，低垂着头说：“是妾室颜氏有了身子。”

“表哥一向很喜欢颜氏。”觉禅氏笑着，不自觉地称呼表哥。纳兰容若浑身一震，匆忙抬起头，看见她凄美的笑容，直觉得心痛难当。

“表哥膝下子嗣不多，老太太一直记挂，你可要多给家里开枝散叶才好。”觉禅氏笑着朝他亲昵地又走近了几步，因为越过纳兰容若的肩头，她已经瞧见德嫔带着人折回来了。

岚琪回永和宫看过胤祚后，补了补粉就又出门来。太皇太后想必会提早离席，她还要伺候着送回慈宁宫。和环春说说笑笑走过来，却见前头站着一男一女，还以为是哪家王爷和福晋要离宫了。可才走近些，突然见男人身前的女人跌下去，男人牢牢地扶住了她。女人的脸从他身旁露出来，那边也有亮堂堂的灯笼照映，入目见到觉禅氏的脸，岚琪倏然停住了脚步。

两人不知又说些什么，男子才渐渐松了手，而觉禅氏站稳后就绕过他朝自己走来。岚琪定睛瞧见男人转身，竟真的是纳兰容若，心头立时有无名怒火狰狞而出，看着美艳无双的女人朝自己走来，她真真是恨透了。

“臣妾参见德嫔娘娘。”觉禅氏端得礼仪周正，福身后立定说，“臣妾身子不大舒服，正要回去，娘娘可算来了。您才离开不久端静公主就在找您。”

纳兰容若不能装作若无其事，也跟上来屈膝行礼。岚琪看着他们，定一定神对容若说：“大人巡查关防也要规避禁宫礼法，大人久在万岁爷身边办差，有些话也不必我多说了。”

容若皱着眉头，担心德嫔是不是误会他和表妹了，正想解释，德嫔竟已带着人迅速离去，一句话也没对表妹说，更不想听什么解释。等他起身转回去看，德嫔已经隐入门内。两人都呆了会儿，容若才转身问表妹：“德嫔娘娘，是不是还在误会？”

觉禅氏看着容若，看见他气色红润面若满玉，心里就很舒服，只要他过得好，自己怎样都无所谓。此刻听见这句话，更是笑着问：“是误会吗？其实她没有误会对不对？表哥，眼下的一切都不是我自愿的。五月里的事，我没想到会变成那样，我只是想离开翊坤宫，想报复郭贵人对你的侮辱……”

容若惊恐地朝后退了一步，左右看了看没有别人，匆匆忙忙行礼说：“臣还有要务在身。”说完转身就走，可表妹的话却似魔咒般一直缭绕在耳边。再后来他只觉得深宫里待不下去，寻了个由头把差事交给别人，不等宁寿宫中秋宴散席，就匆匆离开了禁宫。

容若生怕自己久留下去，会给表妹带去麻烦。为了不让父亲派人暗中为难表妹，自己一直克制隐忍，对妻妾用心，更屡邀外差远离京城。可难免在京时遇上节日要入宫帮忙，没想到今天会是这般光景，想想背脊就发凉。

而觉禅氏自然也是回自己的住处，回想那短暂的一段相遇，知道他没有误会自己变心，知道他在家里过得还好，原本空荡荡没心没魂魄的躯体，反渐渐有血有肉起来。可她摸摸自己的肚子，看看屋子里才半天工夫就堆满的礼物，又不屑而蔑视地笑起来，对于腹中的孩子能否长大，毫无期待。

其实这个孩子去哪儿她都无所谓，但绝对不能让孩子喊惠嫔额娘。当初那个夜晚噩梦一般纠缠着她，惠嫔故意把自己打扮好，故意送去皇帝那里。皇帝那一晚是意乱情迷的，几乎不知道自己在和谁云雨缠绵。她不怪皇帝毁了自己的人生，罪魁祸首是惠嫔，可惜事情过去太久，哪怕想揭发她对皇帝用情欲之药，也来不及了。

香荷端来热水给她洗脸，忐忑不安地说：“奴婢实在愚笨，主子才说要求德嫔娘娘别让惠嫔娘娘抢走您的孩子，可您为什么今晚非让德嫔娘娘撞见呢？奴婢是知道您和纳兰大人没什么的，只是表兄妹说说话。可是德嫔娘娘万一想错了怎么办，万一她去慈宁宫或者皇上面前说两句，您可就惨了呀。”

“淫乱宫闱的罪过，最重的惩罚是怎样？杀头，诛九族，又或者呢？”觉禅氏清冷地一笑，用热毛巾捂着脸躺下去，闷闷地从毛巾底下发出声音，“莫说我和纳兰大人没什么，就是真有什么，德嫔也不会到处去宣扬。这宫里没有比她更在乎皇上的人，为了保全皇上的颜面，她一定会选择自己吞下去。妃嫔私通淫乱宫闱，多大一顶绿帽子扣在皇帝头上。私通的人死了干净，可皇帝却要顶着这个名头继续过下去，那将是身为帝王一生的耻辱。”

香荷在边上听得云里雾里，她怎知自家主子和纳兰容若剪不断理还乱的情感纠葛。只见觉禅氏揭开毛巾递给她，笑着说：“傻瓜，不要瞎想了，过几日德嫔娘娘就该来找我了。她若不来找我，我自然还有别的法子。”

香荷无奈地吐吐舌头：“反正还早呢，您要明年二月里才生，生之前有的是时间。若是个公主，只怕惠嫔娘娘也不会惦记了。”

觉禅氏忧愁地捂着肚子说：“我额娘头一胎就是儿子，不知道我会不会像她。若是公主也好，皇子才是麻烦，顶好是……”她心头晃过生杀之念，浑身一紧背脊上阵阵虚汗。她不能扼杀这个孩子，她不能明着反抗这个皇宫，不能做任何过于扎眼的事，不能让皇帝察觉自己的异心……不能，不能，太多太多的不能，唯有老老实实地活下去，还要活得好。

觉禅氏不由自主地抓紧了床单，痛苦地闭上双眼，方才容若的模样浮现在眼前。她多希望自己是颜氏，多希望现在肚子里的孩子，是为他而生。

这边厢，宁寿宫里的鼓乐停了，岚琪本该伺候太皇太后回慈宁宫，可她却突然说不舒服，央求端嫔和布贵人送太皇太后回去。众人当然乐意效劳，她也不去老人家面前告假，太皇太后又不能当众嚷嚷问她怎么了，而玄烨和几位王爷亲贵还有话说，众人恭送太皇太后离开后，她不等贵妃、温妃先行，就带着环春几个走了。

佟贵妃和温妃分别在门前升轿时，听见侍立恭送的妃嫔里有人说：“德嫔娘娘也太把自己当回事儿了，贵妃娘娘和温妃娘娘还没走呢。”

便有人笑道：“大概是惦记皇上今晚去永和宫，早早回去准备了。”

佟贵妃坐定软轿中，只当没听见，吩咐起轿后便离开了。倒是温妃留下来，派人去问李公公今晚皇上去哪儿，却是说去翊坤宫。众人一时都看着宜嫔，弄得她很尴尬，笑着欠身告辞，赶紧回去准备。这边的人便去乱打听，才知道是因为德嫔说不舒服，推托了侍寝。

说来玄烨为了规避立后倾向，不给外头朝臣任何猜测，平素承乾宫、咸福宫两处端得平稳，大节日里都不会去两宫任何一处。时日久了佟贵妃和温妃都习惯，但毕竟是难得的好日子，皇帝去哪儿都是对那一处的隆宠和重视，德嫔好端端推托掉，众人竟也不信她身子不舒服，酸溜溜地说她假惺惺装大度做好人。

这些难听刻薄的话岚琪听不见，她匆匆忙忙回到永和宫，看过胤祚好好的，便洗漱更衣早早上床了。环春起先真的以为她不舒服，来来回回问了好几次，还算计着会不会是有好消息。

但岚琪最后对她说了实话，说她心里有事儿放不下，要自己冷静地想一想。环春这才不安地由着她自己待在寝殿里，因怕有什么事，和值夜的宫女换了班，亲自等在门外头。

然而玄烨和几位王爷亲贵话别后，却并没有去翊坤宫。本想转去永和宫看看岚琪到底哪儿不舒服，李公公劝说皇上这样做会让宜嫔对德嫔生恨，玄烨这才作罢。派人告知宜嫔他过几天再去，就自行回乾清宫。但坐着醒酒歇了半个时辰，心里还是觉得古怪，唤了李总管到跟前问："她哪里不舒服了？为什么不请太医，是不是有了？"

李总管忙说他已经派人去问候，说歇下了挺好的，大概是今晚的酒太烈。但说着说着，他又尴尬地说："另有一件事，也不知和德嫔娘娘不舒服有没有关联。奴才手下的小太监说，瞧见德嫔娘娘在宁寿宫外遇见觉禅常在，万岁爷您说……娘娘她是不是吃醋了？"

李公公实则知道还有一人，但故意不提生怕多事，可皇帝却是极细心又最了解德嫔的，摇头说："她不是这样的人，是不是还遇见别的人了？"

"好像是……"李总管心里扑扑直跳，他虽然不知道那些前情旧事，可妃嫔和侍卫大臣私下说话总不大好，但见玄烨一副打破砂锅问到底的架势，到底还是说，"好像是纳兰大人当时巡防路过，再有没有别的人，奴才也不知道了。"

玄烨却满不在乎地哦了一声："容若和觉禅氏是表亲，明珠早就来禀告过，说他们俩小时候青梅竹马。明珠是万年小心的人，就怕有人以此说三道四。夏日里朕才翻了两次牌子，他就上了道密折，倒把朕弄得哭笑不得。这点儿小事，至于上一道密折？"

李总管心头松了一大片，皇帝不在意是最要紧的了，皇帝一旦追究过问，宫里多少人得跟着倒霉。妃嫔私通是天大的罪过，既然皇帝都认定是表亲……他这样想着，忽而一个激灵，看尽人世百态的李公公也有在这深宫积淀下的智慧，忙不迭提醒玄烨："万岁爷您说，娘娘她会不会是误会觉禅常在和纳兰大人，自己跟自己过不去呢？"

皇帝眉头微皱，他还真没想过这些事，可他们都不是岚琪肚子里的蛔虫，未必猜的就是她想的。玄烨一边解开袍子预备安寝，一边吩咐李公公："明日的事紧一紧，朕留下傍晚的时间去瞧瞧岚琪。"可李公公转身才要走，玄烨又吩咐，"傍晚之前，让容若进宫。"

转眼就是第二天，德嫔今日也告假不能去慈宁宫伺候。太皇太后看在眼里，派人去乾清宫问玄烨，知道他们彼此没闹不愉快，就把她丢给玄烨，让宫里人抱了胤祚来，说她既然不舒服，暂时不适合照顾孩子。

纵然如此，岚琪也没太在意，一晚上没睡好，脑袋昏昏沉沉，看着胤祚被抱走也毫无反应，一上午都蜷缩在明窗下发呆。昨晚明明警告自己不要多想，可她硬生生想了一整夜，现在仍挥不去纳兰容若怀抱觉禅氏的模样。那一幕环春也该看见，但她问环春，环春却什么也不记得。可见有心之人才会去记住这些事，环春无心，当然不会留神。

而她这个模样，外头竟谣传德嫔有了身孕，想她回宫至今几乎天天霸占着皇帝，指不定就是有了好消息。宁寿宫里太后还好心派太医来给她看看，生怕昨晚在宁寿宫里不舒服。结果倒撇干净了谣言，德嫔哪儿来的身孕，反是她一夜不眠脉搏紊乱，被太医胡说成了积劳成疾，让她好好休息。

这些话也都会传到乾清宫，玄烨心无旁骛，一整日都在处理公务。直到傍晚前，明珠从乾清宫退出，迎面遇到儿子领了牌子进来，因不曾听说皇帝宣召，自然要上前盘问。容若也不晓得皇帝找他做什么，离别时明珠怒然责令他："听完了差事就立刻回家，昨晚的账我还没找你算，你没事在宁寿宫外瞎转悠什么？混账东西。"

容若垂首不语，皇帝等着召见，父亲也不会此刻为难他，而他心里坦荡荡本没觉得有什么见不得人的，只等父亲离去，才径直往乾清宫来。却又遇上太子来送临帖的功课，父慈子孝地说了会儿话，再等太子离去，容若才进了书房。

玄烨见了他，一如平日的亲和，说有事要吩咐他，但一边却唤李总管进来更衣，很随意地说着："江南水患至今没有大的进展，八月里又连下几场暴雨，房屋倾毁百姓流离失所。虽然折子一道道递上来，说在修了在救了，可朕明白，他们不过是说着漂亮话敷衍朕。不是有人说吗？大清国万万人口，死掉一些人无所谓。"

"臣惶恐。"皇帝说得从容，纳兰容若却惊恐地跪下去，解释道，"宵小之徒才会说出这等泯灭人性的话，皇上不必在意。江南水患民不聊生，各地官衙都在奋力救灾。臣上月从北边回来，还瞧见北边粮商集资凑粮往南边送。泱泱国土血肉同胞，百姓尚且如此，官员食君之俸禄，怎敢敷衍了事。"

玄烨自己翻着袖口，冷然一笑："你说这些好听的话安抚朕，难道不是敷衍？"

容若满头雾水，诚惶诚恐道："臣并不了解南边的事，臣只是说看到的景象。那些粮车都是往南边送的，沿途官衙都出兵保护防止抢劫，臣也帮着押送了一段路。"

"你起来。"玄烨说着，挥手示意左右都下去，让容若跟自己到了书桌前，扔过一张地图给他看，指着上头他用朱批画了圈圈的地方，"那里是受灾重地，数万百姓等待安置。周边大小十几个城镇也受灾，但他们尚有能力安置灾民，可为了本地人的利益，都封锁城门不开。灾民聚集在外瘟疫肆虐，长此以往恶性循环，昔日富庶之地将遭灭顶之灾。”

容若皱眉看着地图，脑中展现皇帝所说的画面，心内一阵阵发寒，又听见玄烨说：“必然是朕失德，才惹怒上天降灾。旧年京畿地震，今年江南水患，入了冬又不知哪里会遭难，朕每日寝食难安。”

“尧舜明君亦遭九水七旱，岂是皇上之过。”容若捏了捏手中的地图，青年热血，屈膝顿首道，“臣愿为钦差下江南治水。”

玄烨一笑，伸手搀扶他起来：“明珠都弄不清这些，你又怎懂治水。但朕还是要派你下去，替朕安置灾民。三年五载后水退还田，那里有最肥沃的土地，朕要老百姓重新落地生根，振兴农业。明日你便去吧，京里的差事会有人接手。北边你走过一遭了，这一次去南边走走，过两年朕南巡时，也必要重用你。”

容若屈膝领旨，待要起身时，突然听皇帝说：“你表妹在宫里很好，明珠说你们青梅竹马，朕不是小气的人，公子哥儿千金小姐，谁没有个童年玩伴？”

“皇上……”容若身体僵硬，停在半当中，不知是跪是起。玄烨轻轻拉他一把，拍拍肩膀道，“安心办差事去，你不是说，朕是明君吗？”

容若只觉得心停止了跳动，他后来怎么走出乾清宫的都不自觉。一直到出了紫禁城的门，手里还握着皇帝塞给他的地图，才猛然想起阿玛曾提过，南下安置灾民的事一直无人愿意接手，叮嘱他这是吃苦不讨好的差使，让他在皇帝面前小心说话，可他……低头捏紧地图，容若回眸望一眼被高墙围拢的巍峨皇宫。他别无选择，必须好好办差，就为了皇帝那一句“不小气”。

乾清宫里，玄烨更衣后就要出门，自然是往永和宫去。可前去传旨的小太监却匆匆回来告诉李公公，他和德嫔娘娘前后脚刚错开，娘娘已经去看觉禅常在了。

话传到玄烨跟前，皇帝无奈，吩咐说：“不碍事，朕去等她回来。”

偏僻的皇城一隅，当香荷打开院门见到德嫔娘娘大驾光临时，惊愕的不是稀客登门，而是自家主子掐算的功夫，为何一算一个准？从她决意离开翊坤宫起，往后每一步都在她的计算之内。小小宫女自然不敢奢想更多的事，她不知自家主子这份心机城府和智慧胆魄，放眼后宫只怕无人能及。

而觉禅氏刚害喜折腾了一场，正软绵绵地伏在炕上不能动，屋子里香薰撩人，全为了掩盖她呕吐的气息。岚琪进屋时就觉得气息郁闷，立在门前皱眉，吩咐香荷："把门窗打开吹风换气，这么香的东西你家主子闻见了更难受，多给她穿几件衣裳裹严实了就好。"

香荷手忙脚乱地领着两个小宫女收拾，环春玉葵很是看不过，但也不便动手教导她们做事，搀扶自家主子在外屋上首坐了。不多久便见觉禅常在脚步虚软地出来，此刻所见憔悴病态，哪儿还是昨晚中秋宴上惊艳群芳的模样，更不是宁寿宫门外那个跌入纳兰容若怀抱的女人了。

岚琪生了胤禛、胤祚，三年两子辛苦过来，当然知道眼下的柔弱并非伪装。让她赶紧坐下，又见香荷几人忙着开窗换气，竟没个人来奉茶，觉禅氏难免尴尬，岚琪便主动说不喝茶，让环春几人都下去。环春知道主子有要紧话要说，此刻门窗都大大方方地开着，便极有眼色地拉着香荷几个去对面远远地等着。

她们走开，带过一阵阵风，岚琪衣着端庄颈间还觉几分凉意，觉禅氏薄薄常衣倒是坐在一旁面不改色。她问道："孕中燥热吗？"

觉禅氏抬头看她，颔首应："浑身火烧似的难受，一味想吃凉的东西，但太医不允许。"

"过几个月再吃吧。"岚琪好意提醒她，以自己的经验告诉她，"脾气性子口味都会变，熬过去就好了。过几个月孩子长大了可能会舒服一些，但最后两个月还会辛苦。吃得虽然要好，但也不要太贪吃，养得胖了自己吃力，孩子太大生起来更辛苦，也危险。"

觉禅氏看着岚琪，竟是微微眼眶发红，垂下眼帘时，语带悲戚："幼年时见家中女眷有孕，长辈殷殷嘱咐这些话，自以为将来有一日额娘也会这样对臣妾说，如今听是听得了，说的人却是德嫔娘娘。"

岚琪知道她家中落魄衰败，也不愿揭人伤疤，将话锋一转，缓缓道："本以为你这里会宾客盈门，但不来心里不踏实，现在清清静静我们俩说话，倒是挑了好时辰。"

觉禅氏面上有凄美的笑容，轻声道："娘娘想问臣妾昨夜的事，想问臣妾是不是见了纳兰公子后，忘乎所以地动情了？"

岚琪正色看她，冷然道："当年在围场营帐外听见你们说话，你那一句句劝诫纳兰大人的话我还记得清清楚楚，你怎会是见面就乱了方寸的人？何必呢。"

"娘娘的话……"

"你是故意做给我看的吧？"岚琪微微一笑，"我想了一天一夜，总算想明白了。所以就想来问问你，我哪儿得罪你了，你又要把这些事摆在我眼前？这么多年过去了，你这么聪明的人，会想不明白？"

觉禅氏怔了怔，她以为德嫔会气急败坏地来找自己责骂，可她却如此平静。看得出来眼睛里充满血丝的确是苦思冥想过的，自己那些举动一定给她带去了影响。但没料到的是，人家竟然冷静地想明白了。

"其实我没必要耿耿于怀，你要作死也不是一两次了，我做什么总要拦着你。若说是怕那些事败露，相信明珠府的人和惠嫔牵扯其中一定比我更担心，我夹在当中操哪门子的心？"岚琪淡定地看着眼前人说，"但我不否认看到了听见了就会心里毛躁，不然我也不会来找你。觉禅常在，这些日子我得罪你了吗？"

觉禅氏眼神虚晃，从德嫔进门起，后头的事就和她想的完全不同了。垂目犹豫须臾，她倏然起身扶着椅子跪了下去，岚琪倒是一怔，立起身来说："你别这样子，不要伤了肚子里的孩子。"

觉禅氏却又跪行了两步，神色凄楚地说："娘娘，臣妾是想求您一件事。不敢贸然登门相求，是怕您会拒绝，才出此下策。想激您来帮臣妾，是臣妾不好，臣妾和纳兰大人是清清白白的。"

岚琪却朝后退了两步："你们当然要清清白白，不然就都活不成了，可我也没什么可帮你的。"

"只有您能帮臣妾，只要您对皇上说一句话就成。宫里能一句话就改变皇上心意的，只有您啊。"觉禅氏却不放弃，照旧把孩子的事说给了岚琪听。她没有别的奢望，就想若是个皇子，千万不能被惠嫔带走。

"仅此而已？"听罢这番话，岚琪静了片刻，坐下后问，"你不希望孩子喊惠嫔额娘？"

觉禅氏慢慢从地上爬起来，无力地坐在椅子上，重重点头说："当年是惠嫔故意将臣妾送到皇上身边，惠嫔她甚至不惜对皇上用情药。"

岚琪心头一惊，反问觉禅氏："用情药？"

觉禅氏忆及往昔满面痛苦，低沉沉地说："皇上那一晚动情，臣妾看得出来他根本不知道和谁在一起。惠嫔娘娘她一定是动了手脚，不然皇上何至于随便临幸一个宫女？"

"可夏日里，皇上还是清醒地召见了你，他还是喜欢你的。"岚琪平静下来，说着看似酸涩，实则她并不见得多在意的话，"既然皇上已经喜欢你了，为何你不去说这些，你自己告诉皇上你的愿望，岂不是比弄出这些事来激我更容易？”

觉禅氏唇边的笑容清冷孤傲，她晃着脑袋说：“先不说臣妾人微言轻，臣妾更是不想见到皇上。不是万不得已，臣妾宁愿一辈子在这里。五月末时被皇上频频召见，臣妾每一天都过得很煎熬。旁人眼里的风光，是臣妾不能言语的痛苦。”她伸手盖住小腹，无情地说着，“这个孩子，臣妾也不在乎，可就是不甘心让惠嫔如愿。”

岚琪算是弄明白了，心里可怜她，又更莫名觉得可笑，想了想问：“我若不帮你呢？”

觉禅氏眼中闪过寒光，慢声说：“难道娘娘不怕……皇上知道臣妾和容若的事，不怕天下人耻笑皇上？”

“果然你是在这里等着我呢。”岚琪无奈地叹口气，又站起来像是要走了，“可到那一刻，你和纳兰容若都活不成。惠嫔会不会牵扯我猜不到，明珠府一定会被其他大臣排挤。这一家子本来就够扎眼的了，难道你在所不惜？”

觉禅氏点头，露出无情的决绝，似乎还想抓住最后一丝希望。可她却不知道乌雅岚琪最厌恶的，就是被人威胁。

“既然你都不在乎，我在乎什么？”岚琪淡然而笑，慢慢朝前走，将至门前又停下，转身说，“你很聪明，一个举动就搅得我心神不宁整夜难寐。你挑着我的弱处下手，差一点儿我就顺着你铺的路往下走了。你所求的事对我而言的确不难，可我为什么要帮你？你不是说不在乎这个孩子，不是说皇上对你的恩宠是痛苦是折磨吗，既然如此你还在乎这孩子喊谁额娘？日后生出来被抱走，就和你再没半点关系，对你来说应该是解脱才对。你以后可以十年二十年，甚至一辈子都不见他，你都说了你不在乎呀。”

岚琪说着，又折回来靠近她几步，继续道：“你知道吗？我从没见过像你这么自私的人。口口声声难忘旧情，口口声声惠嫔毁了你的人生，可你的所作所为，不管是为了解脱还是为了欲望，都只为了你自己。你却又清高地拿自己和纳兰容若的感情做借口，把一切都装饰得那么高尚。我问你，这个孩子和纳兰大人有什么关系？他昨晚又为什么要被你利用演那场戏？到底是他在乎孩子喊谁额娘，还是你在乎？你们青梅竹马难舍难分的旧情，是不是太卑微了？”

觉禅氏目光凝涩，憔悴的脸颊越来越苍白。德嫔的话一句一句刺激她的心，本还以为清晰透彻的一切，竟变得迷茫模糊起来。这一刻她才突然疑惑，她到底求什么？

"从前我胆小没眼界，遇到丁点儿事就觉得天要塌下来了。"岚琪再次转身要走，挺直脊梁微微扬起下巴，自信而决绝地说，"现在明白，天下那么大，谁也不可能面面俱到。皇上他就算真的被你们扣上耻辱的绿帽子，他也一定会坦然摘下。情情爱爱上的一点儿事，搁在江山社稷里算什么？而我们都一样，坐井观天，自以为看到的就是全世界，偏执地认为别人也该和自己一起承担痛苦悲剧。如我，在乎别人让皇上蒙羞给皇上添麻烦，神神叨叨地为此烦恼，企图让所有人都和自己一样，眼睛里揉不得一点儿沙子，可我到底有什么资格强迫别人也这么想？至于你，也一样。从今往后，我不会再计较你对皇上是否忠心，你和纳兰大人是否还有纠葛。若将来出了什么事，该治罪治罪，该杀头杀头。皇上担得起江山天下，你们几个人的小事，根本微不足道。"

话音落，却又似字字铿锵地盘旋在屋子里。说话的人早就走了，外头熙熙攘攘的脚步声也很快消失。觉禅氏瘫坐在椅子上，软绵绵地好像一点儿力气也没有。自以为聪明的女人，此时此刻一句话也说不出。

而岚琪一离开觉禅氏的院子，再闻不到那呛人的香薰，浑身都觉舒坦，一夜不眠整日不安的疲倦也一扫而空。环春眼见着她神色凝重地来，此刻却笑容灿烂双目有神，虽然好奇到底她们说了些什么话，可也算安心了，簇拥着主子回宫。半路上却见宫里的小太监跑来，笑嘻嘻地说："娘娘可算回来了，您快回去吧，万岁爷来了。"

"皇上来了？"岚琪很惊讶，看看这会儿时辰，天都快暗了，乾清宫里该是传晚膳的时间，没听说要过来她才赶着黄昏出门。一边急急往回赶，一边问，"皇上知道我去哪儿了吗？"

那小太监忙说知道了，但皇帝并没让人来催德嫔回永和宫，是李公公私下派人来请的，大概是怕等久了。还说已经让传膳，送到永和宫里用。

岚琪进门时，果然已经在摆膳，还听见婴儿咿咿呀呀的声音，胤祚也从慈宁宫回来了。但见香月迎上来递过手巾让擦手，引着岚琪往六阿哥的屋子去，欢喜地说："万岁爷在和六阿哥玩耍呢，是万岁爷派人去慈宁宫把六阿哥接回来的。"

岚琪心情甚好，进门就瞧见玄烨立在摇篮边，手里一张一合地逗着儿子。猜想他是不敢抱孩子，每次要让他抱抱，都紧张得手足无措，那模样笨拙又可爱，是外人轻易见不到的样子。

"回来了？"玄烨听见动静，见岚琪进来时满面乐滋滋的笑容，心里一定，不等她行礼便伸手，"过来看看儿子。"

岚琪索性也不行礼了，跟到身边被玄烨揽了腰，指着胤祚说："瞧瞧他和你越来越像了，眼睛鼻子都是。"

摇篮里的小家伙咿呀咿呀出声，似乎认得岚琪是额娘，一见就咧开嘴笑，脸上粉嘟嘟的肉挤作一堆，哪儿还瞧得出眼睛鼻子像谁。玄烨忍不住伸手捏捏儿子的脸颊嗔他："谁叫你笑了，快让你额娘仔细瞧瞧。"

这一捏，奶娃娃立刻就哭了。玄烨手足无措，岚琪赶紧让乳母来哄，拉着皇帝出去说："皇上就会欺负弱小，欺负臣妾，还欺负六阿哥。"

晚膳已经摆好了，岚琪要去更衣洗手，玄烨硬要跟着她。两人嬉闹腻歪一阵，谁也没提别的事。正要出来用膳时，外头李公公来说："皇上，太子到了。"

岚琪这才有些讶异，玄烨却说："太子这几天胃口不好，昨日中秋宴就见他没进什么吃的。太医说夏日贪凉积弱了脾胃，朕想大概还是一个人吃饭太闷了，朕平日里也会觉得闷就懒得动筷子。难得今天清闲，喊他来一起用膳，吃了饭就回去的，你不要介意。"

岚琪知道，宫里妃嫔都不愿照拂太子，说他命硬克死了两个皇后。因太皇太后和皇帝都钟爱太子，这样的话只敢在私底下传说，但皇帝显然也听说一二，刚才那几句就是怕自己有所忌讳。岚琪心里虽不至于毫不在乎这种传说，可她更心疼玄烨的无奈。

太子很快就进来，给父亲和德嫔行了礼。玄烨问他是否还没用膳，让他跟在身边坐了。岚琪亲自给他布菜，本以为是自己和玄烨吃饭说闲话，这会儿却是他们父子说话，她则在边上安排两人的膳食，偶尔一起说几句，倒也其乐融融。

但太子胃口的确不好，换着花样哄他吃，都兴趣寥寥。倒是吃环春另做的鸭肉粥很开胃，吃掉一碗还想要。但玄烨怕他吃撑没让他再添，岚琪便哄他："明日一早让环春做了送去毓庆宫给太子做早膳好不好？"

太子欣喜地点了点头，又进了一小碟菜蔬，放下筷子说吃饱了，立起来问父亲："儿臣想去看看六阿哥，可好？"

玄烨欣然同意，让嬷嬷来领他走，自己也添了一碗粥。环春笑着说："奴婢见娘娘今日精神不好，怕胃口也不好，就熬粥预备着夜里进膳的，没想到皇上和太子都喜欢。"

岚琪笑着推她说："你是要皇上赏你什么吧？"

"朕当然要赏，难得能让太子开胃，御膳房里都不尽心。"玄烨自己吃了粥，也觉脾胃温和舒坦，唤来李公公，让他赏环春银锭子。

二人一顿饭都吃得心满意足，岚琪自己恍恍惚惚一整天也没怎么吃东西，这会儿一碗粥下去气力恢复许多，脸上渐渐红润，笑容越发妩媚。玄烨静心看了会儿，便挽了手起身说："出去散散步。"

两人沿着檐下长廊漫步，永和宫里还有好些屋子空关着，玄烨突然说："再往后十几二十年的，宫里妃嫔越来越多，朕大概就不能让你独居一处。眼下是最清净的时候，朕要好好珍惜才是。"

岚琪笑问："怎么才算皇上好好珍惜？"却被人家暧昧地看了一眼，她撇过脸不敢再问，但耳边就听见玄烨问她："昨夜今天都不舒服，怎么傍晚还出门，你去见觉禅氏了？"

这件事到底还是提起来了，岚琪轻轻应了声，皇帝则继续问："是不是心里不舒服，因为朕之前对她好，你吃醋了？"

"如果臣妾说吃醋了，皇上会哄臣妾？"她放下了心里的包袱，当然无所谓再提起来，有心思玩笑着，"外头的人恐怕都等着看臣妾笑话，臣妾做什么要让人嘲笑？所以才大大方方地去看看觉禅常在，恭喜她有了身孕，祝福她也平平安安给皇上生个小阿哥。"

"真的？"玄烨问，看似含笑温和的一句，眼中却又仿佛另有深意。

但光线昏暗，岚琪也没仔细看玄烨的眼睛，不假思索地就回答："当然是真的，难道皇上以为臣妾那么小气？虽然是有些小气，还弄得一夜睡不安稳，可白天想想比起吃醋泛酸，被别人在背后看笑话指指点点才更可气。所以哪怕假装大方些，也要端得起永和宫主位的尊贵。"

玄烨笑出声，岚琪急了问："臣妾说错什么了？"但腰间立刻就被人重重搂紧了，仗着夜色昏暗，人家贴着脸颊说，"你问朕会不会哄你，可是哪一件事，不是朕先来哄你的？"

岚琪笑嘻嘻推开玄烨的身子，得意地说："可惜了，这一回臣妾不要皇上哄，臣妾没吃醋更没不开心。"

玄烨立刻松了手，径自往前走。岚琪愣了愣赶紧追上来，耍赖似的缠着人家。玄烨也与她嬉闹，两人皆心情大好。

在玄烨看来，不管岚琪心里为了什么纠结，她想通了或放下了，自己就没必要追究。至于纳兰容若和觉禅氏，过去的事本来就没有追究的道理，但往后的事，他心里有分寸。

两人手牵手地走着，正犹豫要不要出永和宫，突然听见胤祚嘹亮的哭声。

才想起太子还在那里，一起折回来看，见乳母正抱着胤祚哄，太子背手立在边上，手里还抓着胤祚的玩具。

“胤礽，怎么了？”玄烨问。太子闻声怔了怔，转身见父亲来了，立刻跑过来解释：“儿臣想和弟弟玩儿，但是他突然哭了，儿臣不是故意弄哭他的。”

第 五 章

与贵妃结盟

岚琪见太子这么紧张，反而心疼，蹲下来哄他："六阿哥长牙呢，每天都要哭闹好几回，当然不是太子弄哭他的。"

太子疑惑地听着，却问她："四阿哥也长牙吗？"岚琪不解，太子则继续说，"昨晚弟弟妹妹在一起玩耍，四阿哥也总莫名其妙地哭，贵妃娘娘还骂了大皇姐和端静。"他朝岚琪伸出手，撩起袖管露出一道长长的伤痕，"胤禛把我的手臂都划伤了。"

岚琪大惊，惊愕地看着玄烨，玄烨竟然也不知道。边上伺候的人都吓得跪下请罪，说太子不让她们禀告。岚琪瞧见伤口已经结痂了，似乎也不是很深，但还是带着太子在灯下仔细地看了看，只有伤口较大的地方略微有些红肿，其他没什么问题才松了口气。

太子一本正经地说："胤禛总是抢东西，胤祉的东西他也要，我不让他拿，他就抓我的胳膊。不过我没怪他，因为他是弟弟。"

岚琪听得心里一颤一颤的，不晓得这个孩子究竟明不明白四阿哥到底是谁的孩子。可他不让嬷嬷们讲，现在却说了出来，若胤祚没有这一阵哭闹，他又会不会说？这孩子小小的人，脑袋里究竟在想些什么？

而玄烨也没太追究嬷嬷宫女们的错，只训诫她们往后任何事都要禀告。之后过来看了看太子的伤口，略严肃地问他："胤禛抓伤你的事，贵妃娘娘知道吗？"

胤礽摇了摇头："儿臣不会像弟弟那样哭闹，边上的人都不知道，嬷嬷也是等儿臣洗澡时才看见的。皇阿玛您不要怪胤禛，儿臣觉得他只要改一改脾气，往后不会这么胡闹的。"

两个大人面面相觑，玄烨伸手摸了摸胤礽的脑袋，温和地说："等你再长大些，等胤禛胤祚都长大了，做哥哥的就能教导弟弟。皇阿玛相信你会是个好兄长。"

胤礽认真地点头："儿臣会做个好兄长，请皇阿玛放心。"

玄烨笑得很不自然，但还是夸赞了太子，又说天色晚了让人送他回毓庆宫，因不放心，又让李公公等人也随行。立在门前一直看着太子的身影消失在夜幕里，才转回身，见岚琪抱着胤祚，正逗着他笑。

"太子刚才对六阿哥做什么了？"

岚琪突然听见这句话，吓了一跳，转身见玄烨走到乳母那里。乳母也怔住了，岚琪便跟过来，温和地重复了皇帝的意思，乳母才战战兢兢道："回皇上的话，太子没做什么。太子一直在和六阿哥讲话，让六阿哥快快长大之类的。后来奴婢拿来玩具请太子逗逗六阿哥，六阿哥大概是以为自己的东西被人拿走了，所以才哭的。"

岚琪把孩子交给乳母，搀扶玄烨出去，避开人才问："您怎么了？"

玄烨无声地摇了摇头，进屋子后就在炕上盘膝坐着，说想喝茶。岚琪知道他是想一个人静会儿，就亲自去茶水房烹茶，也不让环春她们去打扰。

在茶水房开了一瓮谷帘泉泉水，正要煮水时，却见胤祚的乳母来了。说是要来拿水给六阿哥喝，却又不经意似的凑到岚琪身边。岚琪会意，将泉水上灶后便与她到了门前，避开旁人，便听乳母说："娘娘，方才皇上问话时，奴婢有几句话没实说。"

岚琪蹙眉，做娘的人当然紧张，轻声问："太子欺负胤祚了？"

"没有没有。"乳母连声否定，"奴婢是没敢说太子对六阿哥讲的几句话。太子其实还说'胤祚你长大后，可不能像大皇兄，父皇不喜欢他，他太皮了。你四哥也不好，那么小就那么霸道，胤祚你要像我一样……'"乳母越说越小声，捧着心口道，"奴婢实在不敢对皇上说这几句话。娘娘，奴婢是不是做错了？"

岚琪心里沉甸甸的，安抚乳母没事，告诉她没说是对的，便让她回去。自己回过来继续煮水，待泡好了茶端回去，出门就见李公公回来了。他进去内殿向皇帝复命，但岚琪走到门前还不见他出来，猜想是在说什么话。良久李公公再出来，瞧见德嫔等在门口，歉意道："娘娘久等了？"

岚琪淡然道："你和皇上说话要紧，还有别的事吗？"

"没有事了，奴才就回了几句太子的事。"李公公笑得很尴尬，立刻让在一旁请岚琪进去。她自己端着茶，也不让别人再跟着，进来时瞧见玄烨已不在炕上坐着，而是立在书架前随便翻阅什么，回眸见她来，随口就说："想喝参茶，没来得及对你说。"

岚琪笑道："是参茶。"

简简单单的心有灵犀，让玄烨脸上多了些笑容。过来坐下一起喝茶，暖暖的茶水带着提神的参味沁入身体，玄烨舒了口气微微有些犯懒，伸手朝岚琪，把她拉在怀里靠着。岚琪听见他胸膛里咚咚咚的心跳，刚要开口，玄烨已先说："胤禔顽皮，但性子不坏，假以时日引导，总能收心在功课上。但朕总是不明白胤礽在想什么，这个孩子看起来那么老成，朕有时候看着他心里会觉得发瘆。朕希望老大能稳重能有兄长风范，为何看到太子如此，却觉得不好？岚琪，是不是朕想得太多了？"

岚琪想起乳母那些话，她不怀疑乳母撒谎，因为同样的话太子亲口对她说过。那天在乾清宫门外，太子正正经经地说他不会像大皇兄那样惹父皇生气，而她每每看到太子时，心里也觉得不舒服。

但有些话是她不能说的，玄烨再喜欢自己，他终究还是帝王。于是坐起来看着他，她含笑伸手揉一揉他的太阳穴舒展神经，慢悠悠地说："孩子们还小呢，皇上是期望太高了，才会觉得看着孩子们不自在。您若实在疑惑，太皇太后看得最明白，教导孩子的事儿，臣妾还不如您呢。"

玄烨"嗯"了一声，与她说明日一起去见皇祖母。正要说些别的话分散心思，外头脚步声匆匆，李总管慌慌张张来说："万岁爷，阿哥所传来消息，说大阿哥吃了不干净的东西，好像是中毒了。"

皇帝才要安下的心顿时又被燃了一把火，岚琪麻利地给玄烨穿好龙靴，不等整一整衣领他就冲出去了。毕竟是八九岁的孩子，不同于早年夭折的那些，这么些年养下来，更是被寄予极大期望的长子，他不能不着急。

圣驾匆匆赶至阿哥所，已有太医围拢。惠嫔得到消息也到了，见了皇帝还算镇定，只是略哽咽说："万岁爷放心，胤禔没有大事，太医说不伤性命。只是嬷嬷们讲他刚才胡言乱语的样子，有些骇人。"

"为什么胡言乱语？"玄烨不解，便见太医们过来，其中一人禀告，"大阿哥是吃了毒菇，出现了幻觉，以致上吐下泻，排干净便好了。幻觉也是毒发症状，清醒后若无异常，不会有所损害。"

"毒菇？"玄烨惊愕，疾步来到床榻边看了看儿子。胤禔正在昏睡中，乳母在边上哭哭啼啼地说又吐又泻还以为吃坏了，可后来竟然出现幻觉，嘻嘻哈哈疯疯癫癫，把她们都吓死了。

玄烨转回身问太医："为何断定是毒菇？"

"臣等查看大阿哥病症后，立刻让宫女们呈上大阿哥今日所进的食物，在一盒月饼馅料里发现毒菇。”太医淡定地说，边上已有小太监捧来一盒月饼。里头放了八个半月饼，每一个都被掰开，而剩下半个则看得出来是咬过的。便听乳母解释，说大阿哥晚饭后嘴馋咬了半个，因为好吃不舍得丢了，让放着明日再用。其余八个月饼，都是太医们掰开检查的。

“除了豆沙和莲蓉馅的六个月饼，剩下三个云腿山珍里都有这种毒菇。这种毒菇不伤性命，但人也不能吃，吃了轻则如大阿哥这般，重则……”太医声音渐弱，似颤了颤，继续道，“大阿哥若是三个都吃了，可能醒来后会痴痴呆呆。”

“啊？”惠嫔惊叫出声，但立刻捂住了嘴，眼泪汪汪地看着玄烨，又不愿失态，扭身过去躲在了门后。玄烨亦是心慌恼火，厉声问：“这月饼哪里来的？大阿哥的膳食没有规矩吗？”

乳母吓得浑身发抖，伏在地上说：“月饼是贵妃娘娘赏下的。大阿哥喜欢食糕点，中秋各宫娘娘们送来的东西大多都被大阿哥赏赐给奴婢们了，但大阿哥喜欢点心，这几盒子月饼就都留下了。这一盒是承乾宫送来的。”

“贵妃？”玄烨眉头紧蹙，边上李公公忙再解释：“奴才也知道，贵妃娘娘中秋节里的确给各宫各皇子公主赏赐了月饼，同样也有孝敬到慈宁宫、宁寿宫和皇上这里的。但这些月饼都是贵妃娘娘拿体己的银子给御膳房定制的，是从御膳房出来的东西。”

“传旨六宫，查所有的月饼糕点，若有类似情况，立刻来报。”玄烨声音沉沉，似沉到谷底般返回的闷声，“兴许有主子赏了奴才吃，吃坏了也没人知道。”

李公公领命，立刻调配内侍卫，连夜将各宫月饼都搜出来。玄烨看过儿子后，嘱咐太医好好调理，安抚了惠嫔几句让她留下照看孩子，自己便独自往慈宁宫来。夜深了，可这样的大事必然惊动皇祖母，祖孙俩一见面太皇太后就急切地问：“胤禔怎么样了？”

玄烨温和地安抚了祖母，说孩子没有事。老人家才舒口气，歪在床上感慨：“这一辈子看尽了生生死死，如今年纪越来越大，反看不得了。看着年幼的孩子们走在我前头，这心里……”

“皇祖母，生死有命，哪怕是皇子皇孙，也看各自的福气。”玄烨沉沉道，“自然这等龌龊之事，是孙儿的失职。”

老人家恨恨：“紫禁城里那么多人，你管得过来吗？历朝历代这样的事屡禁不止，现在才刚刚开始。玄烨啊，你可要好好保护太子，知道吗？”

玄烨心里震荡，点了点头。

此时苏麻喇嬷嬷来复命，刚才跟着玄烨来的太医检查了贵妃进献的中秋月饼，均没有查出什么问题。太皇太后不爱吃这油腻腻的点心，之前就赏赐给宫里的太监宫女。问过几个吃了的，也没见有什么事。

“又是贵妃？她这是要做什么？”

“皇祖母，未必是她。”玄烨却站在了贵妃这边，“月饼是她送的，吃死了人，她怎么脱得了干系？她再蠢也不至于做这种事。”

太皇太后却恨道：“可当年她送给各宫的荷包里头都有虎狼之药，害得宜嫔小产。”

玄烨眉骨微震，咬了咬唇屈膝在祖母面前道：“皇祖母，当初的事请您不要算在贵妃身上。那件事是孙儿嘱咐李总管派人做的，当时只是想压一压贵妃的气焰。她入宫虽是为了和钮祜禄氏抗衡，可她太过气焰嚣张，孙儿才出此下策。”

太皇太后惊愕不已，呆呆地看着自己的孙子，半晌才道：“是你派人在她送给各宫的荷包里放了虎狼之药？玄烨，你不要子嗣了？宜嫔的孩子呢？”

“皇祖母，孙儿当时并不知道宜嫔有了身孕。孙儿问过太医的，那些东西不伤身体。而且只不过一两天的工夫，早晚会有人发现。”玄烨起身坐到祖母身边，“当时根本没想到，宜嫔会有身孕。”

太皇太后眉头紧蹙，心内翻江倒海。本想推开玄烨，可到底还是把他抓紧了，语重心长道：“你的确该有手腕压制后宫，可是你听皇祖母一句，这样的事千万不能再做。皇家子嗣是朝廷命脉，你怎么好自断后路，虽然不伤身体，可宜嫔失了孩子，就是上天的惩罚。玄烨，你可以做任何事，但千万不要伤害自己的骨肉。”

“孙儿知错，所以这些年对宜嫔总多些照拂。孙儿也很后悔那件事，不只对宜嫔，对贵妃也同样愧疚。”玄烨目色深沉，“皇祖母的话，孙儿会牢牢记住的。”

太皇太后暗叹，她的玄烨已经足以支撑这个国家和皇室，她真的可以安享晚年颐养天年了。玄烨有仁心，可他亦有杀伐决断的狠劲儿，但她不愿看到玄烨做出伤害亲生骨肉的事，不愿他做会遭天谴的事。心中默默念佛，愿上苍将冤孽加在自己身上。她多希望在自己看不到的将来，玄烨能创下盛世皇朝，一时动情，竟热泪盈眶道：“皇祖母此生有你，真真没有白活一场。”

玄烨百般安抚，良久才见祖母宽慰。而李总管也带回消息，大半夜的一场折腾，宫内留存的大部分月饼都被翻过了。另搜出三盒有毒菇的云腿山珍馅月饼，其中一盒，还是从有孕的觉禅常在屋子里翻出来的。觉禅常在因害喜不能吃这些东西，还没动过，其余两盒也是在位分低的常在答应屋子里找到的，幸好都还没吃。此外宁寿宫的月饼太后赏给宫女，吃了没事。毓庆宫里太子还没吃，其他各宫或吃过或没吃过的，都没有查出毒菇。

禀告这些的工夫，有宫女来禀告说贵妃娘娘在宫外求见皇上和太皇太后。老人家虽然知道未必是贵妃下的毒手，但还是不愿见她，让玄烨处置。祖孙俩分开时，她还担忧道："这样一个糊涂人，怎么教导我的胤禛？"

玄烨无奈，伺候祖母安寝后才离开。出宫门果然见贵妃等在外头，似乎也是大半夜被折腾起来的，发髻只是拢了拢而已，连首饰珠钗都没戴，一见玄烨就迎上来说："皇上，臣妾没有做那样的事。"

玄烨满心气愤，但尚理智，平静地打发她："没有人会打着旗号去害人，但眼下没有证据能证明你的清白，朕只有彻查下去。不是针对你，而是针对这件事。你安安静静在承乾宫等消息，照顾好胤禛。"

佟贵妃泫然欲泣，抿着嘴听完这些话，哽咽道："月饼是臣妾让御膳房做的，总想着这样最妥帖。皇上要查，臣妾自然愿意。臣妾这里只下发了银子，还有家里送来的山珍，其他所有东西都是御膳房里的。"

"山珍？"玄烨想起什么，"是不是那天朕来你承乾宫里用的？"

佟贵妃连连点头："是是是，就是和那些一样的。臣妾还送了慈宁宫和宁寿宫，再有的就送去御膳房让他们做点心。臣妾坦坦荡荡，不怕皇上查，可是太皇太后她一定又……"

玄烨这才冷了脸："皇祖母没有怪罪你，你也不要瞎猜忌，你要知道说话的轻重和分寸。朕会给你一个交代，你往后也要更加谨慎，朕……实在不知该怎么说你了，回去吧。"

"皇上……"

"娘娘，您回吧，夜深了。"见贵妃还要纠缠，李公公忙上来挡驾，客气地说，"夜里四阿哥醒了若要见您见不着，可怎么好呀？"

玄烨不再理会贵妃，径直往乾清宫的方向走。没多久李公公送走了人跟上来，就听皇帝吩咐他："派人去永和宫看看岚琪母子，问有没有受到惊吓，若是已经安寝，不要打扰她。朕现在去毓庆宫看太子，有事就送话去那里。"

而永和宫这边，岚琪并未入寝。皇帝突然离开，她还在等他会不会回来，心里想出了这么大的事应该不会再来，但总还有些期盼。也不是期盼他想着自己，而是希望能在身边安抚他。但等来的是乾清宫的小太监，她温和地问了些事，又嘱咐了几句，又说自己和六阿哥都没事，只等人走了，才预备洗漱歇息。

环春给她梳头时她叹息道："偏偏是大阿哥先吃了，而其他人都没吃。更巧的都是御膳房里出来的东西，怎么只有几盒有问题。"

"怎么说？"岚琪问。

"就和咱们包饺子一样，剁一大盆馅儿拌匀了，若是真往里投毒，能有几个饺子是干净的？"环春擅长膳食，一想就觉得不对劲儿，疑惑满满地说，"贵妃娘娘指定的月饼至少做了上百盒，云腿山珍起码有三百多个。算上大阿哥那一盒，如今也就十二个月饼有问题，您说奇怪不奇怪？"

岚琪仰着脖子看她，似乎没反应过来，就听环春说："奴婢觉得这四盒月饼要么是被调包了，要么是别有用心另做的。贵妃娘娘虽然喊冤，可喊冤的就一定冤？"

岚琪点点头，环春见她还是呆呆的，颇有些挫败，笑着问："奴婢的话，您听明白了吗？"她这才摇了摇头："听明白了，但没想明白。"

环春蹲下来扶着她的膝盖说："您可要多长些心眼儿，那拉贵人那样直接出手的有，但背地里耍阴招的更可恨。明枪易躲暗箭难防，您送四阿哥去承乾宫不就是为了躲暗箭？"

岚琪连连点头："你说的话我都明白，我就是在想，如果厨子们没发现毒菇也罢了，若是故意下毒手，伤了大阿哥要做什么？若和贵妃有牵连，可贵妃那天还跟我提起大阿哥，她对大阿哥还有些许感情，我想她不至于要害那个孩子。何况她膝下有胤禛，就不怕自己洗不清冤屈？如果是别人，害大阿哥做什么？还是说只是想坑了贵妃，无意中送了一盒去阿哥所给大阿哥？"

环春讶异道："原来您想得这么深了，奴婢还以为您呆呆的不知道奴婢在说什么呢。"

岚琪脸色并不好看，扶着环春的肩膀道："往后咱们的东西也要多多检查。我总觉得一切才开始，书读得多，圣人道理看得多了，历朝历代宫闱丑恶的事也没少知道。阿哥们渐渐长大，将来还不知道会发生什么，光是想一想，我背脊就发凉。"

"主子您没事吧？"环春见她眼中有异样的光芒，不免担心。

岚琪轻声道："惠嫔看起来那么端庄稳重的人，可她也敢对皇上下药。环春，你敢想象吗？我往后，真是不愿她再碰乾清宫里任何事了。可我不知道该怎么做，才能让她远离乾清宫，远离皇上。一想到觉禅常在说的那些事，就浑身不自在。”

环春吓了一跳，轻声问：“主子可不能乱说，什么惠嫔娘娘对皇上下药呀，这话说出去可是要……”

“要闯祸，我明白。”岚琪却很镇定，“可我也明白，有些事我能不计较或者没资格计较，但有些事必须计较。她能有一次必然能有第二次，做得出那样的事，到底长了什么样的心？你刚才说了那么多，都是在怀疑贵妃，可我却只想着惠嫔。所以我才疑惑，她怎么能对亲生儿子下手？佟贵妃曾经那样对待我折磨我，我也只是觉得她可怜可悲。但是听说惠嫔竟然敢对皇上下药，想着她平日温柔端正客气大方，如此这般道貌岸然，我才第一次觉得一个人那么可恨。”

“您要对惠嫔娘娘做什么？”环春很紧张，跟了主子这么多年，从低微的常在到如今风光的主位，竟还是头一回看她冒出这样主动的心思。一直以来都是防备退让，哪怕委屈得不能再委屈，也自己吞下，突然变得如此强硬，连她都不能适应。

“我也不知道，所以才迷茫。毒菇这样的事，还有她从前对皇上动手脚的事，到底要怎么做才好？”岚琪困惑不已，“还有觉禅氏，她为了从翊坤宫离开，为了博得皇上瞩目，为了报复郭贵人虐待她，夏日里几乎是一步一算计。我就在想啊，这样的事到底要怎么做？环春，我要怎么做才能让惠嫔永远不能靠近乾清宫？她们一个一个，为什么这么聪明？”

环春心里扑扑直跳，她哪里懂什么心机手段，深知主子若真踏出这一步，可能就会偏了她一直以来走的路。她也不知道到底哪个方向才是对的，但至少主子一路走来，稳稳当当。这辈子就这样走下去，即便不是最正确，也错不到哪儿去。心内转了又转，拉着岚琪从镜台前坐到床上去，扶着她的肩膀说：“您冷静一些。大阿哥的事一定让您又想起四阿哥差点儿被闷死的事。现在您情绪很激动，等冷静下来就好了。”

岚琪一下一下喘息着，果然环春是了解她的，岚琪软软地靠在她身上，渐渐平静下来才说：“我今天说觉禅氏拿高贵凄美的借口博同情做自私自利的事，刚才我对你说的这些，何尝不是如此。我要对惠嫔做什么呢，使绊子坑她，让她失信于两宫？还是下毒手害她，让她从此不能在六宫活跃？难道以守护皇上为理由，做和她们一般无二的事？”

环春舒口气，安抚她：“不如您上禀太皇太后知道，让太皇太后来决定怎么处置这些事。”

岚琪无力地摇了摇头：“无凭无据，不过是觉禅氏一句话而已。我是太激动了，而在别人听来，或许只是她在我面前装可怜的借口。”她定了定神，自己坐周正，拍拍环春说，“你听我发发脾气说完，我舒服多了。怪不得皇上总让我有事没事都要听着他说话，有时候说出来未必需要得到什么解决办法，就是想透透气。”

“您想明白了吗？那之后的事呢？”环春被岚琪这样一折腾，反而没了方向。

“就我之前说的，永和宫外的事，咱们不管。”岚琪虽然说着这样的话，眼中却掠过异样锐利的光芒。果然口中慢悠悠道一声，“苏麻喇嬷嬷曾说让我来日登临高位时，不要把昔日见到的丑恶同样也挂在脸上。但是环春你也见过诸神尊像吧，你知道为何神佛明明是慈悲向善，但有很多却是凶戾恶煞的面容？”

环春晃了晃脑袋，但听岚琪继续说：“我在大佛堂里陪太皇太后念经时，太皇太后告诉我，因为恶鬼凶灵也会惧怕。它们最是欺软怕硬的东西，所以许多神尊都露出凶戾的面容，好镇压妖魔鬼怪，对于常人，亦是震慑。所以说，脸上挂凶容，并非都是恶。苏麻喇嬷嬷当初对我说的话，应该是只对了一半。”

“奴婢明白了，可是……”环春轻声道，“您不是神佛呀。”

岚琪点点头，冲她微微一笑：“我明白，这样的道理，放在心里就好。”

话音落下，外头更鼓声响，夜已深了，永和宫的灯火该熄了。

毓庆宫里，玄烨独自而来。彼时太子还未入眠，又因搜查糕点的事惊扰了他，玄烨来后与儿子说了会儿话，才渐渐哄他睡着。他撩起了胤礽的衣袖，露出那一条抓伤的痕迹，手指轻轻拂过，想着胤礽说的那些话，心中很不是滋味：真的是胤禛划伤了他？

离开太子寝殿，立在毓庆宫开阔的院子里，皓月当空皎洁明亮，不需什么灯笼映照都能看到周遭十步远的东西。李公公将太子身边的宫女嬷嬷太监侍卫们通通带来，乌泱泱的二三十人。玄烨立于高处看着他们，自发现之前的乳母和嬷嬷多嘴多舌之后，一批批人精挑细选，为的就是给太子最好的环境。近些时候太子比从前开朗些，想必是有用的。但玄烨太在乎胤礽也太了解他，今晚在永和宫他说的那些话，并不寻常。

但此刻玄烨只是说：“即日起太子毓庆宫内的饮食，每日每顿三查三验。太子不可随意在宫外吃东西，各宫妃嫔处也要小心应付。国宴家宴朕会带他在身边，外处送来的东西都要经御医查验，不可出一点儿纰漏。你们所有人，从近身的嬷嬷到门前的侍卫，任何人若给太子造成伤害，朕都将连坐治罪。”

阶下众人听得都面如菜色，皇帝继续说：“伺候太子，就是伺候大清的将来，你们自比其他处所高人一等，但身上的责任也比别人重。朕不想强人所难，你们当中若有不想担当责任，害怕被连累的，现在走出毓庆宫，朕不会为难任何人，自有别的去处。但此刻不走，往后的日子，就只能记着朕的话，好好照顾太子，不容他有任何闪失。”

阶下小到宫女，大到随行侍卫，一个个都面面相觑。玄烨重申想走的人他不会为难，还真走出两个小太监，稍后又有一个宫女，再等了半刻，玄烨道：“李总管数五十下，再无人走，朕就当你们都留下了。”

李公公领命，一声一声数着，直到四十九仍无人挪动，待五十整数，众人纷纷屈膝，俯首说誓死效忠太子。

玄烨将心沉一沉，吩咐李总管：“留下的所有人，赏银百两。离开的三个人，安排好去处不要为难，不要给太子造孽。”

说完这些，玄烨要回乾清宫，但走时又朝李公公递过眼色，等他回到乾清宫要更衣歇息时，胤礽贴身的保姆嬷嬷被带来。这个三十多岁的妇人生得端正慈善，胆子不大，一进乾清宫的门就哆嗦，不知皇帝要找她做什么。隔开一道屏风，就听皇帝问她：“太子手臂上的伤痕，究竟怎么弄的？”

那嬷嬷伏在地上，很是犹豫，却听李公公幽幽一声：“若是撒谎，毓庆宫上上下下的人，可都要死在你手里了。”

“公公，哦不，皇上……”嬷嬷吓得胆破，战战兢兢道，“皇上恕罪，太子手臂上的伤痕，的确是四阿哥划伤的。可是太子没有对您说实话，奴婢也不敢说啊。”

“你说，朕恕你无罪，也不会告诉太子。”屏风后头传来低沉的声音。

嬷嬷忙道：“不是四阿哥抢三阿哥的东西，太子出面阻止才划伤的，是太子抢四阿哥的东西，四阿哥急了抓着太子的胳膊，被太子朝后一推跌在地上。当时四阿哥手里正抓着一只菱角，就把太子划伤了。奴婢不敢声张把太子拉开了，太子也叫奴婢不要多嘴。但之后大公主和端静公主见四阿哥哭闹来哄他，贵妃娘娘来后以为是公主们欺负了四阿哥，皇上……奴婢也不知道为什么，太子会把事情打散了，然后颠倒了再告诉您。奴婢听得心惊胆战，也不敢吱声。”

屏风后头许久许久的沉静，嬷嬷慌张，李公公也不安生，终于又听见皇帝的声音，说：“太子平日的话不多，除了听他背书问功课，就很少开口，若是有妃嫔在他更加沉默。今天在永和宫说那么多话，朕就觉得奇怪，所以才想问问你，没想到，果然。”

“奴婢该死，皇上。”嬷嬷又道，“夏日里您时常在承乾宫，太子时不时就会问奴婢您是不是又去陪四阿哥了。您说太子他是不是因为想让您多陪陪他，这才撒谎的……”

屏风后头又一阵寂静，玄烨不知在想什么，再开口便说：“今日之事你难逃干系，让太子撒谎比起让他吃错东西磕着碰着更可恶。但是朕不罚你，只要你记住一件事，你是太子的奴才，可你的主子，只有朕这一个。将来再有这样的事，要等朕来问你而不是你先来说的话……”

李公公忙插嘴：“万岁爷，奴才会交代，时辰不早了，您歇着吧。”说着喝令那嬷嬷，“跟我来。”

但两人才转身，李公公伸手去拿烛台要吹灭蜡烛，皇帝又道：“派一乘软轿，静静地去永和宫，把德嫔接过来。夜深了，不要弄出太大的动静。”

且说岚琪早已躺下，虽还没有睡着，但她自入主永和宫，就再也没有被接去乾清宫侍寝，今夜若非瞧见乾清宫里熟悉的太监来，她都不敢信真的是玄烨要她去。久违的大晚上被接走，恍然回到还在钟粹宫时的光景。她匆匆忙忙也没来得及梳妆，只裹了氅衣拢了头发就来，被乾清宫的太监掌着灯笼引到寝殿门前，小太监就客气地说：“娘娘自己进去吧，皇上说了，不需要奴才们在跟前。”

岚琪点了点头，跨门而入，殿门在身后被合上。她拿起门前的烛台，缓缓走进去。绕过屏风，只见玄烨已经躺在榻上，一手抵着额头似阖目冥想，听见脚步声也不睁眼，只是另一只手朝外头伸出来，是要让岚琪靠近。

她放下烛台，解开氅衣，里头只有一件常衫，自行脱下露出银珠色的绸缎寝衣，水滑的绸缎在烛光下反射晶亮的光芒。伸手拔下发簪，乌黑柔亮的长发如瀑布而下。但这一切床上的人都没看，只等她走近床榻，才要开口喊一声，就被人摸到了手捉住，轻轻一拉把她拢到怀里，似乎她身上的气息能让人安宁。玄烨一翻身，把她带进了床里。

兜头兜脚都被玄烨拥抱住，岚琪稍稍挪动了一下，轻声问：“皇上不开心？”

“唔。”玄烨也动了动，似乎找到了最舒服的姿势，然后说，“你在身边才能安心睡，朕很累，身和心都很累。”

岚琪心头震了震，玄烨又说：“你放心，胤禛不是坏孩子。”

“皇上……”

"朕困了。"

简简单单的几句话后，寝殿陷入宁静。玄烨觉得岚琪不在身边他就睡不着，那是一份从骨子里透出的寂寞和寒意，有她的气息才会让他觉得温暖，不然寝殿龙榻上铺多少层被褥都觉得冰凉。

让岚琪安心的，是玄烨之后平稳的鼾声，而她仿佛也要听着这样的鼾声才能入眠。昨晚因觉禅氏的事一夜不寐，白天又恍惚了整日，正是万分疲倦的时候，又多出大阿哥中毒的事。她也累，身和心都累。来的路上以为玄烨会想要她侍寝，担心疲倦的身体无法承受但又不愿拒绝，没想到只是这样安安稳稳地睡着。玄烨睡着了，她也睡着了。

这一觉无梦而酣甜，岚琪醒来时发现自己久违地躺在龙榻上还怔怔出了会儿神。但她才翻身要起来，外头就有人听见动静。明黄的帐子掀开，环春的笑脸在眼前，温柔地说："主子睡好了吗？皇上说了，您不醒不让叫。"

"什么时辰了？"

"快午时了。"

"午时？"岚琪几乎从榻上蹿起来，她竟然在乾清宫里睡到大正午。一天一夜不睡，难怪这一觉能睡那么久，大概还因为在这里，听不见胤祚的哭闹嬉笑。而玄烨既然让她安睡，就绝不会让人吵到她。

匆匆忙忙洗漱更衣、梳头上妆，不是大半夜裹一件氅衣就成，要走出乾清宫的门，不收拾妥当了怎么行。一边忙还一边埋怨环春："你几时来的呀，为什么不叫我，外头的人该笑话死我了。"

环春只嘻嘻笑道："皇上吩咐的，奴婢不敢。"

只等妥妥帖帖，踩着花盆底往书房来，此刻大臣们已经散了，玄烨正在看折子。外头李公公和岚琪碰个正着，客气地说："要传膳了，娘娘可否替奴才问一声？"

"这个容易。"岚琪略略有些不好意思，笑着答应下。可等她进门，玄烨一见她就放下了手里的折子，起身走过来拉了手说，"朕饿了呢，咱们去慈宁宫蹭一顿饭吃，还有昨晚的事，朕要和皇祖母说说话。"

如此，岚琪不及坐下就又被带走，昨夜那乘软轿再将她送至慈宁宫。果然太皇太后这里已经传膳，但老人家胃口不好，不似平日大铺大张的膳席，只要了粳米白粥和几样小菜，瞧见他们来了直笑："我这里吃斋呢，你们也来凑热闹？"

玄烨则笑："节日里酒肉吃多了，是该清淡几顿。"

祖孙几人围桌而坐，太皇太后见有人陪伴，胃口倒开了些，半当中让苏麻喇嬷嬷再添几样小菜。玄烨只管吃饭不说话，岚琪陪坐在一边看着她，只等都吃好了，她就被支开去弄茶水。皇帝只和祖母说话，苏麻喇嬷嬷怕她不自在，陪在茶水房说："他们祖孙总有悄悄话的，奴婢陪了几十年了，也不是句句都听得的。"

"我不在意这个，反是昨晚的事心里很不踏实。"岚琪侍弄着茶杯茶壶，拿开水一遍一遍地烫，搁下了才看着苏麻喇嬷嬷道，"大阿哥好些了吗？我听说已经让宗人府查，查下去会是什么结果？之前的事总有不了了之的。"

"难免有些事要投鼠忌器，宫里头人和人之间总有那么些牵连，牵一发而动全身，有时候看到真相，也就是绝望的时候了。"苏麻喇嬷嬷叹了一声，接过岚琪手里的活儿，将茶叶舀入茶壶，冲上滚烫的泉水，口中无奈地叹息，"主子最担心的事，还是开始了。再过十几二十年，主子和奴婢大概都不在了，可那会儿太子阿哥们都已成年，争的可就不是什么玩具糖果，下的也就不只是毒菇了。"

"嬷嬷，东宫……"岚琪神色紧张。

苏麻喇嬷嬷意味深长地一笑："东宫只是东宫，历朝历代龙椅上的人尚且……何况东宫？娘娘您是聪明人，四阿哥六阿哥长大后，您要替他们看着点儿。后宫不能干政，可您能管自己儿子，保自己儿子呀，是不是？"

岚琪垂目沉思，半晌茶香四溢了，才轻声问："嬷嬷您说昨晚的事，到底会冲着谁去？冲着大阿哥、贵妃娘娘，还是……四阿哥？"

苏麻喇嬷嬷面上浮起黯然之色，从关外到京城，踏着硝烟战火住进紫禁城的女人，哪怕年老了，哪怕平素慈祥又温和，昔日果敢精干的气质依旧在身体里，此刻仿佛随着茶香不相宜地一阵阵散开。苏麻喇嬷嬷冷然一笑："谁得利呢？其实冲着谁都不要紧，要紧的是谁得利？"

岚琪怔怔地看着她，她真的听不懂。

"您好好护着六阿哥就成了，贵妃娘娘也会拼死保护四阿哥的吧。"苏麻喇嬷嬷敛下严肃的神情，又恢复往日温柔，哄着岚琪道，"奴婢不是不能明说，是眼下和您一样没看到真相。不过是看着宫内宫外的局势凭经验猜测，想必皇上此刻也在和主子说这些话。大家心里都有一本账，往后您心里，也会有一本账。上头记着人情往来，记着什么人可靠，什么人不能接近，是不是？"

岚琪苦笑："已经有了，一笔一画清清楚楚地写了。"

苏麻喇嬷嬷道："您自己收着就好，可不兴翻给别人看。奴婢方才，就不该对您说这些呢。”

“嬷嬷心里的账，我可偷看好几回了。”岚琪笑着开起玩笑，见苏麻喇嬷嬷神色也好些了，挽着她道，“我明白了，皇上总会告诉我的。何况这次的事与永和宫不相干，我没得瞎操心。”

此时有门前太监来通报，说惠嫔娘娘到了。苏麻喇嬷嬷留下岚琪让她先别出去，自行去禀告问见不见。岚琪转身继续侍弄茶水，反正她也不想见惠嫔，心里默默回忆刚才苏麻喇嬷嬷的话。苏麻喇嬷嬷说冲着谁去不要紧，要紧的是谁得利，而这件事又能伤了谁？大阿哥、贵妃、四阿哥？还是……

岚琪心里猛地一紧，手里的茶壶抖出热水烫了她的手指，茶壶落地开花，瓷器碎裂声引得外头宫女太监进来看，嚷嚷要请太医，被岚琪拦下了。她把手浸在一坛冰凉的泉水里，镇住了指尖钻心的痛，心里亦跟着一点点凉下来了。

一直以来宫里最锋芒相对的，是曾经的钮祜禄皇后和佟妃，如今的佟贵妃和温妃。钮祜禄一族抗衡皇帝的外祖佟国维府，一边是满洲旧贵家世渊源，一边是佟氏半朝皇家外戚，而太子呢？太子的生母呢？

赫舍里一族在朝廷仍如日中天，在深宫有储君的荣耀，可却没有一个能保护储君的女人。

“是我想多了吗？”岚琪自己也不明白，为何思绪会突然跳跃到这上头。只是心里思量着，觉得哪儿缺了一块，才突然一激灵，她所经历的一切，不正是从赫舍里皇后薨逝起。而从那一天起，哪怕皇帝年年祭奠，大家还是渐渐忘记了曾经的皇后，忘记了太子背后还有着一方强大的势力。

泉水的冰凉尚不及她背后浮起的寒意，才明白宫闱之深深在何处。而自己一无所有，苏麻喇嬷嬷让她管自己的儿子，保自己的儿子，她能做到吗？

“娘娘，太皇太后那儿请您送茶过去。”突然有个宫女来，但很快被人提醒说德嫔娘娘烫伤了。等不及她阻拦那宫女就跑回去说，苏麻喇嬷嬷立刻赶来，才知不严重。等一起捧着茶水来正殿，但见惠嫔坐在下首，已是哭得眼眉通红。

“你也坐下，听我说几句话。”太皇太后见岚琪进来，示意她在一旁落座。苏麻喇嬷嬷给各位奉了茶，便领着小宫女退下。

玄烨与祖母并席，神情自然安宁。不知方才说了什么，让惠嫔如此动容失态，这会儿还遮了眼角，垂首微微抽噎，但听太皇太后道：“德嫔在，好做个见证，莫说我和玄烨将来不给你一个交代。”

惠嫔忙道：“臣妾不敢，自然听凭太皇太后和皇上的吩咐。”

岚琪不知她们在讲什么，但听太皇太后说："皇室尊贵不容外头质疑探究。大阿哥中毒的事，查下去且需时日。查是一定要查的，但到底是怎样的结果，未必非要让外人知道。而一天天耗费时日，外头就会生出很多难听的话。今日德嫔你也在，正好给惠嫔做个见证，我和皇帝答应了她，日后查明真相会给她和大阿哥一个交代。但这两天下毒的事就要先有一个结果，会有御膳房的人承担，早早了结，以免大臣非议。"

岚琪点了点头，心知此刻不该胡言乱语，静默坐着不动。而惠嫔则敛了泪容，离座朝上首叩拜："多谢太皇太后恩典，臣妾和大阿哥，就靠您和皇上做主了。"

看着她委屈可怜的模样，岚琪又想起昨晚自己对环春说的话。那会儿她满心怀疑惠嫔自己下毒手，但刚才在茶水房则突然想到兴许背后另有其人，兴许是从宫外伸进来的手。但不论何种想法，都是她的猜测，无凭无据，左右意志的终究还是私心，何况眼下她对惠嫔仍旧十分忌惮。

玄烨终于开口，徐徐道："惠嫔不会不信朕和皇祖母，您让德嫔做见证，未免多虑了。惠嫔最是体贴稳重的人，昨日胤禔出事，阿哥所里的人都手足无措，幸好她还镇定，才不至于出大乱子。虽然大阿哥平日顽皮不肯用功读书，但非惠嫔的过错。孙儿让大阿哥离开惠嫔独自住进阿哥所，并没有半分责怪惠嫔的意思，只是想让胤禔能更专心念书。"

皇帝一席话，说得惠嫔脸上渐渐泛起光芒，被泪水浸透的双眼也越发明朗。岚琪内心唏嘘，而太皇太后则说："皇长子很重要，将来要做兄弟们的榜样。惠嫔出身好脾性好，我本来就很放心，你把胤禔弄去阿哥所，终归让惠嫔面上挂不住，总要做些什么，好堵悠悠之口。"

然而不等玄烨开口，惠嫔却先叩首道："臣妾什么都不要。皇上关心胤禔是他的福气，也是臣妾的福气，臣妾何来脸上挂不住。若说皇上为臣妾做什么，还不如让臣妾为皇上做些什么。眼下觉禅常在怀着皇嗣，却依旧一个人住在僻静的地方，那里又曾是那拉贵人住过的殿阁，臣妾总觉得不妥当。既然大阿哥也不在臣妾那里住了，地方很宽敞，臣妾愿意把觉禅妹妹接过去。她初次怀胎，许多事都不懂，不能没有人照顾。"

岚琪心里"咯噔"一下。惠嫔果然不简单，耳边突兀地响起那日觉禅氏的声声哀求。自己虽然一口回绝了，可同情她的心还有，只是眼下这光景，她没有立场开口，唯有静观其变。

太皇太后和皇帝似乎都没想到话题会突然转到觉禅氏身上，一时没有反应。惠嫔则继续道："有毒菇的月饼妹妹那里也搜出一盒来，多危险哪。她身边的宫女年纪都太小，一定不懂怎么照顾孕妇。臣妾如今也不必照顾胤禔了，闲着也是闲着，想向太皇太后和皇上请命，好好照顾觉禅妹妹诞下皇嗣。"

太皇太后看了眼玄烨，却发现玄烨在看岚琪，而岚琪则是一瞬不瞬地看着惠嫔，每一个人脸上都有纠结的神情。她正要开口时，玄烨收回目光，对着惠嫔道："你的好意朕很欣慰，若是人人都如你就好了。如今你虽不必照顾胤禔，但六宫的事一直还是你和荣嫔在管，胤祉近来越发调皮，荣嫔恐怕分身无暇，更多的担子自然就落在你身上。你且为朕照料好后宫诸事，朕自感激你。至于觉禅常在，朕之前就已经有了安排，只是还未来得及让李总管去传话。觉禅氏住在那里的确不妥当，咸福宫里温妃一直觉得寂寞，朕已经决定让觉禅氏搬去咸福宫和温妃做伴。你若有心照拂，时常去咸福宫瞧瞧也好。"

岚琪一边听着玄烨的话，一边看着惠嫔脸上的光芒倏然黯淡，快得都不容她眨一眨眼睛。而玄烨的话也让她很震惊，没想到会让觉禅氏去咸福宫，去那个神神叨叨、不阴不阳的温妃身边？

但想想，温妃和觉禅氏没有往来没有冲突，互不相干的两个人，温妃也不会像郭贵人那样刻薄暴虐。觉禅氏纵然失去了在偏僻小院子里的自由，可日子不会不好过，且与人同住，岚琪也不用再瞎操心什么纳兰容若了。

"也好。"太皇太后笑着道，"温妃年轻身子弱，这些年怕是难有子嗣，不如觉禅氏产子后，不论阿哥还是公主，都留在咸福宫吧。或有带子之福，也盼着温妃早日为我皇家添子嗣，这件事就这么定了。"

惠嫔尴尬地跪在地上，太皇太后让她起来，一边还笑呵呵地说："怎么话就扯到那里去了，还是说胤禔的事。惠嫔你放心，哪怕皇上忙得记不起来了，我也会敦促他早日派人查明真相，给你和大阿哥一个交代。这几日你不必来请命，每日去阿哥所照看孩子，等他康复了你再退出。我吃了午饭犯困，要睡一会儿，你们都跪安吧，德嫔留下伺候我就好。"

岚琪忙领命上前，搀扶起太皇太后往内殿去。走开时她回头看了一眼，只见惠嫔软绵绵地站起来，浑身透着挫败失落的气息。但她没敢多看，生怕被惠嫔瞧见，结下恩怨。

直等进了内殿，外头苏麻喇嬷嬷领着宫女们也回来，伺候太皇太后洗漱时，老人家才莫名地笑起来："惠嫔真是不肯吃亏，方才若非玄烨先开口，我恐怕就要答应了。我也是的，人老了就耳根子软心也软，遇事嫌麻烦。"

岚琪不言语，小心地将太皇太后头上的珠钗拆下，给她轻轻揉捏额头放松。太皇太后却伸手握了岚琪的手，看过烫伤的手指没有大碍，才问：“大阿哥的事，有没有吓着你？”

“吓着了，想想自己的孩子，就觉得背上发冷，但愿真是御膳房的厨子疏忽了。”岚琪坦率地说，“昨晚若不是去了乾清宫，怕又要一夜睡不着。”

太皇太后却突然问：“中秋晚上和昨天白天，你又怎么不舒服了？”

“酒喝多了。”岚琪不假思索地就撒了谎。撒谎不是好事，可不撒谎就要坏事，她别无选择。

太皇太后也没再追问，嗔笑：“酒量不好，往后不许喝了。”而后自顾自说着，“那个觉禅氏从惠嫔身边出来，必然心是向着惠嫔的。若是再把她们绑在一起，一个精于算计，一个妖娆多姿，可不要乱了这宫里的太平。不成不成，我方才险些糊涂了。”

岚琪不愿继续这些话题，哄着老人家安寝，说她也要回去看看胤祚。太皇太后便让她晚上把孩子抱来瞧瞧，等她退出内殿，皇帝和惠嫔早已经走了。

“娘娘。”却见苏麻喇嬷嬷跟了出来，喊住了岚琪，“奴婢午膳进多了，陪您走走。”

岚琪会意，两人结伴步行出慈宁宫，苏麻喇嬷嬷说道：“万岁爷今年年头上就嘱咐奴婢，往后不必什么事都禀告太皇太后。年纪上了春秋，不能再事事操心，所以有些事奴婢也看着说，譬如中秋节那晚的事。”

岚琪心虚，忙问：“中秋节那晚，什么事？”

苏麻喇嬷嬷意味深长地一笑：“觉禅常在和纳兰大人的事呀。”

岚琪很慌张，竟脱口而出：“他们是清白的。嬷嬷，觉禅常在和纳兰大人是表亲，所以才多说了几句话，并没有别的事。”

苏麻喇嬷嬷却笑道：“看来娘娘知道的不少，难道当年围场营帐之后，您就知道些什么了？”

“不是的，嬷嬷……”岚琪才发现自己没用，被苏麻喇嬷嬷几句话一撩拨就原形毕露，慌得扶着她的胳膊说，“真的什么事也没有，是我瞎操心，才会胡思乱想。”

苏麻喇嬷嬷乐不可支，反而安抚她：“当然是什么事都没有，不然她还能活在宫里？还能被皇上召幸？您的确多操心了，听奴婢的话，别再管那些事。您还不知道吧，万岁爷又把纳兰公子派出去了，这回去江南安置灾民，恐怕一年半载都回不来。”

岚琪呆呆地看着苏麻喇嬷嬷，半晌才明白是什么意思，很轻声地问：

“皇上也知道？”

苏麻喇嬷嬷笑：“皇上是不是知道奴婢猜不出来。但是奴婢明白，这世上没有皇上不知道的事，只有皇上不想知道的事。”

“那……”岚琪想到自己对玄烨三缄其口，昨日他问自己去见觉禅氏干什么时也撒了谎，一时心内很不安。可竟然对着苏麻喇嬷嬷也说不出来，纠结须臾终是放弃了，笑着谢苏麻喇嬷嬷，“您的话我记着了。”

之后苏麻喇嬷嬷没有继续同行，半程折回慈宁宫去。岚琪呆呆地一路往永和宫走，快走近时，瞧见紫玉探头探脑地等在路口，一见主子回来就奔过来说：“主子快回去吧，贵妃娘娘刚领着四阿哥过来和六阿哥玩儿呢。”

无事不登三宝殿，贵妃近来虽时常让两个孩子玩在一起，但她自己并未露过面，今天特地跑来永和宫想必是要等着和自己见一面。如今领着四阿哥，她倒能有借口来去自如了。

“往后我不在时，贵妃若来看六阿哥，你们好好在边上伺候就是了，不要慌慌张张地失礼，贵妃娘娘又不是洪水猛兽。”岚琪笑着嘱咐紫玉和其他人，她明白自己端得淡定，手下人才会跟着安心。之后不疾不徐地进了家门，一进门就听见胤禛朗朗笑声，一声声“弟弟”听得人心窝子甜，他已经知道不是只有“妹妹”了。

走进胤祚的屋子，见佟贵妃侧身坐在炕边，胤祚趴在炕上笨拙地还不会动，胤禛则围着他转，时不时凑过去跟他说说话。小弟弟咿咿呀呀几声，偶尔动一动藕节似的胳膊，贵妃则笑着拍手引导：“胤祚过来，胤祚过来我这里，哎呀！胤禛你不能推啊，小心伤着弟弟。他还小你得哄他，要拿布老虎逗他，快跟弟弟说说话。”

如此安宁美好的景象，却看得岚琪心里头矛盾。贵妃明明是会教导胤禛不要“伤害”弟弟的，太子为什么却说胤禛抢别人的东西？又记起昨晚玄烨抱着自己时朦朦胧胧的一句：“你放心，胤禛不是坏孩子。”

“主子回来了。”乳母发现岚琪归来，与其他宫女上来行礼，岚琪自己则到了贵妃面前。才要屈膝，贵妃就不咸不淡地说了声“免礼”。

之后却抱过胤禛让他下来给德嫔行礼，小家伙大概是被调教过了，不再是之前那样强硬倔强，像模像样地磕了头。但起来就躲进贵妃的怀抱，对生母依旧淡淡的。

贵妃把儿子抱回炕上让他自己玩儿，理一理衣襟慢声道：“本宫有些话与你讲，在这里，还是去别处？”

"臣妾中秋节得了一罐好茶，娘娘要不要尝一尝？"岚琪说着也不等贵妃回答，就吩咐环春，"在正殿里奉茶，用谷帘泉的泉水。"

佟贵妃傲然站起来，冲她瞥过不屑的眼神："德嫔娘娘是金贵了，承乾宫里用的还是玉泉水，你这里千里迢迢从庐山弄来谷帘泉。永和宫的规格再往后是不是要赶上坤宁宫了？"

岚琪不以为意，引路请贵妃往正殿走，一边应着这话解释："这些谷帘泉泉水是进贡上用的，慈宁宫、宁寿宫和乾清宫才有。臣妾这里有几坛子，则是皇上让李公公送来的，好方便平日皇上来饮茶时用。昨晚开了一坛皇上才喝了半杯茶就走了，还有半坛泉水放着若弄脏了就太可惜。"

佟贵妃冷笑："合着是给本宫喝剩下的？"

岚琪从容应答："不是剩下的，皇上今日若来，也用这半坛泉水。只因娘娘尊贵臣妾才敢给您用，若您不来，臣妾同样不敢用。"

贵妃也不能再挑剔，本是与乌雅氏有话说，再挑剔下去弄僵了的话也不好说。待入殿内坐了，环春那边煮水也没那么快，贵妃索性叫她们别着急，让把殿门关了，她好和德嫔说话。

岚琪亦是有备而来，亲自去关了门，回过身时见桌上有果盘，端过来放在贵妃面前，竟主动问："娘娘要和臣妾说昨晚的事？"

佟贵妃垂首摩挲着自己腕子上一只嵌宝镂花金镯，头也不抬地说："你倒聪明，那与本宫说说，你在慈宁宫都听见什么了？"

岚琪避重就轻地回答："惠嫔娘娘来了一趟，太皇太后安抚几句后，答应两日内查出结果。"

"两日？是不是太仓促了？"贵妃不信，抬起眼狐疑地打量岚琪，更奇怪，"你怎么对本宫言听计从起来了，本宫问你什么，你就回答什么？"

"臣妾只是照实说，娘娘既然问，臣妾当然要回答。"岚琪朝后退了几步，自行在边上坐下了。两人不近不远地坐着，她从容地等待贵妃继续发问。

但佟贵妃并没有再问慈宁宫里的事，终于不再绕弯子，开门见山地说："胤禛终究是你生的，你心里一定不希望儿子不好，对不对？"

岚琪点了点头，但不言语，而贵妃则继续说："虽然他是你生的，可现在本宫才是他的额娘，从今往后也只有本宫同他荣辱与共。本宫若有什么闪失，他自然不会好过，是不是？"

"娘娘说得不错。"岚琪正视着贵妃，心里已猜到她想说什么。

"本宫曾经半路阻拦你，彼时你的身份那么低微，可本宫拉你站在一起，你却断然拒绝。那时候你心里想着皇上，想着太皇太后，想着要做一个贤德的人，如今你一定也放不下这些心思，可你更放不下的，难道不是孩子？”贵妃稍稍有些得意，仿佛胜券在握，“如今，为了胤禛的前途，为了他将来不要有任何闪失，咱们俩好好相处，有什么事彼此照应，不为别的，就为了孩子，如何？”

果然是这些话，从紫玉等在路口告诉她贵妃来了起，岚琪就在心里想贵妃要找她做什么。猜想该是为了避免类似昨晚的事，兴许她也希望在这宫里能有左右手，能有人在关键时刻出来为她说句话。毕竟背后娘家的势力再大，远水也救不了近火，若宫里真发生什么要紧大事，等外头家人知道再赶来，一切都晚了。

“娘娘希望臣妾做什么？”岚琪装傻。

贵妃轻哼，傲慢中透着浓浓的酸意，说道：“自然是因为你在宫里吃得开，乾清宫、慈宁宫进进出出就跟自己家似的，太皇太后对你百般信任，皇上对你恐怕也是言听计从。本宫念书不多，但看戏多，什么叫宠妃，本宫还看得明白。咱们康熙朝后宫如今的宠妃，不是独你德嫔一人吗？所以才指望我们和睦相处，将来若又有人惦记对承乾宫下毒手让本宫背黑锅，德嫔你好站出来在两宫面前替本宫周全。你周全了本宫，就是周全了四阿哥。”

岚琪听罢却严肃地说：“臣妾不敢自称什么宠妃，娘娘若是这样想臣妾，那臣妾哪怕生了四阿哥，也一辈子没资格做她的额娘了。臣妾只是手脚勤快些，做过宫女的人会伺候主子罢了。至于娘娘说怕背黑锅，相信万岁爷和太皇太后最圣明，若是真出了那样的事，他们一定会给娘娘清白，臣妾说几句话根本微不足道。再说要和您好好相处，请您恕臣妾言语冒犯，您觉得臣妾敢不和您好好相处吗？”

佟贵妃也不笨，这话听得很明白，人家就是拒绝了嘛，不免心下愤愤，瞪着岚琪道：“当初温妃害本宫，你不是站出来替本宫说话了？在咸福宫里，皇上和太后都信你了，从前可以，往后为什么不行？”

岚琪平静地回答：“那些是事实，臣妾说的是实话，温妃娘娘自己也认罪了。太后和皇上谈不上对臣妾信或不信，而臣妾早就对您说过，臣妾不是要帮您，只是容不得有人作恶。”

贵妃被自己绕进去了，满脑袋的莫名其妙，皱着眉头想了半晌，才气哼哼道：“你这张嘴实在厉害，那些你知道真相的事，你当然会站出来说真话，还要本宫来提醒你？不就是像昨晚那样的事，谁也不知道到底发生了什么，这个时候才要你开口，才要你去皇上和太皇太后面前替我说几句话。你去说，他们才会想起顾及四阿哥，才不会冤枉了承乾宫啊。你不是很聪明吗？难道本宫说的话听不懂？”

岚琪当然懂了，她只是想如果能绕一绕让贵妃放弃这个念头就好了。曾经和太皇太后开玩笑，说别人会以为她依附了贵妃，往后也不来欺负。可她没真打算依附什么贵妃，但人家找上门来了，还是第二次来“邀请”她。这一次再无情地拒绝，往后四阿哥大概又不能和六阿哥在一起玩，岚琪这才觉得有些进退两难。

可佟贵妃似乎志在必得，又退了一步说：“不是为了本宫，是为了四阿哥，你要为了胤禛想想啊。”

岚琪无奈地看着这个女人，她就不记得自己曾经对别人做过什么了吗？她不觉得当初让别人赤脚站在凉地里受屈辱，可能会在人家心里种下仇恨？佟贵妃比起钮祜禄姐妹，真是简单太多。似乎在她的意识中，没有对和错的事，没有值得不值得的事，只有她想做和不想做的事。

岚琪在心底沉沉一叹：她会怎么教导胤禛？

而佟贵妃见她不言语，急得站了起来说：“你好歹给一句话，哪个有精力同你浪费时间。”

岚琪心里有了盘算，站起来稍稍欠身，一字一句清楚地告诉她：“娘娘的话臣妾都听明白了，往后若有什么事，臣妾会想着四阿哥为您在太皇太后和皇上面前周全。但今日的话您再不能对第三人说，外头的人若知道您和臣妾有了默契，太皇太后和皇上又凭什么再相信臣妾。您说臣妾是宠妃，可您那天说的话是否还记得？您让臣妾好自为之，皇上能宠臣妾一时，不能宠一世。既然如此，为了长久计，今日您和臣妾说的每句话，都不能对第三个人说，包括府上佟大人和夫人。如若您告诉了别人，从那一刻起，不是臣妾不帮你，而是再也帮不了了。”

佟贵妃最烦听这样的长篇大论，又不愿表露自己脑筋没转过来，皱着眉头使劲儿思考。岚琪见她如此，心里一叹，解释道：“只有外面的人以为您和臣妾依旧水火不容，臣妾的话才能有分量。就像上一次温妃娘娘要害您，谁会想到臣妾能站出来为您说话呢？”

“这样……”佟贵妃恍然大悟，又觉得尴尬不好意思，干咳了两声，不屑地瞥了眼岚琪说，“那就好，你答应了就好。本宫来找你也不光是为了自己，到底还是为了胤禛。子以母贵，本宫但凡有什么事落魄了，他身上可就背负养母不堪的污点了。”

这几句才真正说得岚琪动容，贵妃多少也有为孩子着想，刚才她那么温和地哄着胤祚，自有她柔软的地方，只是岚琪没福分消受罢了。

佟贵妃竟是心情大好，面上神情都明媚起来，和刚才气急败坏的样子全然不同。可又不愿对岚琪表露，不冷不热地就说要走了，不想乳母却来禀告四阿哥和六阿哥一起睡着了，佟贵妃竟大方地说："等胤禛醒了再领回来，本宫先回了。"

岚琪恭送贵妃离去，去者步履生风轻松得意，连环春都看得出来贵妃好像特别开心，来问岚琪怎么了。但岚琪自己也要好好履行承诺，拿慈宁宫的事搪塞，而后忙过来看两个孩子，瞧见炕上胤禛和胤祚一起躺着，一大一小依偎在一起。当做梦也想见到的场景真真实实出现在眼前，竟是心酸难耐地落泪了，看得边上乳母宫女都很心疼。

"娘娘不要伤心，四阿哥可疼六阿哥了，每天都惦记着要来看弟弟。"却是胤禛的乳母来劝慰岚琪，"一会儿阿哥们醒了，您陪着玩一会儿，就说四阿哥还睡着。奴婢晚些领四阿哥回去，贵妃娘娘不会计较的。"

岚琪则想，乳母如今终究是在承乾宫当差，自己还是谨言慎行才好，笑着说不要紧。而且她本就傍晚要带六阿哥去慈宁宫，不能耽误时辰。胤禛的乳母也不敢强求，识趣地和其他人一起退到外头去，只留母子三人。

俩孩子足足睡了两个多时辰，岚琪就坐在边上足足看了两个时辰，都是她身上掉下来的肉，怎么看也看不够。之后是哥哥先醒了，突然在陌生的地方醒来，胤禛没回过神，瘪着嘴就要哭，岚琪立刻抱起哄他。而他看到胤祚就安心了，似乎知道自己是和弟弟在一起，所以不怕了。

胤祚也很快醒来，奶娃娃难伺候，岚琪不能顾此失彼，只好让乳母把四阿哥领回承乾宫。但这次看着儿子离去的身影，她头一回不觉得心痛，仿佛明白儿子总是她的，将来长大懂事后，她定能听见一声真心实意的"额娘"。

第六章

愿与君偕老

度过宁静温暖的下午，岚琪抱着胤祚去慈宁宫，半路上软轿停了停，外头有人说话，之后又重新前行。因为有环春盯着她不怕再有从前类似的事，只等在慈宁宫门前下轿，才听说是遇见了觉禅氏一行。那边也是一乘软轿，后头还跟了好些拿包袱箱子的太监宫女，说是帮着把觉禅常在送去咸福宫。

岚琪这才想起来说："午膳后定下的事，我也没记得告诉你。这个觉禅常在也怪有意思的，她这搬来搬去的，到底要住多少地方。"说话时一个激灵，自言自语道，"咸福宫和翊坤宫好像离得不远。"

自然这些事不该她操心。这边觉禅氏晃晃悠悠来了咸福宫，温妃娘娘竟让人开了西配殿给她居住。觉禅氏不敢当，温妃笑着说："听说布贵人老早一个人在钟粹宫时还是个答应，也住西配殿，你如今已经是常在了，怎么住不得？德嫔住进钟粹宫东配殿时，也还称乌常在不是？听说你入宫时间比我还长些，可我知道的事不比你少。"

觉禅氏记得自己刚到翊坤宫时，宜嫔和郭贵人也是很和气的。她并不会因为温妃客气而忘了分寸或自此得意，谨慎地应付着一言一行，但终究拗不过温妃盛情，在西配殿住下了。

"你真是生得很好看，那天中秋宴，所有人都被比下去了，贵妃也没了光彩。"温妃越说这些看似亲热的话，越让觉禅氏浑身不自在。可她没得选择自己的去留，唯有盼着往后不要和温妃多接触，自己能闷在屋子里没人搭理就最好。

可温妃却又在她屋子里晃悠，四处瞧瞧，指挥宫女添一些摆设，心情甚好地说："你来了真好，我这咸福宫冷清得乌鸦都不愿飞来，除了皇上每月来那么几天，我就天天看着冬云她们。天天看呀看的，她们脸上多一道褶子我都清楚。"之后又突然问觉禅氏，"你说皇上为什么把你送过来？"

觉禅氏被她一句句问得心里毛躁，加上害喜严重，竟不等回答就先吐了。

这才吓得温妃退到门口，时不时问一句：“你好些了吗？”

觉禅氏推了推香荷，香荷会意，尴尬地出来说：“娘娘，常在要睡了，有什么话明儿给您请安时再说好吗？”

温妃也不强人所难，嘱咐她缺什么只管开口，就高高兴兴地走了。香荷松口气，关了门跑回来对主子说：“这个温妃娘娘可真啰唆，怪不得宫里的人都说她怪，不晓得将来会不会也像郭贵人她们那样呢？毕竟皇上还会召幸您的吧，皇上若不在意您，干吗把您挪到这里来呢。这样一来，温妃娘娘早晚也会吃醋的。”

香荷话音才落，门就突然被拍响。她赶紧去应门，是温妃带着冬云又折回来了，她满面笑容地跑进来说：“刚才问你话呢，皇上为什么送你来？”

觉禅氏一脸茫然，摇了摇头：“臣妾不知。”

温妃却笑：“我故意问你呢，我可知道为什么。”她指着觉禅氏的肚子说，“太皇太后下旨了，等你肚子里这个孩子生出来，阿哥也好公主也罢，从此就留在咸福宫，是我的孩子了。”

“真的？”觉禅氏不敢信。

温妃却问：“怎么，你不乐意是不是？可你要知道，皇上是疼惜你才这样安排的。不然往阿哥所一抱，或去别的地方，你就不能再见面了。”

觉禅氏怎么会不乐意，只要抚养孩子的女人不是惠嫔，哪怕送给一个宫女她都乐意。她才不在乎能不能见到孩子，更不在乎温妃能不能照顾好孩子，竟是难得欢喜起来，朝温妃欠身说：“臣妾太愿意了，臣妾多谢娘娘。”

“这就好，我可不想作孽，抚养你的孩子还要被你在背地里诅咒。”温妃好像才是松了口气，叮嘱她好好休息又走了。

香荷送客后再折回来，却见主子满面红光，也恭喜她得偿所愿。不管咸福宫往后的日子怎么样，至少孩子的去留定下了，香荷更好奇地问：“您说会不会是德嫔娘娘求情的？刚才咱们遇见德嫔娘娘，她又要去慈宁宫呢。”

觉禅氏却恹恹：“是不是她都无所谓，我只这一个心愿罢了。”

六宫之中对于此事也无甚大的动静，皇帝素来是佟贵妃有的温妃也有，除了品级上的差别，其他什么都一样。觉禅氏的恩宠又自六月就淡得不值一提，终究比不上当初把德嫔的四阿哥送去承乾宫所引起的轰动。

三四日过去，大阿哥中毒的事也有了结论。御膳房里几个疏忽大意的厨子，以及负责采买的太监为此付出了性命，说是误用了毒菇，看似敷衍潦草但也一板一眼处理得很干净。而经此一事，玄烨下严旨，各房各司各处需职责分明，由内务府统一管理，如御膳房、针线房等各处，份例之外不得另接差事。后宫诸妃嫔有事亦需层层上报下达，一律不得僭越，以此肃清宫闱隐患。

毒菇一事，宫内外就此平息。但岚琪和惠嫔都知道实则皇帝还继续在查，岚琪不知惠嫔是何种心思。她一直好奇是谁下的毒手，也许是做了娘的女人，想要更好地保护儿子，又或许是那日茶水房里苏麻喇嬷嬷的话给她带来了影响。总之，在她心里是个谜，自己也弄不明白。

而八月之后的日子，玄烨大多都在永和宫，间或去别处转转，都是数得过来的日子。佟贵妃之前当面说岚琪是宠妃，其实岚琪有自知之明，因此为人处世更加谦和低调，好不叫人随便在身后指指点点。

年末朝廷异常忙碌，宫内又紧着置办年节，太平热闹之下，不知不觉又晃过一年。眨眼便进了康熙二十年，而开年第一件热闹的事，就是太子就傅。所有人都在议论，皇帝为太子千挑万选的两个汉人老师，大学士张英尚可，另一位李光地的名声可不大好。

太子天资聪颖，六岁已写得一手好字，性子沉稳内敛，与大阿哥一静一动。而今兄弟俩都上书房，虽各自有各自的老师，难免还是会被拿来比较。且大阿哥一直不能收心念书，皇帝屡屡为此动怒，虽比太子入书房启蒙早些，然以太子之资，无须多久学识必将强于兄长。

正月里聚会多，女人们聚在一起闲话，早年还只说些戏文故事或胭脂水粉的好坏，现在也渐渐开始聊孩子们的事。说起太子如今的两个老师，有几位娘家在朝廷上是有头脸的，都从家里听说过这两位汉师的来历。其中康亲王从福建推荐上来的李光地，谣传其为博上位卖友求荣。几个女人家说起来头头是道，都说皇帝怎么千挑万选，却给太子选了这么一个不堪的启蒙之师。

这日午后，众妃嫔聚在荣嫔处，听胤祉背了一遍《千字文》。夸赞孩子聪明之余，又说起太子的老师。岚琪抱着胤祉在边上，只听安贵人对惠嫔道："大阿哥虽然顽皮些，可他有好的老师，娘娘也不必担心了。"

惠嫔优哉游哉地给姐妹们剥晶莹剔透的柚子，嘴里笑着："妹妹哄我呢，大阿哥天资就不好，这孩子看起来是个从武的料。皇上也说了，往后不强求他饱读诗书，既然好动就好好练武练骑射。人总有长处短处，我心里很踏实。但太子可不一样，他是咱们大清未来的皇帝，自然要通晓古今文武双全。我听明珠讲，这个李光地是一等一的人才。皇上看人眼睛毒，什么卖友求荣的谣言，兴许是人家眼红他而瞎编派的呢？要紧的是才，有才的人才配做太子的老师。话说回来，咱们还是不要议论东宫的好，皇上不喜欢。"

她说着，将弄好的柚子分给众人吃。宫女捧来热水给她洗手，荣嫔让吉芯拿她的凝脂给惠嫔擦手。惠嫔说脸上粉干了，要借她的用一用，索性和吉芯往内殿里去了。

而她这一走，就听安贵人轻声对边上的人说："惠嫔娘娘真想得开，儿子念书念不好就随便说不念了，谁知道皇上是不是这么说的。她其实是怕真的被太子比下去了，脸上没光彩吧。"

众人一阵唏嘘，荣嫔干咳了几声，才悻悻止住了这个话题。

眼下正月里，宫里张灯结彩很喜庆，白雪映着红灯笼红绸，金瓦红墙的宫殿里，少了平日的严肃气息。今晚太后做东请几位有皇子公主的妃嫔过去用膳，慈宁宫也来了几位老太妃一并王府福晋。岚琪不便以帝妃身份跟在前面，就没有过去张罗，满心想着今晚在宁寿宫好好吃顿饭，谁晓得玄烨又来找她。

故而一进乾清宫暖阁，岚琪就嘀咕："皇上就不能让臣妾受用一回？这又有什么事？"

玄烨正在把玩物件，听见她这样说，拉到身边嗔怪："你就不想见朕，这话说得真叫人寒心。"

岚琪看见满桌子不知打哪儿来的奇珍异宝，可她对此向来不感兴趣。玄烨知道她不喜欢珠宝玩物，平时也不拿这种东西哄她。但今天得了一件好的，才特地把她叫来，兴冲冲拉到一旁，打开一只硕大的盒子，里头卧了一尊慈祥可掬的弥勒佛。玄烨笑道："从云南请来的，整块玉雕琢而成，朕特意让人请来给你的。"

岚琪一见佛像便合十祝祷，罢了才说："这样好的，该请去慈宁宫大佛堂才是，太皇太后最喜欢了。您留给臣妾，不怕太皇太后不高兴呀？"

玄烨却道："另有一尊更大的还在路上，那才是给皇祖母请的。这一尊虽说是给你，可不是让你放在永和宫的。"

岚琪小心翼翼将盒子盖上，就听玄烨在身边继续说："上回听见你讲，想给你额娘请一尊弥勒佛，朕记在心里了。"

"臣妾没对您说过啊。"岚琪很讶异，她的确提过，但那是在洒扫永和宫里供的观音像时，对环春说的。说她额娘喜欢弥勒佛，想几时能为额娘请一尊佛像，怎么这话就传到玄烨耳朵里了？

玄烨笑道："那天朕过来时，你不是和环春几个在小佛堂里打扫吗？朕听见你对环春说，就记在心里了。"

岚琪心下一松，更有些愧疚，原来是玄烨亲耳听见的，她还以为自己一言一行都在皇帝的眼皮子底下。坦率地说，方才真有那么一瞬说不清的不自在。

“不高兴吗？”玄烨见岚琪若有所思的样子，反过来为她想，“是不是担心朕这样做，你又要被别人指指点点？”

岚琪摇头：“皇上平日赏赐后宫的珠宝还少吗？倒是永和宫里不大得，臣妾受得起。”她说着朝玄烨叩拜下去，要替额娘谢恩，却被玄烨拎起来说，“她是朕的岳母，女婿送岳母的，谢什么？”

岚琪笑得面若桃花，方才一瞬而过的不悦最终化作愧疚，小心翼翼地藏在心里。她不该那样想玄烨，这会儿见他心情这么好，自己也十分高兴，就是嘀咕说又要先回一趟永和宫，她本打算这就去宁寿宫好好吃顿饭的。

玄烨则笑：“你再折回去做什么。朕特地喊你来，只是想叫你看一看，之后就派人直接送去你家里，哪儿还用得着经你的手？”

“那臣妾看也看过了，皇上放臣妾吃饭去吧。”岚琪笑悠悠凑上来，话是这么说，人却不走，反被玄烨推开嗔笑，“还那么贪玩儿，去吧去吧。”但又补了一句，“朕夜里过来。”

“是。”岚琪答应了，也不再多逗留。刚才进门时李公公就说皇上约了裕亲王来用膳，她知道是几句话的事就要走，原以为会嘱咐她在宁寿宫怎么做，谁想是为了自家额娘的事，离开时又见李公公，才笑道：“公公必然知道的，怎么不与我说呢。”

李总管笑说是皇帝的心意，他怎敢胡乱插嘴，但送别时有心提醒岚琪：“太子这几天不消化，皇上要他节制饮食，太后心疼孙儿必然让敞开肚子吃的，您在边儿上小心劝几句。”

“我知道了。”岚琪欣然答应，坐了软轿往宁寿宫来。门前下来时，却见远处过来两乘轿子。怕是慈宁宫过来的老太妃，立在门前等了等，轿子到了跟前就看清边上的冬云，知是温妃来了。岚琪更不好自己先进门，等温妃下了轿子行礼问候，便见后头大腹便便的觉禅氏被搀扶着过来，温妃朗朗笑道：“太后又派人来催，我们还是来了，好在觉禅常在的身子还不错，不像头几个月，动不动就害喜。”

岚琪也好些日子没见觉禅氏，因她行动不方便，年里礼节上的事都没让她参加，即便一两次列席，岚琪总时刻不离太皇太后身边，哪儿有工夫仔细看她。这会子在橘色灯笼的映照下瞧，孕妇丰盈了许多，面若银月圆润饱满，从前美艳无双又嫌清冷的姿色，现在瞧着温润了不少，稍稍朝岚琪欠身行礼，那肚子高高隆起，果然是快生了。

岚琪颔首示意，没有说什么话，自之前那一次在偏僻的院落里把该说的都说过，她和觉禅氏再没有什么往来。

“贵妃娘娘来了吗？”温妃笑着问，“除夕宴上答应给四阿哥编的蝈蝈笼子我带来了，要是没来，等散了就让冬云送过去。”

岚琪侧身让她先行，一面回答：“臣妾刚到，不知里头的光景，只知道今日宜嫔也来。”

温妃啧啧：“时间真快，眨眼五阿哥都满周岁了。明年这个时候，觉禅常在的孩子也要一岁了吧。姐姐没了那会儿我想往后的日子该怎么过呀，不知不觉，都三年了。”

提起钮祜禄皇后，未免悲伤，岚琪没有接话。一行人走进宁寿宫，便听见里头叽叽喳喳孩子的声音，周遭的气氛又喜庆起来。三人入殿，三桌席面已经摆好，太后笑盈盈坐在上首，她身边坐着佟贵妃，她竟然也来了。

岚琪随温妃一道来行礼，太后拉着温妃在她另一边坐了，温妃下手便是岚琪的座位，绕一圈过去，是端嫔惠嫔荣嫔，再就是佟贵妃。而另一桌的人过来向温妃见礼时，岚琪才发现宜嫔独自在另一桌，那边是布贵人、戴常在，还有觉禅常在。等那边人回座位，端嫔就在她耳边说：“宜嫔来了跟外人似的，太后让她来，却不怎么让她看胤祺。这会儿胤祚、胤祐还有恪靖都被抱去别的屋子了，只留几个大孩子在一起，你瞧胤禛在那里。”

岚琪顺着方向看过去，胤禛正乐呵呵地依偎着胤祉，再有大阿哥、太子和纯禧三姐妹，七个孩子身后都跟着乳母，似乎太后没让他们拘规矩，竟然已经都吃开了。

“郭贵人也没让来，说是皇上没松口，还关着呢。”端嫔说着话，又拉了拉岚琪，见太后已然举杯，说今晚就女人孩子聚在一起，不必拘泥礼节。年节里迎来送往绷着规矩累得慌，今天只管吃喝取乐，如此觥筹交错地热闹开。惠嫔最是能说会道，而荣嫔又了解太后，哄得她十分欢喜。太后自抚养了五阿哥，精神也比从前好，不如以往总是懒懒的，如今容光焕发更是年轻了许多。

宾主尽欢，孩子们吃饱了就来纠缠，大人们也渐渐放下酒杯。而觉禅氏即将临盆不能久坐，温妃与她最先离开。再后来便陆陆续续都告辞。岚琪最后来抱已熟睡的胤祚时，戴常在跟着她一同过来，因胤祐今晚留在宁寿宫明日再回阿哥所，太后让她来瞧瞧再回去。

戴佳氏翻了儿子的脚给岚琪看，两只脚都长大长胖了，大小差别不再那么明显。但戴佳氏还是说：“两条腿仍旧有长短，太医说将来走路会跛。”

岚琪很心疼，安抚她："听说针线房里有能干的人，会做看起来一样，但实际高低不同的鞋子，以后给他穿上了，或许会好些。你不要太担心，皇上一定会继续给七阿哥找名医医治。"

戴常在则欣然笑道："他腿脚虽不好，但身子骨很结实，长得也很快。娘娘您瞧，其实相貌也俊是不是？人无完人，如果他跛足了能安安生生一辈子，也是福气。"

"你能这样想很好，做额娘的，不就是求孩子平安健康吗？"岚琪很欣慰，那时候人人都嘲笑她把戴佳氏领回去，给自己找了争宠的对手，可一直以来这个人都安静本分。不是说不跟她争宠的人就好，而是她和布贵人一样，都是看得明白活得自在的人。

二人看过孩子后，岚琪抱着胤祚与她一同出来。却见宜嫔等在外头张望，突然看到她们显得很尴尬，想走又不能走。戴佳氏上前行礼，宜嫔强作镇定，问两人："若是你们不再回太后跟前，咱们一起走吧。"

戴佳氏退在一旁，岚琪笑着说好，正要走时，宜嫔却忍不住开口问岚琪："恪靖也睡着了？"

岚琪道："孩子们都睡着了，太后说永和宫离得近不打紧，所以才让我把胤祚抱回去。阿哥所和翊坤宫都离得远，夜深了不方便，让胤祐和恪靖都留下来，明日再回去不迟。"

宜嫔点点头，这些她也知道，其实她比两人都早告辞，是走了一半又折回来的，甚至没让人通报给太后知道。太后喝多了已经歇下，她本想偷偷看儿子一眼，却遇上了德嫔和戴常在。

天知道，她生了儿子这一年多里，统共就远远瞧见过儿子两次。说出去都没人信，做亲娘的，连儿子长什么样儿都没印象。今天被请来吃饭，说是几位有子嗣的妃嫔受邀，但太后又根本没把她当胤祺的亲娘看待。她跟着旁人不远不近地看几眼，心里头翻江倒海地想哭，却不能表露。

岚琪看着她，心里是可怜的，都是做娘的人，戴常在还偶尔能去阿哥所瞧瞧，宜嫔则是完全被隔离开。可她也记得那拉贵人的事，虽然没有确实的证据，但翊坤宫姐妹俩脱不了干系。岚琪不是神佛菩萨，还不至于动不动就心软慈悲，只当没事继续走。

步出宁寿宫大门，前后脚的工夫，天上已经开始飘雪了，都笑着说要快些走，不然路上湿滑走夜路危险。而宜嫔是最远的，桃红催她两次，她却还是站在宫门前。岚琪这边已经压轿要上去，突然听见哭声，转过来瞧，宜嫔竟一屁股坐在石阶上，捂着嘴大哭。

边上桃红几人吓坏了，纷纷上去搀扶，桃红一直说："娘娘您醉了，喝了一整壶酒呢，能不醉吗？你们快来搀扶……"

可是宜嫔却挣扎着躲开，依稀听见她在哭："我想看看胤祺，让我抱抱他好不好？我不想回去……"

环春凑过来岚琪身边，轻声道："主子，咱们回吧，别惹麻烦。那是太皇太后的旨意，太后都不能违逆，咱们能有什么法子？"

岚琪不在意地笑道："你怕我心软？那拉氏要杀我，要闷死胤禛时，谁来心疼我们母子？"说罢头也不回地坐进轿子里，也叮嘱戴常在别凑热闹。两乘轿子很快离开，各自回宫。

永和宫很近，眨眼工夫就到了。岚琪才落脚要进宫门时，瞧见前头匆匆忙忙有小太监跑来，遇见了立定就屈膝禀告："皇上喝醉了。李总管让奴才来禀告，说万岁爷今晚不过来，问德嫔娘娘能不能去乾清宫。裕亲王已经离宫，皇上现在醉得有些厉害，您这边若能去，李总管立刻再派轿子过来。"

"你去告诉李总管，我准备一下就过去。皇上醉了不要急着给他喝浓茶，那没用。"岚琪吩咐几句，便匆忙回去洗漱准备。等她收拾妥当，李总管果然派人来接了。再出门时已然下起鹅毛大雪，等轿子匆匆赶至乾清宫，岚琪再下地时，已经能在积雪上踩出嚓嚓声响。

李总管将岚琪引至暖阁，她在门前脱了厚厚的氅衣，暖阁里温暖如春，进门就觉得浑身发热。可她急着进来瞧瞧玄烨怎么样，却见皇帝立在桌前，手里挥毫泼墨地在写大字。走近了就有扑鼻的酒气，看不出是微醺还是酣醉的人，猩红的双眼暧昧旖旎，朝她伸出手说："过来，和朕一起写字。"

满桌红纸铺陈，红纸上用金沙写的大字，在烛光下熠熠生辉。绕过书桌被皇帝揽入怀，便见一张张红纸上，金灿灿的"定、平、昌、盛"等字眼。心知皇帝是有高兴的事，脸颊边扑来旖旎的酒气，玄烨说："朕以为要等十年，等十年也未必有结果，可如今才八年。八年里朕失去了赫舍里皇后，可朕又有了你。这八年里，你一直在朕的身边……"

岚琪心底默默计算八年，从康熙十二年起，皇帝是在说平三藩？她欣喜地问："皇上，云南也大定了？"

"快了快了。"玄烨兴奋地呢喃着，左手箍紧了岚琪纤柔的腰肢，右手握她手共捏一支笔。岚琪忙掀过一张大红纸，就听见玄烨含笑问她，"写什么好？"

"皇上写什么臣妾都喜欢。"话音才落，有力的大手握着自己，酣醉下的笔锋潇洒恣意，红纸上赫然成就八字一对：执子之手，与子偕老。

岚琪心里扑扑直跳，转过脸来，玄烨泛着红光的脸上有温暖的笑意。他没有看岚琪，而是看着那八个字，静静地念了一遍：“执子之手，与子偕老。”

“皇上……”

“唔？”玄烨从她手里拿掉了笔，欺身将岚琪轻轻压在桌上，看着身底下略有些慌张的人，身上热血渐涌，猩红的双眼里满满是促狭而暧昧的笑意，问她，“你写了什么？”

岚琪一怔，可想自己才是握笔的人，立时笑起来，柔柔的一声：“臣妾写了执子之手，与子偕老。”

才说完，就被氤氲酒气扑了面，唇齿交融的亲吻，身上的人却不忘一手抵在她的后腰，怕她被桌面硌疼了似的。直吻得岚琪浑身发烫时，玄烨一个打横将她抱起来，慢步到床榻之上。可是将岚琪放在床上后，皇帝却不再热情，而是转身喊人来伺候洗漱，直把她发热的身体撂得冷静下来，这是从未有过的事，榻上的人渐渐坐起来，很是茫然地听着外头的动静。

脚步声越来越少，最后“吱呀”一声殿门被合上了。再后来里头外头都静了许久，才见玄烨托着一对硕大的龙凤红蜡烛进来，径自过去将屋内的蜡烛一盏一盏吹灭。原如白昼的光亮越来越暗，玄烨的身影也越来越模糊。只等他走到最后一盏蜡烛前，抬手引燃了手里的大红烛，才吹灭了那一支白烛。而后将龙凤红烛搁在了桌上，方才那一张“执子之手，与子偕老”的金沙红字就搁在底下。

岚琪以为他该过来了，玄烨却又绕到桌边，拿起随身的小印，沾过红泥，在红纸上重重按了印章。心满意足地看了会儿，不知在想什么，唇边浮起笑意，终于放下所有东西朝榻上来。岚琪赶紧让开地方，玄烨倒头就躺下，浑身放松了似的说：“今晚贪杯了，朕和皇兄聊得高兴，就忘了分寸。”

皇帝已然一身薄薄的绸缎寝衣，岚琪身上却还是像模像样的衣裳。她犹豫着自己要不要脱掉，可眼下的光景也不知道玄烨想怎么样。这么多年来，今晚竟又无端端地害羞不安起来，不自觉地稍稍朝后缩了缩，不敢触碰玄烨的身体。

可玄烨却懒洋洋地翻过身面朝她，伸脚蹭了蹭她的屁股。岚琪哆嗦了一下又躲到另一头，玄烨才虎了脸似的说：“你躲什么，过来。”

“皇上欺负人。”岚琪垂着眼帘鼓着腮帮子，呢喃着，“臣妾要回去了。”

“朕除了你还能欺负谁？”玄烨一伸手就把她拉过来，摸到她的胸前解开一粒扣子，不知是真的醉了，还是故意要欺负她，色气满满地笑着，“你自己脱嘛。”

“那……皇上让臣妾下去呀，头上的簪子钗子还要摘下呢。”岚琪嘀咕，“臣妾是来伺候的，不是……不是来侍寝的。”

“是啊，是让你来伺候朕醉酒的。”玄烨肯定，却并没让出地方，很随意地说，“你自己从朕身上爬过去，朕累极了，一点儿也不想动。”

“可……”怎么能随便爬在皇帝身上，岚琪心里明白眼前的人在调戏自己，虽然很暖很甜，冷静的身体也再次发热，可她又没醉，怎好忘了分寸。便心下一横，坐在原地就摘下满头的翠玉珠钗。玄烨好奇地瞧着她，便见她一扬手，手里的东西腾空而出，噼噼啪啪的声音骤响，她竟然把那些珠宝玉簪都扔出去了。

深夜里这动静不小，外头殿门立刻被打开，眼看有人要进来，玄烨朗声说：“没事，出去。”一翻身把岚琪压在床上，气呼呼在她屁股上拍了一巴掌，“混账，他们要冲进来了。”

岚琪刚才也被吓着了，她哪儿想到会引得侍卫太监进来护驾呀。可见玄烨紧张生气的样子，只觉得好笑，但玄烨往她腰上一掐，就痒得浑身蜷缩起来求饶，听见玄烨说：“看你还不老实？”

可说完人家又躺下去了，慵懒地舒展筋骨，睡意沉沉地说：“睡吧。”

岚琪软软地躺在一边，侧过脸看他，自己从头到脚都热乎起来了，心里痒痒得很不耐烦，可是玄烨怎么又躺下了？她不自禁地一点点蹭过去，玄烨察觉到动静也不理睬，只等她贴上来，才轻轻哼了一声：“那你脱不脱了？”

心头火辣辣烧起来，岚琪想也不想就笨拙地爬起来坐好，在灼灼目光的注视下，自己一粒一粒解开扣子。

见衣衫落下，玄烨大笑，朗朗笑声传出寝殿，外头刚刚差点儿要冲进去的侍卫和太监们早就远离了。李总管今晚不当值，幸好还有个机灵的在，这要是真的闯进去还不通通等着掉脑袋。当值的太监梁公公是李总管的大徒弟，也是极有眼色聪明机灵的人，这会子隐隐听见皇帝的笑声，算是舒了口气。正想让小太监挪一盆炭来让他烤一烤，门前的太监跑来，慌慌张张说：“梁公公，毓庆宫来人，说太子殿下吐了好几回，要禀告皇上呢。”

“这会儿？”梁公公皱眉头，起身来来回回地踱步，想着绝对不能去打搅皇帝的好事。便径自跑出来，在乾清宫外见到毓庆宫的人，忙问：“太子还在吐吗？”

那宫女道："已经好些了，太医也来瞧过了，就是来禀告皇上一声。"

梁公公则说："万岁爷醉了，禀告了也没用，我随你去瞧瞧。这叫什么事儿，好端端怎么又吐了？"

宫女踩着雪一路跟随，气喘吁吁地解释："太子这几天就不消化，大概在宁寿宫吃多了，回来就说肚子胀，睡了半宿突然就开始吐，不过吐干净了也舒坦了。"

"你们一个个的，都怎么伺候的，明天都等着挨罚吧，看李公公不收拾你们……"

骂骂咧咧的声音渐渐在雪地里消失，乾清宫温暖如春的寝殿里对此一无所知。岚琪在玄烨的怀里瘫软如水一般，已是用尽全力来承接酒醉之人的兴奋，虽言不上辛苦，可也足以甜腻地融化她浑身肌骨。之后黑甜一梦直至天亮，玄烨亦是酣眠，外头叫起到了第二回，才和岚琪一起真正地醒来。

时辰尚早，两人洗漱更衣用了早膳。还有时间，玄烨拉着她到桌边看昨晚写的字。皇帝似醉非醉，欺负人的时候耍赖借口醉了，但做过什么都清清楚楚地记得。那潇洒的八个金字还在纸上，底下更有玄烨的御印。玄烨要拿精致的匣子装好送给她，岚琪不解地嘀咕："臣妾也要留个印记才好呀，那才是皇上和臣妾一起写的。"

玄烨却不理会她，小心翼翼地封好了匣子，递给她说："有了你的印记，就变成我们彼此的承诺。承诺是会反悔的，朕不要。"见岚琪接过匣子不明白，凑过来在她脸上轻轻一啄，"上面只有朕的御印，就是皇命。朕命令乌雅岚琪好好遵守这八个字，听见了吗？皇命不可违。"

岚琪心里一热，喜滋滋地点头答应了。

这会儿李公公进来，瞧见帝妃二人亲热，不免尴尬，但还是深深垂着脑袋禀告："万岁爷，奴才才听说一件事，毓庆宫昨晚宣太医了。眼下御门听政还有些时辰，您要过去瞧瞧吗？"

岚琪想起来，李公公昨天傍晚曾提醒她，太子近日有些不消化，烦她看着些饮食，结果她转身就忘记了。这会儿李公公虽然不会对皇帝说是她的疏忽，毕竟跟在太子身后的保姆嬷嬷们才是最大的疏忽，可她还是觉得愧疚。

侧脸看玄烨，皇帝刚才甚好的心情果然消减了大半，但并不十分生气，只是皱了皱眉头吩咐李总管："让太医去瞧就好了，毕竟是从宁寿宫吃了东西回去，没得大惊小怪让太后烦扰，不必张扬。"

李总管浑身一松似的，又听皇帝说："路上有积雪不好走，派几个脚力好的太监抬轿子，一会儿送德嫔回永和宫。”说着又旁若无人地对岚琪说，“回去好好歇着，昨夜辛苦了。”

岚琪满面通红，幸好李公公已经走了。她点点头不言语，紧紧抱着玄烨给她的“皇命”，等外头来人接。皇帝要去乾清门御门听政，而她也该回去了，但分别时岚琪还是提醒了一句：“皇上虽然顾及太后的面子，但还是去看看太子才好，太子到底还是个孩子。”

玄烨欣然：“朕有分寸。”

两人心情甚好地分别，岚琪坐了暖轿回永和宫，进门就听见胤祚咿咿呀呀的声音。先去把玄烨给的匣子收好，再洗手换了衣裳来，却见乳母几人围着摇篮，胤祚竟自己扶着摇篮站起来了。正得意地大叫，扭头见到亲娘，高兴起来就松手挥舞，结果身体失去重心，一屁股就坐了下去。

岚琪赶紧过来，怕儿子会哭，可胤祚却咯咯大笑。抱着他试着再站起来，小家伙颤颤巍巍扶着额娘的手，兴奋地大叫着。边上乳母和绿珠几人都屈膝恭喜主子，岚琪也高兴，让环春赏赐大家东西。更让她准备，说晌午要带胤祚去慈宁宫给太皇太后报喜。

环春拿来东西赏赐大家，嘻嘻哈哈一阵后，对岚琪说：“下个月六阿哥就满周岁了，太皇太后早先说要给六阿哥办酒的，主子中午问问要摆在哪里。若是在咱们永和宫，奴婢可要和其他人开始准备了，若是在慈宁宫，奴婢就不必操心了。”

岚琪笑道：“你不过是不想操心。”但想了想还是说，“五阿哥周岁也没办酒，昨晚太后请大家吃饭算是给五阿哥过周岁了。五阿哥尚且如此，咱们不敢僭越，中午我就去回了太皇太后。反正年节里什么热闹的都有了，不必再另铺张，求老人家赏一件贵重的东西就好。”

说起贵重的东西，岚琪洋洋得意说皇帝赏赐她额娘一尊弥勒佛，感慨道：“他不过是听见我对你说了几句，就记在心里了。”

环春欢喜地笑道：“那天和几个丫头闲话，都说将来若年满离宫，出去怕也找不到好人家了。奴婢问为什么呀，她们说找不到像万岁爷待主子这样的好男人。”

岚琪愣了愣，醒过神来立刻伸手打环春，嗔怪道：“一定是从你嘴里说出来的，你啊你啊……”

嬉闹时，外头有客人到，端嫔、布贵人和戴常在来了，进门就听端嫔故意酸溜溜说：“都说昨晚德嫔娘娘去乾清宫侍奉辛苦了，我说咱们别这会儿来，可是她们非要来坐坐。好妹妹你辛苦，该歇着，不必招呼我们。”

岚琪双颊绯红，拉着戴佳氏在一旁坐了，对她说：“端嫔娘娘最不正经，妹妹你最娴静，改日觉得钟粹宫住不下了，就来永和宫住。”

戴佳氏如今也和她们相亲相熟了，跟着玩笑说：“臣妾可不要来永和宫扎眼。万岁爷本来对臣妾还挺客气，若是瞧见臣妾搬来永和宫碍手碍脚，就该讨厌了。”

端嫔得意扬扬地大笑，说戴佳氏果然被她调教得好。岚琪气得要轰她们回去，不让环春给茶吃，但玩笑终归是玩笑，四人坐定了，只听布贵人唏嘘：“是有事儿来告诉你呢，昨晚宜嫔在宁寿宫门前大哭大闹，你也知道吧？”

岚琪点头：“和戴妹妹离开时，她就坐在宁寿宫门前哭，说想抱抱五阿哥，看起来怪可怜的。”

戴佳氏从环春手里接过茶，继续说：“娘娘和臣妾离开后，听说宜嫔娘娘依旧不肯走，在宁寿宫门前撒泼似的。只等里头老嬷嬷出来呵斥，硬是把宜嫔娘娘抬回去了。谁晓得一清早她又来了，那么大的雪跪在雪地里头，求太后娘娘让她进去见见五阿哥。那会儿臣妾正好过去，原是太后说让臣妾和阿哥所的人一起接胤祐回阿哥所，宜嫔娘娘那会儿也该是来接恪靖公主的，可她不仅不领公主走，反跪在门前求。臣妾不敢多留，和阿哥所的人抱着胤祐就走了。”

边上端嫔喝了茶叹气道：“后来她还是不肯走，听说太后一面派人安抚她，一面就让人去上报慈宁宫。太皇太后说她这样大正月里在宁寿宫门前哭很晦气，对太后不吉利，罚她回翊坤宫去闭门思过。今天起连着三日，无论雨雪每天早晨在自家宫门前跪半个时辰反省。现在大概正跪着呢，真是什么脸面都丢尽了，大正月里的，她何必呢。”

“她竟然闹到这地步？”岚琪也觉得不可思议，早年的宜贵人多活泼开朗的一个人，怎么一年一年地下来，越发变得她不认识了。不过这股子天不怕地不怕的劲头，还是有当初的影子。那会儿她人前人后都不忌讳说昭妃的坏话，谁都拦不住。

端嫔道：“你之后若去慈宁宫，这件事看着点儿说，可别惹老人家不痛快，估摸着这会儿太后也不高兴呢。我已经派人去知会荣姐姐，让她去宁寿宫瞧瞧，太后与她最说得上话。”

戴佳氏在边上很轻声地问：“是不是往后，五阿哥也不能认宜嫔娘娘这个额娘了？”

众人面面相觑，谁也不知道将来什么光景，都是做娘的女人，多少对郭络罗氏有些同情。

早先原是说宜嫔产后虚弱无力抚养孩子，才辛苦太后抚养一阵子。可过了夏天宜嫔能四处走动了，不知是不是因为郭贵人得罪了皇帝被禁足，孩子的事又没了下文。孩子太后养在宁寿宫里，平日不许妃嫔随意去打扰，宜嫔硬是眼巴巴又等了半年见不到孩子。皇帝那里也不为她去说句话，眼瞧着周岁都过了，这孩子似乎是笃定养在宁寿宫里了。

“若是没有她妹子的事，她在皇上面前求几句，兴许孩子就回去了。可因为郭贵人的事，她想开口都开不了口。”端嫔说着，又十分欣慰地指着布贵人、戴常在说，“我得了你们这几个姐妹，可不比亲妹子强吗？咱们和和气气地过日子，多好啊。”

正如端嫔所说，她们几个不是亲姐妹的人，却和睦如骨肉一般，日子安安生生地过着。但翊坤宫里俩亲姐妹，日子却一天不如一天。

原先宜嫔还挺得宠的，但自夏日里出了郭贵人的事后，大半年里皇帝只来过翊坤宫几回。那次中秋节倒是挺给面子说要来，结果人没来不说，之后的日子光顾着永和宫。再者承乾宫、咸福宫两碗水端平，哪里轮得到她什么事。而郭贵人依旧不改脾气，哪怕被禁足反省了，还是咋咋呼呼颐指气使，姐妹俩隔几天就要吵一回。若非念着是自己的同胞妹妹，宜嫔怕是早容不得她了。

从前后院住了一个低贱的觉禅氏，郭贵人不高兴了还能拿她出气。如今没了这个狐狸精，她日子过得不好，满肚子火没处发泄，就对身边奴才动辄打骂。桃红算是翊坤宫里一把手，见天就有宫女来跟她哭，求打发去别处，可桃红也不愿惹事，安抚安抚就算了。

昨晚宜嫔哭哭啼啼被抬回来，郭贵人就大惊小怪地喋喋不休，竟被亲姐姐盛怒之下一巴掌打蒙了。姐妹俩闹翻后，一清早宜嫔又去求，桃红拦也拦不住，最后闹得太皇太后发怒降旨责罚。

这会儿宜嫔正挺直脊梁跪在门前，一屋子宫女也陪她跪着。郭贵人却抱着恪靖在院子里转悠，时不时看一眼门前跪着的姐姐。自己脸颊上还有挨巴掌时指甲划破的一道口子，却仿佛胜利者般，抱着女儿教导她：“姨母可不好呢，恪靖要学乖一些，不然太祖母也罚你。”

宫门外，偶尔有人路过，不管是看笑话还是觉得尴尬，都是急匆匆低着头就赶紧走的。深宫里风水轮流转，对落魄的人落井下石，保不准将来就被人踩在脚底下。此刻桃红跪行到主子身边说：“半个时辰到了，主子快起来吧，地上可凉了。”

膝盖疼得麻木，宜嫔一直在发呆，这会儿才缓过神。主仆俩相互搀扶着晃晃悠悠站起来，桃红忍不住心疼地哽咽道："您何必呢？"

"别哭，有什么可哭的？"宜嫔却冷笑，吃力地站稳脚跟说，"我进宫后头一回弄得六宫皆知，不也是被昭妃罚跪吗？怕什么呀，乌雅氏当初还被太皇太后一顿鞭子差点儿打死，我不过是罚跪而已。她那样都能抬起头重新做人，我这点儿苦算什么？"

桃红搀扶着宜嫔，她摇摇晃晃步履维艰，这才是第一天，还有两天的责罚等着她。而禁足反省的日子更没个定数，往后的日子还不定怎么样，心里很是难受。进门却见郭贵人抱着恪靖公主站在院子里，笑盈盈地说："姐姐受委屈了，您说您何必呢，眼下好了，咱们姐妹俩都被关起来了。这翊坤宫可真晦气，那个小贱人一走就受宠有孕，可见咱这儿风水真是不怎么好呢。"

宜嫔怔怔看着自己的亲妹妹，记得曾经听见几句闲话，说彼时昭妃娘娘抱怨自家妹子太柔弱，羡慕郭络罗家的二小姐活泼机灵。可如今再看看呢，温妃娘娘找到自己该有的活法，人家好好地在宫里过着日子，可自己这个被夸赞活泼机灵的妹妹，却变得恶毒刻薄，对别人如此，对亲姐姐也毫不客气。

"桃红。"宜嫔出声，定定地站稳后松开了抓着桃红的手，旋即说，"你去把公主抱来。"

"主子？"

"去把公主抱过来。"宜嫔厉声道，也吩咐边上的人，"去帮桃红把公主抱过来。"

"姐姐，你想干什么？"郭贵人急了，而她这一叫，恪靖吓得大哭。但宫女们已经上来夺孩子，郭贵人一个人怎么敌得过三四双手，而她的宫女恨她都来不及，谁会上来帮助。恪靖很快被抢走，郭贵人也跌倒在了地上。宜嫔拍拍公主哄了她几句，就让桃红先抱走，自己扶着边上的小宫女慢慢回去。

可才走两步，郭贵人就爬起来拦在路前，也拦住了桃红。宜嫔不等她开口就呵斥："愣着做什么，把公主抱去正殿里。"

郭贵人疯了似的冲过来问："你做什么，自己的孩子见不到，就来抢我的孩子吗？我们还是不是亲姐妹？"

"亲姐妹？你对亲姐姐说话该是这样的态度？"宜嫔厉色，冷冷道，"什么叫抢你的孩子，恪靖不是我的女儿吗？她为什么能留在翊坤宫，是皇上抱给我抚养了。而你一个小小的贵人，有什么资格抚养公主？"

"姐姐！"

“你闭嘴，不要再让我听见你大呼小叫的。”宜嫔扶着身边的宫女继续走，一边撂下话，“皇上让你在自己的屋子里不许出来，我心软才让你在这里晃悠。你听好了，从今往后在皇上下令宽恕你之前，不许再离开配殿一步。不然的话，我会以一宫主位的身份处置你。”

“姐姐，我是你亲妹妹啊。”郭贵人扑过来，却被其他宫女挡住了。

宜嫔看也不看她一眼，冷声吩咐左右：“把郭贵人送回屋里去，往后她若再随意打骂宫女太监也来向我禀报。万岁爷最恨后宫有私刑虐待之事，翊坤宫里也容不得。”

她说着，径直走向正殿，进门后让人把殿门合上，妹妹尖叫的声音渐渐止住，只听见里头恪靖的哭声。她呆呆地听着，上一回听见胤祺哭，还是他出生的时候。那孩子如今的哭声是什么样的，她竟还没听见过。

“太皇太后为什么这样对我？”宜嫔软软地瘫在地上，跪了半个时辰膝盖剧痛，这一跌下去再也爬不起来，索性伏在地上大哭。一手覆在肚子上，想着自己曾经失去过一个孩子，想着胤祺从没好好见过亲娘，眼泪止不住地落下。她不能这样过一辈子，她要有自己的孩子在身边，她不要做昭妃那样的怨妇。

桃红安置了公主就出来，瞧见她跌在地上，过来搀扶，一声声劝说：“主子您不要哭，过了这几天，您去向太皇太后和太后认错。皇上对您总是眷顾的，您要有信心才是。”

宜嫔泪眼婆娑，拉着桃红问：“我到底该怎么办才好……”

紫禁城那么大，翊坤宫里再如何哭闹外头也听不见。午膳前岚琪抱着胤祚来了慈宁宫，太皇太后心情不坏，一边嗔怪她路上有积雪还带孩子出门，一边瞧着胤祚颤颤巍巍能站起来了很是高兴。

老人家竟像个孩子似的在炕上陪着小孙儿玩耍，抱着他假模假样地走路。胤祚异常兴奋，叽叽喳喳叫了半天，结果该传午膳了还缠着太祖母不撒手，谁要来抱走他就瘪嘴要哭。太皇太后心疼又欢喜，反过来训斥岚琪：“别缠着我吃饭，我又不饿，等我的小乖乖饿了再说。”

岚琪劝了几次都被挡回去，胤祚虽不懂大人说什么，却开心得哈哈大笑。好在没多久自己就饿了，开始找乳母要吃奶，太皇太后这才有空来吃饭，那么巧外头说皇帝来了。

玄烨进门就一身寒气，说又下雪了。瞧见皇祖母这个时辰才用膳，欣喜地说：“孙儿还没用膳，想着过来若蹭不到，就讨一碗米饭用茶泡了吃，没想到是有口福的。”

苏麻喇嬷嬷却凑趣："一定是六阿哥知道皇阿玛要来吃饭，才故意缠着太祖母，硬是拖到这个时辰。"

玄烨欣然，玩笑道："胤祚最疼他阿玛了。"见岚琪送过手炉来给他暖暖，接过了就问，"孩子呢？"

"在别处，乳母正喂奶呢。"岚琪应着，玄烨却朝她使了个眼色说，"去看看孩子，一会儿抱来朕瞧瞧。"

岚琪会意，猜是玄烨有话对太皇太后说而她不方便在边上，便借口要去瞧瞧胤祚自行离开。老人家瞧见了还嗔怪玄烨："你打发她这时候去做什么，她也没吃一口饭呢。"

但人已经走了，玄烨坐下来先进了一碗热奶暖身子，而后饿得直接就吃饭。太皇太后要他慢慢吃，不过见他吃得香，自己也有了胃口，进了大半碗鸡茸粥，炸的三鲜春卷也吃了一整个。才放下筷子要茶漱口，就听见玄烨说："皇祖母若吃好了，孙儿有事要同您说。"

太皇太后从容漱了口，让苏麻喇嬷嬷也伺候皇帝洗漱。然后才和他一起离了膳桌，进了暖阁坐下说："猜想你就是有事的，说吧，又有什么麻烦了？"

玄烨笑着："不是麻烦，是想求皇祖母一个示下。"

太皇太后看着孙儿，让他也在暖炕上坐，心里细细想着近来的事，微微蹙眉问："难道，是为了今早的事？"

玄烨苦笑，点头："皇祖母圣明。"

且说玄烨知道宜嫔的事时，已经散了朝会，本是空闲中喊来李总管问岚琪有没有安然回永和宫，又问弥勒佛是否已送出去等，李总管无意中说起了翊坤宫的事，他才知道宜嫔胡闹了一场，被皇祖母罚跪三天。

彼时有些心烦，但冷静下来想想，再联想中秋里大阿哥中毒的事，如果自己稍稍做一些事，就能转变后宫风向的话，于自己珍惜的人，于后宫，于朝廷或都有益处。于是忙完手头的事，便来慈宁宫，向皇祖母讨一个示下。

"那日你说宜嫔昔日失子是你害的，要说那几个荷包里的虎狼之药是不是真有效用也未可知，那是她和那个孩子的命数，那时候又太年轻，保不住也是有的。"太皇太后显然反感这件事，不等玄烨开口，已经幽幽道，"你能保证她不成气候？她做过什么，动过什么心思，你不知道？"

玄烨胸有成竹："孙儿不会让谁成气候，她不过是后宫的妃嫔，又要成什么气候？何况上头总有贵妃、温妃，她越不过去的。皇祖母，孙儿不能只宠着岚琪，孙儿也不是光宠她而已，后宫里宠妃可以有许多。可岚琪只有一个，从前的事，再也不能有了。”

太皇太后蹙眉，目光不与玄烨对视。在她心里或是要多一事不如少一事，可想想为此付出的终归是玄烨，不管喜欢不喜欢，他都要硬着头皮去端平几碗水。自己横加阻挠而实际却对他、对后宫无所助益的话，就实在没意思了。

“你想好了就去做吧，我这里明白了。之后若是有什么生气的，也不是冲着你来，咱们祖孙俩还有什么话不能当面说，要借他人之口？”太皇太后终于笑了，伸手爱怜地拍拍玄烨的肩膀，“不要怪皇祖母啰唆多事，哪怕你如今快三十岁了，在皇祖母眼里，也还是那个七八岁的小娃娃，总忍不住要为你多想些。”

玄烨脸上笑得暖融融的，但心里头一个激灵，又想起什么事来。侧目见身边没什么外人，才轻声对祖母道：“大阿哥的事早就有结果了。皇祖母，孙儿不想对任何人声张，暗地里必然会施压，但决不让别人知道。毕竟牵扯太多，孙儿不愿看着太子背负恶名。”

太皇太后才微笑起来的面容旋即僵滞了，直直盯着玄烨，很轻声地说：“果然是索额图？”

玄烨点了点头，冷笑道：“什么也逃不过您的眼睛。孙儿起初不愿信，他们低调了这么多年，怎么这个节骨眼儿上开始有动作了，可往下一查还是查到他们头上。孙儿不信另派一拨人去查，今早听到的消息，一样。皇祖母，孙儿的心都寒了，赫舍里皇后若在，眼下又会是什么光景？所以宜嫔不能冷落，朕不能让那些人把矛头全指向永和宫。岚琪连一个在背后出谋划策的外戚都没有，只有朕能护着她了。”

太皇太后无奈地笑道：“这话听着，怎么好像只为了她一个人？太子呢，贵妃、温妃呢？”

玄烨略有些不好意思，垂下眼帘笑道：“太子不一样，至于贵妃她们更不一样，皇祖母就不要取笑孙儿了。”

“哪个取笑你了？”太皇太后欣慰，却又指着前头一处空地，当年就在那里架了一张凳子按着娇小的乌雅岚琪，一鞭一鞭打在她身上。太皇太后这辈子连对奴才都没下过如此重的刑罚，却为了摆平前朝老臣的口舌，让皇帝和她都能下得来台，牺牲一个柔弱的女人。现在想想依旧唏嘘不已，对玄烨道，“岚琪就是在这里挨打的，我让她一辈子记着那时的痛，玄烨你也记着了吧。看看你现在的心智谋略，再想想那时候的自己，是不是觉得又傻又无能？”

玄烨亦动容，忍不住离座屈膝向皇祖母道：“孙儿有今日，都承皇祖母教诲。”

说这话时，岚琪正好抱着胤祚进来，瞧见皇帝跪着了，她也赶紧要跪下，却被玄烨走来带进去，嗔笑道：“傻子，朕和皇祖母说话，与你什么相干？”

岚琪鼓着嘴不理睬他，把已经睡着的胤祚抱给太皇太后看，笑着说：“越来越沉了，乳母实在辛苦，不抱着哄不肯睡，乳母才那么点儿身板，早晚要累坏了。”

“说你傻还不承认，哪个乳母不是精挑细选来的，带孩子养孩子不比你有经验？她们都是有分寸的。”玄烨说着，笨拙地要在皇祖母面前现眼，伸手要抱抱儿子，岚琪抓着机会就反击，“皇上还是不要抱了，您又不会抱孩子，非要凑热闹。回头好容易睡着了再弄醒，太皇太后也不能午睡了。”

玄烨没的反驳，只管瞪她，逗得太皇太后笑道：“你们俩斗嘴我才不能午睡呢。”又训斥岚琪，“胡闹，几时有你教训皇帝的时候，下次再没分寸，让苏麻喇掌你的嘴。”

岚琪不服气也不敢顶嘴，缩在太皇太后身边不说话。玄烨也不能久留，手里还有许多事要做，叮嘱岚琪好好照顾皇祖母，很快就走了。

太皇太后说不想上床，就在炕上歪一会儿。小胤祚放在边上睡，她懒懒地靠着，岚琪坐在后头给揉揉腰腿。娘儿俩慢悠悠自在地聊着，太皇太后渐渐说起：“后宫妃嫔会越来越多，也会有别的人招皇帝喜欢，你的心胸要更开阔大度一些。真是觉得委屈了，也想想，他喝醉了的时候想哪一个，真正搁在他心里头的人是谁。”

彼时岚琪虽然满口答应，却没想到之后是要发生什么。直到第二天早晨，宜嫔又在翊坤宫门前跪时，半程中皇帝坐着暖轿去，亲手搀扶起受罚的人安抚，这样的事儿你一言我一语经端嫔、布贵人几人的嘴说出来，她才突然明白太皇太后说那些话的用意。她心里的的确确酸涩，可再如太皇太后说的那样想一想，多少释怀一些。

第七章

八阿哥降生

昔日钟粹宫落寞，彼时的惠贵人登门感慨，深宫内四季轮换的永远不是什么花红叶黄，而是这各宫各院时起时落的景象。眼下正月里冬去春来，谁能想到翊坤宫的宜嫔在那样闹一场，生生惹怒了太皇太后之后，还会有这样好的运气。

传说是她花银子让乾清宫的太监引着皇帝打那儿过，好瞧见她楚楚可怜的模样动容。又传说是皇帝本来就对她青睐有加，才私下向太皇太后求情免了宜嫔的责罚。反正林林总总，无一不是吃醋之人说出来的酸话。

但话虽如此，永和宫的光芒依旧耀眼。元宵这一晚，众人伸长脖子瞧着皇帝会去哪一宫，是不是宜嫔风头正劲，就要把永和宫忘了。可玄烨再如何也不会忘了与岚琪的定情夜，这一晚散了宴席侍奉皇祖母安寝后，两人便携手漫步回去。

元宵节前下了一场大雪，眼下化雪最是寒冷的时候。玄烨走着走着就停下来摸摸岚琪另一只手，嗔怪道："好好放着暖轿不坐，非要走回去，瞧瞧手冰冷的。"便把她的手放在嘴边呵气捂暖，又让后头的人拿手炉来，劝她，"轿子就在后面跟着，坐轿子可好？"

岚琪却拉着皇帝的手继续朝前，玄烨跟上来，就听见她说："这些日子见到皇上的时间越来越少，难得能在一起，就想时时刻刻都看到您，坐轿子可就要分开了。"

"慢些，小心摔。"玄烨跟在她身后，被她拉着一步步朝前走。近来他的确多去宜嫔那里，那一日酣醉在乾清宫后，就再没在永和宫过夜。偶尔白天过去瞧瞧，或进午膳或喝杯茶，都是说说话的工夫，大多是亲近宜嫔，或者在承乾宫、咸福宫。心里想过她会吃醋，可每次相见人家都笑得那么美那么甜，心里就踏实了。眼下见她活蹦乱跳地在前头，心里喜欢，忍不住便逗她："这些日子，是不是吃醋了？"

岚琪转身停下来，骄傲地看玄烨："皇上今晚若不来，臣妾可真要吃醋了。臣妾已经跟太皇太后说，要是您今晚还去别处或在乾清宫里，臣妾正月里都不打算出门了，也不去慈宁宫侍奉了。”

玄烨含笑皱眉，轻拍她的额头：“你脾气这么大，还敢对皇祖母撂挑子？”

“可不？都是太皇太后和皇上惯出来的，改不了了。”岚琪说着骄傲地一甩脖子，竟耳听得轻轻一声“咯哒”，脖子立刻僵在那里，疼得她忍不住呜咽，“皇上，脖子……脖子动不了了。”

“怎么了？”玄烨惊愕地伸手去捧她的脑袋。

岚琪的身子忍不住往后缩，呜咽着：“疼，疼，皇上轻点儿。”

“还能动吗？慢慢试着转回来。”玄烨捧着她的脑袋，一点点想转动她的脖子。可是岚琪疼得眼泪直流，摆手求饶：“不能动了，皇上别转了，脖子要断了……”

玄烨气得直想揍她，可还是忍住了，把人抱起来，吩咐李公公宣太医找正骨师。后头暖轿跟上来，可她死活扒着门不肯跟皇帝同辇，才又把她扔进自己的暖轿里，一行人紧赶慢赶回去。有值夜的太医，倒是来得快，但正骨师不值夜，要出宫去人家家里找，直等了一个时辰才等来。

正骨师摸索揉捏了半天，说了一声：“娘娘，失礼了。”就听“咯噔”一声响，岚琪的脑袋这才正过来。剧痛和惊吓之下，一张脸挂着眼泪惨白如纸，正骨师和太医又说了些小心的事宜，这才折腾一场退出去。

众人来侍奉洗漱，玄烨满面怒气，岚琪要亲手伺候他，被骂“待着别动”。环春凑过来对她眨眼睛，轻声地说：“主子，您消停点儿吧。”

待洗漱更衣罢，宫女太监们都退了下去。两人都已着寝衣，岚琪还坐在炕上，便笨拙地要下地。明明脖子能动了，可她胆小不敢动，动作僵硬不得要领，半天还没磨蹭下来。玄烨直看得肠子痒痒的，过来一把将她抱起放回到床上，咬牙切齿地说：“你说你胡闹什么？好好一晚上，折腾这些事。还说要和朕时时刻刻在一起，那都是废话？”

可是再怎么生气，看到她可怜兮兮的模样，还是很心疼。着急的是万一有什么大麻烦，她身子受损就是一辈子的遗憾。现在太医和正骨师都说没事了，他松口气，想想又实在好笑，骂她也不敢还嘴，蜷缩成一团，看得人心软。

“还疼吗？”玄烨一躺下来，身边的人就钻进臂弯里赖着。他怎么舍得再训她，温柔地摸着脖子哄她，“不舒服一定要说，朕骂你是心疼你，可不许怕挨骂就不开口。”

“知道。”岚琪软软地应着，小声问，“皇上，是不是扭严重了脖子真的会断，还会死？”

“你也知道？”玄烨哼哼，“但可怕的还不是死，若是弄得半……呸呸呸，不说了，你不记得那八个字了？提什么死，你要一辈子陪着朕的。正骨师说得不错，你每日伺候皇祖母，反反复复做那些事身上骨骼都僵硬了。朕过几天让他们找个女道士来，你跟着练练太极，活动活动筋骨。”

岚琪却窝在他怀里软软地说：“皇上多在永和宫住，臣妾的筋骨就松了，练什么太极呀。”

床榻上静了须臾，玄烨没听懂，岚琪是心虚，但很快就有笑声。玄烨在她腰下重重掐了一把：“不害臊，你现在真不害臊了。”又逗她，“多好的日子，非要瞎折腾。朕是舍不得再辛苦你的，好好把脖子养几天，今晚老老实实睡觉。”

岚琪也有自知之明，今晚脖子弄成这样，断不能再行春宵云雨，便想哄得玄烨高兴些，两人说说笑笑多好。因都吃了酒有些兴奋，依偎着天南地北地闲聊，玄烨忽然想起一件事，嘱咐她：“二月末钮祜禄皇后三年忌日，朕已决定一并将赫舍里皇后梓宫也奉移至昌瑞山景陵。到时候要离宫大半个月，三月中下旬才回来。朕会带太子同行，你在宫里，好好照顾皇祖母。”

“臣妾知道了，皇上放心。”岚琪应着。

“还有件事，朕犹豫要不要对你说，说了怕吓着你，不说又不知你将来会不会犯傻被人欺负。”玄烨叹了一声，翻过身把岚琪抱满怀，轻轻抚摸她的背脊，“朕先问问，你自己愿意不愿意知道？”

岚琪猜不透：“什么事，皇上这样紧张？”

玄烨声音沉沉：“大阿哥误食毒菇月饼的事，有结果了。朕不打算告诉惠嫔，反正她也不会来问，拖着就拖着吧，可是你……”

岚琪即答：“臣妾想知道。”

夜深沉，早已过了各宫各门落锁的时辰，翊坤宫门前却一阵热闹的动静。宜嫔立在门前，惠嫔裹着氅衣正要上轿子，笑盈盈地说：“快回去吧，小心冻着。我这里拐个弯儿就到了，不碍事的，明儿见。”

宜嫔客气着，还是坚持目送暖轿离去，才冻得哆哆嗦嗦回寝殿，站在炭盆边上烤火。桃红端来一碗热奶给她暖身体，轻声说：“惠嫔娘娘是有法子，公主被她哄着就不哭了。”

宜嫔喝了热奶，才过来摇篮边，伸手给恪靖掖被角，眼中有慈爱之色，嘴边却冷笑："乳母不比她有法子？不过是见她上赶着来帮忙，我顺势而为罢了。她是瞧见我日子又好过了，就来巴结。这宫里头，她说好听了是八面玲珑，说难听些，不就是墙头草？但她身后有明珠府，我们郭络罗家远在东北，和她相处好些，不是坏事。"

桃红则笑："说到底还是皇上心疼主子，连太皇太后的旨意都能改，这是您的福气。"

宜嫔坐到镜台前，瞧着镜子里自己的姣好面容，示意桃红替她拆了发髻，却又呆呆地看着出神，好半晌才说："太皇太后折腾我，多半是为乌雅氏出口气。那些事我和惠嫔心照不宣，我一直心虚害怕，更不敢去争辩什么。要说那天在宁寿宫前闹，我一来是真的有些醉，二来实在无法忍受骨肉分离。谁晓得会转运，皇上又怜惜起我来了。你们都说是我的福气，是万岁爷疼惜我，可我做他枕边人，到底是怎么回事，心里可明白了。"

桃红却看得开些，劝她："主子惜福就是了，管他为了什么呢？万岁爷对您好，就是这宫里的脸面，咱们风风光光地过日子不好吗？皇上来了您笑脸相迎，好好侍奉皇上，若有一男半女，太皇太后可就不能再抢走了。"

宜嫔颔首："眼下只能这样，走一步算一步。"说着这句话，镜中人眼里又闪过不屑的寒光，自嘲着，"连佟贵妃都斗不过她，被太皇太后看管得束手束脚，我真是自找的麻烦，被惠嫔煽动得迷了心窍。"

此时突然一声巨响，外头不知摔了什么东西，便听得有人哭喊："放我出去……"眼瞧着恪靖要被惊醒，宜嫔面上黑沉沉地浮起杀意，喝令桃红："管住她，该给她吃的药，别停了，我不要听见她大呼小叫。"

翊坤宫的喧闹很快被遏制，深夜里，谁也不知道郭贵人又被灌下了什么药。只是近来她变得越发安静，可一面安静得仿佛不存在，一面偶尔发作起来就歇斯底里。自然这一面不会露在人前，每每皇帝来翊坤宫时，郭贵人都在沉睡。外人只当她身体不好，谁又会来真正地关心和计较。

日子一天天过去，德嫔曾跟太皇太后开玩笑说，元宵夜皇帝若不去永和宫，她就再也不出门，也不去伺候老人家。结果皇帝明明去了，她还是不出门。老人家后来听玄烨说起她脖子扭伤的事，笑得合不拢嘴，直言岚琪就是个活宝，这么些年了还是满身孩子气。之后又听说皇帝决意将两位皇后的梓宫都奉入景陵，便不得不提起中宫虚悬的事。

对于再立新后，玄烨一直淡淡的。三年来朝廷上也不是没人提过，毕竟后宫不能无主。可玄烨就是不松口，对于两大家族也尽力做到不偏不倚，所有人眼巴巴一等就是三年。今年两位皇后的梓宫都要入陵，朝廷上下难免又开始松动。也有老臣来向太皇太后进言，希望皇帝能立后，大清不能没有国母。

“皇祖母和皇额娘都是国母，何来没有国母一说？”说起这些话，玄烨依旧态度强硬，对太皇太后道，“往后他们再来烦扰皇祖母，您就打发他们来乾清宫找朕说话。”

太皇太后一向知道孙子的心意，不过是把这些话传递给他，玄烨也不是在冲她发脾气，她反安抚孙儿说：“你生气做什么，他们也有他们的顾虑。我说给你听，不是要逼你立后，是让你知道他们在想什么。”

“孙儿明白，是不想委屈您受累。”玄烨心平气和下来，又笑道，“眼下后宫里，佟贵妃虽尊，但钮祜禄皇后薨后凤印一直没有归属。今年若三藩大定，孙儿要给您和太后再上徽号。届时还请皇祖母下旨，朕要大封六宫，并将凤印交付贵妃代掌。”

太皇太后则道：“贵妃至今不理六宫的事，她掌凤印，你不怕宫里乱了？”

玄烨却笑道：“贵妃的心思很简单，满足她所想要的一切就成。何况她一向懒得管六宫的事，也没有能力管。从前现在都是荣嫔、惠嫔在掌理，往后凤印在她手，未必要她亲力亲为，她自己会有分寸。就算真有出格的事，总有皇祖母您在，多加训诫几句，孙儿高枕无忧。”

太皇太后嗔笑：“你就不愿我安安生生过日子。”

玄烨道：“只怪岚琪年纪不如她们，不然有她主理六宫，您就能和孙儿一起高枕无忧了。”

“岚琪？”太皇太后笑着摇头，殷殷叮嘱，“你舍得让她做事，我还舍不得呢。忙六宫事就不能时常在我跟前，何况这几年又年轻身子又好，你该多疼她些，让她安安心心给我多添孙儿才是。”

玄烨竟有些赧然，笑道：“这些话叫她听见，更要得意胡闹了。”

“她几时真正得意过？不过是在你面前耍耍性子撒娇。从我年轻那会儿到如今，见过所谓的宠妃，从来都不是她这个模样。都说我偏心她，可我不也是几年冷眼看下来才真正喜欢上？那会儿苏麻喇一心说她好，我还很冷静说是不是装出来的呢。”太皇太后说起岚琪，心里就暖融融的，满面慈爱，对玄烨笑道，“皇祖母身边有她在，你就安安心心在前朝忙碌，孙子媳妇里头，只有她最好。”

玄烨当然欢喜，之后闲话几句，苏麻喇嬷嬷带着太医院的人来禀告，说咸福宫里已经安排下产房，请皇上近些日子不要再往咸福宫去，觉禅常在临盆在即。

倒是提起这个人，太皇太后说："这个觉禅氏样貌太妖娆，我瞧着不喜欢。别怪皇祖母啰唆，你心里要有分寸。"

玄烨淡然，只道："皇祖母放心。"

转眼过了正月，二月初五是胤祚的生辰。因钮祜禄皇后三年祭奠在即，又年节里摆宴铺张花费大内不少银子，加之太后也没有给五阿哥胤祺摆宴，岚琪便辞却太皇太后的好意，不给儿子大肆张罗周岁宴，只一早带着胤祚去慈宁宫给太皇太后和太后磕了头。

小家伙现在已经晃晃悠悠能走几步路，结实健康。旧年今日难产时，人人都为母子俩捏一把汗。眨眼一年就过去了，孩子越长越好，太皇太后更是十分钟爱，说等胤祚再长大一些，她要亲自教导他。

太后则因五阿哥六阿哥年纪相仿，最爱把他们摆在一起看，都是虎头虎脑胖嘟嘟的样子。胤祚长得更好些，和小哥哥在一起，看着像双生子一般。今日也给胤祚很大一笔赏赐，与岚琪说："盼着他们长大，将来一起上书房一起念书习武，一定是兄弟里最亲厚的。"

亲热地说几句话，岚琪就要带着孩子走了。虽然不铺张摆宴，但永和宫里还是准备了席面请各宫来聚聚，端嫔荣嫔几人更是正月里就向她讨酒吃了。

太皇太后和太后便不留她。等岚琪抱着孩子返回永和宫，才给胤祚换完衣裳，就听见胤禛的声音在院子里响起，奶声奶气地喊着"德娘娘"。岚琪放下胤祚出来看，小家伙一身吉服，手里捧着一只新的布老虎。不再是从前陌生的样子，一见她就摇摇晃晃扑过来让岚琪抱，挥舞着布老虎说："给弟弟，布老虎给弟弟。"

岚琪抱着他进来，胤祚一见哥哥就兴奋，胤禛把布老虎塞给他，骄傲地说着："额娘做的，给弟弟。"

胤禛随侍的乳母嬷嬷们也跟进来，将正规的贺礼摆下，说是贵妃娘娘赏赐六阿哥周岁的贺礼。岚琪谢恩，又说贵妃让四阿哥在这里玩一天，下午再来接。岚琪便道该去请贵妃也来坐坐，乳母尴尬地笑道："娘娘她身上不自在，说改日也请德嫔娘娘您过去坐坐。"

"也好。"岚琪不敢勉强，转回身看护两个儿子。不久荣嫔端嫔都结伴而来，就连惠嫔和宜嫔都到了。都是场面上该有的客气，给永和宫面子，自然也是给太皇太后和皇帝面子。

而女人们聚在一起，免不了说些闲话。眼下还未摆膳，孩子们都在胤祚的屋子里玩乐，众人围坐着喝茶吃点心，话赶话的就要惹些是非。好事者如安贵人之类，如今地位身份不上不下，说话更加没忌讳。又吃醋宜嫔走运因祸得福，见她今日也在，便酸溜溜地说："怎么五阿哥没来，德嫔娘娘没请太后把五阿哥送来兄弟姊妹聚一聚？"

边上宜嫔果然变了脸色，垂首掐着手里的大石榴，弄得满手嫣红的汁子。惠嫔正坐在她边上，轻声劝一句："总有嘴碎的，管她呢？"

而岚琪是被问的人，不能不回应，笑着敷衍："我去请安时五阿哥就在慈宁宫，可要走时孩子却睡着了。太后说五阿哥昨晚睡得不好，今天不能贪玩儿，就没让过来。"一面就岔开话题，唤环春换茶，说皇帝知道她今日宴客，赐了好茶好水，请姐妹们品尝。众人都知道德嫔早年就是在慈宁宫侍候茶水才讨得喜欢，如今能喝她一杯茶倒是很难得。

为了凑趣，将茶炉都摆在殿里，一起看她侍弄茶具烹茶，说说笑笑冲淡了刚才的尴尬。可茶快好时，紫玉匆匆进来，满脸莫名地说："娘娘，郭贵人到了，说来给六阿哥贺喜。"

岚琪一时没多想，只管笑着说："快请啊。"却听边上有人幽幽道："万岁爷这就松口，让郭贵人出门了？"

更有人问："宜嫔娘娘，皇上松口了吗？"

众人齐刷刷看向宜嫔，她满脸尴尬，至少在她出门前也没有这回事，指不定皇帝这会儿突然松口的。可这也太巧了，她不大信。

但永和宫的人已经去迎接，便见郭贵人进门来。原本光鲜亮丽的人，瘦了几圈面容枯槁，更不相宜地化了浓妆。猩红的双唇，惨白的肌肤，看得所有人都吃了一惊，安贵人更是说出口："郭妹妹这是怎么了，瞧得叫人心里瘆得慌。"

岚琪有待客之道，让环春安排座位给她，可小宫女搬来椅子，却见安贵人拉着几位常在答应起来说："把椅子摆这儿，咱们宫里就宜嫔娘娘和郭贵人是亲姐妹，亲姐妹当然坐一起。"又故意说，"瞧见宜嫔娘娘一人来，还以为郭贵人身子不好不出门呢。娘娘也真是的，您等等妹子一道来不是更好？"

边上惠嫔瞪了她们几眼，打圆场说："宜嫔一早在我那儿看绣花样子，不是从翊坤宫来的。"

安贵人显然不服气，她不能对惠嫔失礼，但吃一吃郭贵人还成，毫无顾忌地笑着问她："皇上下令撤了妹妹禁足令了吗？妹妹可不能为了贺喜德嫔娘娘，违逆圣旨啊。"

就连宜嫔都开口问："安贵人说得不错，若是没有，你道声喜就回去吧，不然反成了德嫔娘娘的错。"

郭贵人冷幽幽看她一眼，目色死寂，皴裂的却厚厚地涂了胭脂的嘴唇翕动，阴森森地说："自然是皇上下旨的。皇上说今天是六阿哥的好日子，臣妾也该来凑凑热闹，难道娘娘不喜欢看到臣妾出门？"

宜嫔被她这一噎，索性别过脸不说话，安贵人却在边上笑："这是怎么说的，亲姐妹……瞧着仇人似的。"

"安贵人，本宫想去瞧瞧公主们有没有欺负弟弟，你去不去？"端嫔起身离座，朝安贵人使了个眼色，硬是把这个口无遮拦的人带走了。

出了门，端嫔拉着安贵人道："咱们都是早年在宫里的，别怪我不提醒你，宜嫔真要拿你怎么样，你又能如何？人家位分比你高，你一时嘴上快意，她不计较是大度，若计较非要治你的罪，多少年在宫里的脸面都没了，你何苦？不说别的，就看郭贵人虐待觉禅氏被禁足，你曾经虐待戴佳氏，要是算起旧账，你也吃不了兜着走。"

安贵人很不服气，挤眉弄眼地嘀咕几句，突然又一个激灵，拉着端嫔道："姐姐别怪我多事，真不是我多事要说这些，是我手下的宫女去太医院给我拿药时撞见的，说翊坤宫在太医院私下找人拿药，不知道拿的什么药，也不知道是给谁吃的。"

端嫔不解："太医院里的事，都要经由荣嫔和惠嫔知道，没听荣姐姐提起过什么奇怪的事。"

安贵人还有几分机灵，轻声道："惠嫔娘娘呢？再没有比她更跟红顶白的人了。这些日子宜嫔得宠，她都快把翊坤宫的门槛踩烂了。或许有什么是惠嫔娘娘知道，荣嫔娘娘这里疏忽了呢？"

"行了行了，我们不理事的人，不要瞎掺和。我劝你的话你要听听，如今宫里不是从前人少的时候，你再不管好自己的嘴，这回我能拉你出来，下回指不定谁的巴掌就招呼过来了，她们年轻的性子本来就没我们忍得住。"端嫔叹气道，"我只帮你这一回，至于刚才那些话，我也没听见。"

安贵人最是胆小怕事欺软怕硬的主儿，被端嫔这么几句吓唬，再不敢胡言乱语。跟着去瞧了几眼孩子们，之后回到正殿里，已经要摆席面用膳了。

岚琪虽然极少张罗这样热闹的事，但在慈宁宫帮过不少忙，做起来也是一板一眼，妥妥帖帖在宫里摆了两桌酒席，不铺张也不寒酸。玄烨前几日还亲自来给她五百两体己的银子，岚琪伸手撒娇再多要一些，说她现在养个儿子不容易，被玄烨训斥贪得无厌。但是过几天又派人来叮嘱，让她请客就别太寒酸，银子不够花他来给。

这些闺房密语自然不能对外人说，岚琪今天到底还是像模像样张罗一餐饭。宾主尽欢，酒席散了后各自回去，只有荣嫔端嫔还留着说话，布贵人和戴常在去哄孩子午睡。她们三人在暖阁里歇着，都喝了些酒，脸上红晕还没散去。

实则荣嫔吃多了几杯酒，本想回去歇一歇，却被端嫔留下来说有话讲。这会儿环春奉茶后就带人退出去，她们姐妹三人坐着，岚琪给她们倒茶，就听荣嫔问："你要说什么事？"

岚琪还不知有这缘故，抬头就听端嫔开始说安贵人告诉她的事，她皱眉道："你们也瞧见郭贵人的样子了，这模样不请太医怎么成。可她们明着并不请太医，为什么暗地里又去拿药，拿的又是什么药？"

荣嫔显然不高兴，端着一杯茶只闻味道不喝，好半天才一口饮下，冷然道："我和惠嫔理事，她素来是挑有功无过的事情来做。说出来其实也没多大意思，我不愿得罪她，也不想翻脸，心想辛苦些就辛苦些，却不知道她还有背着我的事？想想也一定是有的，自从皇上把觉禅氏弄去咸福宫，后来复宠了宜嫔，她就懒得来搭理我，有些日子了。算起来若是安贵人说的是近些日的事，也不奇怪。"

岚琪看似心无旁骛地侍弄茶具，实则早已把这些话在脑袋里想了几遍了。想想元宵那晚玄烨告诉她的赫舍里一族的行径，果然她当初没想错，的确是从宫外伸进来的手。而他们能通天似的伸手到内宫做手脚，甚至不惜要毒害大皇子顺带陷贵妃于不义，那么宫里头的人要做些什么，更是易如反掌。只是岚琪无法接受，她们亲姐妹也会互相残杀？

只听荣嫔冷笑道："既然是翊坤宫自己弄药给自己妹妹吃，我们瞎操心做什么。她如此冷血无情，我们若插手，獠牙有毒，她指不定反咬一口。这个宜嫔可真厉害，瞧着挺好一个人，心里竟这么歹毒？那可是她亲妹子。"

端嫔幽幽地说："就是亲妹子害得她连带着被皇上讨厌，如今好不容易翻身，她怎么还能由着这个祸害在自己身边？我们且瞧瞧，皇上今日为了六阿哥赦免她，过几天是不是就传出来说身子不好，又不出门了。我看刚才姐妹俩说话那架势，宜嫔是巴不得除之而后快。"

一言一语说得岚琪心都冷了，这深宫究竟有什么魔力，弄得亲姐妹都要骨肉相残。端嫔和荣嫔平日也是很温和的人，遇到这样的事，却都一副看好戏的态度。但再想想自己，其实也做不了什么，今天听过了就是听过了，郭贵人是真病还是被她亲姐姐灌药，她也不会去探究。自己尚且如此，还有什么资格唏嘘旁人？

荣嫔最后也叮嘱岚琪："你太慈悲，可是毒蛇冻僵了也不能拿身体去暖呀。宫里的事，别人的死活，看看就得了。"

岚琪浅笑："我记着了。"

胤祚的生辰过得很圆满，佟贵妃虽然一直没有登门，却放任四阿哥在这里吃睡。直到傍晚岚琪觉得不合适了，才请乳母送四阿哥回去。可是胤禛抱着弟弟不肯放手，硬要在这里住一晚。岚琪生怕自己得寸进尺会惹得贵妃不悦，但胤禛又哭闹不肯和弟弟分开，他一哭胤祚也哭，一大一小弄得乳母们手足无措。

岚琪哭笑不得，最后折中法子，她不能过分地留下胤禛，却可以把胤祚送去承乾宫。小家伙一听说跟哥哥走，竟也是连亲娘都不要了，一人一边被乳母抱着，两只小手还牵在一起。岚琪送到门前时看着，心里又暖又无奈，环春对她说："这才是骨肉血亲，天性。"

骨肉血亲的天性的确该如此，但岚琪却也知道翊坤宫里亲姐妹的争斗，想想也寒心。之后回去收拾东西，累得四肢百骸俱痛。可玄烨却毫无预兆地乘着夜色来了，说她旧年分娩辛苦，孩子生辰的日子是她曾经最辛苦的日子，要好好安抚她。岚琪知道玄烨动什么心思，嬉笑玩闹，两人欢欢喜喜便是一夜。

之后几天，玄烨为了两位皇后入陵的事忙碌，倒是几天不入后宫。这日岚琪在慈宁宫支应一天，傍晚回来时原先惯走的路下午突然开始修缮。因有工匠行走，前后都被拦住，宫嫔宫人不得通行。岚琪只能绕道回去，软轿慢慢走，将近咸福宫附近时，轿子突然停下，环春在外头说："主子，觉禅常在在前头，您见不见？"

"她？"岚琪不想见，但转念一想她即将临盆，万一自己"得罪"她，有什么闪失说不清楚，便让压轿落地，扶着环春的手下来。果然见觉禅氏在前头，被香荷和另一个宫女搀扶着，慢慢过来朝她行礼。岚琪自然让免，客气地问："太医院说你这几天就要生了，怎么还在外头走？"

觉禅氏道："就是没动静，太医让臣妾出来走走，刚出门就遇见娘娘了。"

"我生……"岚琪刚开口想说生胤禛的事，但觉不妥，她不该在贵妃背后别人面前以四阿哥生母自居，便改口道，"的确如此。你辛苦了，不过也要小心，瞧你肚子已经下去了，就该这几天才是。"

觉禅氏本非故意要拦住岚琪说话，只是凑巧遇上，此刻笑着答应后就侍立到一旁，请德嫔先行。岚琪也不愿多说什么，嘱咐她几句就又上轿子走开。可是软轿复行，走不过十几步路，身后突然一阵骚动，更有宫女尖叫。岚琪听得心惊肉跳，轿子也停了下来，只听环春急匆匆说："主子，郭贵人把觉禅常在推倒了，正拳打脚踢。”

岚琪简直觉得像在听戏文，而不等她开口，环春已让抬轿子的小太监们过去帮忙。都是孔武有力的人，冲过去很快就把不知道从哪儿窜出来的郭贵人按住。等岚琪再赶过来瞧，觉禅氏已经倒在地上，香荷护在她身上。小丫头的衣裳头发都被揪乱了，边上另一个宫女突然惊叫：“血，常在流血了……”

“快找太医，不是，快把她抬回去。咸福宫里准备了产房的，稳婆应该在。”岚琪把身边的人都推过来抬孕妇，突然又听被摁在地上的郭贵人疯狂地叫嚣着“贱人、该死”。岚琪气得浑身颤抖，颤抖着手指挥那几个太监，“你……你们把她嘴堵上，别让她乱叫！”

众人得令，索性抽了一根绳子来把郭络罗氏五花大绑，撕了一块布把嘴也堵上了。而岚琪已经被环春拉走，咸福宫里乱作一团。温妃因身上不自在肚子疼，正歪着打盹，被冬云催起来说出事了。等她急急忙忙赶来时，就告诉她觉禅氏要生了。

太医们匆匆赶来，而稳婆一直在咸福宫待命，好在一切都有所准备，只是突然要生了才有些慌乱，现在各就各位只看产妇自己能否熬过去。不多久也惊动了六宫，荣嫔先到，进门前就已听说郭贵人的事，似乎怕惠嫔先过来，急匆匆连衣裳都没换就来了，央求温妃下旨先把郭贵人扣住。温妃不耐烦地说：“我才不管她怎么样，你们看着办就是了。”

于是等惠嫔、宜嫔赶来时，郭贵人已经被关押起来，而看管她的都是荣嫔的人。宜嫔屈膝在温妃面前告罪，说她没有看管好妹妹，而郭贵人和觉禅氏有旧仇众人皆知，想来也是为了这个缘故。温妃冷笑：“我这里平时连乌鸦都懒得飞过，难得这么热闹，我都不知该不该高兴。宜嫔你也不用告罪，又不是你扑倒了觉禅氏。”

可宜嫔却继续哭诉妹妹种种劣迹，不说亲妹妹做错事要替她圆满，竟还雪上加霜地揭露她的恶行，连过去欺负虐待觉禅氏的旧账也翻出来，说得温妃好不耐烦，终于喝令她闭嘴：“本宫又不怪你，自然有宗人府论断，你就不要再哭哭啼啼，烦不烦人？”

温妃更直接打发宜嫔离开，不让她在咸福宫待下去。又派人问生没生，来来回回几次都没结果，温妃苦笑说：“不如一起用晚膳，今晚可真热闹。”

可谁还有心思吃饭。惠嫔趁机将荣嫔拉到外头去说话，利字当头，两人说话都开门见山。惠嫔劝她：“皇上复宠宜嫔，她如今风头正劲，姐姐不如把人交给她看管。您何苦管这闲事，又没功劳。”

荣嫔却笑："人我看管着，人情可是要给你的。你和宜嫔相处，总要握些什么在手里吧，这件事你来处理最好。等会儿总要去上头回话，人是我看管，我再推你出来处理，到时候不管对太皇太后、皇上，还是对郭络罗氏，你把事情做得漂漂亮亮，两边都得益。觉禅氏又不是乌雅氏，只要孩子生下来，谁管她受不受委屈？若今日受伤的是德嫔，咱们可要掂量掂量了。"

惠嫔恍然大悟，荣嫔竟是在这里等着她。说好听了是让自己捏了宜嫔的把柄，其实她心里早就知道了什么，是来捏了自己的把柄，再假做好人，送顺水人情。

可事情已经到这份儿上，这份烫手的人情她不要也得要。宜嫔那边的事和她脱不了干系，她也知道荣嫔不会和自己翻脸交恶，一咬牙便应承："还请姐姐周全。"

殿门前岚琪正好出来，抬头就见她们在屋檐下说话。两人略有些尴尬，过来问怎么要走了，岚琪说是温妃让她去慈宁宫复命。荣、惠二人对视一眼，便说慈宁宫她们去回话，让岚琪留下。

"那……就有劳了。"岚琪怎知她们算计的事，不愿太勉强，又折回来。温妃已经坐在桌边吃饭，听说她不去了，便招呼："那就吃饭吧，不是说要生很久吗？别饿着了。"

岚琪坐下，宫人们来添碗筷。她满脑子都是刚才那一幕，想到惠嫔荣嫔说话的样子，心里有些乱，抬头见温妃却优哉游哉地吃着饭，忍不住问："娘娘，您真的不管吗？"

温妃指了指汤羹示意冬云盛汤，一面很不在意地问岚琪："要我管什么？管觉禅氏生孩子，还是郭贵人打伤她？"

岚琪无语。温妃则继续道："我不能替觉禅氏生孩子，而郭贵人的事，荣嫔她们不是在管了吗？我是富贵闲人，哪里懂这些门道。德嫔，你不饿？"

"臣妾在慈宁宫陪太皇太后进过一些，多谢娘娘。"岚琪客气这句，其他的话也没再说。温妃的态度再清楚不过，人家就是不管。

冬云捧了一盅汤过来，放在岚琪面前说："黄芪乌鸡炖的，德嫔娘娘多少进一些。"

温妃在一旁笑："请你来也不肯登门的，难得来了，喝一口汤总成吧。我们冬云的手艺不比环春差，你且尝尝。"说着亲自夹了一筷子瑶柱丝给她浸在汤里，心情甚好地说，"总算有人来陪我吃饭。我在宫里没事，就和冬云研究膳食，咸福宫里别的没有，胜过御膳房的菜肴不少。可惜对酌无人，我总是一个人吃，怪闷的。”

岚琪将那一筷子浸在汤里的瑶柱丝送入口中，香滑鲜嫩，唇齿留香，的确是精致又美味的菜肴。御膳房里做菜大多表面功夫，中看的未必好吃，不中看却好吃的又不能做。连玄烨都时常要来永和宫进膳，哪怕环春做一锅给胤祚吃的菜粥，他都觉得香。想来一则御膳房的菜不敢推陈出新，他二十年来早吃絮了。再者如温妃所说，对酌无人，一个人吃饭，总是无趣。

“你心里一定想，万岁爷时常来咸福宫，我和冬云弄这些好看好吃的，是为了留住万岁爷吧？”温妃自己喝完一盅汤，不知是不是身上不自在又不太舒服，竟毫无仪态地盘腿蜷缩在了椅子上，笑着说，“万岁爷不大来咸福宫进膳的，顶多偶尔消夜，吃点儿黄米粥喝一碗热奶，哪里见过我饭桌上吃什么。”

已有小宫女送来手炉，温妃皱眉头塞进了怀里，“哎哟”了一声说：“身上很不耐烦，想着觉禅氏千万别这几天生，结果她还是生了。”说着喊冬云，“去问问生了没？”

岚琪才知道温妃月信在身，怪不得宫里炖了乌鸡汤，想想咸福宫里的日子，温妃虽然一直嚷嚷着闷，可也过得有滋有味很精致。她静静地喝了几口汤，不多时冬云回来复命：“稳婆说还早呢，恐怕要到半夜了。”

温妃懒懒道：“那我去歇一歇，孩子要出来了再叫我。”她起身扶着腰，对岚琪歉意地一笑，“你自己坐坐吧，我实在坐不动，腰酸得很。”

岚琪离了座，目送着温妃慢悠悠往内殿去，留下一桌子菜，便有宫女来问她还用不用。冬云很快出来，客气地招呼岚琪到暖阁里坐等，一面替自家主子致歉：“娘娘她每月那几天都懒，德嫔娘娘不要见怪。”

“我不见怪，就是在想是该等觉禅常在生完回去，还是现在就走。”岚琪笑道，“我留下做不了什么。”

冬云却笑：“奴婢求您还是留下吧，温妃娘娘她不爱管别人的事。其实觉禅常在在这里住着跟没住一样，两人从没什么往来。只是到了外头在各宫娘娘面前，主子才显得她很照顾似的，平日里连一句话都不说，甚至几天不打照面。”

岚琪心想，这两人个性都强，估计一来二回觉得彼此都不适合亲近，这样安生相处没什么不好的。正想着时，有小宫女来找冬云，冬云听了微微蹙眉，转身对德嫔笑道：“娘娘能否移驾？主子说想请您去内殿说说话。”

岚琪满心想走，却又被温妃喊去说话。无奈进了内殿，瞧见她正歪在炕上，慵懒随意，完全不该是一个妃嫔对着外人该有的样子。人家却乐呵呵一笑，示意岚琪坐下。

“她们说你不吃饭了，我想把你撂在外头总不好，没有这样待客的道理，就请你进来说说话。你要吃茶吗？”温妃一边说着，将炕桌上的蜜饯果子推给她，“你随意些。”

可岚琪怎敢随意，已是坐着浑身都不舒服，又听温妃说：“正月里，你娘家有人进宫吗？”见她摇头，她继续道，“我娘家的人也不来，你猜为什么？”

“臣妾愚钝。”岚琪勉强说出这几个字。

温妃稍稍坐起来些，想要和岚琪更亲近似的，兴奋而得意地说：“阿灵阿被我坑害苦了，他们再也不能算计利用我在宫里做什么，大概往后连我是生是死也不会关心。除非落魄到了万不得已的地步，不然要当钮祜禄家没我这个女儿了，想想心里真痛快。”

岚琪听得心惊，温妃却是满面笑意。她永远那样让人猜不透，继续说道：“只因我再三言明他们还是纠缠不休，自去年起，不论什么事，他们一来找我，我就去找佟贵妃麻烦。佟贵妃每回都被我气得口出恶语，惹急了她自然就会惊动她家里人。一来二往的，钮祜禄家里打什么算盘，佟国维府上都听得见。气得阿灵阿都病了一场，实在活该。”

岚琪听得直发愣：“娘娘，您这样做……”

温妃却笑道：“姐姐嘱托你照顾我吧？她一定说了好些舍不得的话。三年了，我总算能为自己活了。不管外头的人怎么看我，我自己心里敞亮自由，算是圆了姐姐的遗憾和遗愿，也不辜负自己来世上一遭。”

岚琪听得动容，仿佛对温妃的芥蒂正渐渐消失，又听她说：“你也安心吧，不必背负我姐姐什么临终嘱托。入宫这些年，冷眼看着各色各样的人时起时落，什么都明白了。”

岚琪真是松了口气般，颔首道：“娘娘安好，皇后娘娘在天有灵一定欣慰。”

温妃悠悠一笑：“咸福宫似乎专养我这样的人。我和觉禅氏不大往来，可她才来时我问她这样搬来搬去累不累，她说无所谓，反正在宫里怎么折腾，也走不出紫禁城四面墙。虽然她这个人无趣极了，但这话有道理，我喜欢听。”

“是啊。”岚琪轻轻应了声。

方才冬云说温妃和觉禅氏不大往来，现在她自己也说不大往来，岚琪心里本不十分信，可看着温妃一刻不停地对自己说这么多话，更兴奋得双眼发亮，才真觉得她平时没什么人可以说话，这才一抓着自己就倾诉，想要把攒了许久的话都说出来似的，说得痛快了，整个人看起来都精神些。

可岚琪心里却有说不出的滋味，人家仿佛真心实意要和自己相处，可自己却拒人千里。平心而论，她委实不愿与温妃有什么往来，但温妃热情不减，这样子的人情世故，究竟该如何面对才好？

温妃不知眼前人心里想这些，依旧喋喋不休地将平日琐事当笑话一样说来。岚琪勉强附和着，一来一往也聊起来了，实在要词穷时，冬云总算来救场，说荣嫔和惠嫔从慈宁宫归来。

二人不久进了内殿，温妃让她们也坐，惠嫔却道："臣妾们不坐了，还要去宁寿宫复命。太皇太后将这件事交给太后娘娘做主，天越来越黑，不能耽误去宁寿宫。只因这里还等着觉禅常在分娩，一定要再来看看才好，娘娘辛苦了。"

温妃且笑道："我不辛苦，又不是我生孩子。不过你们去宁寿宫回话不必两个都去，我这里要和德嫔聊天，觉禅氏那里忙不过来，不如你们留下一个，替我照应着？"

惠嫔和荣嫔面面相觑。她们都是钮祜禄皇后那个年纪的，看着温妃就跟看小姑娘一样。果然人小心思也古怪，什么时候不能聊天闲话，非要这个节骨眼儿？再看看边上德嫔也是一脸无奈，荣嫔才答应："臣妾留下，郭贵人的事，由惠嫔周全就得了。"

如此惠嫔又匆匆离去，岚琪却不愿再"陪聊"，硬是跟着荣嫔说："我和姐姐过去瞧瞧。"之后不由分说地逃出内殿。荣嫔笑她："怎么了？弄得里头虎穴狼窝似的。"

岚琪苦笑："温妃娘娘太能说了，我实在跟不上。"

荣嫔见这个机会，也索性对她道："郭贵人的事，就让惠嫔去处理。牵扯着翊坤宫，她们亲姐妹都弄不好，我们插一手没意思。太皇太后都谈不上生气，就'随便'两个字，你说这么多年，老人家几时随便过？"

岚琪不言语，荣嫔又道："宜嫔那点儿心思，知道的人知道，不知道的人也不敢想。让惠嫔牵制着，对谁都好，你心里不要不自在。"

"我没什么不自在的，就想方才我若不走开，郭贵人还会不会扑出来？早知如此，我陪着觉禅氏走几步就好了。"岚琪叹息，"万一母子有什么闪失呢？"

"两处离得那么近，翊坤宫里的人稍微不留神，郭贵人就能出门。"荣嫔言有深意，冷声道，"就算是留神放她出来，也不奇怪。谁晓得你会打这里过，遇见你是她运气，若是没遇见你，被疯了的人拳打脚踢，一尸两命也未可知。"

岚琪身上打了个寒战，茫然地看着荣嫔，她则苦笑：“深宫里这样的事太寻常不过，谁叫觉禅氏长得那么美？”

“你们说什么话呢？”温妃朗朗一声打破了两人的尴尬，她竟然又追着岚琪出来了，嘴里抱怨着，“进去说话多好，外头那么冷。”正伸手要来拉岚琪，那边有宫女跑来说：“觉禅常在快生了，说是孩子脑袋已经出来了。”

三人赶紧到产房外等着，里头觉禅氏的呻吟声时高时低，荣嫔和岚琪都经历过生产的痛，也不觉得什么，温妃却被喊得心里直颤，竟转身拉着冬云就走。可她才走到正殿门前，婴儿啼哭声就从屋子里传出来，哭声震天。岚琪心想该是个儿子，果然就有宫女出来禀告：“觉禅常在生了个小阿哥，眼下母子平安。”

岚琪松口气，亦听见荣嫔极轻的似自言自语：“她总算有福。”

也是这会儿工夫，李公公从乾清宫过来，说之前有大臣在他走不开，皇帝已经知道了，派他来看一眼。来得正是时候，孩子比预想的落地早。李公公便要回去复命，荣嫔喊住他说了郭贵人的事，李公公意味深长地一笑：“觉禅常在既然母子平安，郭贵人那里……娘娘您说该怎么着呢？”

却只听得温妃喊：“荣嫔姐姐，你来帮帮我。她们要把孩子送我那儿去，怎么弄才好？”

如此这般，觉禅氏突然产子还没怎么乱，眼下要把新出生的婴儿送去温妃那里，她却急得手忙脚乱。直等荣嫔和乳母们像模像样把孩子都伺候好了，她才敢靠近摇篮，喃喃着：“这孩子就是八阿哥了吧，真好……姐姐一心想我为她生个孩子，可我也生不出来。”

岚琪和荣嫔对视一眼，双双告辞要走，温妃说她们走了孩子怎么办。两人把乳母和嬷嬷宫女推到她面前，硬是要离开。温妃却送到门前，仿佛依依不舍地对岚琪说：“八阿哥满月你来不来？”

直等走出咸福宫的门，岚琪才浑身一松。荣嫔也被温妃折腾得疲倦不已，要分开时，玩笑道：“温妃娘娘对你很亲近呢。”

岚琪坦白道：“还是那年皇后临终前相处的情分，可我不敢高攀。”

荣嫔却笑：“为什么不高攀？在这宫里独善其身很难，非要和人撇清关系，反变成了木秀于林。你念过书，知道后半句是什么吧？”

岚琪颔首不语，荣嫔也没再多说什么。等她疲倦地回到永和宫，累得歪在炕上一动不动，明明已经耳根清净了，温妃的话语却还缭绕不散似的，心里便更加笃定不要和咸福宫往来。至于荣嫔说的什么木秀于林，她乌雅岚琪从那年元宵夜进乾清宫起，几时不秀于林?

歪了小半个时辰，起身想喊环春准备沐浴，香月却端进来一碗药，笑着说：“环春姐姐在准备了，让奴婢先送药来。”

“什么药? ”岚琪闻着味道不坏。香月放下来，她凑上去闻了闻，是枣香蜜香。又听香月说：“您打盹儿那会儿，李公公领着太医院的人来了，说万岁爷让开了安神静气的汤药。说您今晚受惊受累，让吃了药早些睡，明儿也不要出门，在家里静养两天，外头的事不必管。这药太医说是甜的，奴婢要尝尝，环春姐姐不让。”

“那你尝尝，若是甜的我才喝。”岚琪还真把药推给香月。小丫头嬉笑：“被环春姐姐知道，又该骂奴婢了。主子您赶紧喝，那边热水都准备好了。”

岚琪皱眉把药喝下，虽说是甜的，但终归还是药。才擦了嘴起身准备去洗澡，宫门前突然一阵喧嚣，永和宫的门轰隆隆就关上了。门前小太监跑来，说宫门口有侍卫守着，让关门落锁不得随意打开。

“出什么事了? ”岚琪心里发紧，下意识地就往胤祚的屋子去。小太监跟着说：“侍卫大哥也不说，奴才瞧见承乾宫门前也有人守着，怕是宫里有什么人在流窜，逮住前侍卫们估计不会走。”

“难道是郭贵人? ”心里头冒出这个念头，岚琪不由自主地发抖，方才瞧见那个疯女人就十分可怕，可荣嫔的人不是把她关押住了吗，怎么会跑出来?

但不论岚琪怎么想象，她坐在永和宫里也不能知道外头的事。这样大的动静，各宫各院都被侍卫把守着，直等过了两个时辰才撤防，可外头究竟发生了什么谁也不知道。侍卫虽然撤了，宁寿宫却有旨意晓谕六宫：今晚谁也不得再出门，一切事等明天再议。岚琪一直抱着胤祚，说今晚要守着儿子过。

此刻乾清宫门前，一乘软轿悄无声息地停下。惠嫔被接来，进门时就瞧见数个侍卫总管出来。他们避让到一旁让惠嫔先行，太监引着惠嫔一直到书房里。夜色深深，皇帝坐在桌案后头，烛光在他面上摇曳。惠嫔屈膝行礼，只听皇帝沉沉的声音说：“翊坤宫的事，你心里都明白吧。”

惠嫔浑身一紧，咬牙道：“臣妾……不明白皇上的意思。”

“朕知道你心里明白。”玄烨端坐在桌案后，看不出喜怒，甚至都没有看地上的人。他静静地说着，“太后不杀生，这件事要你来处决。朕给你一个人情，从今往后，你替朕看着翊坤宫。”

“皇上……”

“你是最聪明的人，朕什么意思不需要解释。”玄烨随意地翻过一本折子，一手提笔蘸墨，不知批写了什么，口中则慢悠悠地说，“朕对大阿哥期望很高，你是她的亲额娘，不要做让他背负罪孽的事。可你既然已经伸出手，朕不能当作什么都没发生过。那就将功赎罪，往后在后宫里，你只能做朕让你做的事。如果无法与朕有默契，大阿哥就没有人保护了，十几年后他才成人，你放心吗？”

“臣妾……不明白皇上的意思。”惠嫔死死咬着这句话。殿内静了须臾，之后轻轻一声折子被合起来的声响，玄烨离了座，托起桌案上的白烛，一步步走过来。惠嫔所跪之处越来越亮，玄烨伸手搀扶她起身，橘色的烛光照在她脸上，也掩盖不住原有的苍白。

惠嫔终究是害怕的，她被玄烨拽着的胳膊，也瑟瑟发抖着，仿佛用尽最后的勇气说了声：“皇上，臣妾做错什么了吗？”

玄烨摊开她的手，把烛台塞给她拿着，自己负手往后退了两步道：“朕也不知道你算不算做错了什么。现在这些事，还有之前的事，朕早几年就有所预料。但一切来得太快，猝不及防就全都到了眼前。你呢，你怎么想？”

问话下，只看到惠嫔用力地摇头。她今晚从宁寿宫退出后，就回自己的殿阁去了。郭贵人毕竟是宫嫔，在没有定罪和明确的惩罚之下，还是把她送回了翊坤宫。算是给宜嫔一个人情，让她自己看管好。但人却突然逃出来，更把翊坤宫一个宫女刺成重伤。得知这个疯疯癫癫的女人带着凶器在宫内流窜，大内侍卫紧急调动，月黑风高下排查了近两个时辰，才把郭贵人从角落里找出来。彼时人已经神志不清，手里握着的刀刃割伤了自己的手也不知道。

宫内人心惶惶，惠嫔也没有睡，正满心惦记着儿子在阿哥所里会不会受到惊吓时，乾清宫却突然来人接她。她当然知道皇帝不可能是接自己去共度良宵，惴惴不安地一路来，果然还是说了这些看似莫名其妙，但她真的每一句都明白的话。

“那拉氏丧子后疯疯癫癫，本该在宫内静养，却悄无声息地随驾去了玉泉山。你和宜嫔两人究竟谁是主谋谁是胁从，朕已经不想再追究，毕竟没有伤害什么人，而该死的人也被老天收拾了。但从今往后，朕把宜嫔交给你了。她若有出格的事，朕会连同你一起问责。”玄烨在一旁坐下，淡定地看着托着烛台的惠嫔，“你和荣嫔、端嫔她们，都是早年随朕过来的人，哪怕你比她们晚几年，最辛苦的那段日子你也在，这份旧情朕不会忘。那时候就想，来日真正君临天下时，要给你们荣耀和奖赏。可当朕能给你们这一切时，你们却给了朕怎样一个家？”

“皇上……”

“聪明反被聪明误，你就是太聪明，自以为面面俱到，自以为别人看不透。其实那些在你眼里蠢笨的人，人家不过是不在乎，不过是装愚，其实早把你看得透透彻彻，看着你自鸣得意的时候，都在背地里偷笑呢。”玄烨的语气越来越严肃，似有很大的失望，又言，“朕不能看着你再一步步走错，你毕竟是胤禔的亲额娘。太子已经没了生母，皇长子不能再失去生母，更不能为母亲背负罪孽。”

惠嫔惊愕地看着皇帝，可他坐在黑暗里，她手里捧着明晃晃的蜡烛，根本瞧不清皇帝此刻脸上什么神情，而皇帝却能把自己情绪里的一切细枝末节都看在眼里。

“这样的话，朕不会对你说第二次，而你也不要记恨朕。朕若真的不珍惜你不念旧情，也不会有今晚这一番话。”玄烨起身，过来又伸手拿回她手里的烛台，“你回去吧，该说的朕都说清楚了。郭贵人该如何了结，你协助太后做主，太后不杀生。”

玄烨背过身走向桌案，惠嫔又在身后喊了他一声。他淡然未予理会径自坐了回去，惠嫔杵在跟前不动，玄烨也不说话。良久皇帝翻过两本折子，惠嫔才终于挪动身子，一步步沉甸甸地走向门外。快要跨过门槛时，突然听皇帝在背后说：“西六宫空置的殿阁你自己选一处，另为荣嫔再选一处东六宫的地方，择日朕就让你们迁进去。一直没让你们迁入东西六宫，是朕疏忽了。你自己择一处喜欢的地方，知会内务府就好。”

惠嫔扶着门，一脚已经跨出了门槛。皇帝说这句话时，她本该谢恩才对，却僵滞了良久不动。直到门前小太监来问她走不走，这才无声无息地离开了。

宫门前值夜的梁公公恭恭敬敬地搀扶惠嫔上了软轿，看着轿子没入黑夜里后，才急匆匆转回书房，复命说惠嫔已经离开。玄烨撂下了手里的东西，起身吩咐着：“你派人去慈宁宫瞧瞧皇祖母是否受了惊吓，朕去永和宫。”

梁公公麻利地去准备，引着御驾一路往永和宫去。可就在将近时，玄烨突然唤他过去，说道：“在承乾宫门前停下，朕去承乾宫。”

“万岁爷？”梁公公疑惑，但不敢多问，转身跑到前头让停在承乾宫门前。承乾宫也和其他各处一样大门紧闭牢牢上锁，好半天才敲开门。里头的人听说皇帝到了，都吓得不轻。等玄烨进门时，佟贵妃却是从边上胤禛寝殿里出来，身上兜着氅衣，睡眼惺忪地问：“这么晚了，皇上来做什么？”

玄烨笑道：“你倒睡得极好，朕还惦记你会不会害怕，方才的事可惊扰你了？胤禛呢，有没有吓着？”

“什么事？”佟贵妃一脸茫然，扶着玄烨进门，才听青莲解释说关门落锁的事。原来她陪着胤禛玩耍后娘儿俩窝在一块儿就睡过去了，那会儿的事青莲见主子睡着了就没敢惊动，自己领着宫女太监看守门户。加之外头还有侍卫把守，觉得没必要喊醒贵妃。

玄烨说青莲做得对，佟贵妃却骂她：“往后你一定要叫醒我，我身边有胤禛呢，万一有点儿什么事，谁护着他？”

“你大惊小怪的，宫里能有什么事？”玄烨有些疲倦，贵妃便唤人预备洗漱，忙忙碌碌人都退下时，贵妃才一个激灵，问玄烨：“皇上是担心臣妾才来的？”

玄烨已然有了睡意，蒙蒙眬眬地说：“怎么了？”

佟贵妃躺在玄烨身边，给他好好盖上被子，欣喜地说：“臣妾觉得稀奇，臣妾觉得您该更担心德嫔才是。”

“朕知道你会怕，才担心你。她胆子大不会怕，所以朕不担心。”玄烨懒懒地又不怎么客气地说着，翻身说要睡了，佟贵妃却娇滴滴伏在他身上问：“那臣妾可不可以认为，在皇上心里，臣妾更重要些？”

可询问之下没有得到回答，反而是皇帝疲倦的鼾声微微响起。佟贵妃自己是一觉睡醒的并不觉得困，又给玄烨掖了掖被子，自言自语哼哼着：“我可当真啦？”之后躺下好半天也睡不着，依旧猜想着玄烨到底为什么会来看她而不是去永和宫。虽然想到皇帝这么做可能是为了安抚自己，是为了体现她贵妃的尊贵，可哪怕只这么一次能想到她，她也觉得很满足。

她翻身从背后贴上玄烨的身体，呢喃着：“表哥，你对我好，我也知道。”

折腾一夜，天明时皇帝直接从承乾宫赶去御门听政。各宫的门禁也撤了，太后定了时辰让众人去宁寿宫商议这件事。贵妃最尊，当然不能免，可她还不怎么明白昨晚到底出了什么事。早晨侍奉玄烨穿戴衣裳时，皇帝叮嘱她：“你就一句话也别说，去宁寿宫喝茶便是了。”

如此她领着胤禛来，先于宁寿宫见了太后，见太后抱着四阿哥哄时，她就说：“皇上让臣妾不要插手，一会儿臣妾不说话，您可别怪臣妾。”

太后也知道昨晚皇帝深夜去了承乾宫，听她这样说，只无奈地一叹：“罢了，莫说你不想管，我也不想管。”

上至佟贵妃，下至常在答应今日都齐聚宁寿宫。原是太皇太后昨晚派人来知会太后，说就从这件事开始，她也要学着如何在这宫里当家做主。老人家虽然没有明说，但太后也明白，她跟在婆婆身后，像模像样做了二十年太后，其实正经事一件也没做过。不论是从前做皇后时，还是如今当太后，最动荡的岁月她都没出面说过半句话，更不要说眼下太平盛世。

可太皇太后年事已高，总有一日要驾鹤西去，到时候宫里就剩下她这个太后。如今太皇太后在做主的事，将来全会落在她身上。太后也不年轻了，再从头学起来，委实有些吃力，而一上来，就是这样棘手的一件事。

六宫齐聚，这些年宁寿宫里除了接见有头脸的妃嫔晨昏定省外，还头一回聚集这么齐的人。太后孤坐上首心里很不镇定，莫名想起当年初进紫禁城，成为先帝的继后，在坤宁宫内接受妃嫔朝拜时的光景。几十年过去了，她竟然已经记不得那些女人的容颜，就连董鄂氏美丽的样貌也记不清了。

“太后娘娘，您若不说事儿，臣妾可要给姐妹们派福袋啦。”温妃突然开口，提醒发呆的太后。她带着冬云拎了一篮子福袋来，说是庆祝八阿哥降生。福袋里鸡蛋花生糖果蜜枣都有，讨个口彩图吉祥。刚才进门就发了会儿，太后突然临驾，才停的。

太后叹了叹：“还没恭喜你得了八阿哥呢，一会儿让人给你送赏赐去。那个觉禅氏也辛苦了，瞧瞧今天，就她一人没来。一会儿我说的话，你回去告诉她就成了。”

温妃笑盈盈地问：“您要讲什么？”

“娘娘，太后娘娘要说郭贵人的事。”一旁惠嫔突然开口，不知她是否整夜没睡，眼下青黑一片，眸子里也充满了血丝。温妃冷不防看一眼，惊讶道，“瞧把你累的，跟昨儿见的完全两个人了。”

惠嫔苦笑一下没说话，起身到了太后跟前说：“臣妾已命太医查过，郭贵人是得了癔症。这病也不知打从哪儿起的，若追根溯源，大概是旧年觉禅常在离开翊坤宫时，皇上因见她凌虐宫嫔而恼怒下旨禁足，估摸着她一口气不顺，憋出病来了。眼下觉禅氏母子平安，皇上又喜得皇子，总算有惊无险。但郭贵人的事儿若传出去，却是万岁爷的不是，外头的人不知要怎么传说，宜嫔妹妹娘家也不好交代。臣妾以为这件事，以太后仁慈之名饶恕她，让她继续养病思过，兴许能有好的一天。您说呢？”

太后不杀生，昨晚玄烨也屡次提醒惠嫔，眼下她这番话正中太后的心意，太后连声道：“既是癔症，也不好怪她，是个可怜人，就拘在宫里养病吧。”但又道，“宜嫔，皇上时常去翊坤宫，你看放在你那里，是不是不大好？”

宜嫔起身，可不及她开口，惠嫔已先道：“她们是亲姐妹，先不说方便与否，若是此刻把郭贵人送去别处，旁人倒要说宜嫔妹妹冷血无情，放着亲妹妹也不照顾。”

“惠姐姐？”宜嫔茫然地看着惠嫔，怎么事情不顺着原先说好的做了？可看见惠嫔定神看她，心下明白此刻不宜争辩，忙跟着附和，“这样最好，还是惠姐姐想得周到。太后放心，臣妾会好好照拂妹妹。昨晚的事千错万错都是臣妾的错，若早知道她精神不大好，就该多留神才是。”

“明明那天瞧见就很不好了……”边上安贵人突然开口，却被惠嫔厉声呵斥：“安贵人精神也不好吗？太医就在外头候旨，要不要叫进来你看看？”

她这一厉害，边上佟贵妃看不下去，冷幽幽地说：“惠嫔娘娘昨晚一定没睡好吧，这火气大的，太后在此，你厉害给谁看？”

殿内气氛急转直下，太后干坐在上头浑身都不自在，想着若太皇太后西归瑶池她就要接手这么些烦心事，才明白从前还未抚养胤祺的日子并不凄凉冷清，而是再好不过的安逸了。此刻不得不干咳一声，悠悠开口说：“昨晚的事知道的人藏在心里，不知道的也不许再打听，今日让你们来，也是有几句话要交代。”

众妃嫔纷纷起身屈膝，听太后训示。太后看着乌泱泱跪了一地的人，个个儿都扬着脑袋看她，心里不禁颤了颤。这一张张脸里头，哪个女人将来会坐她的位置？她不敢胡思乱想，定了定心神说：“郭贵人虽是癔症，但也源于她本性暴虐。当今圣上以仁孝治国，岂能容后宫有凌虐之事？即日起，你们要互相督促，不论位分高低，但凡有虐待妃嫔，以及虐待宫女太监之事，都可来宁寿宫告诉我。这不是告黑状背后使绊子，是为了后宫祥和，为了不给皇上添麻烦。你们之间，固然有尊卑高下，但都是伺候皇上的人，何必吃醋拈酸明争暗斗？诸如此类，也必然为宁寿宫所不容。平日里我不理事，不要以为我就好哄骗。”

众人纷纷应诺，誓言谨记太后教诲。太后见她们都低下了头，才浑身一松，而后看了看自己的近侍，会意了她的提醒，才又道：“你们都是好的，我知道，今日不过是提个醒，既然都明白，就散了吧。”太后说着起身，佟贵妃和温妃忙上前来搀扶，径直将太后送回内殿。太后心神未定，不要她们相伴，两人很快就退出来。

才走到门外，温妃变戏法似的从怀里掏出一只福袋递给贵妃，笑着说：“娘娘，臣妾也有儿子了，您沾沾福气吗？”

佟贵妃不屑地接过福袋瞧了瞧，冲她哼笑：“咱们半斤对八两，有什么可沾福气的？八阿哥的生母，能和四阿哥的比？你在得意什么？”说着又把福袋塞还给她，转身就走了。

温妃却赶了几步走上来，硬是把福袋又塞给贵妃，满面笑悠悠的："娘娘，太后才要我们和睦相处呢，刚才您也起誓了，可不能食言哪。"

两人已走到外头，许多双眼睛瞧着，贵妃也不好发作，不情不愿地拿走了福袋，让人去五阿哥屋子里领走胤禛，大摇大摆从妃嫔中间穿过。而温妃却领着冬云四处送福袋，浑身喜气洋洋，和眼下光景很不相称。众人无可奈何地勉强笑着恭喜她，只等温妃也离了众人才敢散开。

惠嫔和宜嫔一溜烟地就走了，岚琪跟在端嫔、荣嫔身后。几人出来时，却听见前头走远的几位常在答应在说笑，隐约听见说什么皇帝昨晚去了贵妃的承乾宫之类。岚琪猜想是在说她的是非，受惊一夜心情本就不好，多听多生气，转身朝另一处走了。

布贵人和戴佳氏跟过去，这边荣嫔和端嫔还未走，两边瞧了瞧，端嫔道："她若是真生气，倒有些得意忘形了。昨晚那样的情形，哪个在宫里不怕，皇上若去她那里，贵妃今天一定没好脸色，皇上也是为了大家好啊。"

荣嫔却道："她怎么会吃这种干醋，皇上日后也必定会去安抚她，咱们瞎操心的。"更拉了拉端嫔的手道，"咱们姐妹赌一把如何？"

端嫔笑："赌什么？"

"赌一赌郭贵人的小命，还能活几天。"

第八章

赐死郭贵人

端嫔听了心头一惊，忙拉着荣嫔走远些，嗔怪她："在宁寿宫门前你也敢说这些话，太后听见了可不得了。"

荣嫔也知失了分寸，但又不甚在意地浅笑："虽说不得，可太后菩萨心肠，只怕听见了也不会怪罪。你看郭贵人这样子，不过一句癔症就打发了。依我看，她就是瞧着惠嫔出面来管，索性就推得干净。可太皇太后也有算计，总想着将来宫里只有太后，是该开始让太后出面管事。就怕我们太后娘娘，要做一辈子富贵闲人，真不知将来，这宫里哪个女人能真正说了算。"

"总不会是你我。"端嫔劝她，"你心里要明白，咱们是争不过的。"

荣嫔连连点头："你放心，并非我变了心或要走岔道，哪怕算计什么人，我也不会害人性命，我就不怕造孽吗？不过是想着自己出身寒微，不愿胤祉将来被人耻笑，子以母贵，我得为他在这个宫里挣一分脸面才好。"

说起来了，荣嫔又道："一清早还没出门，内务府就来人了，说皇上让我在东六宫空置的殿阁里选一处迁入。这么些年了突然提这件事，我就想总该有缘故吧。一问才晓得另还有惠嫔的事，皇上让她在西六宫选一处居住。"

端嫔喜道："这可是好事。当日我先于你进了钟粹宫，虽是有缘故的，但心里总还不踏实，瞧着你和惠嫔都还未入主东西六宫，我倒先在钟粹宫正经做起主子，这下好了。"

荣嫔却叹气："是喜事，可昨晚半夜皇上找惠嫔去乾清宫你可知道？大半夜的能说什么？你瞧她今天熬得乌眼圈儿，我猜想并不是什么好事。皇上眼睛那么毒，一定看得比我们还透彻。所以这一次迁居，我心有戚戚焉，若是真正为了高兴的事赏我该多好。"

端嫔劝她不要多想，两人回钟粹宫要路过景阳宫，立在门前瞧了瞧，端嫔笑道："就这里吧，住得近往后走动也方便。"

说话时，瞧见布贵人和戴佳氏从前头回来。她们本是跟着德嫔走的，不免问为何又回来了。布贵人笑道：“都到了门前，戴妹妹硬是把我拉开，说瞧着德嫔心情不大好，我们去了她要陪坐反而尴尬。闲话几时都能说，让她静一静，这就回来了。”

荣嫔笑道：“妹妹倒是玲珑心，方才见你们跟上去，我不好喊出声。德嫔昨晚也被郭络罗氏吓着了，让她静静才好。”又笑着告诉两人，她以后要搬来景阳宫了。一时都高兴，更结伴进去逛了逛，预备等荣嫔乔迁之喜，来讨一杯酒喝。

而前头永和宫里，岚琪回来后就独自一人闷在屋子里。昨晚抱着胤祚一夜没睡好，早晨迷迷糊糊醒来就听说太后宣召，紧赶慢赶地到了宁寿宫，听了那样一些话，才晓得昨晚是郭贵人刺伤了宫女，带着凶器在六宫流窜，大半夜捉迷藏似的找了半天才找出来。心里想想就害怕，这要是闯入什么地方再伤了什么人，如何是好？

而方才那几个常在答应的话，也让她心里不自在。她明白玄烨去了承乾宫而不来瞧她，必然是不得不这样做，只是她受够了稍有点儿什么事就被人拿来比较、取笑。一直表现得不计较，那是做给别人看的，自己心里哪能真的就不在乎呢？心想是不是自己真的太好性儿了，才被她们轻视，当玩笑挂在嘴边。并非她如今成了德嫔娘娘，才觉得高人一等容不得别人闲言碎语，而是想着孩子们往后渐渐大了，他们若听见，会怎么想？

“下回再让我听见……”岚琪自言自语，想发狠许个愿，可还是心头一软，觉得何必呢，何必为了几句话与人争得面红耳赤。

正矛盾时，环春悄然进来。起先是知道她在生气要静一静才没来打扰，但这会儿有太医到了，不得不进来请脉。自那年主子怀着六阿哥却不知道，险些闯祸后，太皇太后就命令太医院隔天就要来给她请脉。一来六阿哥难产她需要调理身体，二来防着侍寝后有了身孕不知道，请脉的结果都要呈报慈宁宫，所以才不敢耽搁。

岚琪也不推托，不愿为难太医，待老规矩一套折腾好，太医说她有些心火，让静养两天。要走时，岚琪却留下他问：“您可知道，一个人若要得癔症，是怎么来的吗？”

太医微微皱眉，会意德嫔是在乎郭贵人的事，心里掂量了几下，便躬身道：“臣所长千金妇科，对于癔症并无太多研究，仅略知皮毛。臣以为，癔症常有两种，一者先天遗传，生来就有，二者后天肝气郁结、气滞血瘀，长年累月精神萎靡，亦可致疯癫。”

岚琪颔首，想了想又问："那所谓肝气郁结之类，也是因病而起吗？"

太医笑道："娘娘，这是个循环。如妇科中崩漏，肝不藏血致崩漏，血亏则又损肝，损肝必致肝不藏血，是循环往复的症状。"

这几句岚琪就听不大懂了，到底还是定下心直白地问："其实我是想知道，像郭贵人这样的癔症，是不是吃错药或者吃了不该吃的药，也会引起来？"

绕了一大圈子，太医还是不得不苦笑："臣不敢胡言，毕竟郭贵人此前不曾召太医问诊看病。但若是旁人，因为吃错药或吃了不该吃的药导致疯癫，据说也是有的。"

岚琪点头，心想你早说呢。让环春赏了银子打发走，回头就抱怨："这些老太医，说话滴水不漏的，难道我要害他不成？说了这么一通话，我又不要学医。"

环春只笑："奴婢听着也晕，可又觉得好笑。再想想，其实这也是说话的门道。这些老太医那么多年在宫里见过那么多人，又是伺候最难伺候的上头几位，肚子里没几根应付人的花花肠子可怎么成？奴婢觉得您不学医，学学他们绕弯儿的门道也好。您瞧那些话，非得您明白问了，他才含糊其辞告诉您。万一有什么事儿，就是您问的，可不是他上赶着告诉您的。"

岚琪却啧啧道："自来了永和宫，你手底下人多了，更比从前厉害些。这些话若叫皇上听见，也一定夸你能干。"

可这样的话说着，提起了玄烨，岚琪的心情顿时又不大好。昨晚她吓得抱着胤祚一夜，那会儿真希望皇帝能来，也终于明白了深宫女人幽怨的悲哀。早晨起来听说圣驾去了承乾宫，心里更是一阵阵地酸。说到底，她也是个凡夫俗子，是个满心盼丈夫宠爱，再庸俗不过的小女人罢了。

见环春收拾送人的东西，岚琪问她做什么用，环春讶异："温妃娘娘得了八阿哥，您要送礼贺喜呀。还有觉禅常在，总要有情面上的往来，您老早就嘱咐奴婢准备的。"

说起来这一通闹腾，竟把八阿哥出生的喜庆都冲淡了。所有人都等着看翊坤宫姐妹俩会有什么结果，反而咸福宫里什么光景，却无人在意了。饶是温妃娘娘一清早各处送福袋，大家也随手一放又都忘了。

正好胤祚被抱来，岚琪和他一起拆开红彤彤的锦缎袋子，里头各色小东西和吃食。胤祚当玩具似的撒开，自己闷头玩了会儿，就来撒娇，扒拉着岚琪哼哼，口齿不清地说着话。岚琪哄他："是想哥哥了吗？"

正月里各宫你来我往地宴请，孩子们时常一起玩耍热闹惯了，这会儿胤祚一人，难免耐不住寂寞，又不大会说，只管咿咿呀呀缠着岚琪，缠久了得不到满足，便大哭大闹。岚琪本来还想自己再静会儿生生气的，被儿子一纠缠，一上午尽围着他转悠。

午膳原没什么胃口，结果乾清宫和御膳房的人却来了，说皇帝的午膳要摆在永和宫。环春领着宫女去张罗，岚琪却抱着儿子立在殿门口，时不时环春从她面前走过，她就嘀咕一句："你再去问问，是不是该去承乾宫的，搞错了？"

"您就口是心非，一会儿您见了万岁爷自己问去。"环春被她说得不耐烦，更指一指乾清宫和御膳房的人说，"人家听见了可不好。"

岚琪不服气，抱着胤祚回内殿，在炕上陪着儿子玩耍。直等听得外头通报皇帝驾到，她心头先是一喜，脸上都有笑容了，可不知哪里不对劲儿，愣是没挪动身子，抱着儿子一头歪下去装睡。

可胤祚怎么会配合，突然见额娘躺下去睡了，反而乐呵呵爬上来捧着岚琪的脸又揉又掐，更伸手去拽她的耳坠。岚琪吃痛叫出声，玄烨正好进来也吓了一跳。走近看，只见做娘的捂着一边脸满面痛苦，小娃娃不知所谓地坐着哇哇大哭。玄烨苦笑："你们一大一小，朕先哄哪个好？"

但嘴里说着话，手已伸过来拉开岚琪的手。瞧见她脸颊下一道划痕微肿，耳垂泛红，猜想是被儿子弄伤的。先小心翼翼给她摘了耳坠，查看了没有破皮出血，才轻轻出口气说："笨死了，跟儿子玩儿都会弄伤自己。"

岚琪则被他在耳后一口气吹得心扑扑直跳，旋即更被揽入怀里，玄烨竟像模像样地指着儿子教训："你欺负额娘还有脸哭？"

胤祚已经能分辨凶和温柔，这一下更是委屈得哭得撕心裂肺，惊得乳母忍不住过来劝说，硬着头皮把六阿哥抱走了。儿子的哭声越来越轻，岚琪却引颈望着窗外，似喃喃自语："他听懂没？"

玄烨笑："往后总会懂的，孩子们若敢不孝顺你，朕不饶他们。"

岚琪这才急了："皇上别瞎说，孩子们都是最好的。"扭回身与他四目相对，见了面心里的委屈瞬时就淡了，见玄烨如此温柔地看着自己，大手轻轻摸着自己脸颊边被划伤的地方满面心疼，她也忍不住撒娇，伏进他怀里说，"皇上，臣妾昨晚吓得睡不着，抱了胤祚一整晚，早晨起来手都麻了。"

玄烨蹙眉，昨夜他敷衍贵妃，说岚琪不会怕所以根本不担心，实则很不放心。此刻再听她这样说，才后悔突然改变主意，其实他不顾忌又如何呢？想到此便忍不住心疼道："朕没在你身边，你别生气，往后朕不再顾忌那么多了。"

岚琪晃晃脑袋："不是要您来，就是想这会儿撒个娇。您是该去贵妃娘娘那儿的，又或者是太皇太后，还有太后和太子那里，只要皇上记得隔几天来永和宫哄哄臣妾就好。"

玄烨欣然："你还真不客气。"

说着拉她起来，说是饿了，而外头已铺张地摆了御膳。平日玄烨来用膳并不这样，可今天似乎故意大张旗鼓地来，仿佛是要做给别人看。岚琪不敢去点穿这里头的门道，陪着一起用膳。两人也不提咸福宫或翊坤宫的事，而是说过几日御驾赴昌瑞山，她要明后日去乾清宫打点玄烨出行要带的东西。

"朕要去大半个月，真想带你同行。"玄烨胃口不坏，提起这些事，心情甚好，"不过此行也算了了一件大事，两位皇后的陵寝得以最终入陵，朕对她们身后也算尽心了。"

"臣妾也想随行伺候，但这不合乎规矩。"岚琪笑着站起来给他盛汤，"往后皇上出巡，可一定要带着臣妾，你答应过的，臣妾可一年一年盼着。"

"自然要带你去，若能奉皇祖母更好。"玄烨道，"不过皇祖母对江南水乡不感兴趣，皇祖母最大的心愿，想来还是回一趟科尔沁。可她年事已高，实在是不行了，朕也有遗憾。"

"皇上不如请科尔沁的人来瞧瞧太皇太后？虽然每月都送东西来，但总及不让人来，那里都是太皇太后的骨肉血亲呢。"岚琪算了算日子，"臣妾多嘴，现在您下旨，赶在大热天前就能到了。在京城度夏，再赶在冬天前回去。"

玄烨点头："依你的主意，不过此前还有一事要做。"

岚琪端汤过来，"什么事？"

玄烨清冷地说："赐死郭络罗氏。"

岚琪手里一晃，汤碗不及稳稳地放下，就落到桌上全洒了。

"烫着没有？"玄烨抓了岚琪的手就离开桌子，边上宫女太监赶紧过来收拾。玄烨翻开岚琪的手看，见纤纤玉指完好无损，才舒口气，轻轻一拍她的额头，"毛手毛脚的，往后这些事，让环春她们做，你坐着吃饭就成了。"

"皇上。"岚琪却看着他，平日若在人前打情骂俏她还会羞赧，今天却完全顾不得这些，直直地看着玄烨，轻声问他，"您刚才说什么？"

"说什么？说要赐死郭贵人。"玄烨随口重复，索性饭也不吃了，拉着她往里头走。岚琪几乎被拽着走进去，到里头安静的地方，眼前的人才立定回身，云淡风轻地笑着问她，"怎么了？"

"郭贵人她……"岚琪想说罪不至死，想为那一条性命争取生的可能，但一想起那拉贵人拿剪刀刺向自己，一想起摇篮里胤禛发青的脸色，她又说不出口了。

玄烨拉着她坐下，低下头含笑看她紧绷的脸：“笑一笑啊，朕不喜欢看你皱眉头。怎么了，和你不相干的人，罪有应得，你犯什么愁？”

岚琪别过脸：“是不相干，可臣妾笑不出来，皇上不要生气。”

玄烨笑：“朕怎么会生气？”

“可是臣妾今早听太后娘娘说，只让她禁足静养，说是癔症，不宜定罪。”岚琪还是说出口了，“皇上现在说要赐死她，已经下旨了吗？”

“没有下旨，但朕昨晚已会意惠嫔。她若听不明白朕的话，或者假装听不懂，郭贵人就不用死，朕并没有明说。”玄烨脱了靴子盘膝坐上来，将胤祚的玩具一件件收拾到炕桌上，若无其事地摆弄着，“朕的本意是赐死，但生死大权在惠嫔手上，朕会看她如何处理。自然郭络罗氏的生死，并不重要。”

岚琪背对着他没动，若是往日，早就跟上来腻歪着了，今天却似定在那儿，一言不发，只听着身后人说话。

玄烨的声音不疾不徐：“宫里这样的事，在所难免。妃嫔越来越多，皇子公主越来越多，朕或有顾不过来时。将来若再出这样那样的事，虽有律法衡量犯罪的轻重予以处罚，但紫禁城里总有些不同。律法固然重，可宫廷里，更有宫廷的活法。”

“皇上不是来用膳的，是要来告诉臣妾这些话，对不对？”岚琪的身子颤了颤。

“朕来告诉你，好过将来旁人来告诉你。”玄烨伸手搭在她的肩膀上，轻轻将她转过来，“也许有一天，惠嫔今天做的事，你也会做。”

这一句话说完，不等玄烨拉她，岚琪自己就转回来，急急地说：“臣妾不会做那样的事，臣妾一辈子都不会做背叛您，或者让您烦心伤心的事。”

玄烨笑：“你在说什么，朕是说总有一天，你也会做惠嫔今日奉命处置郭络罗氏的事。什么背叛朕，什么让朕伤心？就凭你，乌雅岚琪？”

看着皇帝满面笑意，岚琪有点儿转不过来，旋即被玄烨双手捧住脸揉搓：“笨死了笨死了，朕说了半天话，你听到哪儿去了，你到底听了什么？”

岚琪挣扎着躲开他的手，皱着眉头说：“臣妾说正经的，这么严肃要紧的事，您怎么能笑得出来？”

“朕只会为了珍惜的人喜怒，你好了朕就高兴，你不好朕才会生气。郭络罗氏那样的人，朕不屑费精神。”玄烨说着，拉过岚琪看看她的耳朵。已经不似刚来时那样发红了，轻轻一揉，将桌上摘下的耳坠又给她戴上，倏地更亲了一口，问她，“好好回答朕，刚才那些话，你可听明白了？如果将来再有第二个郭络罗氏，朕可授命于你？”

“臣妾愿意，可若做得不好怎么办？”岚琪一边点头，脑袋就要垂到胸下去了，嗫嚅着，“跟着太皇太后和苏麻喇嬷嬷听了太多从前的故事，甚至还有孝康皇后的事。可听着与亲身经历真是不一样，臣妾昨晚害怕极了，而刚才听您说要赐死郭贵人，也一样被吓到，毕竟那是一条人命。”

“可昨晚她若弄伤了觉禅氏，害得一尸两命，觉禅氏和八阿哥的命呢？”玄烨不屑地说，“朕不是在乎觉禅氏的性命，而是如你所说，那是一条人命。但觉禅氏和八阿哥是无辜的，而郭络罗氏罪有应得。她若死，杀她的人不是朕，是……”

话突然停下，玄烨叹了口气似的。岚琪这才抬起头看他，皇帝脸上的笑容有些不自然。也许他并不想把太丑恶的真相都摆在岚琪眼前，而岚琪也在这一刻顿悟苏麻喇嬷嬷说的，有时候看到真相，也就是绝望的时候。

“这件事和你不相干，朕把日后该教你的道理说清楚就够了。眼下不要你管六宫的事，你就继续呆呆笨笨地哄朕高兴。”玄烨一把抱住了她，笑悠悠地说，“最近好像长肉了，身子软绵绵的。”

温暖惬意的怀抱，阻挡了深宫的寒意，可伏在玄烨的肩头，岚琪还在想他刚才说的每句话。她一直都明白，太皇太后对她的期许，不仅仅是陪伴玄烨。如今宫内虽是荣嫔、惠嫔主事，可太皇太后对她们俩已失去信任。而玄烨也把话说到这一步，显然将来接过她们手中权力的人会是自己。而不知何时的某一天，她会不得已地手染鲜血，不得已地为了玄烨为了整个皇室，去结果所谓罪有应得人的性命。

“皇上……将来如果臣妾做得不好，您骂归骂，但不能嫌弃厌烦，要耐心地教我。”岚琪突然冒出这句话，玄烨笑出声，“朕现在就来教你了，将来怎会嫌弃你不管你？”

可岚琪又怔怔地，仿佛不由自主地问：“可您会不会像现在对荣嫔娘娘和惠嫔娘娘这样，将来有一天，也抱着另一个女人说同样的话，说的人却是臣妾？”

屋子里静了，岚琪说完才后悔，多担心身上的怀抱会松开。但现实如此，她永远听不到看不到皇帝和别的女人共度良宵时，会做什么，会说什么话。她心里也始终明白，什么是岁月流逝，什么是色衰恩弛。

“朕不知道。”彼此沉默许久，玄烨终于开口，竟是真的松开了岚琪的怀抱，可却又抓起岚琪的手抵在自己的心口。温暖如春风的面容里，满满是对眼前人的溺爱，他笑着说，“未来的事朕不知道，可朕一天一天疼着你爱着你，不就一步一步走到将来去了？你看，现在不就是从前的‘未来’，我们不是走过来了？你且数数，康熙十四年正月十五到今天，多少年了？”

六年多了，这六年里，他完完全全把自己放在心窝里疼。也只有岚琪知道，虽然她心里有着不敢也不能逾越的分寸，但玄烨在她身边，两人独处时，他是丈夫是男人，从来都不是帝王。

“再六年，皇上再对臣妾说这句话好不好？不能忘了。”岚琪一开口，竟是热泪盈眶，扑在他肩头，“说好了呀。”

玄烨也松了口气似的说：“你真难哄啊，又笨，要让你弄明白把你哄高兴，真是太难了。刚才进门你们一大一小，朕真该抱了胤祚就走，儿子一定比你好对付多了。”

岚琪却是满面春光，欢喜地腾起身子拉着玄烨要走。问她去哪里，人家说要去乾清宫打点皇帝出行的东西，暧昧又贼兮兮地笑着，似乎意在争取后几日的清闲。玄烨哭笑不得，心情大好。

皇帝一顿饭虽吃得不好，可李公公和环春见两人满面喜色地出来，都忙不迭把心放回肚子里。刚才还以为出了什么大事，吓得个个儿噤若寒蝉，眼下见他们好了，永和宫里尴尬的气氛立刻缓和过来。只是两人又不留下，急着就要去乾清宫。

而皇帝将午膳大张旗鼓传进永和宫，本来就不为了吃，是为了给人看。昨夜他突然选择去承乾宫，就想好了今天要做些什么给岚琪撑脸面。眼下皇帝入永和宫用膳，之后又与德嫔携手回乾清宫的事，果然一阵阵风地往六宫里传。

传到翊坤宫时，惠嫔和宜嫔正不言不语地坐着。听桃红说完皇帝在干什么，宜嫔冷然对惠嫔道：“皇上真无情，恪靖还是我妹妹生的。”

“不是皇上无情，是你妹子做得太过了。”惠嫔说着，摆手示意桃红下去，沉色与她说，“我岂敢矫诏，皇上的确暗示我赐死郭贵人，她已经疯了，活着也是受罪。对你而言，也永远不晓得哪一天，她突然又扑出来伤人，你不怕？而你养她在翊坤宫，皇上还会来吗？说句不客气的话，妹妹，乌雅氏在万岁爷跟前能不能被谁替代我不敢说，可你我，谁都能替代。”

宜嫔眼里似要飞出刀子，咬牙切齿道：“惠嫔姐姐好狠，好狠。”

惠嫔扶一扶自己的发髻说：“不然呢？”

宜嫔眼里有泪，仿佛才觉醒了骨肉亲情："她是我妹妹，是我一母同胞的妹妹。"

"同胞妹妹？"惠嫔闲闲地端茶来喝，茶已凉，她还是灌下一口，说的话也越发冷，"你让我安排太医院给你送药时，她是不是你妹妹？"

宜嫔有苦说不出，可她当初只是想让妹妹安静，只是不愿听她大呼小叫，谁料到会变成疯子。还以为暴躁时的模样是本性，她怎么知道妹妹已经疯癫。现在惠嫔咬住自己当初要她安排太医院拿药的事，竟半句话也没得反驳。那些药吃多了人可能会疯癫，太医是说了的，但太医的"可能"二字，蒙了她的心。

终究是她害了妹妹，是她把妹妹一步步推上黄泉路的。她的确恨妹妹害得自己在宫里抬不起头，可她没想要她死，终归还有一丝骨肉亲情在。

宜嫔绷不住了，抓住惠嫔的手恳求："能不能留她的性命？我保证她不会再出去伤人，我一定把她看好了。就跟真的死了一样，不会让紫禁城里的人再想起她。惠嫔姐姐，留她的性命，好不好？"

"这样留着的性命，真的有意思吗？她会是你一辈子的包袱，难道往后你在紫禁城里的日子，就是看管这样一个疯疯癫癫的人？五阿哥怎么办，恪靖怎么办，翊坤宫往后要变成冷宫吗？"惠嫔却步步紧逼，更甩开了她的手，"你也不必恨我，这是皇上的意思。我不是来同你商量的，只是来知会你一声，不用你下手，自然会有人做得干净。"

"杀人，是杀人啊，难道你不怕？"宜嫔拉住惠嫔的衣襟，苦求道，"放过她好不好？我求求你，皇上没有明旨，你不杀她皇上也不会怪你啊。"

"你别恨我，将来咱们姐妹还要互相扶持。说句难听的，太后虽还年轻，可谁晓得她能不能像慈宁宫一样长寿。你不为自己想想，也为五阿哥想想啊。把个疯子养在宫里，你还有什么将来？五阿哥将来指望谁？"惠嫔抽开自己的衣裳，整理端正了便要走，走开几步又回身说，"改日我就要搬去长春宫，就在你边儿上，往后有的是时间说话。"

说话的人扬长而去，宜嫔呆坐着不动。桃红一直在外头候着，里面吵起来后说的话她也听见了，听得浑身发冷，没想到配殿里那个昏昏沉沉的人，竟然已经被判了死刑。惠嫔一句句话刀子似的。送客回来后，就看到自家主子呆若木鸡，想她平时咬牙切齿地恨自己的亲妹妹，但总不至于生死相隔。桃红怯怯上来搀扶她，关切道："主子不要发呆，再想想法子吧。"

宜嫔泪如泉涌，拨浪鼓似的摇着头，捂住脸渐渐号啕大哭，依稀听见她在哭诉：“往后额娘来，我怎么跟她交代……”

且说惠嫔离了翊坤宫，信步就往长春宫门前来。她一直就很喜欢这处，既然皇帝让她自己选，当然要选喜欢的宫殿来住。昨晚还满心戚戚，此刻却已淡定，想到皇帝和她定下默契，胤禔的将来就不必担心。她好好“听话”就是，横竖宫里的日子就这样了，她难道还指望皇帝像对乌雅氏那样来爱自己？

可想到乌雅氏，惠嫔心里还是颤了颤。皇帝昨晚的话虽狠，但看得出来他手里也没什么确凿的证据，能把之前的事真正归罪在自己头上。话说回来，乌雅氏全须全尾，两个儿子健健康康，皇帝也没道理向谁发难，但心中不免唏嘘：“这乌雅氏是碰不得了？”又冷冷地自言自语，“只要你别挡着胤禔的路，我也不会来毁你的温柔窝，是你把原属于我的一切先抢走的，从前……”

一个“从前”，直说的惠嫔心胸剧痛。她竟想不起来，从前皇帝还喜欢着惠贵人的时候，脸上是什么样的神情，这才多少年，她竟忘了。

“主子，咱们还去不去咸福宫？”身边宫女来提醒，惠嫔才缓过神，让她们把贺礼拿过来再瞧瞧，见无甚不妥，又转道往咸福宫来。觉禅氏的孩子虽然没得到，可她不能因为嫉恨而不来贺喜温妃。她在宫里一向最稳重端庄，现在和将来，也绝不能偏颇半分。

咸福宫里人来人往很热闹。所有人都一样，哪怕不关心不在乎，礼节也不能少，有亲自来的也有推病派宫女来的。惠嫔来时冬云正送别处的宫女出来，瞧见了很客气地迎进门，笑着说：“娘娘正念叨，能不能您或荣嫔娘娘哪位来瞧一眼。养孩子的事她完全不懂，从前跟着皇后娘娘在坤宁宫时，太子已经长大了。”

惠嫔说笑几句便进了内殿，见温妃正盯着看乳母喂奶，乳母已经满面通红了。惠嫔上前将她拉开说：“娘娘您这样看，可别吓得乳母回奶了。都是精挑细选的人，您放心把孩子交付给她们，自己闲来逗逗玩儿就成了。”

这话竟是说到温妃心里，她拍拍手道：“我就是想，若放在阿哥所，不也是这样养。可是放在宫里了，好像我非得尽心似的。还是惠嫔你聪明，我听你的。”

冬云正奉茶，另有宫女来禀告，说觉禅常在请温妃娘娘宣太医，说她的宫女香荷发烧了，恐怕是昨天被打伤的缘故。

惠嫔啧啧：“是个忠心的奴才，不过看娘娘面色疲惫，臣妾替您去看看可好？”

温妃却起身往外走了，还喊着惠嫔：“你的脸色才难看呢，我们一起去，说起来她醒了后我还没和她说过话。”

惠嫔无奈相随，两人一前一后来了觉禅氏的殿阁。柔弱的女人产后还未恢复元气，一脸灰沉双唇惨白，精神倒还好。见二人进屋，便坐在床上欠身道：“都说产房秽浊，不敢留娘娘们久坐。臣妾觉得好多了，只是香荷可怜，还请娘娘看在她也算保护了八阿哥的分儿上，为她请太医瞧瞧。”

惠嫔冷眼看着她，到底是曾经的千金小姐，这宫里女人能做好的她都能做好，甚至还比许多人都聪明。若能开窍做她的左右手，自己便是如虎添翼，可她偏偏宁愿被拘在这里屈才。

“太医已经去请了，那丫头冬云会派人照顾，你自己好好养身体。明日八阿哥洗三，我抱他来给你瞧瞧。”温妃说着又左右端详她，关心道，“你的气色实在是差，会好起来吗？”

觉禅氏虚弱地笑道：“会好起来的，娘娘不必担心臣妾。”

正说话时，外头小太监来禀告佟贵妃派人送赏赐来。冬云劝温妃该去应个景，毕竟尊卑有别，温妃不情不愿地走了。却让惠嫔有机会单独和觉禅氏说说话，而温妃一走觉禅氏就软下去，懒懒地半躺着，看也不看惠嫔一眼。

“难道你还记着当日我说的那些话，心里记恨着？不过是气极了随口说的，你的心胸未免太小了。”惠嫔在床边一坐，硬是凑到她眼前，皮笑肉不笑地说，“你真是有福气，儿子都生了。昨晚我没瞧见，光听说就心惊肉跳，这要是有个闪失，郭络罗氏千刀万剐也赔不回皇子啊。”

觉禅氏朝她清冷地一笑：“娘娘坐坐就走吧，产房里太秽浊，小心玷污了您的福气。至于昨晚的事，臣妾已经不记得了。”

惠嫔也闻到她身上还残存的血腥气息，皱眉朝后退了退，摇头说：“你不记得了，但郭络罗氏可要因此丧命。还是你厉害，不是说谁笑到最后谁才是赢家吗？”

觉禅氏不为所动，冷冷道：“臣妾从未笑过，又怎会笑到最后。娘娘还有别的事吗？”

“郭贵人……”

“她活该。”觉禅氏双眼黯然，是身体未复原的关系，又或是对眼前这个人毫无兴趣。不过却大方地与她四目相对，“娘娘保重，可别有一天，也有人像臣妾这样说您，活该。”

“你！”惠嫔霍然起身要发作，却听见温妃嚷嚷着进来了。她立刻收敛情绪不作声，之后温妃叽叽喳喳地说些话，觉禅氏倒还客气地应付。再后来温妃要走她也不能再留下，离开时回眸看了眼觉禅氏，见她看淡一切的安逸神态，心中愤恨，却又无计可施。

之后几天，因太后下旨让郭贵人在翊坤宫静养，宜嫔更将翊坤宫大门紧闭，谁也不得随意出入，因此里头到底什么光景，谁也看不见。而皇帝定在二月二十一日离宫，只看到那之前的日子德嫔在乾清宫进进出出，听说此行一切随行所需之物，都是她亲自打点。众人嫉妒之余，也感慨她的能干，毕竟不是小事，并非谁都能胜任。

转眼就是皇帝出行之日。佟贵妃为首率众妃嫔及皇子公主相送，天蒙蒙亮就聚集在一起，等皇帝浩浩荡荡带着太子出宫，才刚刚见几缕阳光从云端落下。大家都是一脸没睡醒的疲惫模样，佟贵妃和温妃一走后，众人该散的就散了。

岚琪却要先去慈宁宫复命，和玉葵、香月说说笑笑往慈宁宫走，正说昨晚胤祚梦里喊“嬷嬷”的事，身后突然有人喊“德嫔”。她才转身，就见宜嫔冲过来，一把抓住她的手，脸色苍白地说：“你跟我走，跟我走……”

玉葵和香月来拉扯：“宜嫔娘娘您松手，这是要带我们主子去哪儿？”

一大清早的，这样争吵动静特别大，岚琪怕惊动了前头慈宁宫的人，忙喝令她们不要吵，自己反手抓了宜嫔的胳膊问：“要我去哪里？”

“去翊坤宫，就听我说几句话好不好？”宜嫔脸色很难看，像是几天几夜没睡，不由分说拉着岚琪就往翊坤宫的方向去。岚琪推了把香月指一指慈宁宫的方向，只让玉葵跟自己走。

半推半就到了翊坤宫，进门就听宜嫔喝令把门关上。她拉着岚琪才往里走了几步，竟在院子里就跪下了，吓得岚琪蹲下来拉她，宜嫔却哭着说：“救救我妹妹，不要让她死，好不好？我知道你能救她，皇上不在宫里，你去求太皇太后下旨拦住惠嫔，她要杀我妹妹……”

“宜嫔，你起来说话。”岚琪被她哭得慌了神，可她还不及拉宜嫔起身，猛地便听见宫女的尖叫，抬头就看到几个宫女连滚带爬从配殿逃出来，又哭又叫：“贵人没气了，没气了……”

边上宫女太监都涌向配殿，桃红也飞奔了过去，不多久就吓得脸色惨白从里头跑出来，跪在宜嫔面前哭道：“娘娘，郭贵人真的没了，郭贵人没了。”

“你胡说！”宜嫔扑上去掐住她的肩膀，猛烈地晃动着，哭得撕心裂肺，“她昨晚还好好的，我还喂她吃饭了，你胡说，你胡说。”

桃红被揉搓得不成样子，主仆俩都哭得伤心，宜嫔更是顾不得岚琪在这里，哭着爬起来跌跌撞撞就往妹妹的屋子去。门前宫女太监都伏地哭泣，此起彼伏的哭喊声直吵得人心烦意乱。

“主子，咱们怎么办？”玉葵凑到岚琪身边，轻声说，“不如走吧，反正也要去慈宁宫说一声的。”

“妹妹……”

不等岚琪开口，宜嫔凄厉的哭声就从里头传来。岚琪着了魔似的往前走，快到门前时玉葵忍不住劝她：“死人没什么可看的，主子小心晦气。”

“我就看一眼，也好去太皇太后面前回话。”岚琪却坚持要进去，只是进了门并没往里走，而是远远看着那边床榻上，宜嫔怀抱着已经没了气息的妹妹号啕大哭，隐隐约约听她说什么“姐姐对不起你，没了你我怎么过……”

岚琪心中发沉，可她却一点儿也不难过，是因为一早就知道玄烨要赐死她，才不觉得突然？还是觉得这样疯疯癫癫地活着，比死了更痛苦？说不上来的情绪，唯一让她觉得伤感的，或许是对于自己此刻看着生命逝去却无动于衷的冷硬心肠。

“桃红，我去慈宁宫回话。宫里红白事都有规矩，会有人来安排，你且照顾好宜嫔娘娘，荣嫔娘娘她们也会来的。”岚琪平静地吩咐了一句，带着玉葵要走时，突然听见宫女惊呼。她转身便见宜嫔瘫倒在床上，似乎是哭晕过去了。

“快把你们娘娘抱出来。”这下岚琪却走不了了，看着宫女太监七手八脚从死人身边把宜嫔抬出来，之后或请太医或通知六宫，忙忙碌碌一时走了许多人。岚琪不好再撂下昏厥的宜嫔不管，好在抬回屋子被桃红死命掐人中，宜嫔一口气缓过来醒了。

醒来的人浑身脱力，大概是哭得太伤心激动，眼珠子突兀地充满血丝看着很吓人。她呜呜咽咽一直还在啜泣，怎么也平静不下来，而岚琪听得最多的，还是“妹妹”。

宫女弄来冰凉的水浸了帕子盖在宜嫔额头上，激冷之下她浑身一抽搐，却似回过了神，呆呆地看着眼前的人。定睛一见到岚琪，腾起身子就抓她的手，又是大哭哀求：“德嫔求你救救我妹妹，惠嫔要杀她。”

“郭贵人已经死了，你清醒一些。”岚琪异常冷静地看着她，一点一点挣脱开了自己的手。

宜嫔呆了一阵，身子倏然软下去，之后也不哭不闹了，只是怔怔地出神。而此刻外头管事的人纷纷到了，荣嫔、惠嫔也陆续到达。岚琪迎出来，很直白地说：“惠嫔姐姐这会儿还是别进去了，宜嫔她看见谁都说，是您杀了郭贵人。”

惠嫔瞪大了眼睛，难以置信地问：“我？”

荣嫔便劝她：“这件事一直你在管，她乱想也是有的。人自然不是你杀的，等太医验过尸明白地告诉她就好。”

两人便在外头等，岚琪说要去慈宁宫时，惠嫔却说：“妹妹再等一等，等太医来回话，大家彼此都是个见证。不然宜嫔到处去胡说，谁来还我清白？”

荣嫔朝她使眼色，岚琪不好再勉强要走，可就是不明白惠嫔到底凭什么说这番话，怎么撒谎时脸上毫无异色。她是认定皇上不会对第三人说，还是心里知道，却明着暗着地在自己面前装没事人？

三人干坐着，里头宜嫔时不时还会哭闹，不多久内务府的人就领着验尸的太医来了。惠嫔说进去当着宜嫔的面禀告，众人又涌入内殿，桃红匆忙放下了床上的帐子遮掩宜嫔的狼狈。

“宜妹妹，太医在这里，验尸结果我们谁都还没听，你口口声声说什么我杀人。你且听听太医怎么说？”惠嫔满面正色，倒也不着急，淡定地坐到一旁，指着地上的太医问，“郭贵人怎么死的？”

太医俯首道：“郭贵人是心力衰竭而亡。臣查验过了，没有任何中毒的迹象，也没有受其他外伤，亦非窒息而亡。推断下来，该是自然的心力衰竭。郭贵人近来情绪大起大落，恐怕是早已伤了心肺。”

这番话之后，帐子里的人没有动静，惠嫔示意桃红看看，桃红看了说：“在发呆，没事。”

荣嫔便叹：“郭贵人的命不好，你们且下去吧，一切照规矩来就是了。但她毕竟为皇上生了恪靖公主，我会回太后，看看能不能予以哀荣。”更指了指岚琪，“慈宁宫劳烦妹妹去回话，说得婉转些，别吓着太皇太后了。”

岚琪巴不得离开，起身便走，耳听得身后荣嫔在劝：“宜嫔妹妹不要胡思乱想，这次的事虽是你惠姐姐做主，可她怎么敢害人性命，是妹妹你胡思……”

岚琪走出去，声音渐渐听不见了，玉葵扶着她唏嘘：“这一通闹的，奴婢头都晕了。”

“一会儿回去就歇着，吓着你了吧。”岚琪却很淡然，两人离开后，径直赶去慈宁宫，却见香月在门前徘徊，见到她们欣喜地迎上来，“主子您没事吧？”

“你回过话了？”岚琪问。

香月连连点头：“回过苏麻喇嬷嬷了，嬷嬷说知道了，让奴婢在这里等您回来。太皇太后在大佛堂诵经，嬷嬷让您直接过去。”

辗转至大佛堂，苏麻喇嬷嬷正坐在外头等，见她来了拉着一起坐下，轻声问：“娘娘吓着没有？怎么那么巧，您去了郭贵人就没了。”

“是我才过去话还没说几句，宫里的人就发现她没了。”岚琪回忆着刚才的一幕幕，对苏麻喇嬷嬷道，“只因皇上一早告诉过我会有这天，所以不害怕。就是心里说不出的滋味，到底还是有些不舒服。眼下荣姐姐和惠嫔在料理，让我来告诉太皇太后一声。”

苏麻喇嬷嬷且笑：“您如此镇定，主子她一定很高兴。不过是没了一个不该活着的人，不用大惊小怪。”

“嬷嬷，可什么人是不该活着？”岚琪这才有些困惑，好在在苏麻喇嬷嬷身边可以完全放松，可以说些心里想说的话。趁着太皇太后还没出来，她赶紧道，“郭贵人好歹为皇上生了个公主，您说皇上往后看到公主，还会想起来曾经这个女人吗？嬷嬷，有些事我觉得自己是明白的，可回过头想想又好像不明白。没什么还好，像这样有了什么事，自相矛盾的时候，就会不舒服。”

“奴婢不知该如何开解您，也许经年累月的人生积淀后，您会顿悟这些曾经困扰您的事，又或许您到老了还是一团模糊。”苏麻喇嬷嬷慈祥温和地说，“可谁还没一些弄不明白的事？奴婢看来，糊涂也好聪明也罢，要紧的是明白自己该怎么活下去，至于旁人的生生死死，您管得过来吗？所以若是为了这样的事弄不明白，那糊涂就糊涂好了，弄不弄得清楚，对您的人生真的有影响吗？”

岚琪歪着脑袋听，似乎领会了苏麻喇嬷嬷的意思。但心里依旧哪儿一处是朦胧的，好像也不是为了这几句话，倒是说起来：“宜嫔那样哭，真是怪可怜的，我也有妹妹。”

此刻翊坤宫里，该散的人都散了。荣嫔已动身去宁寿宫，本要与惠嫔一同走，惠嫔却说郭贵人还未入殓，她总要留下看着才好。这件事一直是她在管，要善始善终。荣嫔不勉强，但不知她会不会想到，自己才离开翊坤宫不久，刚才还势同水火的两个人，已经能坐着好好说话了。

此刻寝殿内，宜嫔已恢复平静，大口大口地喝完参汤补充元气，捂着胸口说：“亏她从前动不动就大吼大叫，我这哭了一早上，胸骨都要裂开了，疼得很厉害。”

惠嫔坐在一旁道：“可我瞧德嫔的样子怪冷静的，也不晓得你这样哭，她回过头会对上头怎么说。”

宜嫔慢慢呼吸，皱着眉头说：“的确很冷静，冷静得我差点儿就演不下去了。这个女人可真奇怪，不是说她最慈悲善良吗？怎么瞧见我这样悲伤，一点儿也不动容。惠姐姐，你这个法子真的好用吗？”

“管他好用不好用，你哭也哭了，人也死了，她是唯一看到你这么悲伤的人，也听见你说恨我杀了你妹妹。近些日子咱们少往来些，盼着她把心里的芥蒂放下才好。”惠嫔揉一揉额角叹气，“就像当初我和荣嫔扳不倒佟妃，也许乌雅氏同样不能动摇。既然如此，咱们就不该与她交恶，且看且行才是。”

宜嫔冷笑：“但愿她心里能可怜我些，在上头说几句好话。盼着至少一两年后，他们能把我妹妹忘了。”

此时桃红进来，她同样被折腾得面色憔悴，但还强打精神支应着翊坤宫里的事。至于两位此刻又能好好说话，她也不奇怪，一切都是之前计划好了的。在惠嫔的授意下，她家主子犹豫了三四天，在疯疯癫癫的郭贵人差点儿咬伤她之后，她终于想通了。郭贵人逃不过一死，不要白白浪费，合着惠嫔演这场戏，让她在德嫔娘娘面前，做一回有情有义的好姐姐。

“郭贵人入殓了，她的太监宫女们要不要持服，要不要……”

“持什么服，只是个贵人而已。”惠嫔疲倦得立起来，似要走了，“一切从简吧。荣嫔刚才也不过是客气几句，她怎么会去碰钉子，为了这样一个人求恩典？既然收拾好了，我也不好久留。反正一律都有规矩，你们配合着就成，不需要操心。”

惠嫔又嘱咐宜嫔养养精神，便领着下人走了。桃红送客回来，才进门就听主子说：“把她手下的人都叫来，我有话说。”

桃红应下，不消时刻便在内殿里聚集了宫女太监。宜嫔也不顾形容狼狈，大方地面对她们，和和气气地说：“她在世时对你们都不大好，动辄打骂，屋子里时常鸡飞狗跳，我想管，又碍着面子不好插手。如今她没了，你们可能要散去宫里各处干活。我想着，还是去求了恩典，把你们留下来继续照顾翊坤宫，在这里做些闲散的事，总好过去了别处让人欺负。”

众人都磕头谢恩，说宜嫔慈悲。想来这些宫女太监都被郭贵人折磨怕了，之前一段日子又伺候着一个疯疯癫癫的人，八阿哥临盆那天郭贵人跑出去他们没被牵连获罪，也是宜嫔说开口为他们求的情，现在个个儿都把宜嫔当活菩萨一样。

宜嫔又道：“可既然留在这里，你们就要好好忠于我。从前我妹妹什么光景，你们该忘的都忘了，只当从来没这么一个人。不要觉得我无情，她身前我对她极好，死后悲悲戚戚只会耗尽自己的福气。你们也知道，我好了你们才会好，等我将养些时日，翊坤宫还会是从前的风光，皇上还会常常来。你们要殷勤照顾好这里照顾好我，宫里的人欺负不到你们头上来。”

大家都异口同声地效忠，宜嫔让桃红赏赐银子给他们，又让他们继续去善后妹妹的事。而太后也从宁寿宫发来旨意，说皇帝如今奉移两位皇后入陵，郭贵人的丧事一切从简不得有所冲撞。只是念她生养恪靖公主，且宜嫔身为亲姐犹在，给母家的抚恤以嫔位的规格，也算是一份哀荣。

太后这样的决定传到慈宁宫时，太皇太后已经从大佛堂出来。听说给郭贵人家里嫔位规格的抚恤，只是一笑：“我这儿媳妇，太心软了，这样的人一身罪孽，给她哀荣做什么？”

岚琪跟在身边不敢说话，扶着坐下后侍奉了茶水，便屈膝要给太皇太后捏捏腿脚，却被拉起来共同坐在边上说：“待我百年之后，宫里就只有太后做主。可她年轻时不经事，如今又夹在我和皇帝中间，她什么都不会不懂，我一点儿也不怪她，是她的福气也是她的无奈。但我如今盼着你将来有所成，可以把这宫里的事料理得滴水不漏。我知道你有学本事的聪明，可你也生得一副菩萨心肠。岚琪我问你，你若是太后，怎么下旨？”

岚琪一愣，脑筋转过来了便应答：“臣妾也会给郭贵人哀荣，不为别的想，就为了恪靖公主。她长大后若被人轻贱可怎么好，她可是皇上的女儿。”

太皇太后苦笑，喊苏麻喇嬷嬷：“怎么得了，也是个软心肠的。”

苏麻喇嬷嬷却笑：“您这会儿问，要德嫔娘娘怎么应，难不成说太后的不是，推了太后的主意？您都说不好干涉了，德嫔娘娘岂敢僭越。倒是方才几句话您没听见呢，咱们德嫔娘娘可不是一味耳根子软的主。”

说罢，苏麻喇嬷嬷便将岚琪的疑惑又讲给太皇太后听，老人家皱眉想了想，问岚琪：“你心里觉得不自在？”

岚琪略有些尴尬地点头：“觉得怪，瞧着不真实。若皇上不曾告诉臣妾他暗示惠嫔要了结郭贵人的事，臣妾大概还不会这么想。现在就是觉得怪，您说怎么就那么巧呢？”

“真真假假，你自己去判断，你能怀疑我就很欣慰。记着今天这件事，往后你管别人，或管宫里的事时，不要一看见眼泪就心软。静下心来好好想想，那些人流的眼泪到底值不值钱。”太皇太后心里也有疑惑，可没有证据就不能明说宜嫔是做戏。但岚琪能想到这些，她很满意，一时不好的心情也散了，笑着说，“玄烨出门前同我讲，你让他请科尔沁的人进京来瞧瞧我。傻孩子，如今科尔沁我这一辈没几个人啦，来的都是毛头小子们，我也不认得，来了做什么呀？”

岚琪笑道：“总是骨肉血亲呀，您见了一定喜欢。”又悄声说，“请亲王们入京也不是件容易的事，臣妾不懂事随便说说，皇上却答应了。理藩院的王爷大人们可要忙好一阵，可见皇上也有他的用意。您就承了这份情，算在您身上，也算帮皇上一个忙。”

太皇太后却轻轻拧了她的耳朵：“你这几句话说得险。记着，后宫不得干政，除非有一日你……”老人家的话没说完，那些话不吉利也没意思，心里啐了几下，只管笑悠悠教训岚琪，“再不许自作主张说这样的话，叫人挑毛病。我再听见了就让你去廊下罚跪，管你有脸没脸的。”

岚琪嬉笑着乖乖地答应，之后陪着说话闲聊。只等午后太皇太后歇了，她才抽身退出来。却似松了口气般，一瞧见苏麻喇嬷嬷也出来，就亲昵地凑上去，撒娇说：“还是嬷嬷疼我，不然我一定挨骂了，嬷嬷您可有什么想要的想买的？万岁爷之前赏我的银子还有好些没花呢，我让人出宫给您买。”

苏麻喇嬷嬷温柔地笑着：“奴婢不诓您吧，您若敢对太皇太后说宜嫔可怜，什么您也有妹妹所以同情她的话，今天可又要挨训了。可怜之人必有可恨之处，在紫禁城里，‘可怜’两个字，最不值钱了。还有啊，从前承乾宫、咸福宫和您对着来，如今瞧着她们却并不坏，您可以稍稍松了那根弦，再看另两位的言行。可见真正坏的人，是不显山不露水的。”

“记着了记着了，您好歹说一件东西，我让他们买去。”岚琪只管腻着苏麻喇嬷嬷撒娇，全无主仆模样。两人说笑一会儿，苏麻喇嬷嬷也要去歇着，岚琪这才带着玉葵、香月退出来。

俩丫头跟着慈宁宫的宫女太监吃饭喝茶可逍遥了，香月出门时还摸着肚皮说：“怪不得紫玉老爱跟着主子来慈宁宫，奴婢总想这里规矩大，不愿来受拘束，原来这么好的。跟自己在时不一样，做客人就是好。”

她们这几个都是从慈宁宫出来的宫女，原先跟着苏麻喇嬷嬷学规矩本事时没少吃苦头。如今跟了岚琪，每每再来都不干活，只管在外头候着，其他宫女太监好吃好喝招待她们，也怪不得香月这样讲。

一路心情甚好地回去，路过西六宫时，远远就瞧见前头有人搬东西，玉葵说：“惠嫔娘娘明日迁入长春宫，大后天荣嫔娘娘也搬来景阳宫。”

这些岚琪也知道，倒是玩笑一句：“香月又惦记着娘娘们摆酒赏你好吃的了吧？可如今皇上去办正经事，两位皇后入陵，宫里怎么好摆宴？你且等等，我让荣娘娘给你另攒了食盒，藏着慢慢吃。”

主仆三人一路说笑回了永和宫，岚琪等到了家静下来，和环春说起一上午的经历时才唏嘘不已。有个人死在面前，她还有心思说说笑笑，拉着环春问："我是不是太铁石心肠了？"

"奴婢不知道，可早上奴婢听说郭贵人没了时，直叫好呢。"环春撇撇嘴道，"不然疯疯癫癫的，谁晓得几时又窜出来害人，不能因为她疯疯癫癫，就没罪了吧。叫奴婢看，宜嫔娘娘也……"

"别说，这不是你能说的话。"岚琪一提起宜嫔来，更是心悸。宜嫔也好惠嫔也罢，往后可要留心相处了。她们只要在宫里一天，大家就抬头不见低头见，玄烨留着她们，也自有他的道理。就如从前佟贵妃那样嚣张跋扈，他也眉头都不动一下，后宫里就要有形形色色的人，才能平衡得起来。

"惠嫔和荣姐姐后几天都搬迁，你记得提醒我去送礼。翊坤宫那儿不必去致哀，太皇太后说都免了。"岚琪说着又矛盾起来，"环春你若在就好了，你真是没看到宜嫔哭的样子，若是假的，她怎么狠得下心？这话不能对太皇太后说，可我心里，宁愿宜嫔是真的伤心。她做戏给我看，我也不会和她好，何必呢？"

这一天，直到黄昏日落，翊坤宫里的事才收拾妥当。郭贵人已经被送走了，她住过的地方也没有设灵堂吊唁，只是把用过的东西全部收走，等着之后焚烧。而且里里外外都打扫干净，除了不可移动的梁柱门窗，其余家具摆设全部换新的，就连窗上的纸都撕了粘上新的。等内务府敬事房的人都散了，宜嫔才脚步虚软地从正殿里出来。

立在昔日妹妹住的配殿门前，看着焕然一新再也没有半点痕迹的一切，想着过去的点点滴滴，想着自己还住在这里时妹妹进宫来玩耍的情景，终究还是动了情，止不住热泪盈眶。

"额娘……"恪靖哆哆地喊了一声。宜嫔回头看，远远看到小丫头趴在门槛上。后头乳母惊慌地要抱她走，宜嫔却说："带她过来。"

乳母赶紧抱小公主跨过门槛，小丫头晃晃悠悠地跑来，扑在宜嫔膝下，仰头喊着："额娘去玩儿，额娘和恪靖玩儿。"

蹲下来抱过孩子，恪靖和她亲娘小时候很像，宜嫔姐妹俩年岁相差虽不大，可她也是看着妹妹长大的。如今妹妹不在了，她的孩子却还在眼前，也许十几年后恪靖会长得和她母亲更像。想到这里，宜嫔心里突然发颤。她口口声声让宫里人都忘记郭贵人，可只要恪靖在，她身上永远有她亲娘的影子。

她不由自主地把孩子推开，小公主愣了愣，瘪着嘴很委屈，又凑上来撒娇，额娘额娘地喊不停。虽然郭贵人时不时就会对女儿表白她才是生母，但因为身边的人循循善诱，更多的还是听乳母们的教导，小公主只认宜嫔是亲娘，并不懂什么生母养母。

“额娘，去玩儿。”小丫头拉着宜嫔的手，宜嫔却跌坐在了地上。恪靖见母亲如此，心里很害怕，瘪着嘴就哭了。宜嫔也哽咽，含糊不清地说：“你哭吧，大声哭一哭，你额娘没了，你总该哭一哭啊。”

哭着哭着，还是把孩子抱入怀。这些天所有的事都像梦一样，她最终还是向惠嫔妥协了，坚持了几天要把妹妹的性命留下，可她实在太疯疯癫癫，甚至差点儿还咬伤了自己，惠嫔再三劝她，说留着是包袱是祸害。她一想到因为妹妹的存在，往后翊坤宫要变成冷宫，就害怕了，彷徨了。她说过的，她不要做昭妃那样的怨妇，她要风风光光地在宫里活下去。妹妹难逃一死，她周旋不过惠嫔，周旋不过皇帝。

“恪靖，你阿玛好狠呀，他好狠呀。”宜嫔抱着孩子号啕大哭，吓得恪靖浑身发抖。桃红和乳母赶紧来劝，却是这一次，宜嫔真的哭昏厥过去了。

上午为了留住乌雅氏才装着晕过去，这一次才实实在在地坠入黑暗里。可昏睡中却又梦见妹妹张牙舞爪的模样，午夜惊醒一身虚汗。外头值夜的宫女听见动静，还等不及掌灯进来，就听见幽暗中传出哭声。翊坤宫才死了人，直吓得宫女碰倒了烛台，险些酿祸。

翌日太医院奉旨往翊坤宫去，宜嫔好端端地突然害了伤寒，这病来得凶猛，虽不害性命，可需将养月余方能复原。起先太皇太后似乎不大信，权作好意又派心腹太医来瞧瞧，结果的确是病了。老人家未免唏嘘：“她这是自己吓出来的吧。”

而今天，本是惠嫔的好日子，这么多年终于得偿所愿入主东西六宫。长春宫里的陈设原就高贵典雅，又照着她的喜好重新布置归整过，选了好日子喜滋滋地搬进来。因不能铺张摆宴，只设了茶点招待六宫，连岚琪和荣嫔、端嫔都到了应景。众人正围坐说话时，外头却说慈宁宫苏麻喇嬷嬷来了。

还以为是太皇太后下了赏赐，众人都随惠嫔出来迎接，苏麻喇嬷嬷进来了却笑悠悠地说：“各位娘娘主子怎么都出来了，折煞奴婢了。”

惠嫔却亲手搀扶她请上座，笑着道：“万岁爷见了您都恭恭敬敬，我们怎好不尊敬嬷嬷。您可别说折煞，快请上座，什么娘娘主子的，咱们都是您的晚辈。”

苏麻喇嬷嬷却笑道：“不坐了，奴婢还要回慈宁宫去。来是恭喜娘娘乔迁之喜，并传太皇太后的旨意。”

惠嫔一听，忙与众人要屈膝接旨，苏麻喇嬷嬷拦住她说："主子说了不必跪接，就是一句话而已，娘娘您瞧。"苏麻喇嬷嬷说着话，从身后带上来三个宫女。为首一个三十来岁光景，看服色品级不低，后头两个小丫头十几岁，脸上还满是稚气。

苏麻喇嬷嬷令她们给惠嫔磕头行礼，自己则说："太皇太后说您身边的宫女年纪都太小了，早年几个好的有年纪的或病或出宫都离了，一直想给您再挑几个好的送来，就因为您贤惠什么事儿也没有，她才老转身就忘记。眼下正好恭喜您入主长春宫，这几个原是在慈宁宫茶水上伺候的，都是麻利能干的人。宝云年纪比您还大些，很稳重，已经知会敬事房，往后就让她做长春宫的掌事宫女，给您好好管着上上下下的人。至于您从前身边的小宫女们，就留下做些别的事，反正长春宫这么大，不多一个人打扫。"

荣嫔闻言，立刻在边上笑着嚷嚷："嬷嬷，太皇太后有没有赏赐我什么好的人呀？"

苏麻喇嬷嬷却笑："吉芯好好的，稳重又能干，怎么了，最近做错事惹您不高兴了？"便玩笑似的喊吉芯过来训诫，"好好伺候荣嫔娘娘，再听见主子说你不好，就送你去慎刑司打板子。"

实则荣嫔这几句，是想解了惠嫔的尴尬。惠嫔自己大概都不晓得，她看着宝云三人下跪磕头时，脸上有多难看。一向最端庄的人，竟也会在人前露出这么惊讶失望的神情，好在旁人都在她后头，只荣嫔看在了眼里。

而苏麻喇嬷嬷是多聪明的人，荣嫔一打趣她就会意，自然宫女的事没荣嫔的份儿，太皇太后还不需要明着在她身边安插什么人。

吉芯也机灵，被苏麻喇嬷嬷训了还开玩笑："宝云姐姐，不如后天你去景阳宫吧。我家主子不要我了，求惠嫔娘娘收留奴婢才好。"

惠嫔赶紧笑道："你这丫头，宝云可是太皇太后赏赐给我的，你胆子倒是大，连太皇太后的旨意都敢违逆。快随你主子回去吧，后日可好好在景阳宫摆了茶点，请我去吃。"

如此总算一团和气，惠嫔让宝云带着另外两个宫女去认识自己身边原有的人，而宝云往后就是长春宫太监宫女里的一把手，那些小的也不敢造次。这边苏麻喇嬷嬷说要回宫，众人拥簇着送出来，之后女人们勉强说说话，赶在午膳前都散了。

回去的路上，岚琪和布贵人、戴佳氏领着孩子们在前头嬉闹，荣嫔和端嫔走在后头。两人彼此沉默了许久，端嫔到底劝一句："姐姐你心里也要明白啊，哪怕为了三阿哥，做事也要有分寸。别到了有一天，太皇太后也这样当众不给你脸面。”

正如端嫔所说，太皇太后下恩旨给惠嫔添加人手，实际却狠狠当众扇了惠嫔一巴掌。宫里的女人哪一个不聪明，不管是不是都知道惠嫔算计的那些事，即便是前头正嬉闹的这三个也一定看明白了，惠嫔是被太皇太后盯上了。

往后，她也会像佟贵妃那样，再也不能随意做想做的事。至少慈宁宫在一天，长春宫里一切动静都受到限制。而惠嫔若敢除掉宝云，一如当日佟国维劝女儿，没了青莲还有紫莲红莲，只要上头不松手，这辈子就被看死了。

“就算她有通天的本事拉拢宝云，另两个小丫头呢？她有本事三个都收拾服帖？”端嫔冷笑着，“再者这三个是明着派去的，其他添加的人里头，暗着派去了谁她知不知道？就是宝云也不敢胡来，你看自从青莲跟了贵妃娘娘，承乾宫消停了多少？”

荣嫔也终于疲倦地出声：“明白的人都明白，她这么多年的脸面算是没了，往后我和她说话也要小心了。你说得不错，她好歹背后还有明珠府，我就指着这点儿脸面尊贵了。”

“如今宜嫔病倒了，惠嫔被看紧，佟贵妃和温妃也都变了个人似的，前前后后死了两个贵人，闹腾了这几年。”端嫔拉着荣嫔立定，指了指前头正与端静嬉闹的岚琪，“那一个，才是咱们该依靠的。我们虽都是包衣宫女出身，可她是含着金汤匙，还是一般人看不见的金汤匙。”

荣嫔定神看着前头热闹温馨的景象，眼角渐渐浮起一层水雾，无可奈何地不甘心：“一样都是人，她为何不争不抢却什么都能得到，上天要眷顾她到几时？皇上从来没对一个人这样上心，什么去了承乾宫，隔天就给她在永和宫大肆铺张地摆膳，就怕我们看轻她一点半点，恨不得放到眼珠子里去养着才好。可咱们当年伺候着的时候，皇上几时这样对我们了？”

端嫔劝道：“姐姐，多少年了，你何苦现在才不甘心？”

荣嫔则哽咽：“不是不甘心，是难受，难道你对皇上没感情了？我还一心一意地想着他，每晚每晚睡不着，就只能想着从前的光景。我真想回到从前去，哪怕只是个宫女，哪怕只是个小答应，可那会儿没有乌雅岚琪，连赫舍里皇后都没有，只有你和我……”

“你别哭啊。”眼瞧着荣嫔说到伤心处，端嫔吓得不知所措，“惊动她们可怎么好，别哭呀。”

而前头嬉闹着，果然听见荣宪突然说：“我额娘怎么哭了？”

几人赶紧回身瞧，荣宪一路奔过来，扑在母亲怀里问："额娘怎么哭了，额娘您怎么了？"

荣嫔赶紧收敛泪容，挤出笑脸，哄着女儿说："额娘没哭，别瞎说。快走吧，你弟弟在永和宫要等急了。"

可岚琪也已经过来，和布贵人、戴常在都很担心。因见荣嫔已经擦拭泪水不再哭泣，她们又不好问。荣嫔见这情形，只好勉强解释："走在后头瞧见你们嬉闹，想着孩子们眨眼都长大了，我想起没了的那几个，心里头止不住就难受了。真没事儿，赶紧回去吧，胤祉在永和宫不定怎么欺负胤祚了。"

听荣嫔这样讲，岚琪和布贵人都信了，安抚了几句，一起往永和宫去。今日长春宫不摆宴，她们却聚在了永和宫。原是端嫔起哄，说皇上在宫里时，她们来了都提心吊胆怕碍着万岁爷来坐坐，所以趁皇上不在宫里半个月，要岚琪好好招待她们。

岚琪冤大头似的满口答应，连后天荣嫔搬家招待客人的茶点她都包圆了。这会儿众人回宫坐下预备吃饭，布贵人故意说菜色也太普通了，岚琪急了说她能有多少钱。偏有环春这个出卖主子的，说她上回给六阿哥贺生辰，皇上赏的银子还没花完。端嫔要她拿出来数数，说说笑笑，荣嫔心情渐渐也好了。

两日后景阳宫迎了新主子，太皇太后赏了一对屏风而不是宫女。知情的人都以为惠嫔不会来，可她依旧端庄大方地来了，对谁都和颜悦色说笑玩乐。宝云也是出入相随，两人一点儿不露出生分的模样，不知道的人看着，还只当主仆俩有十几年情分。

而此时，皇帝领着太子也到了昌瑞山行宫。两位皇后的梓宫入陵前尚有许多祭奠之礼和其他要紧的事，需在行宫住十来天。太子的安全自然是玄烨关心的，况且也难得这样的日子，只有他们父子俩在一起，玄烨便让儿子每日随他起居饮食。

这日晚膳时分，太子来请皇帝用膳。因有宫里的人来禀告诸事，他立在门外等了会儿，就听见朗朗有声，说着："太皇太后万安，说请万岁爷不要记挂。太后万安，说山上风大，请皇上保重龙体……"

立在门外听得百无聊赖，仰头数着树枝上冒头的新芽，忽然听见父皇的声音，他在问："永和宫德嫔如何，朕离宫时她有几声咳嗽，问过太医了吗？"

太子小小的脸上皱起了眉头，忽然一转身进了门，笑着说："皇阿玛，是用膳的时辰了。"

玄烨见儿子进来，未有多想，只是听说已到了用膳时辰，颇有些讶异，喃咕了一句："这样晚了？"一边吩咐宫里来的人说，"回去禀告，说朕与太子一切安好，请太皇太后和太后不要记挂。另再传朕的旨意，告诉永和宫德嫔，乍暖还寒的时候，太皇太后喜贪凉，要她小心伺候，自己也保重。"

太子立在一旁，高高仰起头说："也替我问太皇祖母与皇祖母安，说太子随父皇起居饮食，一切安好，请勿挂念。"

玄烨一笑："就照太子的说。"待来者离去，便带着儿子去用膳，路上胤礽问他："皇阿玛下回出行，可否带着皇姐皇兄、三弟四弟还有妹妹们一起来？"

玄烨道："此行特殊，下回皇阿玛领他们一起。只是你三弟四弟都还小，再过几年。"

胤礽点头道："儿臣听皇阿玛的。只是儿臣觉得，念书骑射须以太子自律，不能荒废，但兄弟之间尚不必区分太子皇子。儿臣不愿因自己是太子，而和兄弟姐妹们生分。张太傅说儿臣与兄弟姐妹有君臣之别，儿臣以为，现在儿臣还只是储君，当先手足后君臣。皇阿玛您说是不是？"

"你长进很大。"玄烨欣然，心中暗叹太子之资。胤禔上书房那么久了，说话做事还十分孩子气，太子正经念书才两个月，已经脱了许多稚气。这样有板有眼说的话，不论是他自己想出来的，还是张英他们教导的，都让他很满意。而张英说得也不错，储君与其他皇子有君臣之别，玄烨本就不愿有人因太子丧母而轻贱他，孩子能有身为太子的自视自尊，不是件坏事。

小家伙骄傲地仰着脑袋，崇拜地看着他的父亲说："儿臣会做一个好太子，将来为皇阿玛分担国事。"

玄烨欣喜地摸摸他的头："皇阿玛会好好教导你。"

父慈子孝，难得单独相处，太子比在宫里时活泼许多。之后几日跟着父亲行礼祭祀，小小的孩子举止得体、言语不凡。随行大臣们都看在眼里，纷纷夸赞储君天资聪慧是大清之福。玄烨自然也很高兴，更令人将这些事传回京城，好让皇祖母也宽慰高兴。

第九章

离宫乐逍遥

紫禁城慈宁宫里，太皇太后听说这些事，自然是欣慰的。但人前不表露，私下里只与苏麻喇嬷嬷说："太子立得早，利弊皆有。若是孩子不争气不长进，早晚也坐不稳东宫。好在太子到底是帝后嫡子天命不凡，我瞧着这孩子能有出息。但话不能说满了，几十年后的事谁又知道呢？"

苏麻喇嬷嬷不大理解："主子担心什么？"

太皇太后轻轻一叹，说道："玄烨若也能如你我这般长寿，太子岂不是要做三四十年的太子？少年时的太子，必然意气风发壮志凌云，往后十几二十年里，一定能学得不少本事有所作为。可再往后呢？诸皇子都长大了，一样是皇帝的儿子，凭什么他们就当不得皇帝？太宗也好，福临和玄烨也好，他们都不是嫡子，大清国至今未有嫡子继承大统。既然如此，其他皇子们就会不想？恐怕他们的额娘们现在就已经开始想，二三十年后也该他们自己想了。"

这话听得苏麻喇嬷嬷很紧张，轻声劝："说不得呢，只怕没人提起还不敢有这个心，一听说了，才要动摇。"

太皇太后却看得开："若真有这一天，我们两个早就不在了。看不见摸不着没得操心，哪怕现在就在我眼前，我也不会太难过。当初我保福临登基，又保玄烨登基，哪一条路不是披荆斩棘？太子的人生也不会一路顺意，走不走得下去，看命，更看他自己的德行。能者居上，辛苦争得天下，才会好好珍惜。这些都是后话，你我啊，都看不到的。"

苏麻喇嬷嬷却叹："奴婢也真不想看到那一天。太宗当年多不容易，四大贝勒明争暗斗，哪怕太宗当了大汗，他们还是虎视眈眈。当年的贝勒们都是跟着太祖皇帝在沙场上滚着长大的，可如今的皇阿哥们，都是乳母嬷嬷捧着长大的，这往后……"

"再如何，终究会一代一代生生不息地传承下去。朱元璋当年又怎么会想到紫禁城会被满人做了主？我是不去想几百年后的事，我这一辈子，什么都经历过，知足了。”太皇太后淡然而笑，“苏麻喇，咱们年纪也大了，不知哪一天就要走了。几十年后的事轮不到我们操心，该享享清福了。”

“奴婢听您的，这会儿去瞧瞧德嫔娘娘的茶好了没有，可是茶水房里的宫女偷懒，她一个人忙不过来？”苏麻喇嬷嬷笑着，转身往外头来。可出门就见德嫔捧着茶水站在那里，她伸手摸了摸茶碗，已经不烫了，便拉着岚琪往外头去，轻声问：“娘娘来了多久？”

岚琪坦率地说：“挺久了，该听的不该听的都听见了。我也不知道为什么，定在那里就不想动了。嬷嬷，我该去向太皇太后认错吧。”

“奴婢和您再去换了茶水来，认错不必了，主子也没说什么要紧的话。”苏麻喇嬷嬷和她再折返茶水房，两人彼此沉默着重新换了滚烫的茶，半天没说话，直到快走时嬷嬷才问岚琪，“奴婢曾经对您说的话，您还记着吗？”

方才老人家那一番肺腑，也牵动了岚琪的心神，此刻苏麻喇嬷嬷问，她立刻就有答案，用力地点头说：“您说过，我不能干政，可我能看着自己的儿子，保着自己的儿子。”

苏麻喇嬷嬷欣然，与她往太皇太后跟前去，路上笑着说：“那就得了，奴婢和主子只管享清福了，往后的事，娘娘您要自己掂量斟酌，反正……总有万岁爷在您身边呢。”

两人进门，太皇太后并不知这些事，瞧见岚琪身上衣服单薄，便说她：“玄烨派人来传话，要你不许贪凉，你怎么不多穿一件，这么单薄瞧得我身上都寒津津的。”

岚琪赶紧出去加了一件褂子进来，笑着说：“茶水房里炉子一烤就热了，是才刚脱了的。”

太皇太后喝了最爱的蜜枣茶，惬意地歪在一旁说：“不要年轻就不知保养，你看宜嫔这一病，入夏前都要养着了。玄烨转眼就回来了，你少不得要在身边伺候，别也伤风咳嗽，胤祚都一岁多了，你也该给他添个弟弟妹妹。”

岚琪脸颊绯红，腻在太皇太后身边说：“您总是这样直拉拉讲，好歹也顾一顾臣妾脸皮薄，有几回皇上在您也这么说，人家回过头就被欺负取笑。”

却逗得太皇太后很高兴，揉搓着她说：“也是也是，有了身孕就又不能照顾他。你们哪，实在矛盾得很。”

此时外头宫女来禀告，说温妃娘娘驾到。太皇太后倒是奇怪，这个小钮祜禄氏怎么会来，这个时辰也不该晨昏定省来请安，便让苏麻喇嬷嬷出去瞧瞧。不多时苏麻喇嬷嬷先回来，在太皇太后身边附耳低语，老人家蹙眉，沉沉地问："竟有这种事？"

岚琪已经立在一旁，太皇太后看了看她，似觉得没什么不妥，就让苏麻喇嬷嬷带人进来。而温妃一进门，岚琪就瞧见她双眸通红似乎哭过的，身后跟了冬云，另还有一个太医。

一众人叩首行礼，太皇太后让温妃坐了，直接问太医："到底怎么发现的？"

岚琪听得莫名其妙，却见近些日子很活泼开朗的温妃扭过脸便垂泪，但又倔强地擦了，再听太医和冬云说明是什么事，直听得岚琪背脊发冷。

还记得觉禅氏临盆那天，岚琪在咸福宫里，正遇上温妃身上不自在，冬云特地熬了乌鸡汤。显然平日也注重保养，但温妃一直恹恹软软。这一次因觉禅氏产后调理，每日也要进药，太医来查看时，发现温妃平日服的补药气味不对。起初还以为是给觉禅常在服用的药两边搞错了，再查看，不仅没有错，温妃娘娘更是服用这样的补药一两年光景了。

如觉禅常在此刻服的药，行气旺血，但类似疗效的药温妃娘娘吃了一两年，这么弱的身子这么旺的血，宫内自然守不住胎。如此推断来看，这两年温妃侍寝不少却一直没有好消息，该是吃错药的缘故。

岚琪当年调养身子时，每天跟着慈宁宫吃药，她从来没想过会吃错药。而事实经苏麻喇嬷嬷悉心调理，她真的顺利产下了四阿哥，之后又接连有了胤祚，那些药必然是极好的东西。可同样的事轮到温妃，她竟不知不觉吃错了那么久的药。

太医更危言耸听地说："若再吃上三四年，只怕温妃娘娘一辈子都难有身孕了。"

太皇太后气得脸色苍白，温妃虽垂泪，但并未哭泣，定定地坐在那里，好半晌才听太皇太后问她："这件事，还有谁知道？你……你家里的人呢？"

温妃定神道："臣妾听太医说后，就先来慈宁宫请您做主了，家里什么人？阿灵阿他们臣妾再不往来的。"

"不往来？"太皇太后皱眉问，"你这样说，是要把自己和娘家人撇清关系？"

温妃拭去眼角泪珠，坚毅地颔首："道不同不相为谋，臣妾想活得长命百岁，不愿像姐姐那样，耗得油尽灯枯。"

"你倒是看得通透。"太皇太后轻叹，但似乎对温妃的决心仍有所保留。虽然她也知道，这些年钮祜禄家不比往年嚣张闹腾，宫内有佟贵妃不可逾越之余，温妃对家人过分冷淡才是最大的缘故。她不仅时常推托见面，据说见了也不过几句话就打发，甚至还酸言冷语地挖苦家人，今年腊月正月都不见钮祜禄家里有人进宫。可见此刻这些话，并非气极了胡说的。

但她终究是钮祜禄家的女儿，一时的冷漠，能坚持一世不相往来？宫里的女人，都巴不得宫外有靠山，惠嫔之所以能左右逢源，除了她性子好会做人，更因背后有明珠府撑腰。温妃放着这么大的家族不依靠，诸如吃错药的事，谁来替她出面讨一个公道？

“既然你在看顾觉禅常在的脉，往后温妃娘娘的调理也交付给你了，两三月内要让我看到温妃好起来。”太皇太后悠悠下令，指了太医说，“这件事止于此，我自有公道给温妃，不消你到处宣扬。若听见什么闲言碎语在宫内流传，你这碗饭吃不得，家里老小还指望谁过日子？”

太医慌忙屈膝顿首，说绝不对外宣扬，更发誓会调理好温妃的身体，之后便被打发出去。太皇太后看了眼岚琪说：“你坐下吧。”

岚琪一直站在边上，此刻浅浅在一旁的凳子上坐了。苏麻喇嬷嬷打发了那位太医回来，不知是否又问了什么，回来后就当着太皇太后和两位的面说：“奴婢多嘴问一句娘娘，伺候您的太医，不是一向由您家里选了送进宫的吗？为何这位太医稍稍一看就能看出您身体违和，而一直以来伺候您的太医，却看不出毛病，照理说该是最忠于您的人才对。”

“嬷嬷说得不错，可那太医动不动就把我的事送出去告诉家里，之、之前……”温妃应答着，突然少了几分底气，垂首尴尬道，“之前有了身孕小产，加上承乾宫的事，彻底与阿灵阿闹翻，我就再也不让这些太医来照顾我。现在的太医是皇上后来指派的，想来和家里没什么关系，至于他为什么看不出来，我是不懂的。这些药是那年小产后，长久吃着的。太医似乎也总说我不大好，中间换过几次方子，可从前吃的也查不出来了，现在这些药真正从几时开始吃的，我也不知道。”

岚琪看到太皇太后眼中闪过极冷的光芒，冷得她的心都跟着揪紧。但老人家却没说什么，只是嘱咐温妃：“我会另外再派太医来给你瞧瞧，你安心养身体。你能顾得周全不闹得人尽皆知，我很欣慰，你姐姐也一向是最稳重的人，先跪安吧。”又对岚琪说，“替我送送，你也不必回来了，回去歇着就好。”

两人起身告退，岚琪跟在温妃身后离了慈宁宫。她来得很低调，一乘软轿，只有冬云和之前那位太医相随，岚琪身边也只有紫玉、绿珠。温妃立在门前说：“可否去咸福宫喝杯茶，我想有个人说说话。”

岚琪不置可否，温妃面上笑容凄楚，自嘲道：“我进宫原是为给姐姐生孩子的，可她走了，我的孩子也没保住。好在我对孩子并没有欲望，这种药吃一辈子我大概也无所谓。可偏偏皇上让我养了八阿哥，孩子真是可爱，我每天看着他，就想若有一个自己的孩子该多好。我更加殷勤地吃药调养，谁晓得今早我抱着八阿哥去给觉禅常在看，我们俩的药送在一处，她的太医正好来了，拦着说药弄错了，再一查……”她含泪看着岚琪苦笑，“你说，谁要害我？是不是我的报应？”

岚琪摇头，垂首应道：“臣妾不知，娘娘不要多想了，早些回去休息吧。臣妾宫里还有事，下回再去看望您。”

“就喝一杯茶，我不会给你喝不干不净的东西。”温妃几乎是恳求的语气，“咸福宫里太冷了，我一个人坐着害怕。”

“那臣妾先回永和宫，把六阿哥抱来，让他看看八阿哥可好？”岚琪终于抬起头，微笑道，“胤祚还没见过八阿哥。”

温妃的面上似有春风拂过，欢喜异常地笑起来：“我等你来，你可要来啊。”

面前的人竟是高高兴兴地走了，一扫方才的哀怨气息，她上了轿子还不忘掀起帘子说：“你可要快些来，我让冬云给胤祚蒸鸡蛋羹吃。”

直等温妃的轿子行远，绿珠才跟上来问：“主子您怎么松口了呀，咱们真的要去吗？要不要奴婢一会儿去回话，说有事儿走不开？”

“不成，我可是连胤祚都算上了，不好撒谎。”岚琪不在意，赶紧领着她们回去。本以为胤祚会午睡，小家伙竟还十分精神。岚琪给他穿戴好，亲自抱着出门。可还未上轿子，就见承乾宫那边的门开了，嘹亮的孩子哭声越来越响，所有人都看见四阿哥被抱出来放在门前。可乳母立刻又进去了，只留孩子一个人在门口，不知是要做什么，但胤禛那一声声“额娘”听得岚琪直心颤。

她不由自主地朝前走了几步，乳母上来要接过胤祚，她才猛地回神，不仅没有松开胤祚，更往后退了。

“额娘……”岚琪才转身，胤禛的哭声又刺入肺腑，她明知道这额娘不是喊自己，还是应声转过来。可是这次却看到衣着华丽的贵妃走出门，抱臂蹲在胤禛的面前。看得出来她有些生气，可那生气的眼神也就只能吓吓孩子。不知贵妃说着什么，说话时还噘着嘴，一边却已经拿起帕子给四阿哥擦眼泪了。

胤禛不再号啕大哭，擦了眼泪就伏在贵妃肩头撒娇。佟贵妃把他抱起来，侧身就瞧见这边的人。岚琪反而一怔，避无可避，而贵妃似乎也没有要离开的意思，她唯有抱着胤祚过来躬身施礼。

“你要出门？”佟贵妃瞧见永和宫门前的轿子，又问，“还是刚回来？”

“臣妾要带六阿哥去咸福宫，温妃娘娘请臣妾去喝杯茶，顺便胤祚没见过八阿哥，让他去看看小弟弟。”岚琪答应着，示意乳母跟上来抱走胤祚。乳母抱着六阿哥给贵妃行了礼，就回到原处去。但胤禛看到弟弟走了，自己伸着手也要去，在贵妃怀里哼哼唧唧的。

贵妃没有答应，让乳母把纠缠的孩子带走，自己则看着岚琪说：“你一个人去喝茶就是了，带六阿哥做什么？八阿哥虽是养在温妃膝下，可他的生母能和你比吗？我们四阿哥才不会去，一个奶娃娃有什么可看的？”

“臣妾并没有邀请四阿哥。”岚琪满心莫名，才要解释，又听贵妃干咳了一声说：“你刚才是不是瞧见我把胤禛赶出来了？”

岚琪点点头，自觉尴尬，可贵妃却继续说：“他刚才抓伤了乳母的胳膊，没道理地乱发脾气，我是在教训他，可没有半点儿要赶他走的意思。你不要看到了就瞎想，又跑去什么地方瞎说。”

岚琪一言不发，佟贵妃说完转身就走，承乾宫宫门合上。她身后的绿珠、紫玉忙奔过来问她走不走，她才苦笑说：“我实在是弄不懂这位娘娘的脾气。”

而此刻慈宁宫里，太医院的人来了两拨，都是太皇太后的心腹，在内殿说了许久的话。直到所有人都散了，苏麻喇嬷嬷也没让其他宫女进来伺候，独自一人陪着太皇太后，见她愁眉不展，忍不住问：“您还是在怀疑皇上？”

“温妃说那个太医是他指派的，若是那太医动的手脚，未必不是玄烨的意思。我不愿他做这样的事。”太皇太后隐忧重重，“避孕虽不是杀子，可他这样做，是要折了自己的福气的。当初佟妃那些香囊，害得宜嫔失子，就是个教训。”

也许是年纪大了，太皇太后越发敬畏神佛报应，年轻时也有杀伐决断的魄力，如今却少了那样的狠劲儿。或许老人家还留着一手铁腕，但她终究不愿玄烨亲自做这类伤害子嗣延绵的事，此刻禁不住心事重重，对苏麻喇嬷嬷说：“他答应我，不再这样做的。”

苏麻喇嬷嬷宽解着：“万岁爷自小就听您的话，答应了一定不会再犯。奴婢会派人好好去查，若不是万岁爷的心思，您岂不是冤枉了他。”

太皇太后目色幽冷，恨恨道：“好好查，若不是玄烨的意思，而是这宫里头哪个女人生了坏心眼，或是索额图、佟国维他们又把爪子伸进来，这次一定要严办，杀鸡儆猴。”

这边厢，岚琪抱着胤祚慢慢悠悠到了咸福宫，下了轿子就听见婴儿啼哭。胤祚懵懂地听着，岚琪哄他说：“是小弟弟，比胤祐还小的小弟弟，胤祚是哥哥了，一会儿可不能哭的。”

说话工夫温妃亲自迎出来了，满面喜色笑意，伸手想抱抱胤祚，岚琪大方地递给她，可才一松手，胤祚立刻大哭。

“胤祚，这是温娘娘，让温娘娘抱抱。”见儿子大哭，岚琪连声哄他。可是小家伙却搂着岚琪的脖子不肯撒手，温妃碰他还好，如果岚琪松手让她抱，胤祚就大喊大叫地哭，震得岚琪耳朵生疼。

“他是不是以为，你不要他了，把他送来这里了？”温妃手足无措，但还是欢喜地笑着，“不如先进门吧，六阿哥一定是从来没到过这地方，认生了。”

孩子哭闹是常有的事，岚琪见温妃如此大方，自己也不尴尬了，笑着说：“平日数他最皮，今天倒矜持认生起来。”一边轻拍胤祚的屁股训他不许哭，一边被拥簇着进了门。倒是六阿哥这一哭，里头婴儿不哭了。一行人进了屋子，温妃径直领母子俩到摇篮边，才出生不久的孩子，一阵哭闹后就睡过去了。

胤祚见到摇篮里比自己还小的孩子，而且比他见过的胤祐还小，顿时放松了警惕。被额娘放下来后，就扒拉着摇篮看，想要伸手去摸摸，奈何自己的手臂太短，一两次不得法，就哼哼唧唧缠着身边乳母要抱抱。岚琪吩咐别让儿子吵醒八阿哥，便留下乳母们照顾，自己和温妃退了出来。

冬云已经张罗了各色茶点，铺张地摆了一桌子，岚琪且笑：“这么多东西，臣妾怎么吃得完。”

“每样尝尝，我与你说过的，咸福宫里别的没有，各种好吃的不少。一会儿把胤祚带出来，他瞧见温娘娘这里这么多好吃的，以后一定常常要来。我请不动你，骗骗小孩子容易。”温妃欣喜异常，拉着岚琪一同坐下，将桌上精致的点心推给她。

而冬云则搬来精致小巧的茶炉，当面开了一罐水。岚琪笑问哪里的泉水，温妃却道：“是旧年夏天我采的花上露水，哪天傍晚一场雷雨把尘土都冲刷干净，隔日早起花上的露水就极清透，一点一滴采的，一整个夏天也只得了这一罐。我本想留着哄皇上的，不过给你喝更好。你闻闻。”

岚琪也擅长茶道，听说过有文人雅士采集露水，可那是最耗费工夫的事，她可没这个心思。总觉得说得好听是雅兴，实际明明就是闲得不得了的人，才有心思做这个。此刻闻见水中隐隐透出的花香，想起旧年夏天她陪着太皇太后在行宫静养，宫里头的事一概不知，而彼时觉禅氏独宠无二，温妃的日子一定更加清闲，转眼间觉禅氏生下皇子，又养在她的名下，这宫里的事，真真谁也猜不到将来会怎样。

“这水太香不宜泡茶，会冲了茶叶的香气，变得不伦不类。臣妾也不敢喝茶怕夜里不好睡，娘娘这里可有花蜜，用来兑一碗蜜茶，一定最清甜。”岚琪笑着将罐子还给冬云，劝温妃说，“难得的好水，不要和茶叶彼此糟蹋了。”

温妃啧啧：“果然你懂，本打算哄皇上用的，还预备用最好的茶，幸亏没有闹笑话。”便吩咐冬云，“把年里太后赏我的槐花蜜拿来。”

此时见觉禅氏身边的香荷来行礼，说是谢谢温妃赏赐过去的点心，原是岚琪这边摆了一桌子的东西，温妃也送过去了一些。她倒是很客气，吩咐香荷：“你家主子要多吃点儿才好，这么久了身子还没养起来，你可别偷吃啊，我让冬云再给你拿一些就是了。”

岚琪在边上看着，瞧见香荷脸上也是喜滋滋的，这咸福宫里主子奴才的关系还不错。只等人走了，温妃才对岚琪说：“等咱们聊好了，你走时愿意的话，再去瞧瞧觉禅常在吧，现在只我们坐着说话。”

“臣妾听您的。”岚琪自然是客随主便。

“说起来，我自己也奇怪，近些年怎么天天精神那么好，每个月一到那几天就软得说话都懒，腹痛腰酸浑身不舒服，但日子一过去，我又每天都很精神。现在听太医说，是我身子里血气过旺，这样想我也不奇怪了。”温妃一手支着脑袋，叹了声，“眼下那个太医被太皇太后扣住，我也见不到，真想问问是他医术太庸碌，还是故意害我，又或者是被别人动了手脚。德嫔你说，我这样一个人，有什么可害的？”

岚琪道：“臣妾不懂这些门道，臣妾只知道，您终究是钮祜禄家的女儿，是皇后娘娘的亲妹妹。”

“是吗？”温妃面上突然黯淡下来，拿起筷子夹点心吃，一边慢悠悠说，“所以无论我怎么想摆脱他们，也注定一辈子摆脱不了？你说会不会是……”

一只三鲜蒸饺被放在了岚琪面前的碟子里，温妃看着她说：“如果是皇上授意那个太医对我下药，怎么办？我这样告去慈宁宫，不是和皇上对着干了吗？”

“娘娘……怎么这么说？”岚琪惊愕，更想起太皇太后方才在眼中闪过的寒光，难道太皇太后也这么想，还是她自己多想了？

温妃苦笑：“那个太医，是皇上给我指派的，本是我求皇上不要再让阿灵阿的眼线来盯着我，虽然我知道去掉一个太医也去不掉别的人，但不知道的也就算了，知道的，我可真不想天天看见他。皇上就答应我了，隔天就指定了新的太医，直到现在。”

“皇上他，怎么会做这样的事？”岚琪晃了晃脑袋。

“我姐姐一向不大侍寝，皇上本来就不喜欢她，没有孩子也正常。”温妃面色凄凄，眼底有不知为何的绝望，方才见到岚琪的喜悦已经淡了，幽幽说道，“可皇上对我很好，不来的日子也会派人来问问我怎么样，来的日子，和我说说玩笑话，一直都很好。哪怕我在承乾宫闹出那么大的事，他与我明明白白说清楚后，也没有半分嫌弃我。若是我病了，更是时不时派人来探问。我觉得自己的日子，比姐姐当年好多了。我这个妃位，有名有实，比她强百倍。可今天突然听说我吃的药不对，心里寒得，比当初碰到姐姐冰凉的身体都觉得冷。”

“若是别人呢？您不该这样想，冤枉了皇上可怎么好？皇上那么喜欢孩子，虽有留与不留的规矩，可这些年哪怕答应常在都没有过不留的事，怎么也轮不到您身上来。”

岚琪努力劝慰温妃，可她心里没有底。她眼中的玄烨，呵护自己恨不得每天捧在手心里，她想象不出皇帝会这样狠心。何况这么些年，低阶的妃嫔产子不少，哪怕一夜恩宠，也没说不留，布贵人、戴常在，都先后有皇嗣，玄烨何至于……

何至于？可不就是因为低阶的妃嫔才无所谓，而温妃是钮祜禄家的女儿，佟贵妃自身不好生养，也许就真是玄烨做的呢？

“咱们可不能先冤枉了皇上。”岚琪说这一句，心里也一遍一遍地告诫自己，她怎么能怀疑玄烨，这宫里头坏心眼的人，还少吗？一定不是玄烨。

“若不是皇上，我心里就能好受多。”温妃停了停，垂眸不知思考什么，须臾才继续道，“我想等皇上回銮后，亲自问他是不是，只要皇上应我不是，我就再也不瞎想。不管是谁，知道与否都无所谓，反正我这辈子自欺欺人的事，也不少了。”

岚琪凝视她，在温妃的眼睛里，竟看到几分与自己相同的神情。她一直明白，选秀入宫也好，她这样从宫女来的也好，并非人人都对皇帝有真正的男女之情，觉禅氏就是最好的例证。而如她那样对玄烨有情的，荣嫔、端嫔大概是。但这一刻她却觉得，眼前的小钮祜禄氏，总是口口声声说她入宫是为了给钮祜禄皇后生一男半女，如今瞧着，她似乎真对玄烨生情了。

女人很敏感很细腻，岚琪身边的布贵人、戴常在，她们对皇帝和自己很不一样。她们是敬畏皇帝，对一切都怀着受宠若惊的态度，而荣嫔和端嫔不同。这里头细微的差别，岚琪心里都明白。眼下的温妃，每一句话里，都透着对自身感情的怀疑。她大抵是爱上玄烨了，才会那么在乎到底是不是皇帝给她下了药。

“我会好好调养身子，我想有自己的孩子。八阿哥虽然可爱，但终究不是我的孩子。觉禅常在也挺可怜的，我不想剥夺她做母亲的权利。”温妃微微笑起来，仿佛对未来充满了遐想，“我要比我姐姐活得好，活得坦荡。光看着你，我就觉得日子有盼头。你放心，我不会和你争什么，也老早就对你说，我不会害你。我晓得你心里忌惮我，外头的人也说我阴阳怪气，但我不在乎，只要自己能过得开心，就成了。”

岚琪垂首，轻声道：“昔日身体虚寒，臣妾跟着太皇太后吃药调养，一年半载后就有了四阿哥和六阿哥。娘娘还那么年轻，好好调理，一定会好起来。这件事如今太皇太后知道了，臣妾也知道了，不管是谁做的，慈宁宫不会看着不管，您安心养身体为好。”

温妃却问：“德嫔，那你说，我到底该不该亲自去问皇上这件事？”

没有哪个女人愿意将心爱的男人拱手相让，除非缘尽了情断了，不得不转身离开，或是被狠狠抛弃，纵然如此也谈不上一个“让”字。

但为何，岚琪此刻听着温妃的每一句话，都仿佛觉得她在希望自己能腾出些地方，好让她在玄烨的心里占一个角落？是她想多了，是她太在乎自己在玄烨心里的位置，才防备地看待别的女人？

“德嫔姐姐，你怎么不说话？”温妃笑着凑上来，却将岚琪吓了一跳，忙离座道：“臣妾不敢受您一声姐姐，若叫外人听去，实在坏了规矩。”

温妃难掩失望，但并未不悦，只是笑叹：“可不是吗，我刚才也是喜欢了才喊的。我知道没有人愿意做我的姐姐，我姐姐的命不好。而即便你愿意，我真喊你一声姐姐，别人还不定怎么想你我的关系，恐怕又要生出什么事端。”

岚琪慢慢坐回，端起微凉的蜜茶浅饮一口，但觉槐花蜜香甜馥郁，哪里还吃得出什么花上露水的绝妙。可见这采集露水冲泡茶饮，真是闲来无事的人才想出的耗费时辰的法子。好好的东西，冲茶恐抢了茶香，冲蜜又被融合得毫无痕迹，到头来不过是白辛苦一场。

“你这样回避，想来是不赞同我亲自去问皇上。”温妃又将几样点心拣了堆在岚琪面前的碟子里，自顾自地说，“我既然求太皇太后做主了，的确不该再去问皇上。万一真的是皇上的意思，太皇太后一定会劝说他。我若再去问他，他心里若自此厌恶我就不好了。”

“娘娘思量得很周全。”岚琪低语。

“皇上并不讨厌我，如果真是他的意思命太医令我避孕，也许是顾虑我背后的家族，想来情有可原。皇上有皇上的顾虑，所以我现在有些后悔了。”温妃面上喜色渐淡，忧心说，“我该自己私下里派人查一查，若是旁人使诈，我再行请两宫做主不迟。可若是皇上的意思，我就不该违逆。现在想，兴许这一次，我和他的情意就要断了。也许我没有孩子，他会一直待我如此好，可我有了孩子……”

岚琪看着她，心里有酸楚掠过。她也知道自己能得玄烨眷顾，家世背景的清白低微，是让他可以毫无顾忌喜欢的重要原因。她偶尔也会胡乱想，若自己是出生高门的贵族千金，会不会即便入宫走到他身边，也不过是承乾宫、咸福宫这样的光景?

她如今越来越小气，不能想象玄烨抱着别的女人，像钟爱自己那样钟爱她。说着他提起佟贵妃和温妃时的话，用那些字眼，来形容自己。光是想一想，心里就揪着痛。而眼前的温妃显然已经爱上了皇帝，可她却不知道她爱上的男人搂着别人时，是如何形容她的存在。

深宫里的爱情，一不小心就会变得扭曲。每个人都以面具示人，此时此刻岚琪也躲在面具后头端详着温妃，不愿更永远都不会对她暴露心事，心底的自私正不断膨胀。她没有那样宽广的心胸，本以为或许真的能做一做朋友做一做姐妹，但此刻见她坦言对玄烨的眷恋，岚琪才打开的心门，又轰然合上了。

“我还是不问的好，还是守在这里，管他有没有孩子，有八阿哥也挺好的。”温妃大口吃着点心，腮帮子鼓鼓地说，“不然挺好的日子要被我折腾掉了，我能作弄阿灵阿他们，可不敢算计皇上啊。”

岚琪也开始吃面前的点心，果然每一样都精致无比。温妃一定是花尽心思想要让皇帝开心，也不知是否如她所说，皇帝一次都没在咸福宫用过膳。

“德嫔娘娘，六阿哥找您呢。”此刻乳母领着胤祚出来，小家伙蹒跚而至，大抵是闻到香味，就没耐心再看熟睡的小婴儿。又见满桌子琳琅满目的点心，眼睛睁得大大的，爬到岚琪身上，伸手就要抓东西往嘴里塞。

温妃瞧见欢喜极了，夹了一只兔儿模样的豆包给他。胤祚却不肯拿，转身油腻腻的小手就抱住了额娘的脖子，其他东西也不要了。岚琪拉开他才摸过水晶蒸饺的小手，一面哄道：“温娘娘给你小兔子呢，胤祚快拿，谢谢温娘娘呀。”

可孩子却老大不情愿，只管拿油乎乎的小手在母亲身上蹭，嘴里哼哼唧唧的，不知在说什么。温妃也不计较，问冬云鸡蛋羹蒸了没有。不多久端来一盅鸡蛋羹，说是拿鸡汤炖的，只放了零星几粒盐，送到岚琪面前。她自己尝了一口很合适，才哄儿子吃。

见胤祚吃得开心，温妃也高兴，不由自主过来伸手也想喂，可岚琪才把勺子递给她，胤祚一看到就瘪嘴哭，发脾气似的在岚琪怀里乱蹬。

孩子没道理地闹别扭，来回几次，温妃的热情也淡了，无奈地说："六阿哥好像不喜欢我呢。"

"大抵是有些闹觉，平日里六阿哥此刻该午睡了。"乳母在边上温和地打圆场，"六阿哥困了就只认德嫔娘娘，连奴婢几个都不要的，这会儿瞧着该是困了。"

温妃脸上才缓和些，笑着说："下回等他睡醒了再来，我很想和他亲近。咱们八阿哥转眼也要长大，兄弟们玩儿在一起多热闹。他们也只这几年自由，瞧瞧大阿哥和太子，听说惠嫔连大阿哥的面儿都见不上了。"

岚琪敷衍着，哄着怀里焦躁不安的儿子，果然如乳母所说，没多久胤祚竟伏在额娘肩上睡着了。岚琪便借口要告辞，更为了儿子的失礼道歉，说下回等孩子精神时再领他来。

温妃听说岚琪还要来，不再依依不舍，亲自送她到门外坐轿子，热络地说："皇上正好不在宫里，太皇太后那里的事总有限，你得空了就来坐坐。"

"多谢娘娘。"岚琪客气着，好容易上轿离开，走远了才舒口气。看着怀里熟睡的儿子，想起出门前遇见佟贵妃时叫她别带儿子来，别的还好，但胤祚这样不给温妃面子，没道理地讨厌人家，实在是让她很尴尬，若是方才听贵妃的话，不带儿子来就好了。

"额娘往后不领你去咸福宫了。"亲了亲熟睡的孩子，岚琪也算定了心，原先矛盾着一味无视温妃的热情总显得太冷漠，如今她不再烦恼。这朋友姐妹是绝做不成的，她可不想去听一个女人絮絮叨叨说她如何深爱自己也爱着的男人，做皇帝的女人，已经有太多无可奈何，这点儿私心，成全便成全了。

转眼皇帝离宫已近半月，三月阳春天，宫里的花竞相绽放，气候暖和了人也愿意多走动，各宫各院偶尔小聚赏花，日子很是安宁。这一日外头传来消息，皇帝三日后回銮，端嫔几人正聚在永和宫，笑话岚琪说："皇上一定想极了你，永和宫的茶咱们往后又不知几时能吃了。"

这段日子里岚琪没少被她们欺负，招待茶水点心的银子也没少花，胜在乐呵舒心，投缘的人聚在一起才好打发时日。这会儿听见端嫔打趣她，也跟着嬉闹几句，大家说说笑笑，一下午的时辰便又打发了，日近黄昏时才散。

客人离去，岚琪去儿子屋里看了看，再回来时，却见环春领着紫玉在翻被褥。问她们为何这样晚了还折腾，环春笑说圣驾就要回宫，备着皇上随时来，俩人笑得贼兮兮的。岚琪恨道："你们都只管欺负我，改日我急了，把你们都赶走才好。"

众人围着她起哄，一并将新的被褥都换上，正要叫外头小宫女来拿走换下的东西，只见绿珠进来，皱眉头说："主子，门前来了人，说是皇上派的人要见娘娘。奴婢请他们进来，又不肯，说请娘娘到门前说几句话就好。来了两个人，一个瞧着是乾清宫的，另一个黑漆漆戴着帽子遮着脸，奴婢看不见。"

虽觉得奇怪，但听说是皇上派人来，岚琪不敢耽误，转身就要出去。可环春见绿珠刘海都湿了，知道外头又飘春雨，便拿了薄斗篷给岚琪围上，自己又打了一把伞，两人这才到门前。

立在前头的的确是在乾清宫当差的太监，但平时不大近身伺候，岚琪仅仅觉得眼熟。而他身后的人，穿了黑斗篷，见她出来了，才走到跟前，放下帽子。

"恭亲王？"岚琪很讶异，虽然暮色昏黄，但绝对看得清是恭亲王常宁。他本该随圣驾在昌瑞山的，怎么先回宫了？

"臣见过德嫔娘娘。"恭亲王欠身，之后便道，"皇上派臣来接娘娘出宫一见，因决定仓促且不宜张扬，还望娘娘此刻换了行装，扮作宫女模样随臣出宫。"

岚琪不解，疑问道："并非我不信王爷，但宫嫔不得随意擅自离宫，仅凭您一句话，我不能随行。况且今日才有话传至慈宁宫，说皇上三日后回銮，龙体安康，皇上要见我做什么？"

恭亲王不以为意，从怀里掏出一枚玉佩递给环春，环春再拿给岚琪，的确是玄烨随身的东西，便听常宁笑道："皇上知道娘娘未必肯随行，派其他的人都不妥当，臣便领命前来。皇上另赐玉佩做凭证，让臣务必妥善接您出宫相见。"

"皇上身子不好吗？"岚琪满腹忧心，一边已将玉佩收好。

恭亲王笑道："皇上很好，至于为何请娘娘出宫，娘娘到了就晓得了，绝不是什么坏事。"

"好事？"岚琪垂眸思量，又道，"我想告知太皇太后。我每日都要去慈宁宫伺候，若突然不辞而别，一定会引起风波。"

“娘娘，皇上此行严肃庄重，虽然已是回程途中，但还是有些事是不方便做的，只怕太皇太后知道了未必肯放行。左右三日后皇上就回来了，做什么还带您出宫呢？太皇太后一定会这样想，您就走不成了。”常宁也有些为难，好在来之前玄烨把一切都给他想好了，就是猜透了岚琪的心思，才晓得要这么做不容易。

倒是环春爽快，笑着说：“王爷怎么会假传圣旨。娘娘去吧，您离宫后奴婢就说您病了，永和宫里不见客，布贵人她们也一概不见。三天很快就过去的，到时候您神不知鬼不觉地回来就成了。”

“下雨了，王爷不要立在门前，进屋檐下避一避，奴婢给娘娘准备好了，立刻就和您走。”环春更是不等岚琪答应，先请恭亲王到屋檐下避避雨，便拉着主子回去，翻了自己的衣裳要给她替换，更拆了发髻摘下翠玉珠钗。岚琪一边忙着改换行头，一边还嘀咕：“怎么你就答应了，我还没想好呢。”

环春却笑：“一定是万岁爷有什么好玩儿的事惦记要您也去看看，又或者想带您出去散散心。奴婢信得过恭亲王，人家没事害您做什么。您放心去三天，六阿哥奴婢和乳母会好好照顾。永和宫里的一张张嘴，奴婢也会管严实的。就算真漏出去，是万岁爷带您出去玩儿的，怕什么呀？”

说话工夫麻利地就给岚琪换了行头，岚琪瞧见镜子里的自己时，仿佛回到当年做宫女时的光景。匆匆出来，恭亲王说一路都安排好了，便跟着他趁着暮色深沉，消失在了紫禁城里。

可毕竟是几个大活人在宫里行走，各路关卡再如何疏通打点，少不得会被人撞见。如惠嫔从宁寿宫回去时路过那一处，远远瞧见有男人进了永和宫的门。因躲雨不能逗留，且身边有宝云在她也不方便好奇。这会儿宝云去张罗晚膳，她从前的心腹宫女来奉茶，几句话说起这件事，惠嫔嘀咕着：“那一个身量绝不是宫里的太监，身影瞧着有几分像皇上。”

“奴婢瞧着，怎么像恭亲王呢？”

惠嫔眉头一颤：“不错，是像恭亲王。他怎么先回来了，难道皇上那里出了什么事？”眼瞧着宝云要进来，惠嫔低声嘱咐，“想法子送消息给明珠知道，是不是皇上出事了。我这里明日再瞧瞧永和宫的动静。慈宁宫也要留心，看看哪些人进出。”

话音才落，宝云便进来请惠嫔用膳，主仆俩不着痕迹地散开。宝云看着奇怪也没动声色，惠嫔对她一向很客气，即便心里怀疑什么，也不会当面让主子下不来台。太皇太后派她来，多为了震慑，但凡心里有疑惑，报上去便可，并不必她亲自查什么。

然而不说惠嫔隐约撞见恭亲王在永和宫门前就生了疑，便是岚琪自己，一脑袋冲出紫禁城，单车简行往京城外去，车轮滚滚不绝于耳时，她自己就先猛然冷静，醒悟了似的，忙不迭喊停车。恭亲王以为有要紧的事，勒马回身，关切道："娘娘何事？"

这下岚琪更尴尬，微红了双颊说："隔日就有太医给我请脉，环春若说我病了，更加要派人来瞧的，怎么躲得过呢？王爷能不能再派人回去，还是向太皇太后禀告一声？"

常宁笑道："娘娘放心，皇上临别时就嘱咐臣，留一个可信的人在宫里，明日一早就去慈宁宫禀告。皇上说了，这件事很不妥当，太皇太后指不定会生气，可要紧的是把您带出来，其他日后再议。臣不敢假传圣旨，请您安心跟着臣走吧。皇上离京并不远，咱们脚程快些，子夜前就能到达御驾落脚的地方。"

"这么近？那岂不是明天就能回京，又为何要三日？"岚琪满心疑惑，可问出口就觉得给恭亲王添麻烦。人家不辞辛苦来回跑一趟，还要听她婆婆妈妈，立刻又改口说，"那我们快些走吧，不要叫皇上等候。"

常宁应道："那请娘娘坐稳了。"

之后车马行得更急，颠簸得岚琪骨头都要散了架。好在驾车之人技术娴熟，虽然难免颠簸，但还不至于危险得要把她甩出去。只等累得耳朵嗡嗡响，外头天色越来越黑时，马车才骤然停下。岚琪听见前头好似关防巡查的动静，不多久恭亲王就来请她："娘娘下车吧。"

出门时昏黄天色，此刻已是没有灯火就伸手不见五指的黑夜。恭亲王打了一盏灯笼，不好意思地递给她说："辛苦娘娘自己掌着。恕臣冒昧，您现在是宫女了，明天如何皇上会亲自告诉您。臣带您进营帐前，路上若有人问起来，您就是宫女。"

岚琪心里突突直跳，没来由地生出些兴奋感，掌着灯笼垂首一步步跟着恭亲王走，在大帐前停下。这里果然守卫森严，连恭亲王都不能轻易进入御帐，她忐忑不安地走进灯火通明的帐子，恭亲王却立刻转身要走，只欠身说了句："娘娘辛苦了，臣告退。"

"王……"岚琪想拦住再问话，可常宁已经走了。而她之所以还有疑问，全因这帐子里半个人影也不见，不是说玄烨要见她吗，人呢？

吹灭了灯笼搁在地上，自行解下斗篷，里头穿着的是环春的衣服。帐子里有立地的大镜子，她站在前头瞧自己，抿了抿因颠簸而松散的发髻，再把钗子重新戴好。可抬手侍弄的工夫就觉得疲倦，连续的车马颠簸，她四肢百骸都似浮出了身体，人飘乎乎软绵绵的。

正双手托着腰舒展筋骨，听见外头马蹄声，之后是匆忙的脚步声人声。也不知外头人说了什么，但见帐前门帘被掀开，一身金灿灿铠甲的玄烨赫然入目，岚琪的心猛然震荡，不知所措地立在原地。

皇帝身后没有人跟进来，他进门见岚琪一身宫女服色立在镜子前，也恍惚看迷了眼，心里极欢喜，却笑着说："哪儿来的宫女，瞧见朕不行礼？罢了罢了，快来给朕脱了铠甲。"

岚琪应声朝前挪了步子，可脑筋一转又停下，噘着嘴气呼呼地看着玄烨。两边互相瞪着，玄烨把持不住似的，笑着便腻过来把岚琪搂入怀。冰凉坚硬的铠甲也没觉得那么可怕，大半个月不见面，谁见了谁心里都是一团火。

"臣妾可不是宫女了，不过穿了宫女的衣裳而已。"岚琪柔柔的一声，在玄烨怀里说，"臣妾给皇上请安，皇上此行可安好？皇上……您想臣妾了吗？"

玄烨眸中满是笑意，氤氲旖旎，在她脸颊上轻轻啄一口道："想极了，恨不得日行千里回去瞧你。"

岚琪娇笑："那太皇太后呢，您也想皇祖母了吧。"

玄烨在她腰上掐了一把："矫情，快给朕脱了铠甲。才去检阅了军队夜行，白天也在将士中间厮混了一整日，满身尘土。一会儿他们送热水来的，给朕好好洗洗。"

岚琪低语："臣妾颠簸了大半夜，身上都出汗了，黏糊糊也很不舒服。"

玄烨笑："要不要一起……"

"不要。"

自然是不要，岚琪发现自己似乎是在军营里，不敢太放肆。但之后两人都收拾清爽依偎在一起时，玄烨才告诉她也非真正在军营里，是半路回来拐过来看一眼，有军队的人护驾而已。

彼时岚琪"哦"了一声："原来不在军营里？"

玄烨立刻促狭地欺身而上："所以呢？朕的德嫔娘娘，要做什么？"

岚琪知道今晚逃不过，莫说玄烨浑身是火，她自己大半个月不见心爱之人，又折腾半夜眨眼远离宫闱在这荒郊野外，心里头的不安迷茫渐渐变了味道。再等真真切切在玄烨怀里，瞬间全化作了绵软情意，只是娇滴滴说："臣妾怕不能，马车实在颠簸，浑身都疼，累得直犯困。"

玄烨的大手便拂过她柔若无骨的身体，或轻或重地摩挲揉捏，哄着她：“朕给你揉揉，就不疼了。”

岚琪娇软的肌肤一寸寸在玄烨的手下变红，虽然并非第一次在营帐中共赴云雨，但此番经历实在难得，又有小别胜新婚的意味，春宵几度无须赘述。只知翌日晨起，岚琪觉得身子更加绵软无力，奈何玄烨神采奕奕，将她独自留下歇息半天，自己又去忙要紧的事。

待得日上三竿，玄烨又匆匆回来，岚琪也已梳洗打扮齐整。皇帝问她饿不饿，听说进了些点心了，便笑：“朕领你去一处瞧瞧。朕离京时路过，他们说回来若赶得巧能见到盛景，没想到真是遇见了，这就走。”

岚琪却拉住问：“皇上，太皇太后那里要怎么办？别的人说闲话臣妾不怕，就怕太皇太后生气。”

“总有朕在，皇祖母还不知道你我的脾气？出来了就别想了，朕想你散心快活才让常宁去接的，别叫他白辛苦一场。”玄烨不以为意，之后更是大大方方带着“宫女”出行。随行的人见过德嫔的极少，此行本就有宫女，皇帝带了几个过来，还是全留在原先的队伍里跟着太子，谁又计较呢。

可宫里头活生生少了一个妃嫔，还是当今宠妃德嫔娘娘，可就由不得人不计较了。一夜过去，不晓得宫里从哪个角落传出来的谣言，说德嫔与恭亲王私通逃匿。话是十足的难听，下狠劲儿地戳着宫闱敏感之处，偏又这么巧，德嫔称病闭门谢客了。

宫里人好奇，少不得想去永和宫一探究竟。但毕竟岚琪有德嫔之尊，太皇太后和太后不发话，抑或佟贵妃、温妃不计较，永和宫的门还真轻易不能进。慈宁宫里一早听说时，太皇太后真以为岚琪病了，打发太医来瞧。结果回去后太医的话模棱两可，说没见到本人，多多少少传出慈宁宫，宫里一时又沸沸扬扬。

太皇太后果然生气，又派苏麻喇嬷嬷来看。环春这才挡不住，让苏麻喇嬷嬷亲眼瞧见了空荡荡的寝殿，而刚才隔着帘子伸出胳膊把脉的，也是绿珠装的。几人都跪求苏麻喇嬷嬷不要告诉太皇太后，被苏麻喇嬷嬷拧了耳朵骂：“糊涂东西，太皇太后能瞒？再瞒下去，多难听的话都出来了。”

可等苏麻喇嬷嬷不安地折回慈宁宫，太皇太后却告诉她：“不必查了，是出宫去了。刚才有人来禀告，说玄烨让常宁来把人接走的，怕我不同意先斩后奏。昨晚半夜人都到玄烨身边了，今天一早才来禀告。玄烨胡闹，岚琪那孩子也没脑子，这样的事她不肯，常宁还绑了她吗？两个糊涂东西，宫里头，亲贵里头，不定要怎么说这件事，玄烨身边还跟着太子呢。”

苏麻喇嬷嬷也只能劝：“毕竟没宣扬，不过是没影儿的谣传。到时候皇上安安生生回来，德嫔娘娘再好端端到人前，皇上不在乎的话，那些人说什么都没用。您先别生气，好在人都安全不是？等回来了您再教训不迟。”

太皇太后无奈地笑：“教训是必然的，我管得岚琪越紧，她将来才越明白轻重，在人前才越懂尊贵。刚才担心有不好的事才烦躁，知道他们都好，就好好玩儿几天吧。做皇帝不容易，做皇帝的女人更难。”

远在京城外的一双人，完全不知宫里头的热闹，仿佛放下所有心事。玄烨带着岚琪一路出了营帐，走远后便抱她共骑一乘，策马直奔营帐几里外的地方，爬上了高坡。可将近时玄烨却用帕子蒙住了她的眼睛，再慢悠悠引马前行，岚琪慌慌张张地被他从高高的马身抱下来，一步步蹒跚小心地跟着走，只听见玄烨说：“这里很多石头，慢慢些，不着急……”

“皇上，把帕子解开吧，臣妾晕。”岚琪被蒙着眼，有光感却什么也看不见。好在终于在一处定下了，腰被皇帝搂住，她稍稍挣扎了一下说：“皇上，别人看见了。”

“都在后头背过身的，哪个看，多事。”玄烨却嗔她，而后才稍稍解开帕子，透出一点点光让她适应。等她说睁得开眼了，才倏然抽开丝巾，听见岚琪惊讶出声，皇帝满意地笑了。

映入眼帘的，是茫茫一片桃花林，居高临下，满目嫣红。桃花并不稀奇，稀奇的是岚琪从未见过这么多桃花一同盛开的景象。

玄烨笑道：“这里天高地阔，这才是真正的赏花。朕知道你也一定烦闷紫禁城四面高墙的束缚，朕亦如是，何况你？”

岚琪自觉身子都轻盈起来，春风徐徐，偶尔几缕极淡极淡的清香，几乎感觉不到，甚至是她自己臆想出来。可就是觉得肌骨松弛，浑身畅意，兴许就如玄烨说的，这里天高地阔，无拘无束。

“离京时路过这里，听说若是回京时赶得巧就能瞧见开花盛景。但若气候不好或早或迟，就见不到了。可不知是你的缘分，还是朕的缘分，到底赶上了，一定想要你来瞧瞧。虽然派了常宁去，还是怕你不来。”玄烨拥着岚琪，闻不到花香却能闻见她颈间自有的气息，笑着说，“回来见到常宁，那小子还跟朕打哑谜，朕进帐子前都担心看不到你。好歹你是来了。明明只有半个月，为何朕这一次，会那么想你？”

“皇上？”岚琪也不明白。

可玄烨却有答案，依偎着她，言语中透着悲伤："朕安置了两位皇后的陵寝，之后只剩下每年祭奠，修墓修陵，除此之外还能做什么？她们明明都曾经是朕的妻子，可都离朕而去，钮祜禄氏尚可，赫舍里皇后与朕同患难，却不能共享福。岚琪……你答应了朕的，我们要伴一辈子。"

"皇上……"岚琪心里又暖又疼，才明白玄烨为何这么冲动地把自己弄出宫，喜忧参半的情绪纠缠着他，他等不及到宫里再去排解。她也永远不会忘记当年乾清宫外雨幕中皇帝的背影，对于亡妻的不舍。不是她该嫉妒的旧情，而是这个男人值得托付的证明，他若是无情人，自己的情意又算什么？

岚琪娇然笑道："臣妾答应好几回了，您再问，臣妾可要收利息啦。"

"你啊……"玄烨心情顿时明朗，抱起她转过身亲吻，"利息怎么算？今夜算吗？"

"皇上！"想到后面的侍卫可能会听见，乌雅岚琪的脸比桃花更红。

而此刻深宫里，永和宫门前热热闹闹，似乎是有妃嫔们要来探疾，环春拦着不让进，未免有些口舌之争。相邻的承乾宫里也听见动静，佟贵妃不耐烦地听青莲诉说，霍然起身道："烦死了。"

青莲一惊，忙道："娘娘息怒，奴婢这就去劝各位娘娘离去，在外头吵吵嚷嚷是不大好。"

佟贵妃却扶一扶发髻，将胸前扣子上垂的碧玺石放端正，便踩着花盆底子往外头走，嘴里说："不必了，我亲自去瞧瞧，昨晚答应胤禛今天去和六阿哥玩耍来着。"

青莲不解，只管跟上，先随主子去领了四阿哥。四阿哥一路"弟弟，弟弟"地喊着，母子俩出了门，慢悠悠往永和宫来。那边门前站着七八个妃嫔，一眼望去大多是些低阶服色，但荣嫔和惠嫔竟然也在。想来她们若不来，那些常在答应也不敢瞎闹。

见佟贵妃走近，乌泱泱地跪了一地行礼的人，她略瞥了眼，冷声道："在承乾宫里头就听见这里的动静，和德嫔相邻这么久了，还没见永和宫几时这样热闹过。"目光扫过荣嫔、惠嫔，唇际勾起轻蔑，"你们要探病，也不必大张旗鼓地来那么多人吧。不怕把德嫔的病吓得更重，她可是万岁爷心尖儿上的人，眼瞧着御驾回銮，你们不怕皇上责怪？"

惠嫔笑道："娘娘有所误会，臣妾和荣嫔姐姐来，是想劝各位妹妹回的。姐妹们都担忧德嫔妹妹的身子，臣妾正劝大家，心意到了就好，硬要进去瞧瞧，环春难做，德嫔也不能好好静养。"

“还是惠嫔心思细腻，怪不得太皇太后也赏赐你得力的宫女。”佟贵妃看似夸赞的一句，却说得惠嫔很没有脸面。也不管她脸上什么颜色，自顾自继续说，“四阿哥要来与六阿哥玩耍，本宫正好也去瞧瞧德嫔的病。你们就不必进去了，吵吵嚷嚷什么样子，都散了吧。”

“娘娘……”惠嫔不知要说什么，却被荣嫔拉住了，眼瞧着佟贵妃往门里头走，环春跪在门前拦住说，“贵妃娘娘留步吧。我家主子歇着了，您进去了也说不上话。等娘娘她精神好些了，奴婢再去承乾宫请您不迟。”

“额娘，我要看弟弟。”胤禛高举双手要佟贵妃抱，贵妃却摸摸脑袋，把他往门里一推，“自己去吧，额娘一会儿就来。”

小家伙欢喜不已，熟门熟路地就往弟弟的屋子去，后头乳母嬷嬷跟了一群。佟贵妃却还在门前，回眸瞧了眼没散去的人，皱眉说：“怎么了，还想看什么光景？”说罢就朝里头走，环春再阻拦，竟被佟贵妃含怒推开，大摇大摆地就直接往德嫔的寝殿去了。

外头的人都一阵唏嘘，果然还是佟贵妃强势，荣嫔见状则说：“大家散了吧。贵妃娘娘脾气不好，出门若还见你们在，不定要闹出什么事。御花园里花都开了，怎么不去逛逛呢？”

惠嫔也劝道：“散了吧。”

众人如何聚集的，这里头有几个人心知肚明，而荣嫔是被惠嫔拉来一起劝说的。虽然她不大愿意，可自己与惠嫔管着六宫的事，人家又请上门来，她实在推托不过。至于乌雅氏究竟什么状况，是病还是失踪，她并不在乎，只要看慈宁宫还没乱，乌雅氏就丢不了。

这会儿人群总算散去，惠嫔要随荣嫔去景阳宫，路上幽幽道：“且看贵妃娘娘出来，是个什么说辞了。若是人真的不在，贵妃会帮她说话还是挑明了让她难堪？不过近来四阿哥和六阿哥走得那么近，只怕两个额娘的关系，也有闭起门来我们瞧不见的模样。”

荣嫔不搭讪，自顾自说：“昨晚一场雨，园子里的花不知有没有败了，荣宪正闹着去赏花，我们一起去吧。”

惠嫔见她如此，多说无益，讪讪地不再提，但心里头却等贵妃之后的动静。她也没有十足把握说乌雅氏已经不在宫里头，可对贵妃的态度，又半信半疑。

而永和宫里，佟贵妃霸道地闯入内殿后，在寝殿外就止步了。环春匆匆进来再想阻拦，却听贵妃说：“让你家主子好好休息，别总闹这些有的没的，烦不烦人？”

环春愣住，又听贵妃说：“本宫要去看着四阿哥和六阿哥，既然她睡着，就不必惊动了。”

“是，娘娘……您请。”环春愣愣地引着佟贵妃往六阿哥屋子走，贵妃却让她留下照顾德嫔，其他宫女跟过去了。环春吓得瘫软在门槛上，绿珠几人凑过来说：“贵妃娘娘怎么了呀，还以为她会大闹一场。”

“大概是看在四阿哥的分儿上，反正贵妃娘娘的脾气一直难以琢磨……”环春喘着气，也有些后悔自己怂恿主子出宫，合十祝祷着，“只盼皇上早些把主子送回来，后两天再来闹几波，我们可挡不住了。”

然而花海之中，嬉闹追逐的两人却完全不知宫内的闹剧，累了便在日头下席地而坐，阳春暖日热烘烘地晒着。假寐片刻醒来，玄烨瞧见岚琪额头上有飘落的花瓣，伸手轻轻拿开，怀里的人便睁开了眼睛，睡眼惺忪，又甜蜜地冲他笑着：“皇上，饿了。”

“朕也饿了。”玄烨拉着她起来，两人互相掸了衣裳上的尘土，再回到侍卫那里，上了马直奔营帐回去。可回去却没见饭菜，玄烨换了没有龙纹的常衣，塞了两颗大枣给她充饥，竟又策马而出，直到附近的小镇子才停下。

岚琪不肯进镇子里逛，怕侍卫不随行不安全，玄烨笑道：“他们知道朕今日要微服来这里，早就打点好了，十步就有人保护，不过你看不见。朕怎会置自己的安危不顾，更把你也带入险境？这里民风淳朴，这两日正赶集，咱们去吃些宫里没有的好东西。”

岚琪这才安心，很得意地说：“皇上没赶过集吧？臣妾小时候随额娘时常逛的。”

玄烨却轻轻叩她的额头说：“你在人群里喊皇上，不把别人吓死了？”说着拉了她的手就往人群里钻。玄烨虽不曾在这种小镇子上逛过，但京城市井他并没少去。十几岁时朝廷的事也由不得他管，闲来没事就会偷偷跑出去。太皇太后管过两次，后来也不管了，让侍卫好好保护，每个月总有一两天会让他出去走走，一来体察民情，二来少年皇帝太拘谨，怕把好好的性子闷坏了。

玄烨和岚琪衣着光鲜满身贵气，每到一处都被喊着少爷少奶奶兜售东西。玄烨给了岚琪钱袋，买什么东西都是她来掏钱。可这家少奶奶很小气，瞧见少爷要买折扇，就拦着说：“家里头好多了，买回去了也不用。”

摊主见生意要做不成，阿谀奉承一堆话，说玄烨有岚琪这样的妻子主内，必然家门兴旺等。哄得玄烨很高兴，各色扇骨都挑了一把折扇，另又选了一把绢丝团扇要给岚琪，豪气大方地说："天热就用得上了，怎么用不上呢？难得出来逛一回，空手回去没意思，都买了都买了。"

"再买可没钱吃饭了，我饿着呢。"岚琪不情不愿地付了钱，接过摊主包好的几把扇子。她手里另有各种各样的小东西，都快拿不下了，肚子也饿，终于发脾气似的说，"再不去吃饭，没钱了我也没力气拿东西了。"

玄烨乐不可支，凑近她说："是不是仗着不用分尊卑了，把平日不敢说的都说了？你瞧你的样子，又小气又霸道，母老虎似的很不讨人喜欢。你家少爷可不惧内，还不笑着好好说话。"

"可是人家饿了……"岚琪果然软软地撒娇。玄烨这才拉着她找了家像样的饭馆，将各色小菜点了几盘，又要了一壶酒。小地方小饭馆，自家酿的酒又醇又甜，玄烨两杯就脸红上头，岚琪按着不让再喝了。两人正拌嘴，小二送菜上来，客气地说："二位客官这是才新婚？真是贵气般配，我家老掌柜瞧着喜欢，这盘东坡肉今日本是自家吃的不卖，但请您二位尝尝。"

玄烨却笑道："你家掌柜怎么瞧着我们新婚？"

小二笑道："只有新婚小两口才这样嬉闹的，您二位进门就满身喜气。您瞧店里都坐满了，客人可都是随着您二位陆陆续续进来的，真是贵人哪。"

岚琪在边上掩嘴而笑，见玄烨示意，抓了几个铜钱放桌上打赏小二，等那人走了，才凑到玄烨身边问："那些客人，是不是侍卫？"

玄烨欣然点头，嗔怪她："所以不许你对我管头管脚的，他们听见了像什么样子？"可又极自然地好似惧内般含笑央求，"让我再喝一杯好不好？咱们可都六七年了，人家却说是新婚，一定要喝一杯庆贺。"

"那就一杯，这酒凶得很。"岚琪说着，给玄烨斟了一杯酒，自己也有，两人喜滋滋地碰杯饮尽。又是真都饿了，将饭菜一扫而光，店家自家吃不卖的东坡肉果然是极品，宫里御膳都极不上。

酒足饭饱后小两口离了饭馆，玄烨本还要逛逛，奈何岚琪一杯酒就身子发软，不愿她太辛苦，只能提前回了营帐。之后半天懒懒地在一起说说笑笑，也极好地打发了光景。

第二日，玄烨上午去检阅军队，午后回来带岚琪策马到附近湖边垂钓踏春。春风徐徐湖波粼粼间满是欢声笑语，岚琪早已不记得上一回这样肆无忌惮地玩耍是几时了。

自康熙十二年入宫做宫女，她的世界就只在那高高四面墙里。一晃八年，等她都有两个孩子时，竟跟着至高无上的皇帝来这里避世嬉闹。虽然隔天就要再次回到那高墙里，但哪怕一辈子只这一次逍遥自在，她也知足了。

两人谁都不提宫里的事，只管眼前美好的光景。自由自在度过两日，第三日御驾回銮，玄烨却不得不先和岚琪分离。只因大部队里有太子在，有许多宫里认得德嫔的人在，他不愿多生是非，安慰岚琪说并非他要偷偷摸摸，而是不想她背负什么指责。

果然得到贴心的理解，岚琪欣然跟着另一队人走，在恭亲王的安排下，比御驾先一步进了皇城。辗转回到永和宫时又是昏黄的傍晚，而此刻阖宫都在准备迎接皇帝和太子归来，她的行动便更无人瞩目了。

自然，无人瞩目是她自以为的，盯着永和宫一动一静的人，可都瞧见有宫女模样的人进了永和宫的门，就再也没出来。

而岚琪到家后就洗漱更衣，听着环春绿珠叽叽喳喳说这三天宫里的事，说苏麻喇嬷嬷等她回来后，就要把她们都送去慎刑司调教两日。又说宫里妃嫔强行要探病，结果佟贵妃却来了，来了又不见，而且第二天还来，弄得环春她们都摸不清状况。不过因为贵妃来，外头风言风语少了。

一大车子的话，絮絮叨叨直听得岚琪犯晕，倒是有一件她在意，问环春：“怎么会提起恭亲王的，那天王爷来接我，被人瞧见了？”

“必然是瞧见了，不然怎么不说裕亲王不说康亲王。就是不知哪个瞧见的，但那个人一定不安好心。”环春忧心忡忡，后悔道，“奴婢真不该怂恿您出门，这下太皇太后生气，嬷嬷也不帮忙隐瞒，奴婢们挨顿板子无所谓，您也一定逃不过太皇太后责骂了。”

岚琪却憨憨地笑道：“我不让嬷嬷打你们，包在我身上了，再不济还有万岁爷呢。环春啊，我可要谢你的，若非你怂恿我更一股脑儿地把我给推出去，我才真要后悔一辈子。至于有人要以此做文章，只要皇上不理会，闹腾给谁看呢？”

众人见她面若桃花满身喜气，知道这几天一定玩得很开心。绿珠说哪怕被苏麻喇嬷嬷打一顿也值了，瞧见主子全须全尾地回来，她们就都安心了。

“等皇上回来，你们想要什么，我替你们讨赏。皇上在外头时就说了，要好好赏你们。”岚琪懒洋洋地躺着，虽然又回到深宫里，可在外头的笑容还在脸上，只等环春提醒她，“娘娘就一点儿没想六阿哥？”这个做娘的才从床上跳起来，急急忙忙跑来看儿子。胤祚几日不见额娘，早就想念了，缠着嬉闹好一会儿，再过不久外头就传话，说皇帝进宫了。

“皇上一定先去慈宁宫，咱们不必到跟前去的，皇上说了让我再装几天病。”岚琪陪着胤祚玩耍，有一搭没一搭地说，“这几日也闭门谢客，之后再说，太皇太后那儿，有皇上会解释。”

这时胤祚正抢岚琪手里的玩具，咯咯嬉笑，岚琪便顺口问：“胤祚有没有闹，见不到我，没少为难你们吧？”

“贵妃娘娘来过两次，领着四阿哥一起，六阿哥和四阿哥玩耍，就想不到您了。”乳母笑着说，“贵妃娘娘也没问您的事，和孩子们玩儿得很好。奴婢刚开始还诚惶诚恐，后来也不紧张了。”

“是吗？”岚琪没多说什么，只等哄好了儿子离开。回到寝殿继续装病时，才与环春说，“贵妃娘娘这样做，瞧着是在帮我，可我想谢她也不知怎么开口好，她这份儿人情我竟亏欠大了。”

而佟贵妃这份人情，岂止岚琪一人亏欠，太皇太后听说后也唏嘘不已。再等皇帝回宫听说这几日的事，也晓得佟贵妃做了件十足的好事，无论别人怎么看待，他心里很满意。

只是本以为去慈宁宫会挨骂，可皇祖母却只字不提他带德嫔离宫的事，只问两位皇后梓宫入陵的情况。再后来太子来请安，听着太子述说一路见闻，祖孙俩乐呵呵的，玄烨竟插不上话。便私下里问了苏麻喇嬷嬷，嬷嬷也只是笑：“主子说没事儿就好，您还担心什么呢？”

如此一晃，皇帝回宫也有三四天了。这几天都歇在承乾宫，另也派人像模像样地去探望德嫔的病情。真真假假了几天后，德嫔的病也好了，之前风传她和恭亲王私通逃匿的谣言也渐渐没了声音，一切又恢复到皇帝离宫前的模样，闹腾了几天结果谁也没得利。

这日德嫔“病愈”，一早便来慈宁宫请安。前后也有十来天不见面，这会儿正是太皇太后起身的时辰，岚琪如往日一般要上来伺候，可太皇太后却冷冷地推开了她，指了殿内一处说：“去那儿跪着就好，我这里不用你。”

第十章

无情的生母

岚琪浑身一紧，看着苏麻喇嬷嬷求助，苏麻喇嬷嬷悄悄摆手示意她不要辩解。岚琪自知有错，可也难免委屈，静静地跪到那角落里去。可她早已养得娇贵身体，再不是老早宫女时扛得住打骂的身子，跪不过一刻就疼得眼泪汪汪。可太皇太后视而不见，撂下她到外头去，她才偷懒坐下去，就有年长的老嬷嬷进来，满面尴尬地说："娘娘您可好好跪着，太皇太后说若进来瞧见您偷懒，老奴这把年纪也要去慎刑司走一遭了。"

岚琪知道太皇太后言出必行，不敢坑害了这老嬷嬷，唯有直挺挺地跪着。膝盖上钻心地疼，疼得她直掉眼泪，盼着玄烨赶紧散了朝，好来为她求情。

而正如她所盼，太皇太后罚的是岚琪，但要连玄烨一块儿警醒，自然有人通风报信给乾清宫。皇帝散了御门听政，心情甚好地刚回来，就听李公公急匆匆禀告："万岁爷赶紧去慈宁宫瞧瞧，德嫔娘娘这都被太皇太后罚跪一个多时辰了，谁也不敢求情。"

"皇祖母为何罚她？"玄烨惊愕不已，但转过身就明白了怎么回事。衣裳也不换就要走，却被李公公拦回来说，不换衣裳等下又是说辞，这才急匆匆换了朝服，赶往慈宁宫。

岚琪这些年养得娇惯，身子虽好，可经不住这样的惩罚。虽听得西洋钟鸣响，却不知过去多少时间了，实在扛不住，从落泪到哭泣，再后来就坐下了。老嬷嬷也瞧她可怜得很，不加阻拦，反探头探脑望着外头，生怕太皇太后突然进来。

好在终于有动静，听见外头通报皇上驾到，老嬷嬷忙道："娘娘再忍一忍吧，万岁爷来了呢。"说着要拉岚琪跪起来，可她怎么也直不起身子，跌在地上摇头哭着："腿没有知觉，起不来了。"

说话间皇帝如风而至，进门就瞧见她这样，几步上来把人抱到炕上坐。玄烨知道岚琪不大爱哭的，哭成这样一定是挨不住了，心疼得不行，可老嬷嬷还在边上絮叨："万岁爷您先去大佛堂见太皇太后吧，奴婢可不敢让德嫔娘娘起来。"

岚琪见皇帝要发作，拉住劝："皇上先去给臣妾求求情，可不要再惹恼太皇太后了。"

"那也别跪了，小杖受大杖走，你是傻子？跪出毛病来了，皇祖母于心何忍？"玄烨气极了，不许岚琪再下来，让李总管看着，自己辗转去了大佛堂，见苏麻喇嬷嬷在门前等候，定了定心神，才缓步进了佛堂。

佛堂之内檀香幽静，玄烨急躁的心也渐渐平息，在太皇太后身后行礼，便听祖母道："你进来便带着一股子急躁，坐下定定心再说话。"

"是。"玄烨不敢违逆，跟着祖母在蒲团上坐了。祖孙俩静了须臾，太皇太后才收起手中的佛珠。玄烨见她要起身，赶紧来搀扶。触手摸到祖母的胳膊，心头一惊，不知是天暖衣衫减少了，还是皇祖母又瘦了，总觉得祖母的身体比从前轻了许多，手臂也细了，再留心看，皇祖母的鬓发已经全白了。

玄烨有些恍惚，他明白是自己疏忽了。心里总觉得皇祖母还是二十年前的模样，为自己遮风挡雨，傲视朝臣无所畏惧，虽知祖母渐老，却是头回因眼中所见的苍老而震撼到心灵。

"朝廷上的事，渐渐我也跟不上你们了，什么北边儿沙俄，南边儿台湾，年里过节听几个老臣讲起，我心里直犯嘀咕，生怕说错什么让他们笑话。"太皇太后扶着孙儿的手往外头走，笑着说，"皇祖母真是要颐养天年了。这日子一天天滋润得很，外头什么事儿都不知道，你们想骗我瞒我，也很容易。我老了，不如从前那样精明了。"

"皇祖母，孙儿知错了。"玄烨轻声道，祖孙俩停下脚步，太皇太后睨他一眼，"你错什么，天子岂会犯错？是不是我听错了？"

玄烨退后一步屈膝道："请皇祖母息怒，孙儿错了，往后任何事都再不敢欺瞒您。"

"起来，堂堂天子，跪什么？"

"孙子跪祖母，朕跪得。"

"起来。"太皇太后面色含怒，玄烨昂首见了，再不敢倔强，只听祖母语重心长道，"我还能活几年？辛苦一辈子，也愿意乐乐呵呵过个晚年，你瞒我的事哪一件不是为了我好，隆禧没了的时候怕我着急，你也千方百计地瞒着。皇祖母知道，我的孙子疼我。"

玄烨再搀扶祖母，一同走出大佛堂，外头的人散开远远地跟着。祖孙俩走在前头，太皇太后继续道："可你这一次瞒着我，纯粹是贪玩儿。玄烨你多大了，这一次离宫又是正经做什么事的？你再如何想念岚琪，也犯不着这样。不说别的，她去的路上万一出点儿什么事，你后悔都来不及。"

"是，孙儿反省过了，再不敢了。"玄烨一味地服软，不敢顶撞半句，只等听祖母说连同常宁也要叫来训斥，才笑道，"皇祖母训斥了他，往后我们兄弟可要生嫌隙了。"

说话间入了寝殿，瞧见岚琪坐在炕上，一见他们进门，急着要从炕上下来，奈何双腿无力，直接跌到地上。这一下摔得也不轻，把太皇太后和玄烨都看呆了，等缓过神看见宫女七手八脚把她抱上去，太皇太后先骂道："谁许你起来的，给我跪着去。"

岚琪吓得不知所措，玄烨拦着道："皇祖母，您饶了她吧。"

太皇太后端坐一旁，挥手示意宫女太监都下去，瞧见岚琪脸上妆容都花了，眼睛通红一定是哭过，又心疼又生气，低声斥责了句："活该。"

玄烨则温和地说："只有孙儿和岚琪在，皇祖母不必顾忌什么，您只管责备，是孙儿错了。"

"你的确有错，岚琪也没脑筋。这种事想想也知道不能做，自己不晓得如何决定，哪怕来问问我呢？"太皇太后气呼呼责骂道，"你们这戏码演得很足，这都过去多少天了，我这儿脾气都快没了。得亏你是今日来，再早两天来，就不是跪在屋子里，我让你跪到慈宁宫门外去。"

岚琪的脑袋垂得快到胸下去了，膝盖的疼痛钻心，昔日她被这样那样的人折腾时，都不见这样难受。但今日进门就被训斥罚跪，太皇太后的每一句话都震荡着她。细想想，那三天虽然逍遥快活，但前前后后的确惹出许多麻烦，岂是自己轻描淡写一句"皇上不在乎"就成的。想想真是该罚，不这样钻心地疼一回，说不定往后还会头脑发热。

太皇太后知道两个都是聪明人，不必她过多训诫，唯提点了句："从你到我跟前起，我说得最多的是不要得意忘形，如今再提醒你一句，别好了伤疤忘了疼，你再敢忘了……"

"不敢了不敢了。"岚琪连忙应道，她和太皇太后坐得很近，伸手过来拽了老祖母的袖子说，"阿哥公主们都长大了，臣妾再胡闹，也要脸面呀。不然孩子们都好好的，做额娘的老挨罚，往后还拿什么脸面去教训孩子。"

老人家失笑，伸手点了点她的脑袋："给我记在脑子里才好，往后玄烨冲动糊涂的时候，你一定要冷静。你说你们俩真想出宫玩儿几天，大大方方地去就好了，还看谁的脸色不成？这样多危险，你路上有点儿什么事，往后谁来伺候我？”

“可是……那几天可开心了。”岚琪脸上还有泪痕，膝盖的疼也一直折磨着，却又高兴地笑起来，骄傲地说，“臣妾知错，下回一定不敢了。可臣妾不后悔，不想什么出事没出事的。说了您别动气，即便今天跪得要疼死过去了，臣妾也没后悔，觉得那天跟恭亲王走了，真好。”

玄烨听了骂岚琪：“你怎么说话呢，真要跪到慈宁宫门外去才懂事？”

可太皇太后却笑：“你急什么，难道不就是喜欢她这样子？”

祖孙间几句话化解了矛盾，太皇太后该说的说了，玄烨也自知有错，之后说几件要紧的事。苏麻喇嬷嬷请来太医给岚琪疗伤，他们去了别处，又只剩下太皇太后和皇帝时，老人家才正了脸色道：“瞧见太医，我想起一件事，我这边查了没头绪，索性撂下等你回来再说。这几天你忙着前头的事也没怎么过来，我也不好去烦你。”

玄烨还以为是郭络罗氏的事，反宽慰祖母：“您是说宜嫔病了的事吧。孙儿过几日就去瞧瞧，还是那个意思，宜嫔不能太冷落，她性子比她妹妹好多了，您放心。”

太皇太后摇头，目光直直地看着孙儿道：“玄烨，我问你，是不是你让温妃避孕的？如今她自己发现了，到我这儿来求做主。”

玄烨眉骨一震，抿着嘴没应答，而他这模样，太皇太后知道问也没意思了，沉甸甸地阖目叹息：“你啊……我说什么好。”

“皇祖母。”

“得了。”太皇太后厉色看着孙儿，可说的话却又十足为他着想，“把这件事算到明珠府头上去，怎么做不用我教了吧？对岚琪也不能说是你的主意，更莫说温妃了。这件事到此为止，是明珠府和惠嫔的恶意，与你无关。那日岚琪也在，她若问你，你绝对不能说实话，你会吓着她的。”

玄烨目色深沉，不似方才为了出游的事一口一句“孙儿错了”，此刻才真正有他自己的坚持。他不能忤逆祖母，但也绝不想承认自己有错。他有他的算计，皇祖母担心上苍降怒，可他并没有杀子，只是让温妃避孕而已。

“是，朕记着了。”玄烨答应，此刻苏麻喇嬷嬷从别处来，说德嫔娘娘上好了药，这就要回去了。太皇太后便让皇帝也走，她要清净清净。玄烨起身离开，走了没几步到底又折回来说，“皇祖母别生气，孙儿不会再让她吃药，往后其他妃嫔也不会。”

太皇太后却道："我信你，可玄烨你信不信自己？从前我劝你不能断了自己的子嗣，并不只是担心神佛报应。你想想，如果那些女人发现是你下的手，传到宫里传到朝臣里去，你的面子往哪儿搁。难道说，是堂堂皇帝忌惮朝臣到了要防着女人怀孕的地步？真正的明君，怕什么外戚之扰，他们都是你的臣子你的奴才。你越做出让他们觉得你忌讳外戚势力的事，他们就越自鸣得意。你要做，就绝不能留下一点儿痕迹。"

玄烨垂立听训，他并不完全认同皇祖母的话，可他一想到方才在佛堂触及祖母身体时察觉到她的苍老，心中就不忍祖母为自己担忧。不再坚持，再三保证不会再有这样的事，祖孙俩才算没有不欢而散。

可是玄烨的不悦岚琪察觉到了，他们一起回永和宫，玄烨说下午要歇在这里，可脸上一直紧绷着。岚琪看了许久，见他的确不是在为自己膝盖上的伤担心，终于开口问："皇上今日听政，有不高兴的事了？"

玄烨才缓过神，摇头说没有，随口问她膝盖的伤怎么样，说她太傻，可绕了半天岚琪还是说："皇上若这样离了永和宫，别人瞧见也会看得出皇上有心事。您不说臣妾也不想知道，但恕臣妾失礼，您这样去了别处见了别人，可不大好。"

玄烨苦笑道："算你懂事了。"伸手摸摸她的膝盖，瞧见人家皱眉头的样子，很心疼，但皇祖母方才的话仍旧响在耳畔，便问她，"温妃的补药被人调包的事，你也知道了？"

岚琪一怔，点了点头没说话。她心里咚咚直跳，看来太皇太后是提了这件事，难怪皇帝脸上不好看，他是生气震怒，还是说？

"朕会查一查是谁做的，你也要小心，永和宫的药非经专人之手，不要随便吃。"玄烨幽幽叹着，把岚琪抱到身边，抬起她的双腿轻轻抚摸膝盖为她散开淤血，一边叮嘱，"这件事不宜张扬，你不必去给温妃什么交代，朕会让人照顾她。"

岚琪觉得玄烨这话里的意思，似乎不大愿意她和咸福宫往来。反正她自己也不喜欢，便轻声应着："臣妾明白，这件事臣妾只当不知道。"

玄烨点头，他有一瞬想对岚琪说实话。一直以来她都是身边最好的倾听者，可皇祖母的话让他犹豫。他也担心岚琪害怕自己，担心自己太过冷血的手腕会吓着她，思量再三还是放弃了。

好在岚琪真的没再提，玄烨想不到岚琪不提温妃是因为知道人家对自己的真情，本是女人的私心作祟，还以为岚琪是体贴人。他不想听见嘀咕什么"温妃娘娘很可怜”的话，她真的一句都没有说，全中了玄烨的心意。

皇帝在永和宫用了午膳，午后因没有朝臣领牌了入宫觐见，他一面让岚琪睡觉养伤，一面就让李公公把折子送来在这里看。看得犯困了，听见胤祚的动静，就来陪陪儿子。父子俩正玩得高兴，李公公皱着眉头来禀告，说了很莫名其妙的事。

好端端的，温妃突然跑去承乾宫，让佟贵妃给她几枝梨花。谁都知道紫禁城里承乾宫的梨花开得最好，佟贵妃当然不会小气几枝梨花，可她怎么知道温妃会自己爬上去。这一下从树上掉下来，温妃当场就昏厥过去了。

“现在温妃娘娘在承乾宫，去请太医了。因知道皇上您就在永和宫，所以贵妃娘娘派人来禀告一声。”李公公说着，用询问的神情看着皇帝，大意在问皇帝去不去看一眼。

而玄烨似乎不大情愿，若是平日也罢了，偏今日才和皇祖母提起温妃避孕的事。不说他心虚，反正横竖是不痛快，并不想见。

李公公见这情形，不得已说：“都知道万岁爷您在这里。奴才以为没有什么要紧的事，还是过去看一眼好。不然的话，人家又不知该怎么想德嫔娘娘了，您说呢？”

玄烨恼道：“如今连朕做什么，也被束缚了？”话虽如此，皇帝还是动身了，可胤祚缠着阿玛不放，玄烨索性领他一起去承乾宫。

这边佟贵妃瞧见皇帝带着六阿哥来，看不明白状况，玄烨却温和地说：“他一直念叨着哥哥，朕正好过来了，领来他们一起玩耍。你把胤禛教导得很好，弟弟们都开始缠他了。”

佟贵妃这才笑：“是皇上教导得好。”然后引着皇帝往内殿去，很莫名地说，“温妃实在奇怪，臣妾怎么知道她会自己爬上去。底下奴才也该死，竟没有一个人拦着。不过皇上您放心，她死不了，太医说是吓晕的，连胳膊腿都没摔坏。”

“那就好。”玄烨心里本不痛快，倒是贵妃这几句让他有几分笑意。然后入了内殿，温妃已经醒转，见了皇帝又羞又开心。可不等他们之间说什么，佟贵妃已说：“既然你醒了，也没摔坏，赶紧回去吧。”

温妃面上可怜点头不语，玄烨便问了几声，让她别再做这种傻事。佟贵妃则在边上故意说：“天气再暖一些，永寿宫的海棠也要开了。那里没人住，你回头去剪花枝架梯子可要小心些。再摔一下，指不定没人瞧见能救你。”

“臣妾……记着了。”温妃脸色苍白没有反驳，唯有时不时抬眸看一眼皇帝。不久外头讲预备好了软轿，要送她回咸福宫。温妃看着皇帝欲言又止，可这里由不得她做主，很快就被承乾宫的人抬走了。

不过玄烨和佟贵妃还是送到了门前，看着她上了轿子走开才折回来。贵妃本以为皇帝立刻就要回永和宫去，没想到却陪她一起和两个孩子玩了许久。再后来让乳母抱六阿哥回去，自己则回乾清宫去了。

这样闹腾一场，反让皇帝在承乾宫逗留了一下午。当岚琪一觉醒来听说这些时，揉着自己的膝盖嘀咕："宫里头到处都有梨花，承乾宫里虽开得好，但也不见得稀奇得非要来这里剪，温妃娘娘还自己爬树了？"

"架的梯子没站稳，一头栽下来，听说没爬高，所以跌得也不重。"环春拿调好的药膏给岚琪抹在膝盖上，叮嘱她别乱动。

岚琪慢慢想着温妃那些心思，想着她宫里堪比御膳房精致的菜肴点心，想着她费劲儿地采集花上露水。她毫不保留地表露心迹，显然为了讨皇帝欢心，她愿意做任何费心的事。就不晓得她今天跑来剪梨花，是不是故意摔下来，好引皇帝去瞧瞧她。

毕竟自己不再是当年那个小贵人，温妃若想从永和宫请走皇帝，不会再像曾经那样半路把人拦走，也不可能闯进来要人。于是选了个好地方，闹了个好笑话，可惜结果又和那些露水一样，似乎是白辛苦。

"娘娘，温妃娘娘摔伤了，我们要去安慰吗？"环春给岚琪敷好药膏，便来问这件事。永和宫里送往迎来的事儿是环春盯着的，她举棋不定时，才会来问主子。

岚琪摇头："皇上今天暗示我不要和咸福宫多往来，正好我也不愿意，往后还是远着些好。"

此刻香月从外头进来，乐滋滋地捧着一瓶花枝，进来搁在桌案上说："贵妃娘娘赏赐的梨花，让您摆在屋子里瞧瞧。"

岚琪和环春面面相觑，香月又说："奴婢问了的，来送花的小公公说各宫都有。贵妃娘娘怕大家都惦记她宫里的梨花，跑去什么人再摔下来可怎么好，就让人剪了好些插瓶，给各宫娘娘们赏玩。"

岚琪哭笑不得，边上环春已絮叨："那还要回礼呢，咱们宫里近来花销可真大。"

"可不是，都以为做主子娘娘风光，其实哪里有做官的好。眼瞧着天气暖和了，我听说六部那些老爷，旧年冬天的炭敬还没花完，各地官员的冰敬又该到了。我这儿眼巴巴年例二百两银子，都不够花。"岚琪竟也跟着嘀咕，"皇上上回一下就赏了五百两银子，真盼着胤祚月月过生日，我生辰时也没见万岁爷这么阔气。他对自己也阔气，瞧见什么喜欢的就要。”

环春这几日常听说主子在外头游玩时和万岁爷赶集的趣闻，说皇上花钱没数儿，一袋子钱半天就见底了，买回来的东西也不晓得搁在了什么地方。这样的话反复嘀咕了好几次，环春猜想主子是喜欢那样的日子，巴不得能再去游玩几次才会挂在嘴边，哪里会是真的嗔怪皇上挥霍无度。

这会儿笑道：“奴婢才嘀咕一句，您就这么多话，人家听了还真以为永和宫要揭不开锅了。二百两银子还不够花？您旧年的二百两银子就没怎么动，慈宁宫每月都赏东西来，您都没处花钱。现在这样说，不过是惦记您要给六阿哥攒银子嘛。”

岚琪连连点头：“我是学着荣嫔姐姐。她说阿哥们长大了出宫自立门户，虽然朝廷会拨银子，他们将来也有俸禄，可做娘的就该多为孩子想着点儿，多攒些钱总是好事。”说着拉拉环春，“以后端嫔娘娘她们再来讹我，你们给我挡着点儿。”

香月没轻重，在边上理着花枝直接就说：“四阿哥就好了，佟贵妃娘娘家里从前是辽东大户，听说有金山银山呢。上回听承乾宫的小姐妹说，国舅府里给娘娘送银子都是几万两给的，这样一比较，娘娘您的年例真是少得可怜。”

岚琪听得呆了，环春见她变了脸色，记得曾经的训诫，真怕主子动气，先把香月骂了几句撵她出去，再折回来时，主子脸色好了许多，就听她感慨：“香月说得不错，我真是给四阿哥找了个好额娘。你想想我什么出身呀，皇上和太皇太后的赏赐总有限，我一辈子能攒下多少钱？我也不懂什么生财的门道，可佟贵妃娘娘不一样。国舅府那么大的家业，往后四阿哥出去开牙建府，背后也有靠山，惠嫔荣嫔她们不是总把靠山挂在嘴边吗？这样想，我们六阿哥将来只怕比不过兄弟们，为了他，我也要好好筹算才是。”

“皇上总归一视同仁，贝勒王爷的俸禄不少，您操心做什么。奴婢看若是被皇上知道，一定骂您的。”环春哄着岚琪，这话赶话的怎么就说到钱财上去了。永和宫虽然比不得承乾宫，日子还是很富足。德嫔受宠，上头的赏赐每月都不断，平日里花销也少，只不过最近多花些。环春随口一句玩笑，竟引出这么多话。

岚琪也唏嘘道：“才说温妃娘娘的事儿呢，好，就这么决定了，不必去安慰，没摔坏不是吗？”

实则太医虽说温妃没摔坏，但身上擦破碰伤的地方还是有的。在承乾宫里不方便，回宫后冬云帮着各处上药，胳膊肘上见蹭破了一大块皮，冬云没跟着去，难免要嘀咕："跟着的那些人实在混账，怎么能让娘娘您亲自爬上去？"

温妃恹恹地看着冬云给自己上药包扎伤口，轻声说道："我本以为贵妃娘娘不会答应让我剪花枝，还准备和她吵几句的，没想到她竟然答应了。我实在想不出什么法子，只能自己爬树再摔下来，我爬得不高，自己知道摔不死。"

"娘娘……"

温妃再道："我也没晕过去，假装的。"

"娘娘？"冬云手里的药停下了，满腹不解地看着自家主子，怎么好端端的，她又开始不着调地做事，这又要闹什么？

"冬云，你说我怎么才能让皇上想起我来？皇上回宫那么多天了，一次都没来瞧过我，他也不惦记八阿哥吗？"温妃神情痴痴地说，"难道皇上把八阿哥送给我，就是想让我打发时间的？往后他不再来了？"

"您这样想可不成，万岁爷回来也没几天，兴许今晚或明晚就来了呢？"冬云苍白无力地说着这些话。她跟着钮祜禄皇后十几年，这样的话也说了无数遍，没想到又开始说，只怕一说又是眼前人的一辈子，而想起旧主，心里难免悲伤。

温妃更是悲戚戚地说："我就知道不该去告诉太皇太后我的药被调换的事，大概是皇上真的厌恶阿灵阿他们才不让我怀孕的。这下好了，皇上索性就不再来见我了，他一定讨厌我了，就像从前厌恶姐姐那样厌恶我。"

冬云劝道："皇上不曾厌恶过皇后娘娘，不然怎么会封娘娘为皇后？您可不能乱想。"

温妃落泪，摇头说："我不乱想，事实如此。"

寝殿窗外，觉禅氏扶着香荷的手站立。她听说温妃摔伤了想要来看望，走到窗下却听见这样一番话，以己度人难免觉得温妃可怜。一个情字万般重，她此生再也谈不上什么情爱，可仍旧视情爱为世间最美好的存在。虽然希望温妃能情有所属，可聪明如她，又怎会不知这深宫里的情爱谈何容易。

"主子，咱们……"

"回吧，娘娘现在一定不想见人，方才的话，咱们什么都没听见。"

觉禅氏领着香荷折回去，眼下她已经出了月子，怀孕时养胖的身体虽然在慢慢清减，但不再是从前的瘦削纤细。不多一分不少一分的丰盈身材，再加她绝美的面容，真真是足以在这宫里傲视群芳的美艳。只是她对此毫不在乎，甘愿在咸福宫的配殿中了此残生，竟是对八阿哥也没什么感情，甚至觉得他就是温妃的孩子，仿佛要用冷血无情，来祭奠她逝去的爱情。

回到配殿中，觉禅氏坐回炕上绣她的荷包，针线是她如今唯一可以用来打发时间的事。至于读书写字，那是她和容若在一起时才做的，没有了容若，握笔捧书也毫无意义。

香荷出出进进，不多久捧进来一把梨花，笑着说："承乾宫送来的，主子要不要搁在屋子里？"

"拿那只素白的双耳瓶，给我一把大剪子。"觉禅氏倒是来了兴趣，等香荷准备好，便小心翼翼侍弄花枝，"咔嚓"声里，一瓶梨花出落得亭亭玉立，香荷赞叹道："主子还会插花呢，您侍弄得真好看。"

"我也不懂什么门道，想着和绣花裁衣服大概也一样，每个人的手势不同吧。"觉禅氏坐在一旁静静赏花，记忆慢慢飘回从前的时光。

"惊晓漏，护春眠，格外娇慵只自怜。寄语酿花风日好，绿窗来与上琴弦。"梨花如雪的日子，她必然会和容若在一起，花前柳下执笔吟诗。而今点点滴滴反复追忆，生怕时光流逝，会忘记曾经的美好。

"听说各宫都得了梨花，您说翊坤宫会有吗？宜嫔娘娘病成那样，还有没有心思赏花？"香荷颇有几分幸灾乐祸，恨恨道，"所以说呢，老天有眼，这世上的事，不是不报时辰未到。"

香荷这几句，自然被觉禅氏责怪不要多嘴，可她的话却未必没有道理。昔日风光的翊坤宫如今落得这般田地，当年钮祜禄皇后还是昭妃时，也曾缠绵病榻，仿佛住进这里的女人都要经历大起大落。眼下春暖花开，宜嫔如花一般的人，却沉寂病榻，足不出户。

这会儿工夫，承乾宫赏赐的梨花也送到了翊坤宫。桃红接过替主子谢了恩，可未免主子不喜欢，只让宫女放到别处去，回来时宜嫔才喝了药正歪着养神，见她回来便问："承乾宫的人来做什么？"

桃红应道："承乾宫赏赐了梨花请您赏玩，才听说温妃娘娘去那里剪花枝摔伤了，贵妃娘娘就赏花来，还很不客气地说，请各位不要惦记她那里的梨花，没得再摔伤几个人。"

"佟贵妃倒是爽快得很。"宜嫔恹恹，可才说两句话，就觉得嗓子痒，猛地咳嗽了好一阵才缓过来，软软地靠在大枕头上，泪眼婆娑道，"我这病是不是好不了了？每天那么多药下去，也不见起色。"

"主子要宽心，太医说伤寒之后必然咳喘，总要将养一两个月。您要有耐心，这几日不是比前些天好多了吗？"桃红绞了帕子来给她擦拭，安慰着，

"正好外头柳絮飞扬，咱们不出门也好。"

宜嫔叹了叹，自己揉着额头说："幸亏万岁爷还惦记，不然我这心都要冷了。"

说起来，桃红之前很担忧，担忧皇帝回宫后会无视翊坤宫里发生的一切。若不在乎郭贵人没了的事也罢了，可宜嫔大病一场若也不闻不问，自家主子必定要伤透了心。好在皇帝回来第二天就派人来询问病情，还送了好些从外头带回来的东西，也因这样主子的病迅速好转，果然是病由心生。

"入春的日子，本该让别人来我这里聚聚的，如今却成了晦气的地方。"宜嫔叹息着，睁眼将屋子里看了又看，"咱们这里，可有什么花呀草啊的送人？她们该忘了我妹妹，可不要她们把我也忘了。"

桃红劝她："郭贵人七七未过，总是咱们翊坤宫的人，还是您的亲妹妹，奴婢觉得您好心送出去的东西，别人也未必领情。您先安心养身体，等身体好了，郭贵人的七也过了，您亲自各宫各院地去拜访，多好呀？"

"不错，人家现在躲咱们还来不及。"宜嫔想到妹妹的死，心里就难受，也非为了逝者悲伤，而是不知她这个活着的人往后的日子该怎么过。本以为皇帝此次归来真正要把她忘记了，可人家却派人嘘寒问暖。自己病着皇帝不能亲自登门也是有的，好歹总算遇见一件让她舒心的事，满心盼着病愈后，能重振翊坤宫的风光。

此时有小厨房里的宫女来，桃红去门前听了几句，回来问宜嫔："早晨荣嫔娘娘送来的干货已经泡开了，您想炖汤还是熬粥？"

宜嫔一直没胃口，懒懒地说："炖汤吧，当药灌下去罢了，实在不想吃东西。"

桃红再去嘱咐，回来时道："这些日子，倒是荣嫔娘娘还惦记着，时不时送些东西来。咱们翊坤宫也不缺这一口吃喝，却是她的心意。"

宜嫔冷笑："心意还是心机，谁知道呢，你且替我记着这些好，将来我要还人情。"

话音才落，门前小太监又进来。桃红去支应，回来时捧了一提食盒，打开里头一罐汤，笑着说："乾清宫御膳赏下来的，送来的小太监传万岁爷的话，说记着您旧年夏日每天送汤去，要您好好养身体。今年夏天，皇上还等您送的汤喝。"

一语说得宜嫔双眸通红，竟是动了情似的，看着桃红盛汤送到面前，她一口口咽下去，忍不住泪眼迷蒙，啜泣道："旧年送汤羹，也是妹妹的主意，皇上如今这样讲，我心里头虚得慌。”

桃红再无话可说，如今是上头关心也不好，不关心也不好。唯有等主子病体痊愈，该争的该抢的，都让她自己去算计才是。

而之后几天，乾清宫依旧每日赏赐翊坤宫汤羹。皇帝对宜嫔的眷顾六宫有目共睹，感慨她病榻之上仍有圣宠，来日病愈复出，不知又是什么光景。但是大好的三月阳春，宫里却病的病、伤的伤，皇帝又刚奉移两位皇后陵寝归来，除了承乾宫外并不太近女色，似白白空负了这温暖旖旎的春光。

转眼四月里，岚琪膝盖上的伤也好了，依旧每日在慈宁宫侍奉。太皇太后很依赖她，虽然道理上的管教很严苛，一如她曾经教导年少的玄烨，可心里最疼爱岚琪，平日说话并没太多规矩，俨然祖孙一般亲昵。

苏麻喇嬷嬷也得闲不必时时刻刻在跟前，许多事也交给岚琪做主料理，而今德嫔俨然慈宁宫里的一把手。众人都在背后嘀咕，幸好她还未染指六宫之事，不然这宫里，竟无人能克制她了。

是月上旬，科尔沁远道而来的客人终于入京了。皇帝为博祖母高兴，大摆筵席招待那些亲王贵族。来的都是科尔沁博尔济吉特一族的新鲜血液，年轻的王爷格格们，太皇太后虽然都不大认得，但到底骨肉血亲。她这把年纪是再也回不去草原了，闻见孩子们身上草原的气息，也格外高兴。

如此热热闹闹了好几天，老人家也不见精神倦怠。宫里头多了些蒙古女人，不同的装束穿梭在宫阁之间，别有一番风光。不过妃嫔聚在一起时，却盯上了草原来的格格公主们。从听说皇帝下旨请她们来，女人们就开始琢磨，皇帝是不是又该纳几位蒙古格格入宫了。

当年慧妃早早殁了，宫里头就没再有蒙古妃。而先帝在时宫里最多的就是蒙古妃，太皇太后和太后也都是科尔沁来的，这一脉外戚强大而亲近，算着年头，也该有新人进来了。

再看此行随同的年轻格格们，大多十四五岁，年纪虽小，但足以入宫。从她们进入女人们的视线起，就成了妃嫔们茶余饭后的谈资，说这个长得好，说那个性子野，一说大半个月的光景。四月末的时候，皇帝却只赐婚了其中一个女孩子给安亲王做儿媳妇，至于他自己是否纳妃，一直没有任何苗头，才渐渐止住了这些传言。

这日玄烨在永和宫歇息，夜阑人静时，环春进来换蜡烛，瞧见皇帝和自家主子一同站在桌前写字，耳鬓厮磨地说着悄悄话。她欣然一笑赶紧退了出去，可才走出门，就听见里头主子喊人，进来问何事，说是皇帝饿了要进消夜。

环春赶紧去张罗，这边两人撂了笔，岚琪端水来让玄烨洗手，被人家促狭地洒了水在脸上。她眯着眼睛气呼呼说："这事儿搁在平头百姓家里，遇见个母老虎的家主母，肯定一盆水扣在相公脑袋上了。"

"胡说八道，你敢不敢去皇祖母面前说这个？"玄烨骂她，心情却极好，将两人写的字举起来，啧啧道，"孺子可教，你这字越来越有样子，还以为如今你伺候皇祖母又照顾胤祚，把这些都荒废了。"

"皇上教导的，臣妾敢荒废吗？我才不找骂挨呢。"岚琪笑着也洗了手，腻过来一同看字，却听皇帝说，"可叹朕的那几个表妹，满语汉语都说得不好，怎么如今他们都不教了？"

岚琪一时没听明白，脑筋转了转，一个激灵，撇着嘴问道："难道皇上，是想纳哪位格格入宫？"

玄烨含笑，伸手在她脸上捏了一把："嘴都歪成这样了，朕若真纳几个蒙古格格进宫，刚才那盆水就不是洗手用的，要扣在朕头上了是不是？"

岚琪是正经问的，眼中满满的醋意，嘀咕着："臣妾要是敢那样做，太皇太后非把我的脑袋拧下来不可。人家好好说话呢，皇上是不是真的要纳蒙古格格了？宫里头都在说。"

"没有的事儿，瞎想。"玄烨敷衍一句，转身往膳桌走，却被身后的人拽住，追着问，"皇上骗人。"

玄烨反手往她腰上一掐，岚琪受不住痒痒就松开手，但玄烨不再敷衍她，立定拍了她的脑袋，笑着说："这醋劲儿大的，一会儿环春若呈包子来，都不用准备醋碟子了。"

"那是不是？"

"朕必然还要纳一两个蒙古格格，但不是眼下。你这醋留着往后再吃，现在真的没这事儿。"玄烨笑着，瞧见环春已带着人进来布置餐具，他又拉着岚琪退进内殿，拥着她说，"政治联姻，草原各部是朕最天然的屏障，阻挡着沙俄老毛子们，可朕若处理不当，他们就会变成沙俄的棋子，反过来拿刀对着朕。这次虽是你随口提了一句让他们进京来哄皇祖母高兴，可朕心里也想了好久的，自然另有要紧的事要与他们嘱咐商议。"

岚琪听不大懂，半知半解地问："照皇上这样说，留一两个格格在宫里岂不是更好？"

玄烨笑道："皇祖母和皇额娘都安好，大清最尊贵的两个女人都是蒙古来的，朕这里急什么？留几个格格指婚给贝勒世子们倒还成，如今宫里头朕已经忙不过来了，又有你这个醋缸子在，朕留人家下来，给你欺负不成？”

不知是正经话玩笑说，还是玩笑话正经说，反正岚琪脸上的醋意已经淡了，骄傲地拉着玄烨出来进消夜，环春看见了还问：“娘娘什么事这样高兴，笑得眼睛都眯起来了。”

玄烨坐定了动筷子，随口就说：“你家主子傻，你又不是不知道。”

环春笑道：“皇上可别被娘娘骗了，娘娘她总爱装傻，心里头比谁都明白。”

“不错。”玄烨夸赞环春，“还是你知道她，明儿去告诉李总管，朕赏你银锭子。”

岚琪虎着脸在边上看他们一搭一唱，环春笑着跑开了，也支开其他人，玄烨推推她：“不伺候朕了？把那个粥给朕盛一碗。”

“那皇上也赏臣妾一些东西吧。”岚琪却伸出手，眼巴巴地说，“您每回来时用消夜，可都算永和宫的账，臣妾的年例都不够花了。”

玄烨哭笑不得，顺手把玉扳指摘下塞在她手里，人家才乐滋滋收好去盛粥。玄烨恨道：“你哪儿学来的毛病，怎么总跟朕哭穷？朕知道，皇祖母每月赏你不少东西，真金白银的也给，你的银子都花哪儿去了。”

岚琪把粥送过来，亲手夹了小菜攒了一碟子放边上，笑嘻嘻说：“臣妾攒着，一来给胤祚长大了用，二来将来若有个闺女，额娘总要给攒嫁妆。皇上那里归皇上的，臣妾做额娘的，也要尽心才好。”

玄烨一边听着，已胃口极好地吃了大半碗粥了，笑问：“那你为何不要朕赏你珠宝玉器，那些都是值钱的东西。”

岚琪又给他添小菜，眼睛亮亮地笑着说：“那些东西太皇太后赏赐就好，臣妾攒好些了，皇上赏臣妾笔墨纸砚可是宫里独一份儿，不一样的。”

玄烨便放下筷子伸手：“把玉扳指还给朕，你不是不要的吗？”

岚琪倏地侧过身子护着，小气地说：“这是臣妾讨的，不是您赏的呀。”

玄烨轻轻咬唇，瞧着她粉面含笑似嗔似娇，眼角眉梢都是叫人心暖的喜色，忍不住把人拉到身边说：“那朕不能白给吧，不是说要给闺女攒嫁妆？”

岚琪一手捏着扳指，另一手拿起玄烨的筷子要塞给他，心里颤颤地说：“臣妾请皇上吃消夜了。”

“可朕不想吃这些了……”热乎乎的气息游走在岚琪颈间，天气暖了穿得也少，白嫩嫩的脖子露出半截，羊脂玉似的泛着光泽，淡淡馨香，让人忍不住要亲近。说话的工夫玄烨已经纠缠上了，更一手托起岚琪的腰肢，不知不觉就把轻盈的身子抱入怀里。

岚琪不敢抵抗，早已被撩拨得浑身发烫，两人忘情地缠绵起来，渐渐就往里头去，一桌子消夜几乎就不动了。

外头环春几个还等着来收拾，突然听不见膳桌上的动静，有胆子大的小宫女探头探脑进来，果然不见皇帝和自家主子，急忙回过来悄声问环春要不要收拾。小丫头害羞得脸扑扑红，被环春笑骂："当然不要进去了，你们都散了去睡吧，这里用不着了。"

支开了旁人，环春悄声过来将殿门掩了。跟皇帝来的梁公公歇了会儿继续过来当值，瞧见关殿门，就知道里头歇下了，又怕再喊人，便在门外不远不近地候着。环春见状过来陪着说说话，笑道："李公公渐渐有年纪了，如今您是他身边最得力的徒弟，往后这宫里头大总管的位置，非梁公公莫属了吧。"

梁公公忙笑道："那环春姑娘可要给我多说说好话。师傅手底下徒弟多着呢，我也不敢奢望那个位置，只要伺候主子的事上，轮得到我就好。"

"您这话说的，都能跟着皇上来永和宫了，还谦虚什么？"环春笑着从怀里拿出一纸包果脯请他甜甜嘴，玩笑似的说，"咱们德嫔娘娘，还要拜托您好好伺候皇上呢。"

梁公公是极有眼色的人，很客气地笑着说："岂敢请娘娘拜托，奴才自然是好好伺候的。跟着师傅这些年，别的学不会，怎么看宫里头的光景可都学着的。姑娘就放心吧，咱们往后这样说话的机会，数都数不过来呢。"

可才说话间，永和宫的门突然被敲响了，两人面面相觑，伸长脖子瞧着前头光景。不多时就有小太监过来禀告，说咸福宫来人传话。

毕竟是温妃娘娘的事，梁公公和环春都不敢怠慢，赶紧到了门前，只见来的小太监战战兢兢说："八阿哥的乳母，失手把八阿哥从怀里落在地上了，小阿哥摔得不轻，已经请太医了。娘娘让奴才来禀告皇上，怕八阿哥有什么闪失。"

关乎皇子生死，梁公公和环春都不敢不报，可看情形皇帝和德嫔不知在里头做什么，搅了皇帝的好事，谁知道皇帝会不会翻脸。可若八阿哥真的小命呜呼，皇帝却在永和宫翻云覆雨，将来旁人不敢说皇帝不好，罪过必定全落在德嫔一人头上。指不定从此和咸福宫结下梁子，后患无穷。

"梁公公，您若不敢，奴婢可叫了。"环春的心也突突直跳，两人在门前徘徊好久，梁公公到底壮了胆子，和环春一道进去，站在外殿喊着，"万岁爷，奴才有事禀告。"

里头本有些动静，一下便静了。梁公公满头虚汗，再喊了一遍，还是德嫔先出声问："什么事？"紧跟着里头又有了动静，梁公公赶紧把话说了，才听见皇帝问："太医去了吗？"

梁公公战战兢兢道："太医去了，就是怕八阿哥有什么闪失，才来禀告皇上，万岁爷……您……您这会儿去吗？"

"当然，备轿。"玄烨即刻应道，又补了一句，"别闹太大动静，不要惊扰了皇祖母。"

梁公公急急忙忙出去打点，环春听见主子喊她打水，等她捧着水进来，就瞧见主子身上衣服散开，正踮起脚给皇帝扣扣子，又熟稔地把皇帝的头发抿好。手脚麻利，片刻工夫就收拾妥当。但她自身衣衫不整不好去外头，皇帝只留了句"早些歇着"，便走了。

岚琪立在窗下，一直听外头没了动静才回身过来，可想着刚才的事，突然捂嘴大笑。环春一直在边上绷着，瞧见主子笑，自己也忍不住了，主仆俩笑作一团，岚琪推她说："快给我倒碗凉茶来。"

只等一碗凉茶灌下去，身子才松快了些，岚琪这才想起八阿哥的事，叹息道："八阿哥若真有什么事，可怎么好，还要应付太皇太后伤心，老人家如今最经不起这样的事。"

环春也道："乳母怎么这样不尽心，这是要把一家子老小都搭上吗？"

岚琪直觉得疲倦，吩咐她们都去歇息，让上夜的人盯着消息就好。自己吹了殿内的蜡烛又躺下，但说实在的那样一闹腾，浑身都不对劲儿，又暗暗好笑，自己尚且如此，玄烨可怎么办。

但皇帝还真没什么，他急着赶来看八阿哥，一半是关心自己的儿子，另一半也是做给别人看。他晓得没人敢编派皇帝，可风言风语若冲着岚琪去，就很没意思。孩子的命要紧，岚琪的名声也坏不得。

这会子风风火火地赶来，咸福宫里果然灯火通明，进门就听见孩子嘹亮的哭声。这样倒安心了，孩子还有力气哭，可见摔得并不重，必然是温妃大惊小怪。

待到了八阿哥的屋子，温妃正紧张兮兮看着太医诊治，一见皇帝来就忍不住垂泪。玄烨安抚她几句，便来问太医如何，太医给小阿哥上上下下都检查了，尴尬地说："老臣查看过，八阿哥没事。但有时候摔伤了什么立时是看不出来的，今晚且要看护好，老臣预备和其他太医留守，继续查看。"

"看样子是没事，他哭得那么精神。"玄烨看了看孩子，倒是很淡定，斜眼瞧见边上跪着的乳母和几个宫女，她们个个儿都伏在地上颤抖着。这是要命的罪过，指不定一家子都要搭上。玄烨虽怒，可还冷静，吩咐道：“八阿哥若没事，只当给他积福，你们死罪可免活罪难逃，往后继续照顾八阿哥。但八阿哥若有什么闪失，莫怪朕无情。”

众人叩首谢恩，边上温妃到了玄烨身边，啜泣道：“臣妾也有罪，请皇上降罪。”

玄烨温和地安抚她：“你有什么罪过？孩子并非你在照顾，回去歇着吧。太医在此留守，你不便久留。”

温妃抬眸望着皇帝，含泪的双眸楚楚可怜，轻声嗫嚅：“臣妾害怕……皇上……”

玄烨微微蹙眉，心底下一沉，暗暗叹了口气，还是道：“朕留下来陪你，也等着八阿哥的消息。”

不久后，皇帝与温妃歇在了寝殿。八阿哥的哭声也止住了，小皇子很安稳地睡着，咸福宫亮如白昼的灯火也渐渐熄灭。配殿之中，香荷摸索到主子床边，悄声道：“您还醒着吗？”

觉禅常在懒懒道一声：“醒着，八阿哥那样哭，我怎么睡得着。”

香荷伏在床边说：“可是主子您怎么一点儿也不着急呀？八阿哥差点儿就摔死了。”

觉禅氏冷然道：“有太医在，我着急有什么用？”

“主子，那可是您的孩子呀。”

“香荷，八阿哥是温妃娘娘的儿子。”

香荷愣了半晌，她一直很奇怪自家主子对八阿哥完全漠视的态度。哪儿有亲娘会这样对待孩子，七阿哥有残疾，戴常在都宝贝得什么似的，隔几天就请旨去阿哥所瞧瞧。自家主子这么方便就在一个屋檐下，竟从来不主动去看看，还是温妃娘娘经常抱来给她瞧，敢情她就没生过似的。

香荷无奈地继续说：“皇上来了呢，已经在温妃娘娘屋子里歇下了。刚才您若过去一下该多好，您都好久没见过万岁爷了。”

黑暗里只听见觉禅氏说：“我累了，你也去睡吧。万岁爷是来看温妃娘娘的，我去做什么？你别以为温妃娘娘好脾气就敢有非分之想，从前郭贵人怎么折磨我们的，你忘了？”

香荷再不敢说什么，悻悻地退了出来。她就是不明白，为何自家主子就甘于沉寂，那么美的一个女人，怎么生了这么冷的一颗心？她明明有过人的胆识和智慧，真要去和其他娘娘们争宠，谁算计得过她？可这只能想想罢了，她一个宫女怎么左右得了主子的想法。

翌日皇帝从咸福宫离开去上朝，太医守了一夜，晨起八阿哥饿了哭闹，可乳母吓了一晚上奶水都没了，还是从阿哥所里请来七阿哥的乳母给喂了奶。玄烨心里虽有些烦躁，但未露在脸上，一路往乾清门去，心情也渐渐平息。之后耽于朝务，忙忙碌碌直到中午，几乎就要把这件事忘了。

中午去书房看大阿哥和太子的功课，出来才觉得有些饿，问李公公乾清宫摆膳了没有。本想若没准备就去永和宫坐坐，可李公公却禀告说："太皇太后派人来，请您午膳过去慈宁宫用，已经等着了。"

玄烨猜想祖母是为了昨晚的事有话要对他说，径直赶来慈宁宫。苏麻喇嬷嬷已准备了清粥小菜，知道他累了不宜荤腥，劝着吃了一些，太皇太后才留他说话。

说起八阿哥的事，玄烨宽慰祖母说孩子没事，可太皇太后却让他等一等。不多时苏麻喇嬷嬷进来，还带了昨晚给八阿哥看病的太医一道来。

"把你对我说的话，再说一遍给皇上听听。"太皇太后吩咐着，微微摇头叹息，慢慢轮转起了指间的佛珠，只听太医屈膝向皇帝禀告，"皇上恕罪，臣有些话不得不禀告。昨晚八阿哥说是摔伤，可臣行医多年，实在是看不出八阿哥有摔过的迹象。若说没摔坏也是有的，但臣在八阿哥大腿内侧看见淤青，像是用手掐的，轻轻一碰八阿哥就大哭，必然很疼。臣斗胆揣测，只怕八阿哥昨晚并没有摔在地上，应该是被谁掐伤了，才号啕大哭不止。"

玄烨听得一愣愣的，看看皇祖母，又看看太医，什么意思？他当然明白什么意思，温妃欺君了。

"这件事还有谁知道？"皇帝回过神，语气沉沉地问。

太医忙道："臣不敢乱言，这也只是臣的推断。除了斗胆禀告圣上与太皇太后，再无其他人知道，毕竟关乎温妃娘娘是否有欺瞒圣上之嫌。"

这宫里头，除了伺候主子的宫女和太监，便是穿梭行走在各宫之间的太医们，最洞悉宫闱秘闻。他们最值得依赖也最值得防备，这一点太皇太后和玄烨都明白。而做太医的也深谙此道，不会轻易把自己推上风口浪尖。玄烨知道这太医一定有十足把握孩子没摔，又是忠于皇祖母的人，不然不会开口说这些话。

"朕明白了，只当什么都没听过，跪安吧。"玄烨吩咐一句，只等苏麻喇嬷嬷领着太医离开，才愧疚地对祖母道，"都是孙儿疏忽，让宫里闹出这样的笑话。皇祖母看，是否温妃不适合再抚养八阿哥？"

太皇太后摇头："孩子是可怜的，你把他送来送去的，将来就是个笑话。不管生母是谁养母是谁，他都是你的儿子，是大清的皇子，别把女人们的事，算在孩子身上。叫你来，是想提个醒儿，你对温妃冷落好一阵儿了，不怪她这样闹。她好不容易醒悟了要摆脱家族，难道你要逼着她，重新再靠上去？阿灵阿他们只怕等得心都冒火了。玄烨啊，她本也不是十分讨厌的人，你敷衍敷衍又如何？"

玄烨无奈，他心里何尝不明白这些道理，苦笑道："皇祖母，宫里眼下这样子，孙儿已经觉得烦躁，可见是不好再留什么蒙古格格进宫。孙儿眼下没这个念头，可怕您惦记着，正好这会儿和您说说。"

太皇太后很开明，颔首道："你皇阿玛那会儿，咱们才入关不久，我硬逼着你皇阿玛立博尔济吉特氏的皇后，是为了稳固爱新觉罗的江山，可不是为了我的娘家。到如今你这里，他们不再是依靠，而是要他们老老实实臣服，恩威并施就好，不必顾忌太多，何况我和太后都好好的呢，不用留年轻孩子了。"

玄烨欣然道："皇祖母不在意，孙儿就安心了，本以为您希望留几个人在宫里。"

太皇太后却露出几分凄然之色，轻轻一叹："我自己回不去了，怎么忍心把孩子们再留在这里？"

玄烨怕勾起祖母思乡之情，不再提这些话，陪着玩笑了几句。说起岚琪攒钱的事，太皇太后才欢喜起来，笑着说："原来她这么古灵精怪，怪不得总卖乖哄我高兴，就眼巴巴等我给她好东西？下回不给了，冷她两个月，看她敢不敢问我讨。"

如此只等让祖母心情好些，玄烨才离了慈宁宫。可出门就想起太医那些话，一并想起之前温妃跑去承乾宫爬树的事，他身边各色各样的女人都有，这点儿心思还猜不出吗？恼怒归恼怒，玄烨也明白若再不像从前那样把咸福宫和承乾宫两碗水端平，温妃指不定又会和阿灵阿他们串联起来。皇祖母的话不错，与其让他们重新合伙来算计皇帝，还不如自己敷衍敷衍，让温妃心里自在就好。

便喊过李公公说："去咸福宫传旨，朕今晚再去陪陪温妃，怕八阿哥再有什么不舒服，让她安心等朕去。"

李公公领命，走了又转回身，问皇帝："昨夜您从永和宫走的，要不要奴才去知会德嫔娘娘一声，别叫娘娘心里惦记或误会了什么。"

玄烨不屑，很自信地说："你瞎殷勤什么，她会误会？朕可想都没想过。

若是连她都要朕这样操心，这后宫趁早散了吧。”

如此李总管去咸福宫传话，温妃听过后，还赏了他两只银锭子。李公公一走，温妃就独自跑来觉禅氏的寝殿，支开了香荷她们，拉着她说：“你真聪明啊，皇上今晚又要来了，你怎么能算到的？”

觉禅氏不敢说她算到的缘故，那是牵扯朝政的事，只能安抚温妃：“皇上一向在乎皇子们，娘娘您不是说，不管皇上怎么来的，只要来了就好吗？”

温妃连连点头，而觉禅氏又提醒她：“昨晚的事难保没有太医看得出来，娘娘心里要明白，万一皇上察觉了呢？”

“该察觉早察觉了。”温妃眼神定定地说，“不管他为什么来，能来看我就好。你真好，给我生了八阿哥，还教我怎么请皇上来。”

觉禅氏心里也有些不踏实，再三叮嘱她：“娘娘可千万不能说是臣妾说的，臣妾一辈子在这里有口饭吃就成了。您是倾慕万岁爷的，可臣妾只是敬畏，连万岁爷的脸都不敢看。”

“我明白。”温妃直拉拉地笑起来，“我做什么把自己的男人推给别的女人呀？”

“那臣妾就放心了。”觉禅氏苦笑，想了想又问，“娘娘，有些话臣妾不该说，可您心里……您心里是明白的对吗？”

温妃眼神一晃，静止须臾，眸中渐渐有晶莹之物泛起来，却又旋即灿烂地一笑，任凭泪珠子落下，点头说：“我知道啊，我就想皇上来看看我，我不想别的事。你放心，我不会让你教我怎么害别人，你安心在咸福宫住着，我会好好报答你的。”

觉禅氏摇头说：“臣妾不要什么报答，娘娘觉得开心就好了。至于您说什么害人的事，莫说臣妾不敢这样想您，就是您真开口，臣妾也不会啊。臣妾只是旧年伺候了皇上几天，知道皇上在乎皇子们，至于要怎么让皇上喜欢您，臣妾也不知道。”

温妃不以为意，很是心满意足地说：“皇上能来就足够了，我知道。”她顿了顿，脸上满是失意，忍下胸口的酸涩，再开口才说，“皇上喜欢德嫔，我知道自己的分量，可我喜欢皇上总没错吧？”

觉禅氏看得心酸，深陷情爱的女人，就是这样傻这样痴。她曾经也把自己弄得遍体鳞伤，相比之下温妃折腾还是为了可以实现的念想，而自己那时候活得行尸走肉，于己于人都毫无助益。想想那日德嫔指着自己说的话，说她和容若的爱情怎么那么卑微，心中虽然不甘心甚至恨她这样轻视他人的感情，可不得不承认，德嫔的话不无道理。

昨晚把皇帝从永和宫拉出来，觉禅氏并没有报复了德嫔的快意，她只是想帮一帮温妃，看她可怜而已。至于报复什么人，就连郭贵人那样的，她也不过是想法子摆脱。至于她遭受的报应，都是咎由自取，更不要说为了德嫔昔日一句话，自己就要手腕坑害她。

“娘娘快回去吧，指不定有其他娘娘来瞧八阿哥。您在这里待久了，人家会多心的。”觉禅氏劝了一句，将温妃送到门前。温妃已不再悲伤，欢欢喜喜地说：“我会好好待八阿哥，你放心。”

觉禅氏心里一冷，未动声色，只等温妃远离，才露出冷漠的目光。她真是一点儿也不在乎八阿哥如何，那是皇帝的孩子，不是她想要的孩子。昨晚听着八阿哥哭得那么凄惨，连香荷都忍不住，可她连逼自己心疼的心情都没有。也曾反省过自己是不是太过冷漠无情，可她觉得假装去爱那个孩子，才更无情。

如是连着几日，皇帝都在咸福宫陪着温妃，美其名曰照顾八阿哥。而宫里的人虽然都不知道八阿哥没真摔，但总还有同样生了聪明或狡猾心肠的人在，看看这几天皇帝对温妃的眷顾，再看看前些日子皇帝莫名其妙对咸福宫的冷漠，多少有风言风语传出来。一如当年温妃半路上从德贵人身边把皇帝带走，这一次温妃娘娘更是大半夜直接把人从床上拉走了。

这一日，为了招待几位蒙古格格，佟贵妃在承乾宫里传了戏台，自然也邀请众妃嫔相聚。几位来得早些，佟贵妃还在里头和几位格格说话，女人们便聚在外头等候。荣嫔几人早就到了，德嫔因看顾六阿哥，只等孩子不闹了才来，不免慢了几步。来时众人已聚在一起说闲话，她正好听见一句，“温妃娘娘今日肯定不来了，与皇上夜夜春宵，多辛苦哪。”

岚琪在端嫔身边坐下，就听见安贵人说：“德嫔娘娘果然来了，不然又有人要说您的不是，说您为了皇上大半夜离了永和宫生气。”

“没有的事，八阿哥伤了皇上怎好不去瞧瞧。”岚琪嘴上敷衍，可心里已经厌烦，这些女人难道不是靠吃饭喝水活着的？不编派别人瞎话就要死了吗？

闲话说着，惠嫔笑呵呵提起来：“万岁爷自昌瑞山回来途中，曾离开队伍去了趟军营。前几日给大阿哥和太子新聘的骑射师傅，听说就是那会儿选的。”

岚琪听见提起那几天的事，难免有些心虚，正好端嫔说她发髻后头的珠花松动晃荡，便转过身给她侍弄。视线才一离开面前的女人们，就听见有人说：“听说皇上在那里临幸了一个宫女，可是皇上回来这么久了，也没见哪个宫女升了官女子。会不会是外头的女人，万岁爷没带回来？这万一要是留了龙种，不就成了沧海遗珠了？皇上还真放得下。”

岚琪心中一团怒火，她知道自己离宫的事别人捕风捉影多少猜到一些，此刻这些话必然是装傻羞辱她。可她再怎么生气也要忍耐，她们说得这样难听，不就是为了让自己难堪吗，凭什么要遂了她们的愿?

弄好了端嫔发髻后的珠花，岚琪收手坐正，才转过来就听惠嫔问她：“说起那几天的事，妹妹你躲在永和宫里养病，我们还当是你有喜了不方便告诉别人。你真要有好消息可不能瞒着，咱们等着送贺礼的。”

边上有人笑道：“可不是嘛，德嫔娘娘最得宠，咱们时时刻刻都盼着送礼恭贺娘娘有喜的。”

安贵人立刻笑道：“如今要再多备一份给温妃娘娘，皇上可见天都在咸福宫呢。”

女人们一阵嬉笑，个个儿仿佛出口气似的畅快。岚琪面上淡然，身旁端嫔暗暗握了握她的手，她侧过脸微微而笑。正好这会儿佟贵妃和几位蒙古格格出来了，不知这里的笑话，只让众人分坐看戏。台上锣鼓声一响，方才的羞辱讥讽都被压下。

端嫔这才凑到岚琪耳边说：“她们再不说这几句，大概就要疯了。你只当施舍施舍，给她们一条活路。”

岚琪心里稍稍松快些，但也没说不该说的，更不会上赶着承认什么宫女侍寝，反而笑道：“姐姐虽疼我，可她们那些话，并没有冲着我来。姐姐放心，我不会多心的，咱们清者自清。”

“你明白就好。”端嫔见她心里敞亮，没有再多说，之后只管看戏。而蒙古来的格格们头一回看这些大花脸，瞧见武旦身手矫健，都喜欢得手舞足蹈。岚琪就听见后头有人说：“真没教养，若是留在宫里，可怎么好。”

她心里冷笑，看戏喝彩就叫没教养？难道你们这些说三道四的长舌妇，就是有教养了？只怕连“教养”两个字都不会写，还在这里对别人指手画脚，真真可笑至极。

而此时，承乾宫门前略有动静，不多时青莲过来说温妃娘娘和觉禅常在到了。佟贵妃不屑，傲然道：“真是尊贵，我请客看戏，还这样来得迟，如今宫里是不是温妃娘娘独大了？”

说话间，温妃笑盈盈走进来，而跟在她身后的觉禅氏，产后坐月子至今不曾出过门，众人去咸福宫也很少看到她，今日乍见，一身杏色的宫装衬着她生产后更加妩媚的美艳容貌，直看得人弹眼落睛。女人们纷纷交头接耳，又不知说些什么是非。

而随着温妃和觉禅氏给佟贵妃行礼，几位蒙古格格也说着蒙语议论开。佟贵妃半句也听不懂，笑着问她们说什么，一位格格操着蹩脚的汉语，指着觉禅氏说："这位娘娘最漂亮。"

众人皆一愣，这几位格格竟敢当着佟贵妃的面说觉禅氏最美，这不等于把刀架在觉禅氏的脖子上吗？

佟贵妃脸上果然不好看，要说这宫里的姿色，若没有觉禅氏，她便是上上乘。可偏偏有个低贱的女人丽压群芳，把她也比下去。平日不出现也罢了，今日一露脸就让她难堪。之后任凭台上的戏码如何精彩，贵妃也没再有过笑容。而不久后觉禅氏似乎意识到了不妥，竟悄无声息地离开了。

瞧见觉禅氏离开的，惠嫔是其一。之后传点心茶水，宫女们来伺候众人洗手时，她趁着人多也走了。

本是说去补补妆，可半途又说不舒服，让宝云去回了贵妃说她告辞。宝云不能推托，可她才走开，惠嫔就独自带着其他人先走，再等宝云折回来，自家主子竟不知踪迹。出来在承乾宫附近逛了几圈也没瞧见踪影，只有先回长春宫去等。

而惠嫔甩开宝云，一路就往咸福宫这里来。幸好走得快，没让宝云跟上来，才好让她去找觉禅氏说说话。且说咸福宫的人前头看到觉禅常在回来，没多久又见惠嫔娘娘来，还都觉得奇怪，惠嫔却大方地笑道："贵妃娘娘担心觉禅常在不舒服，打发本宫来瞧瞧呢。"

等宫女们将惠嫔引入配殿，觉禅氏见惠嫔突然造访，又见她身后的人是从前几张熟面孔，就猜想她一定是故意甩开了太皇太后安排的那些人，不禁暗暗冷笑，鄙夷这些女人活得真累。

"八阿哥没事吧？"惠嫔和和气气地坐下问，又似很关切，"那个乳母还留着吗？她那样毛手毛脚的，往后还是另选一个吧。"

觉禅氏浅浅在一旁坐着，垂首应道："温妃娘娘会做主，轮不到臣妾插嘴。"

惠嫔却道："妹妹这话没道理，八阿哥可是你身上掉下的肉，温妃娘娘那么不尽心，你不心疼吗？"

"惠嫔娘娘的意思，臣妾不大明白，娘娘可否明言？"觉禅氏淡定地看着眼前人，她不明白惠嫔为何始终不肯放过自己。明明彼此什么难听的话都说过了，这个女人为何就不能知难而退。难道这宫里，就没有别的人值得她利用？

惠嫔徐徐饮茶，放下茶碗时看了看器皿的花样，笑一句："妹妹如今用的东西，越发精致。”

觉禅氏应道：“都是温妃娘娘赏赐的。”

“她对你倒不错，可是对八阿哥太狠心。”惠嫔哀叹一声，眸含关切地说，“我猜乳母并没有摔着八阿哥，不过是她以此为借口，把皇上从永和宫拉走罢了。而她尝了一次甜头，往后就会变本加厉。她折腾的可是八阿哥，是你身上掉下的肉啊。”

“那又如何？”觉禅氏反问。

惠嫔一怔，深知眼前的女人荤素不进，咬牙继续道：“你可以不屑得到皇上的宠爱，那孩子呢？你何至于如此冷酷，连孩子也不在乎？”

觉禅氏将鬓边散发抿入耳后，淡淡一笑：“在乎或不在乎，冷酷还是无情，那都是臣妾与八阿哥之间的事。八阿哥有温妃娘娘如此尊贵的母亲，臣妾心满意足。难道说娘娘您是觉得，八阿哥明明出身低微，却一下成了温妃娘娘的儿子，把您的大阿哥比下去了？”

惠嫔气结，脸上绷得紧紧的，面色更是或白或红，抿着嘴咬牙切齿，可一张口还是努力温和地说：“你到底年轻，有些事看着无所谓，如今我愿意提醒你，为什么不肯听一两句？不要等将来后悔，再来不及。”

觉禅氏垂眸，清冷地笑道：“话说回来，臣妾前前后后也说了那么多话，娘娘为何又不听臣妾的呢？”

“你不要咄咄逼人。”惠嫔渐渐露出难看的脸色，“我是为了你好，你以为你真的能安居在这里避世？就今日你去承乾宫这么晃一圈，又生出多少是非。近日万岁爷常来咸福宫，佟贵妃会不怀疑，是你在狐媚皇上？她连姿色平平的小宫女都容不得，承乾宫里的宫女多看皇上一眼都是死罪，何况你这样的容貌？不要等佟贵妃张牙舞爪地找上门来，你才后悔。”

觉禅氏幽幽看着惠嫔，笑问：“臣妾吃过贵妃娘娘的苦，可不论臣妾住在从前的小院子里，还是在翊坤宫或如今这里，贵妃娘娘一回都没上过门。倒是惠嫔娘娘您，张牙舞爪地找上门无数回了。”

“你？”惠嫔气结，觉禅氏却缓缓起身屈膝，恭恭敬敬地说：“娘娘恕罪。娘娘若看不惯臣妾这样的言行，请您只管发落，或打或骂或处死，臣妾都不悔。但您若非要一回回来游说什么，臣妾也只能一回回出言顶撞。您在臣妾这里听不到好话，这该从您当初把臣妾推给万岁爷起，就想到才是。只怕娘娘您早就忘记，当初对万岁爷用药的魄力了吧？”

惠嫔浑身一颤，幸而是坐着，若是站着不定要怎么失态。她到底还是提起来了，提起当年的事，觉禅氏才是跟皇帝云雨的那个人，一定看得出来皇帝神志不清。这样的事她但凡再对别人提一个字，不管有没有证据，她都难在宫里抬起头。

“你不要信口雌黄。”惠嫔颤颤道，“为何你不感激我？这宫里的女人哪一个不想爬上龙榻？当初我给了你机会，为何你不感激，还要胡言乱语陷我于不义？”

觉禅氏抬起头，目色略见凄楚，冷冷地笑：“臣妾的心意，娘娘比谁都明白。您这样的话说出口，就不心虚吗？臣妾还是那句话，大不了，鱼死网破。”

惠嫔沉沉闭上眼，再睁开时却冷笑：“是我傻。不过你这样聪明，有件事告诉你。容若旧年被派了外差，去江南瘟疫肆虐的地方安置灾民。堂堂明珠府的大公子，却摊上这样没功劳更没苦劳的破差事，指不定哪天就染上瘟疫客死他乡。皇上明明那么爱才，不把他留在身边，却往那种地方推，为什么？你可知道他过年都没回京，还在那没退干净的水里泡着？”

这一次才轮到觉禅氏颤抖。她一直没办法打听到容若的消息，香荷几个不够聪明，她也不敢挑明这些事。之前孕中受身体所限，根本无法在宫内活络，除了知道容若去了江南赈灾，其他一概不知。

惠嫔见觉禅氏如此，真正得意起来，轻扬下巴道：“不过呀，容若回来了。前儿才到的京城，差使办得好不好我不晓得，可皇上却晾着他，不接见不垂问，压根儿当没他这个人。你瞧瞧你瞧瞧，大好的前程，这可就要废了。明珠夫人急得上蹿下跳，宴请科尔沁客人那天，她也入了宫，在我跟前儿哭得眼睛都肿了。有什么法子呢，明珠这个爹私心太重，儿子若成了他的绊脚石，就是踢开了砸碎了，也在所不惜，夫人她根本指望不上。”

觉禅氏面色冷凝，冰冷的字眼从嘴里飘出：“娘娘说得不错，明珠大人一向无情。”

“可你不觉得奇怪？万岁爷突然就不喜欢你了，紧跟着就无视容若，你说这些事儿怎么就那么巧地凑在一块儿了？”惠嫔抬手紧一紧发髻上的珠花，却是故意侧过脸掩饰面上的不自信，口中则幽幽道，“还知道你们那些事的人，是当年帐子外头那一个，是不是？”

觉禅氏眼睛瞪得大大的，就听惠嫔冷幽幽笑：“我若把这些事捅出去，就是你说的鱼死网破。可人家不相干的，干岸上坐着，怎么就不能捅出去？你说呢？”

“娘娘是说，德嫔娘娘把臣妾和容若的事向皇上告发了？”觉禅氏目光死了一般，可没来由地，心里竟又觉得痛快。那样子皇帝再也不会来纠缠她了吧，她终于可以为容若守着身体了吧？

“我可什么都没说。”惠嫔冷笑，“但你那么聪明，还想不明白？宫里的女人最怕失宠，她在园子里一住一个夏天，皇上那样喜欢你，怎么说撂下就撂下？难道德嫔撒娇吃醋几句话就足够了？那为何宜嫔那几个不撂下，她们的姿色往你身边一站，做丫头都不配。”

觉禅氏直觉得两耳嗡嗡响，德嫔昔日的话她都记得。她的确说不再顾忌不再投鼠忌器，若真是她向皇帝告发，也未尝不可能。可她那样的人，真的会做这样的事吗？

惠嫔见觉禅氏落了下风，心中很是畅意，果然人都有软肋，而纳兰容若就是她的软肋，清了清嗓子继续道：“我也不是来挑拨你和谁的关系，反正你在这宫里向来都没什么人好相与。我只是奇怪，我一回回来帮你，你怎么总不知好歹，拒人千里？好妹妹，你听我的话，不要空负了一身姿色。老天爷给你美貌给你聪明，必然有它的用处，你若能讨得皇上欢心，皇上知道你的心是在他身上……”

惠嫔离了座，蹲下来亲热地拉着觉禅氏的手说：“男人没有不好色的。你这样美丽，皇上一定会动心。八阿哥你不在乎，可容若呢？就为了他，为了他的前程。你不要说什么容若不会靠女人相帮的话，他如今不得意，不正是因为你吗？你不是帮他，是赎罪呀。”

觉禅氏心里很乱，容若是她的命门，惠嫔死死地戳住了。她恍惚地问道：“依娘娘看，臣妾该怎么做？”

惠嫔很得意，笑盈盈拉她起来一同坐着，轻声道：“这就对了，咱们慢慢来。皇上如今不是常来咸福宫吗？你心里略做些打算，稍稍露几次脸，先让皇上重新记住你的美，往后再找个机会示好。万岁爷只要知道你的心在他身上，就不会怀疑什么了。”

觉禅氏没有答应，只是呆呆地出神。惠嫔则推波助澜，继续诱导她：“温妃是个软柿子，你就用八阿哥的事牵制她，之后找个机会离了这里去我的长春宫。而八阿哥我也会想法子，让他跟着你一同去长春宫。”

“娘娘让臣妾再好好想想。”觉禅氏的心沉下来，她明白，就算不答应也别再违逆惠嫔，不然她今天未必肯走了。可眼下她只想一个人静静，便敷衍，“臣妾为了大公子，会好好思量，多谢娘娘的好意。”

惠嫔也怕催急了适得其反，笑着说：“你是聪明人，我放心得很。”

两人竟是头一回没有不欢而散，傍晚时分温妃看罢了戏回来，进宫就听说惠嫔来过，与觉禅常在说了好一阵子的话。

“惠嫔不是不舒服吗？”温妃立在正殿门前嘀咕，瞧着觉禅氏的住处，眼珠子微微一转，便唤冬云吩咐，“你去给我打听打听，觉禅常在老早家里什么来路？”

第十一章

四妃的位置

且说承乾宫的戏散了，岚琪浑身疲倦地回到家里，却连胤祚也不去看，打发了环春几人要自己静一静。可不久环春悄悄进来看动静，只见她倚在窗下呆呆出神，凝滞的眼睛里有无尽的委屈。环春今天跟着伺候，那些难听的话，她也一字不落地听见了。

但环春才退出来，就见宫门前有动静，果然见到熟悉的身影进来。高兴之余，更计上心头，她一咬牙迎了上去，玄烨见到她，随口便问："你家主子在做什么？"

环春跪在路边行了礼，便应道："回万岁爷的话，娘娘她不开心，正一个人生闷气。回来大半天了，只管在屋子里发呆。"

玄烨不禁蹙眉，今日没听说后宫有什么事，好端端地生什么气?

"谁惹她生气了，今日不是在承乾宫看戏？"玄烨唤环春起来，面色沉沉地问，"她被人欺负了吗？"

环春正要开口讲那些长舌妇的挖苦讽刺，才刚喊了声"万岁爷"，就听见主子喊她。循声望过去，瞧见岚琪立在门前，似急匆匆跑出来的，连鞋子都没穿，正绷着脸说："环春，你快去上茶，皇上来了，怎么不请进来？"

"娘娘……"

环春似乎还想开口，可岚琪竟光着脚跨出门槛，气呼呼地说："还不去上茶？"

玄烨看不过，离了环春过来，拉起岚琪就进屋子，嗔怪道："天热了也不能光脚，你又瞎闹。这是怎么了，什么要紧不能说的话，你要这样急着拦住她？"

两人在里头坐定，玄烨瞧见岚琪的嘴噘得老高，手里正握了一把折扇，往她嘴唇上一放："你瞧瞧，都能搁扇子了，说话呀，到底哪个给你受委屈了？"

岚琪往前一扑，钻在玄烨怀里。皇帝一怔，张开双手，迟疑了一下没抱她，顿在半空中说："你不说话，朕怎么哄你，到底怎么了？"自己想了想，笑道，"醋坛子又翻了吗？为了朕这几日都在咸福宫？"

"皇上……"

岚琪终于开口，软软糯糯地喊了一声，听得玄烨发笑："这口气，又缺银子花了？"

此刻环春奉茶来，进门见两人腻歪着，赶紧转身就要走，却被玄烨喊住说："环春你来讲，到底怎么回事。你家主子只会黏着人了，坐也不会坐了。"

岚琪这才蹿起来，嫌弃地要撵环春走，自己嚷嚷着："臣妾自己讲就好，不要环春讲。"

玄烨拿折扇在她额头上不轻不重一叩，沉色道："再不说，朕就走了。天那么热想过来喝一碗凉茶说说话解乏，谁要看你闹变扭？"

话虽如此，可看见眼前人真是满脸的委屈，还是温和地问："是不想说，还是不能说，难道朕也不能为你做主？"

"就是那几天的事儿。"岚琪垂下脑袋，双手把玩着玄烨腰下系的玉佩，慢慢说道，"今天各宫各院聚在一起等开戏，她们就开玩笑，说皇上之前在军营里临幸了一个宫女，可不见带回来。说是外头的女人您不要了什么的，都嘻嘻哈哈高兴得什么似的。臣妾心里明白，她们就是在挖苦臣妾，想让臣妾难堪。"

玄烨微微笑："你也会告状了？这么些年，朕还是头一回听见你说别人的不是。"

岚琪仰起脸道："是皇上问的，不然臣妾也不想说。您要是去咸福宫喝凉茶，就看不到臣妾不开心的样子，人家自己闷一个晚上，就好了。"

"那多可怜，不开心了都没人哄。"玄烨微笑着，而他这样笑，岚琪看得心里也甜，面上渐渐有笑容。皇帝更对她说，"朕若问你哪个讲的，你一定不肯说，那也就是不在意的事，不在意的事，就忘了吧。话说回来，她们讲几句又如何？不正是因为朕和你逍遥快活了，才嫉妒的吗？她们不是在挖苦你讽刺你，是在一句句打自己的脸，硬要告诉别人自身的不得意，你该可怜她们才是。"

"皇上也会说这样的话？"皇帝字字句句都在偏心着她，可岚琪却不知该不该高兴。她或许又在多虑，害怕将来有一日，皇帝会对着别人这样来说她。

可玄烨却是真心实意，伸手揉揉她的脑袋说："历代君王为博美人一笑，什么翻天的事没做过？朕要做明君，明君不能为了哄美人去做翻天的事，可这几句话朕还说得，只要你高兴。”

岚琪这才软软地伏进他怀里，玄烨嗔怪天热腻歪得要出汗，就听怀里的人欢喜地笑着问：“原来臣妾是皇上的美人呀。”

“快坐起来，朕与你说话。”玄烨拍拍她的背脊，再见岚琪的脸，已不见进门时的阴郁，脸上有明媚灿烂的笑容。他心里看着喜欢，便轻声道，“你啊，再几年也不小了，这样撒娇不像样的。你这德嫔娘娘也做不久了，好好改改性子。”

岚琪怔然，不大明白地问：“臣妾怎么做不得了，臣妾做错什么了吗？”

玄烨笑道：“德嫔是做不得了，要做德妃了。”

“皇上？”岚琪竟不知自己是何种心境，放眼宫里的妃嫔，佟贵妃和温妃出身贵重，进宫时地位就高。其他诸人一路走来，荣嫔、惠嫔哪一个不是熬了十几年，可她才跟了皇帝六年多，康熙十八年单独封嫔已遭侧目，而今才过两年就要跃至妃位？

玄烨却笑：“自然不是你一人的事。朕已得到消息，不出夏天，三藩就要平了。朕预备大行赐宴犒赏三军。而两位皇后的陵寝都已安置好，朕虽不打算再立后，可凤印总要有归属，届时会大封后宫。总之今年宫里宫外会有许多好事，这些事虽不用你来忙，但你一边伺候着皇祖母，一边冷眼瞧瞧别人怎么做的。等你成了德妃娘娘，朕托付你六宫之事，也就在眼前了。”

岚琪静静听着，冷不丁冒出一句：“所以往后臣妾若给皇上办差，就不能再玩儿了？”

玄烨一愣，大笑，在她脸上拧一把说：“怎么不能玩儿，朕陪你玩儿一辈子。”

“臣妾记着了。”岚琪这才正经，笑着说，“臣妾会留心学，太皇太后教得也严，昨儿还挨骂来着。”

“你那么聪明，还有学不会的事？”玄烨自己蹭掉了鞋子，往后一躺说，“让环春拿茶来，说半天渴得很。朕在你这里歇半个时辰，夜里还要见大臣。”

岚琪不敢再纠缠，唤环春伺候茶点。眼下正是天气闷热的时候，她坐在边上给玄烨打了会儿扇子。就怕他贪凉不舒服，拿自己的衣裳在他身上搭了一块儿，实实地陪坐了半个时辰。玄烨睡得很好，醒来后洗把脸喝杯茶，又要去乾清宫做事。

可不知怎么想起来的，才与岚琪走到门前，突然说：“你明日去见皇祖母，就说朕的意思，想带几位草原来的表兄弟姐妹去瀛台逛逛。问皇祖母愿不愿意去，若是愿意，朕领着你同行。咱们夏日里去瀛台过，朕也在那里庆功赐宴，秋天再回来。”

岚琪虽然记住要去问，可不大明白皇帝为何突然想这一出，玄烨却笑道：“不是有人爱嚼舌根子挖苦你吗，那朕索性就不在宫里，大大方方领着你去避暑。宫里主子都走了，她们更能说得痛快，朕成全她们。”

皇帝说完这句就走了，留着岚琪呆在门前。环春方才也听见的，忍不住推推主子说：“万岁爷真是把您捧在心尖儿上了。奴婢猜想，哪怕明天太皇太后嫌烦不肯去，皇上也一定领您去避暑。”

如此，岚琪第二天就将皇帝的意思转述给太皇太后听。老人家本懒怠挪动，可苏麻喇嬷嬷劝说旧年夏天在园子里过得就很好，宫里头闷热又多事，不如随皇上去瀛台小住，太皇太后这才觉得好。之后说起随行哪几个人，苏麻喇嬷嬷便先派人去乾清宫传话。

不多时李公公就亲自来了，躬身禀告：“万岁爷说瀛台不如宫里宽敞，不宜带太多的人去。佟贵妃娘娘和温妃娘娘自然要随行，此外惠嫔、荣嫔二位娘娘管着宫里的事，不大方便走。而太皇太后跟前少不得德嫔娘娘伺候，几位阿哥公主也要去，所以想请端嫔娘娘也同行。万岁爷拟了这四位娘娘，其他还请太皇太后做主。”

皇帝的意思很明确，不该带的一律不带。之后又添了几位，最终后宫随行瀛台避暑的是佟贵妃、温妃、德嫔、端嫔和布贵人、戴常在，数得过来的几个人，真真是不多。

岚琪没想到荣嫔也没得去，离开时与苏麻喇嬷嬷提起，苏麻喇嬷嬷却笑：“咱们都走了，宫里一定要留一个可心的人。荣嫔娘娘早年随驾去过瀛台，那会儿还没这么多娘娘主子呢，她不会计较的。有什么话，太皇太后自然另找她来说，娘娘不必多虑。到时候你多照顾一些三阿哥，荣嫔娘娘就高兴了。”

再后来圣旨传下，毫无预兆地突然有了这么一起子事。不过几日工夫，皇帝竟然就浩浩荡荡带着太皇太后、太后和诸位娘娘离宫去瀛台避暑了。

随行的几位自然是忙着打点不敢怠慢，可没捞着的，只等御驾离宫了，才回过神。毕竟往年若有避暑出行的计划，都是春里头就定好的，还多有遇见事不成行的。这突然一下说走就走，还是头一回。

虽说随行的人有定数，可主子奴才走了不少人，宫里头一下变得清静了，留下的各宫各院弄得好像被打入冷宫一般。那日聚在长春宫说起来时，竟还有人动情掉眼泪，说瀛台何至于不宽敞得容不下几个女人。

同样被留下的，还有咸福宫配殿里的觉禅常在。虽然她是八阿哥的生母，可却没资格随行去避暑。如此一来，惠嫔来找她，反容易得多。但惠嫔这日兴冲冲来找觉禅氏说话时，本以为觉禅氏会想通了，可她却病了。不只生病，见了自己又变回从前冷漠的态度，弄得惠嫔很毛躁，恨恨地问她："这又怎么了？"

觉禅氏病得面色苍白，靠在床上冷冷看了惠嫔一眼，便转过头去说："臣妾有病，不宜相见，娘娘还请回吧。"

"你这是怎么了？"惠嫔不解，眉间含怒，"好端端为何病了，好好与你说话也不成？"

觉禅氏侧身朝里头，很是倨傲无礼，似不把惠嫔放在眼里，又或是无所谓自己会犯大不敬之罪，只道："臣妾病弱之人，实在不能陪娘娘闲聊，娘娘请回吧。"

如此之后，不论惠嫔问什么说什么，觉禅氏都不予理会。好容易开口，也只是让惠嫔赶紧离开。后者委实摸不着头脑，不知自己哪里又得罪了她。但心中有一事是隐忧，可想一想，却不明白觉禅氏若知道，会是哪一个人说的。

屋子外头，香荷正忙着要给惠嫔奉茶水。宝云跟过来看了几眼，笑着指点她几句，一来一去便熟悉了，宝云便随口问："觉禅常在怎么病的，是不是天气热贪凉了？"

香荷手里忙碌着，大概也是侍疾累了有些怨气，不自觉地便说："常在她饮食清淡，起居有定数，我也算尽心伺候的，实在不晓得几时着的凉。温妃娘娘出门前请我家主子一起用膳时还好好的，结果夜里不知怎么的哭了大半宿。第二天就不好了，一直到现在，太医也看不出什么门道来。"

说这些时茶水妥当了，两人一同过来，却见惠嫔气哼哼地出了门，香荷怯怯地说："娘娘要走了吗，您喝一杯茶吗？"

"还喝什么茶？"惠嫔很恼怒，可一想这里毕竟是咸福宫，温妃手边的人未尽数都走，赶紧又收敛情绪，端得大方说，"好好伺候你家常在，温妃娘娘不在家，缺什么要什么，来长春宫说一声就好。"

香荷不敢挽留，恭恭敬敬地送出门。日头毒辣辣地晒着，打伞都不顶事，惠嫔心情很不好，一路回去，从翊坤宫门前过时，却见宜嫔扶着桃红在外头走。

彼此相见，倒是宜嫔大方，笑着说："姐姐好久不见，这么热的天怎么不坐肩舆，中暑可不好。"

两人并未交恶，惠嫔当然也有好脸色，反问她：“你怎么出来了，太医说身体好了吗？”

宜嫔的身体未见痊愈，苍白的脸色仿佛不怕毒日暴晒，更仰面看了看太阳说：“太医让我出来晒一晒，时间不能长，半刻工夫就好。这里有穿堂风，站着凉快些。正要回去了，姐姐要不要进去喝杯茶？”

算着日子，郭贵人的七早就过了，宫里时下人少，惠嫔不必再多顾忌，便上来挽着宜嫔进门，只听她说：“皇上从昌瑞山回来时，还说夏天等我再送汤羹，可突然就避暑去了，难不成我每天准备好了让人送去瀛台？一路日头晒过去，都要馊了。”

惠嫔听她这样说，知道心里不舒服，只能劝：“你身体养好后，哪儿不能去？”

宜嫔苦笑：“听说姐姐也去过瀛台？我进宫这么些年了，还没去过呢。老在紫禁城里住着，闷死了。”

且说瀛台为明成祖朱棣所建，原名南台，至清顺治年间，顺治爷取人间仙境之意，改称瀛台。瀛台拥水而居，山石花草天水一色，楼阁亭台金碧辉煌，宛若海中仙岛，是避暑圣地。今次皇帝奉太皇太后、太后至此避暑，更拟定七月设宴庆功三藩大定，估摸着中秋后方才归来。宜嫔说她一直只在紫禁城里住着，岚琪却是连着两年，都不在宫里度夏。

此行皇子公主皆随驾，太子和大阿哥每日照旧念书写字不得荒废，三阿哥和荣宪随着端嫔。两个孩子一心稀罕这里新鲜好玩，又与端嫔亲昵，也都不惦记亲娘。其他阿哥公主照旧随母亲起居或由阿哥所乳母嬷嬷照顾。在这里除了住的地方不同，规矩没宫里头大，一切照旧。

而皇帝听政亦不懈怠，大臣奏本每日俱送至瀛台。旁人只当皇帝度夏避暑，必然悠闲逍遥，实则玄烨日夜勤政，与在宫内无二。

岚琪随驾来，大多时候都在太皇太后跟前侍奉，因佟贵妃、温妃也随行，玄烨不可能对她专房专宠。好在岚琪也不大计较，偶尔玄烨在她屋里住，两人便说说笑笑，自有几番甜蜜不足与外人道。

这一日大雨，岚琪离了玄烨身边，本要去太皇太后跟前，奈何行至半路狂风暴雨，让她寸步难行。身上被雨水打湿，只能先退回去。沐浴更衣后，岚琪自觉有些头疼，怕着凉染病，暂时不宜去太皇太后跟前，便打发环春过去看一眼。

这里比不得紫禁城里宫阁遥遥相聚，一来一回眨眼工夫。岚琪这边坐着看紫玉打络子，一根还没做好，环春就回来了。

“太皇太后歇午觉了，苏麻喇嬷嬷也不在跟前，奴婢就没多嘴。您也不必过去，等傍晚再去不迟。”环春说着，一面放下一只大香瓜，笑着说，“奴婢去拿井水湃着，前天万岁爷来说瓜太热不好吃，今晚若再来，就有凉的吃了。”

“你怎么什么都记着，我都懒得记了。”岚琪慵懒地笑着。

正说话外头有笑声传来，听见奶声奶气的“咿呀”声，还有端嫔在说笑：“她倒偷懒，如今把六阿哥都撂我那儿了，我那里成阿哥所了。原来你家主子才是来受用的，我来做老妈子的？”

说话人就进来了，端嫔怀里抱着胤祚。小家伙一见亲娘就要抱抱，脸上有泪痕，端嫔坐下说：“醒了午觉不见你，哭得厉害，我就抱来了。”

“辛苦姐姐了。”岚琪哄着儿子，小家伙软软地伏在额娘怀里，似乎是午觉还没睡饱，又倦倦思睡，时不时用手揉着眼睛。岚琪哄了他几声，轻轻拍着就真又睡着了，乳母这才来抱走。

“一上午几个孩子疯玩儿，累坏了，胤祉他们都还睡呢，怕给吵醒了所以给你抱来。你若是忙，一会儿我再抱回去。”端嫔喝了茶，苦笑道，“被他们叽叽喳喳吵了一上午，我耳朵现在还在响，也想睡个午觉，就是心静不下来。细想想万岁爷让我来干什么，还不是给你挪空儿，当老妈子使唤？”

岚琪笑着亲手剥葡萄给她吃，一面说：“万岁爷讲，放眼宫里能托付照顾阿哥公主的，只有姐姐了。我也是毛毛躁躁的，孩子们在您身边最妥当，我想管万岁爷还不让我碰一下呢。”

“哄我的？”端嫔吃了葡萄，夸赞很甜，更笑着说，“便是哄我也高兴，我和荣姐姐年纪都不小了，能叫万岁爷还记着，心里就比吃了蜜还甜。”

岚琪与她玩笑几句，本不想提遇见温妃听说的那些话，可她知道端嫔与荣嫔走得近，而荣嫔在宫里知道的事也最多，便随口闲聊，话赶话地说起：“方才从皇上那儿退回来时，正遇见明珠大人，听见几句李公公和他说的话。李公公问他们家公子的事儿可妥帖了，只听见明珠大人唉声叹气的，也不晓得怎么了。他们父子俩可都是皇上的能臣，他们若有什么事，就该皇上叹气了。”

端嫔果然是知道的，自己也动手剥葡萄，一面告诉岚琪：“出门前荣姐姐来跟我交代荣宪和胤祉的事，就聊到纳兰家的大公子，说是闹了大笑话，私自在外宅养小妾。你晓得的，如今纳兰家的大少奶奶是什么出身，那是万岁爷指婚的。虽说这位大少奶奶性子是好的，可娘家人厉害，谁容得自家姑娘在婆家受委屈？若是纳入府做小，便另说，可你弄个外宅养着，两处宅子，算平起平坐？娘家的人去明珠府一闹，明珠大人气得半死，可又不能把那个女人怎么样，毕竟多少双眼睛盯着呢。”

岚琪暗自唏嘘，竟真有这样一件事，再想纳兰容若千里迢迢从南方带回来，必然是极喜欢的，难怪觉禅氏听见了要病倒。她这里旧情未断，人家已另有新欢。若说家里早有少奶奶和妾室，皇帝赐婚也好，家族长辈送的也罢，都非纳兰容若自己做主的，估摸着觉禅氏还想得开，可如今他自己千方百计带回来的女人，若不是喜欢的，怎么敢有破坏家风的胆子养在外头？

端嫔吃了四五个葡萄，唤宫女打水给她洗手，继续絮叨着：“荣姐姐说，明珠府里的意思，是让人把这女子送回去，哪儿来回哪儿去。可纳兰容若不答应，说要么接回家要么就养在外宅。父子俩闹得不可开交，少奶奶娘家又咬着不放，不断给明珠府施压，就差一步吵到万岁爷跟前来了。当然啦，明相那么要面子的人，怎么容得这种事找万岁爷做主。万岁爷不发话，明珠又权倾朝野，也不敢有人说三道四，不至于闹得人人皆知。”

“是啊，今日若非听李公公和明珠大人说几句，我一点儿风声都没听见。”岚琪应着，心中一个激灵，笑道，“那惠嫔娘娘一定知道了吧？”

“当然知道了，荣姐姐这里一大半儿还是惠嫔说的呢。”端嫔啧啧道，“我听说明珠夫人昔日入宫，走路都是大摇大摆的，可前些日子进宫见惠嫔，都是偷偷摸摸的。听惠嫔说一见她就哭，说儿子的前程毁了，让惠嫔给出出主意。我们这儿当闲话说的，不敢插手朝廷的事，可有件事儿挺奇怪的。万岁爷从前多器重纳兰容若，去哪儿都随身在一起，如今怎么不闻不问。听说他赈灾回来，皇上连一句褒奖都没有，可其他赈灾官员都得了奖赏。人说是把他漏了，怎么可能？一定是有什么事。”

岚琪点头道：“兴许皇上另有打算，这事儿就不该咱们操心了。可都是女人，我挺好奇纳兰容若带回来的那个女人以后会怎么样。明珠大人可别发狠，把她怎么着了。”

端嫔笑道：“纳兰容若是个大孝子，可这件事上还真倔，我们都等着看下文呢。不过你说得也对，都是女人，那个江南来的女子，可别到头来连小命也保不住。”

“明珠大人最谨慎，断不会有闹出人命的事。我只是觉得不论是家里的少奶奶，还是外宅那位女子，都有苦说不出，很可怜。纳兰容若能文能武的人，聪明一世，怎在儿女情长上这样糊涂。”

岚琪随口说的，心里却不得不想到宫里那一位，想她从不着调的温妃嘴里听说这些事，还不定是怎样一番说辞，闹得病了，是该多伤心？

“妹妹，还有件事儿你听说没有？”端嫔又想起什么来，面上有几分喜色，笑着道，“万岁爷要在瀛台赐宴庆功，之后接连着还有好事儿，恐怕再过半年，我就得喊你一声娘娘了。”

几句话岚琪听得懂，而她本就比谁都先知道皇帝要大封六宫的事，自己的确是要做德妃娘娘了。可一想，难道端嫔姐姐，是没资格封妃的？

只见端嫔拿扇子掩了嘴，轻声道：“传闻皇上要大封六宫，都在议论，皇上会不会立后。我和荣姐姐觉得立后看着悬，但凤印是一定要有人拿了。宫里如今这光景，一定还是给佟贵妃。若是不立后，大概要封皇贵妃，那是位同副后的位置，六宫只有一个，往后这宫里，也算有女主人了。”

岚琪只管静静听着，不知者一般附和：“贵妃娘娘本就尊贵，该是她的荣耀。”

端嫔且笑：“这是自然的，就是想会不会再提拔温妃。若是她也晋封，四妃之位就能多一个，这样算起来，荣姐姐才能妥当。”

“荣姐姐生育皇子公主，又是早年就在万岁爷身边的，怎么还会不妥当？若是真如姐姐说，皇上要大封六宫，四妃之位必然有她。”岚琪不解，疑惑地问，“可姐姐这话，怎么听着没底气？”

“你是万岁爷心尖儿上的，自然不同，且看看旁人呢？”端嫔说得直率，彼此这么久在一起了，也不必藏着掖着，她掰着手指头数，“我和荣姐姐这么多年，先是惠嫔入宫后一起升了贵人，再与新来的宜嫔一同升了嫔位。而惠嫔和宜嫔都出身贵族，又都生育皇子，不管五阿哥养不养在翊坤宫，总是她生的，所以若有封妃的事，她们两个，皇上是要做给朝廷看的。”

端嫔说得头头是道：“再剩下两个位置，温妃若是不动，另一个难道让你和荣姐姐争破头？荣姐姐如今虽不大侍奉皇上了，可年资比你高，宫里的事又料理得面面俱到，皇上不会做伤人心的事。这样子的话，只有把温妃也升一升，空出一个位子来，不必你们俩争了。”

岚琪心里笃定自己的妃位，可不敢露在脸上，只有敷衍说：“我的嫔位是后来才得的，宫里还有其他娘娘，僖嫔敬嫔她们也出身贵族，这事儿可不好说。姐姐往后还是别提了，眼下一点儿风声都还没有呢，万一皇上听见不高兴，怪咱们多嘴。”

端嫔笑道：“是好事，没什么不高兴的。至于那几位，和我一样没有子嗣，出身高贵也没用，太皇太后也不会答应。”

岚琪无奈："这样说来，荣姐姐也知道了？"

"知道，恐怕惠嫔她们也该想到了，就看皇上几时松口，几时准备册封典礼。照着旧年的习惯，大概要到年底了，总是冲锋陷阵的将士们先犒赏，皇上有一阵子要忙呢。"

端嫔摇着扇子，面上有宁静的喜悦，慢慢说道："我和荣姐姐当年一同去乾清宫做宫女，那会儿是真不晓得将来会怎么样。几位辅政大臣都凶得很，鳌拜的眼神像刀子一样，看我们一眼，我们胆儿都要被吓破了。想想我们出身低微，未来有了正经名分又能怎样，盼啊盼的，好在荣姐姐还没老，也有她的妃位了。"

岚琪看她的神情，满是虔诚而喜悦的祝福。当年还传说她们不和睦，真真是同甘苦过来的姐妹，哪怕端嫔的前程止步于此，她也乐意看着好姐妹平步青云。瞧见这知足常乐的美好，岚琪难免又想起许多年前那个恶毒坏心眼的王嬷嬷，她曾经啰唆布姐姐的几句话，实在有道理。

端嫔感慨罢了便玩笑："你若是成了德妃娘娘，可要好好请我吃酒喝茶，也不能在我面前尊大摆谱，好歹我还曾是你宫里的主位呢。"

岚琪笑道："那也得姐姐给我行礼喊一声娘娘，我才有酒有茶给你吃。"

端嫔拿团扇在她脑袋上一敲，笑嗔："看你轻狂，往后咱们可还是好好的。"

第十二章

落水的宫女

两人说说笑笑，之后又看了几样针线，直到布贵人派人来请端嫔，说孩子们都醒了要她回去，端嫔才动身要走。偏巧胤祚醒了，岚琪也要去伺候太皇太后，就又哄了端嫔帮她把六阿哥带过去；众人嘻嘻笑笑地散了，待到太皇太后跟前，老人家午觉早醒了。

夜里玄烨过来用膳，膳后太皇太后打发他们都走，岚琪才有时间与玄烨独处。人家握着手就不放，岚琪还笑："中午才和皇上一起用膳的，怎么夜里又拉着手不放了？"

玄烨不理睬她的矫情，拉着直往蓬莱阁去，说今晚为了赐宴提前布置水上花灯，赐宴时岚琪未必能列席，今晚就先带她来瞧瞧。一行人往蓬莱阁走，夜里白天的暑气散了不少，但风吹在身上还是暖暖的，走了半程岚琪就出汗。正想让玄烨走慢些，就见前头有侍卫巡逻过来。

照理说该是侍卫停下等皇帝过去，可玄烨却突然停下，更摆手示意身后的人不要跟上来。前头一队侍卫匆匆到跟前，岚琪自知身份后退避开。皇帝身边灯火通明，她渐渐退到暗处，反看到了侍卫前头为首的，竟是许久不见的纳兰容若，不免讶异，不是说皇上一直没再用他?

这边玄烨见容若行礼，淡淡一笑："明珠的动作实在快，朕不过早晨应了他一声，他夜里就把你打发进来了？听说你们父子近来不和，给朕说说，你怎么忤逆明珠了，让他这样好脾气的人，都能气得吹胡子瞪眼？"

容若单膝屈地，一手护着佩刀，听见皇帝这句似玩笑又似挖苦的话，心中很不是滋味。但皇帝旋即就说："起来吧，随朕去蓬莱阁，那里正布置花灯。你在江南那么久，看尽了园林山水，给他们出出主意，不要弄得花里胡哨得土气。"

容若起身，玄烨拍拍他的肩膀，仿佛旧事一笑而过。两人往前走，渐渐走远岚琪就听不见他们说什么了，而她自己一时不知该进该退。总算前头随驾的梁公公跑回来，恭敬地说："万岁爷请娘娘回去先歇着，万岁爷和纳兰大人看过花灯后，就去娘娘那儿歇。"

"我知道了，你们好好伺候皇上，夜里走台阶看着路。"岚琪吩咐一句，心里也没不高兴。君臣相和是好事，纳兰容若虽然和宫里那一个有着前情旧事，可他真正是个人才。皇上喜欢的人，岚琪自然也不会讨厌。

她们打道回府，正走过长长的水桥，突然听见重物落水的声音，可旋即而来的不是呼救声，而是清脆的笑声。岚琪驻足听了会儿，身后眼尖的小太监已上来指："娘娘您瞧，是那儿，好像有人在玩儿水。"

夜里黑咕隆咚的，岚琪什么也看不清，身边的小太监眼睛极好，还在说："是两个人，娘娘您瞧岸上一个，水里头一个。"

这般说着，不知不觉就走近些，果然瞧见两个小宫女模样的人，一个在水里扑腾嬉笑着："快下来，可凉快了，这水好干净。"

岸上那一个却胆子小，怯怯地说："你赶紧上来吧，叫嬷嬷发现我们就惨了。"

岚琪含笑望着模糊的身影，她做宫女那会儿有顽皮的心但没有顽皮的胆，只等成了皇帝的女人，才把一股子年少贪玩的性子放出来。在雪地里滚湿衣裳让玄烨撞见，被骂作死心里还乐呵呵的。而转眼就有了两个孩子，一边要有做额娘的稳重，可另一边对着玄烨时，心里头还当自己是二八小姑娘一般，说到底，就是被皇帝宠坏的。

"咱们走吧，不过是贪玩的宫女。"岚琪不打算去喝止她们，带着人就要走，可还没走过水桥，就听见男人的声音在呵斥："哪里的宫女，赶紧上来，不怕淹死了？"

岚琪这才又驻足，边上的公公朝前跑去看了几眼，回来禀告说："有侍卫巡逻，把俩宫女提溜上来了。娘娘放心吧，一会儿管事的嬷嬷会来领走。"

身边香月听见，不禁"呀"了一声："这下她们被嬷嬷领回去，屁股可要遭殃了，要是打得狠，三四天别想坐板凳。"

"大热天的，可别打坏了。"岚琪心善，便吩咐身边的人，"把她们带去我那里，先收拾干净，等管事的嬷嬷来，我劝几句。太皇太后和太后都在这里，没得打打杀杀。"

说罢岚琪便回去了。先头玄烨走得急，她出了一身汗，玄烨又说夜里要过来的，所以她要赶紧沐浴更衣。待岚琪清清爽爽收拾干净，身上只披了皇帝前几日送她的汉服纱衣。

玄烨一向喜欢汉人文化，汉人女子仙袂飘飘的衣裳也为他所喜。那日心血来潮弄来这一件轻盈的纱衣，让岚琪夜里当寝衣在屋子里穿。谁晓得这衣服竟十分合身，岚琪的身段窈窕柔软，烛光里薄纱下，晶莹的肌肤若隐若现，直叫玄烨看得痴了。今夜他要来，岚琪自然就换了这一身。

屋子里架起了绿纱屏风，岚琪绕过屏风坐下。屏风外头两个小宫女跪在地上，已经换了干净的衣服，但瞧着都吓坏了，隔着绿纱都朦朦胧胧瞧见她们在发抖。岚琪且笑："现在害怕了？刚才跳进水里多高兴呀。你们胆子也太大了，不说玩儿水不应该，就说这黑咕隆咚地掉进水里，万一腿抽筋上不来可怎么好？那水可深了。"

外头跪着的宫女本以为劈头盖脸要挨一顿骂，谁晓得德嫔娘娘竟如此温和，说话还带着笑意。两人对看了一眼，很是安心。

可不等她们谢恩，门外风风火火有管事的嬷嬷进来。知道惊扰了德嫔，吓得什么似的，进门就往俩丫头屁股上踹，一边又向德嫔请罪，说她没管教好下人。那嬷嬷伏地絮叨："俩丫头都是春里才来瀛台的，年纪小不懂事，奴婢天天打骂也收不住性子，还望娘娘不要见怪，奴婢回去一定狠狠教训她们。"

环春过来，在岚琪身边耳语几句，希望主子随便说几句就好，这些嬷嬷自有管教手下的门道。若是德嫔给小宫女做主撑腰驳了老嬷嬷们的面子，往后她们就不好调教下人了。岚琪也觉得是这个道理，便笑悠悠对那嬷嬷说："本也没多大的事儿，小丫头贪玩儿总是有的，既然人是我带回来的，还请嬷嬷看在我的面子上，责罚得别太重。毕竟上头太皇太后和太后都在这里，佛祖一样的人，见不得打打杀杀。"

那老嬷嬷听着忙磕头，环春便去打点了一些好处，不希望这嬷嬷在背后说自家主子的坏话。不多久便打发她们走了，回来时笑着说："俩丫头被拧着耳朵走的，回去少不得还是要挨顿打。瞧着是可怜，可哪个小宫女不是这样过来的，想少受皮肉之苦，就要乖觉一些。"

岚琪也笑道："所以刚才香月头一个出声，她可不是天天被你骂吗？"正说笑香月这么多年还像个孩子似的性子，岚琪突然想到环春的年纪，拉了她问，"你该出宫了，是不是？"

环春一怔，等明白"出宫"两字的意思，脸上有说不出的情绪，垂首道："算着日子，奴婢年末是该离宫了。"

岚琪满心地舍不得，可她不能把环春在这宫里圈一辈子，她也该出宫去过自己的日子，嫁人生子不再做伺候人的事。但环春走了，她身边就再没有得力的人，若让她生子后再入宫也不现实。再想想将来即便有新人到身边，时间一长，也是要走的。照她的心肠，永远也不忍心把人束缚在宫里。

“虽然入宫时的愿望，就是能早日离宫，可现在奴婢心里舍不得您。当初苏麻喇嬷嬷送奴婢来，也对奴婢说，若是跟了好的主子在宫里一辈子也不见得不好。离宫嫁人，也不晓得男人好不好，若是倒霉遇上不成器的，往后打老婆骂孩子日子过得辛苦，一辈子都没盼头。”环春面上满是矛盾，坦率地说，“但奴婢也会想，若是遇到好的人呢，就享福了。”

说完这句，慌忙又对岚琪解释：“主子不要误会奴婢的意思，伺候您也是我的福气，这是两码事儿。”

岚琪连连点头：“我怎么会误会你，当年我入宫时，也一心盼着离宫，即便跟布姐姐有情分，我也没打算跟她一辈子。我阿玛送我入宫时就说，等我出去给我找个好人家呢。”

环春又虔诚地说：“主子，奴婢还没想好，若是想好了再和您说成不成？奴婢要是想在宫里留着伺候您一辈子，您也别赶奴婢走好吗？就像苏麻喇嬷嬷那样，跟着太皇太后一辈子。”

“你若想走我绝不留，你若不想走，我一辈子当姐姐待你。”岚琪也说得直，她心里真不愿环春离开，而这件事虽暂时搁下，环春还有一阵子能好好考虑，但今晚岚琪是放不下的。之后一个人等着玄烨来，歪在床上反反复复想这件事，想环春若走她以后怎么办，只等皇帝到了，她也没察觉。

玄烨进来时，瞧见岚琪一身纱衣歪在窗下凉榻上，窈窕的身体和雪白的肌肤在纱衣里朦胧可见。烛光摇曳，榻上美人真真秀色可餐，撩拨得玄烨心动，便欺身上来拥了她，温和地问：“哪家的美人睡在这里，可是在等她的夫君？”

岚琪这才发现皇帝来了，翻身就坐起来，却毫无情趣，还噘着一张嘴。见皇帝还是外头穿的衣裳，就伸手要替他解开，反被玄烨捉了手，点点她噘起的双唇，不悦地说：“这又怎么了？近来动不动就生气，越发小性子了。朕说过多少回了，有不高兴的事就说出来，难道连皇帝也不能为你做主了。”

岚琪却硬是拉着玄烨去更衣，唤小太监来预备沐浴。只等玄烨沐浴时，她坐在边上给揉揉肩膀，才说起：“臣妾突然想起来环春到出宫的年纪了，若是顺利年末就要离宫。臣妾陪了皇上多久，环春就陪了臣妾多久，这一下要走了，往后兴许再也见不到，臣妾心里能好受吗？”

玄烨却道：“宫里留下不走的也多得是，你把环春留下不就成了？”

“那哪儿成，因为臣妾喜欢她，她就要一辈子伺候人？宫里还有规矩放人走呢，臣妾怎么好束缚她一辈子？”岚琪伏在玄烨肩头说，“臣妾就自己烦恼一会儿，人真走了，换了新人来也会有感情。苏麻喇嬷嬷一定还给臣妾挑能干的人，您不用为臣妾担心。至于刚才脸上不好看，难道要臣妾勉强作笑？皇上就舍得呀？”

“朕才说了一句话。”玄烨气哼哼道，“你这张嘴越来越厉害，过来让朕瞧瞧。”

岚琪被皇帝用力一拉，半个身子扑在浴桶里，身上纱衣都湿透了贴着胳膊。她嚷嚷着要挣扎开，玄烨竟再用力一拽，直接把她拖进来。这一下衣服全都贴在身上，纱衣经水一泡就透明地包裹在身上，无边艳色，直叫玄烨看了心里发烫。

仲夏之夜，鸳鸯戏水，几番云雨缠绵，岚琪直觉得骨头都要酥软，哪里还记得环春要离别的难过。翌日醒来光想一想昨晚之事，就脸红得不敢与人说话，而环春也没假手他人，亲自将屋内狼藉收拾干净，私下里岚琪才拉着她说：“就是你我才放心，被别人瞧见，我头都要抬不起来了。”

环春早习惯了，只管哄主子笑：“这是万岁爷疼您呢，主子该骄傲才是，有什么抬不起头的？”

岚琪自然不依，闺房之事不能与外人道，也难怪她舍不得环春。歇息半天，岚琪便往太皇太后跟前来伺候午膳，打了伞一路走过来，半道上突然有脆生生的声音喊：“德嫔娘娘。”

众人循声望过去，太阳底下站了一个小宫女，瞧着也就十三四岁光景，穿的是低阶宫女的服色。岚琪听着声音觉得耳熟，那宫女见德嫔娘娘停下来了，赶紧走近几步屈膝行礼。边上环春已认出来，问道：“你不是昨晚玩儿水的宫女吗，这会儿来找娘娘什么事？”

那宫女怯然抬头，瞧见岚琪温和的面容很是欢喜，眼中似有仰慕之色。随后就双手捧了一只荷包递过来，颇有些紧张地说：“奴婢多谢德嫔娘娘的恩典，若非娘娘昨晚替奴婢们说话，奴婢们就惨了。这只荷包是奴婢自己绣的，娘娘若不嫌弃……”

“环春，你替我拿过来。”岚琪不等这小宫女说完，就让环春把荷包拿来，还仔细地翻看了一下，夸赞说，“很精致的手艺，你小小年纪很有本事。可往后也要好好跟着嬷嬷做事，不要太贪玩儿，下回再闯祸，没人替你说话可就要挨板子了。”

小宫女很机灵，俯首叩头说记着了，瞧见德嫔娘娘不仅收下了荷包还夸赞自己手艺好，高高兴兴地退到一旁去等德嫔先行。岚琪又叮嘱她别晒太阳中暑了，才带人往太皇太后跟前去，那只荷包也让环春收好，说回去装些艾草戴着驱蚊。

到太皇太后跟前时，端嫔几人领着公主阿哥们早就在了。似乎是荣宪训斥胤祉不懂事和胤祺抢东西，太皇太后笑说重孙女儿太厉害，荣宪将来的额驸一定惧内。小丫头害臊撒娇，胤祉趁机就笑话姐姐，结果姐弟俩打起来滚作一团，荣宪脸上竟是被弟弟用指甲划了一道口子。

这下才闹得不愉快了，把太医都闹腾来。午后玄烨过来看了眼，心疼女儿脸上一道口子，把胤祉狠狠训斥了一顿。说他男人怎么好对女人动手，顺带把大阿哥和太子也叫过来，告诉他们俩往后该教导弟弟了。胤祉可怜巴巴地挨训，委屈极了就缠着端嫔要找亲娘。

原是孩子们在一起玩得有趣，太皇太后见玄烨动气，直觉得好没意思，便让端嫔领着孩子们散了，只有岚琪留下。知道玄烨还没用午膳，她去端来鸡汤挂面，却听太皇太后怪皇帝："训斥孩子不要当着那么多人的面儿说，小孩子也要脸面的。你心疼闺女也不能太惯着了，荣宪还是做姐姐的，和弟弟动手就有道理了？这丫头自小就厉害，你也该管束管束。"

玄烨只笑道："他们都是仗着有太祖母宠，朕的话也不大肯听了。"

岚琪放下汤面，让皇帝先进膳，太皇太后又笑悠悠说："我如今也训不得你了，身边这样疼人的在。"

昨夜旖旎的缠绵还在身上留着感觉，玄烨一见岚琪心里便甜滋滋的，笑着看过她，从她手里接过筷子时还轻轻握了一把。幸好岚琪背对着太皇太后没被老人家瞧见，可她还是又羞又急地瞪了一眼，转身来太皇太后身边坐下打扇子。

"我听说纳兰容若来瀛台当差了？"太皇太后突然说起这件事，也不在乎岚琪就在身边，问着玄烨，"他和那个什么女人的事解决了吗？实在是闹得可笑，他真是有本事，让他额娘都求到太后那里去了，怎么不来求我呢？"

玄烨大口吃着面条，很不在意，喝了两口汤咽下嘴里的面，才应皇祖母："儿臣会提醒他，别让他额娘总往宫里走。皇祖母不要生气，是他额娘仗着自己是皇亲，擅自去叨扰皇额娘。容若一直都凭本事在朕身边的，并不理会他母亲。"

太皇太后也知道，可老人家却觉得这样不孝，还提起来说："听闻他和明珠一直都不和，这样不孝的人，皇帝用他还是要留心才好。”

玄烨已三两口吞下一碗面，吃得满头大汗，太皇太后推了岚琪过去给皇帝打扇子。两人目光相交又是柔情，岚琪赶紧避开，只管站在边上给他扇风。

有宫女来伺候漱口洗手，玄烨渐渐收了汗，才到祖母身边坐了，笑着说：“皇祖母想想，明珠是朕的重臣，容若是朕的能臣，父子俩若和睦，对朕而言未必是好事。他们不和睦互相较着劲儿，孙儿才不怕他们父子联手，权倾朝野。虽然父子不和有悖伦理，可朕真巴望着他们别和睦。”

太皇太后眉头微震，心满意足地笑起来：“我的玄烨，如今都能教皇祖母了。”

玄烨心情甚好，陪着祖母说了好多话，说如今云南捷报频传，七月的庆功宴势在必行。又说昨晚花灯布置在容若的建议下弄得更气势辉煌，邀请皇祖母到时候一定列席，说她是大清国真正的国母。

祖孙俩说得高兴，岚琪专心在边上打扇子，冷不丁玄烨说她：“怎么只站着傻笑呢，朕和皇祖母说什么，你可听懂了？”

岚琪当然没能全懂，知道玄烨又欺负她，收了扇子坐到太皇太后身边去。老人家乐不可支，叫他们别处去打情骂俏，正好她身上也乏了。

玄烨却道：“孙儿还有政务，过来瞧瞧您就要走。皇祖母还是留下她好，不然一会儿若下雨，她又要往雨里去钻了，您替孙儿看着她。”

岚琪不敢顶嘴，若是两人私下里，她早招呼皇帝一车子话了，可在太皇太后面前不敢放肆，鼓着腮帮子忍耐着。不久皇帝走了，太皇太后在凉榻上歪着，岚琪给打扇子，又给捶捶腰腿，两人有一句没一句地说会儿话。

岚琪本想哄了老人家睡着就去端嫔那儿瞧瞧孩子们，可太皇太后却只是打了个盹儿，醒来想起一件事，瞧见屋子里没有不相干的人，便对岚琪说：“这个纳兰容若我不喜欢。往后他还会在宫内行走，我若有顾不过来的时候，你要替皇帝看紧些。后宫的女人难免有不忠不贞的，她们不自爱我管不着，可我容不得任何人让皇帝难堪。将来但凡有这样的事，你一定要心狠，有一个杀一个，绝不能姑息。”

岚琪听得心惊，觉禅氏的事，她只略略和苏麻喇嬷嬷提过，嬷嬷和太皇太后是否有默契她不晓得，自己更从未和太皇太后说过半个字，这会儿太皇太后不管是怎么想她的，事情却是托付给她了。这番话显然是针对觉禅氏，虽然指的是整个后宫，可说实在的，多少女人敢有异心？

“吓着了？”太皇太后却笑，“皇帝的女人那么多，哪儿管得过来？有一两个不要脸的也很正常，只是别人知道不知道罢了。所以玄烨这里，没有是最好，万一有，这是绝不能姑息的。那是你丈夫你孩子阿玛的颜面，知道吗？”

岚琪点点头，狠下心应道：“若有一日臣妾管六宫之事，一定谨遵您的话，绝不姑息，绝不让宫里闹出让万岁爷难堪的笑话。”

太皇太后很满意，又略略一叹说：“那我就放心了，真真可惜佟贵妃和温妃两个，出身贵重有什么用，什么事都不值得托付。”

这样的话岚琪就不敢接嘴了，没多久苏麻喇嬷嬷歇了午觉回来，她才抽身出来去端嫔那里看孩子。这几日胤祚都放在那里，小家伙和哥哥姐姐们玩得很好，而今晚玄烨不过来，她便抱着回自己屋子里去。

谁想进门却见到乳母领着四阿哥从里头出来，胤禛本是满面失望，乍见到弟弟回来了，高兴地撒了乳母的手就跑过来，扑在岚琪膝下。等她把弟弟放下来，牵了胤祚的手就说：“胤禛要和弟弟玩儿，德娘娘，今晚住这里……”

四阿哥如今能说好些话了，岚琪每回见他都觉得长大很多。不知贵妃如今用什么心思教导，至少她从未见四阿哥有什么不妥当的言行。小孩子顽皮撒娇是有的，可从前布贵人和惠嫔她们说的什么骄纵霸道却见不着。想想那天贵妃因为四阿哥划伤了奶娘的手臂，就要把他赶出宫门教训，虽然贵妃的手段有些不着调，可她的确在用心教孩子，岚琪越来越放心了。

“德娘娘一直住这里，四阿哥还是头一回来吧，睡过午觉了吗？瞧瞧身上都是汗，瀛台比宫里有趣多了，是不是？”岚琪说着，拿帕子给儿子擦汗，边上胤祚的乳母就来说，“四阿哥和贵妃娘娘闹了一下午，要看六阿哥，贵妃娘娘让奴婢给送过来，说是若玩儿得高兴，不回去也成，请德嫔娘娘费心照顾一下。”

“你们派个人去回话，就说请娘娘放心，我会照顾好的。”岚琪很高兴，她也想不到自己和贵妃曾经水火不容的两个人，如今竟可以有些许的默契。从前那个张牙舞爪的佟妃真是不见了，虽然她的脾气依旧不大好，性子依旧高傲霸道，但似乎有了孩子心也变得柔软，从前折磨低阶妃嫔的事是再没有了。哪怕上回几个蒙古格格当面说觉禅氏最好看，她虽然不悦，但事后也没拿觉禅氏如何，若是早几年，觉禅氏一定遭殃。

胤禛拉着胤祚转身又往屋子里去，小哥哥走得快，拖着笨拙的弟弟在后头，胤祚跟不上，跨门槛时一头摔下去，吓得哇哇大哭。胤禛不知所措地站在边上看，眼瞧着也要哭出来，岚琪赶紧哄，把两个孩子都抱在怀里，直觉心里满满的。

听说四阿哥在岚琪这里，太皇太后派人来让她不必再过去，岚琪得以自在地哄着两个儿子吃饭洗澡。胤禛虽然还不懂生母养母，也完全不知道德嫔才是他亲额娘，可再不是早年分别再见后的陌生，也会娇滴滴地缠着她撒娇，岚琪光听他喊几声德娘娘，心就酥软了。

而亲兄弟似乎天性相合，哥哥弟弟在一起从来不吵闹。胤禛很疼弟弟，吃东西自己一口弟弟一口。而胤祚平时不大肯好好吃东西，哥哥喂的却会乖乖地吃。岚琪心满意足地坐在边上看，呆呆坐一两个时辰都不觉得腻。

夜里兄弟俩相依而眠，岚琪睡在边上给他们打扇子。两个小家伙都是肉呼呼的，很怕热，睡在一起时，眼眉真是一模一样。她禁不住就会幻想孩子们的将来，更想到那日端嫔的话，若是佟贵妃成了皇贵妃，将来位同副后，有这样尊贵的母亲，胤禛便是太子之下最尊贵的皇子，想到这些岚琪心里有些激动，可自己也不明白在想什么。

夜渐深，孩子们都睡熟了，环春进来点蚊香吹蜡烛。岚琪悄声让她也早些去休息，环春则告诉她皇帝今晚带着贵妃去蓬莱阁看夜景了，岚琪才酸溜溜地笑："昨晚还说带我去瞧瞧呢。"可再一想昨晚鸳鸯戏水的暧昧，心里又扑扑直跳，蓬莱阁是没去到，却是几度攀上云霄。想想心里就不好意思，赶紧掐掉泛酸的念头，拥着她一双宝贝安然睡去。

之后的日子平静而安宁，岚琪或伺候太皇太后，或陪着玄烨。而皇帝对带来的几位妃嫔都没有冷落，温妃隔几日就能和皇帝独处，终日心满意足，仿佛唯一的遗憾还是德嫔与她保持着距离，甚至私下问过皇帝为什么。玄烨心里不愿她们亲近，也只敷衍说："她要伺候太皇太后，忙不过来。"

转眼六月末，为了七月的瀛台赐宴庆功，这里来往办事的大臣、工匠、太监和侍卫等越来越多，不再是盛夏时的清静。又因有女眷在诸多不便，太皇太后便让皇帝派人护送诸妃先行回宫。

佟贵妃等人不敢有异议，只是唯独留下了德嫔，说是伺候太皇太后的。贵妃和温妃心里难免有些吃味，而宫里的女人们更是嫉恨极了。都知道太皇太后要参加庆功宴，兴许德嫔借口伺候她也跟在身后，如此风光竟是连贵妃也没有，一时风言风语不断。佟贵妃才回宫不久，就听见说德嫔要越过她的传言。

嚼舌头的人本以为能激怒贵妃将来给德嫔些颜色看看，可佟贵妃回宫后带着儿子好好地在承乾宫里，私下里还对青莲说："她们当我傻子，挑唆我去和乌雅氏闹？回头皇上埋怨我，弄得我里外不是人。四阿哥都在我这里呢，德嫔敢对我怎么样，若是我不好了，四阿哥怎么办？"

青莲听得心里很安慰，她跟着贵妃，看着她一点点变化，心智一点点成长。不管是太皇太后还是皇上的主意，当初把德嫔的四阿哥送来，真真是做了极好的事。

但不久后佟国维大人带夫人入宫请安，青莲却听说了另一件事。可这件事不等她派人去向苏麻喇嬷嬷禀告，宫里头已有人捕风捉影地察觉到。原来年末大封六宫的事皇帝已经和几个大臣商议了，更提起了八旗选秀的事。来年开春宫里又要添新人，而佟贵妃的妹妹也到了年龄，这次佟大人进宫来，就是说这件事。

彼时佟贵妃就不大高兴，反问父亲她是不是做得不好，既然已经有一个女儿在宫里了，为何还要送进来，更毫不客气地说：“钮祜禄家一双女儿送进来，郭络罗氏家也一双女儿送进来，阿玛瞧瞧她们如今什么光景？难道您也要我和妹妹之间死一个活一个才好？”

佟国维敷衍着劝慰几句，他不能告诉女儿这是皇帝的意思。话说回来，到底还是要上面点头才能往宫里送人，皇帝要和谁家政治联姻，难道还有推却的道理吗？

如此，岚琪在瀛台尚不知这些传言，宫里却已经传遍了，说来年佟贵妃的妹妹要入宫。而年末大封六宫的事也渐渐明朗，如今妃位上只有钮祜禄氏一人，估摸着年底之后就要四妃齐全。可宫里有那么多在嫔位的娘娘，明年还要来一个同样出身贵重的小佟佳氏，当日端嫔掰着手指头给岚琪数的四个人，又变得模糊起来。

端嫔在景阳宫和荣嫔谈起时，也感慨道：“难不成贵妃娘娘的妹子入宫就封贵妃？不然总要留一个妃位给她吧？”

荣嫔心里不大高兴，后妃晋升终究还是看出身看功劳看恩宠。恩宠之上她比不过乌雅氏，出身比不过惠嫔、宜嫔，唯一的功劳，子嗣也好料理宫闱也罢，虽都是拿得出手的，可这功劳又是可有可无的。有人在乎才算是功，若被无视，就是耗尽心血也白费工夫。

“皇上不会做伤人心的事，妃位之上若没有荣姐姐，惠嫔、宜嫔也别想了，那样不公平。”端嫔也不高兴，更说道，“那日和岚琪说起来，她头一个便说是姐姐你该有这份尊荣的。”

“她心地好。”荣嫔懒懒地拨弄着手镯，她渴望有和别人一样的尊贵，为了她的胤祉也要争这口气，她可是儿子将来唯一的依靠。可是听见端嫔说岚琪这样的话，又不甘心地说，“若是她让我的，我反而不想要，将来抬头低头地都觉得欠她一份人情。若是她不在妃位，我也索性不要了。”

端嫔则劝她：“尊贵总是皇上给的，选哪一个必然还要太皇太后点头。太皇太后如此器重她，眼瞧着将来六宫的事也要她来管，姐姐何苦推辞呢。您安安心心在妃位上坐着便是了。从来惠嫔有什么您也会有什么，不是吗？”

提起惠嫔，这一个夏天她在宫里待着，觉禅氏那儿缠绵病榻荤素不进，她算是寒透了心。荣嫔这里偶尔坐坐，最多还是和宜嫔在一起，或在翊坤宫或在长春宫，等皇帝要大封六宫的消息传来时，两人也一块儿商量。

说的话无非那几句，只是惠嫔提醒宜嫔：“妹妹往后也要沾手宫里的事才好，你该时常在皇上面前表白心意。贵妃和温妃都是富贵闲人的命，她们有她们生来的尊贵，咱们也该有咱们争取的。”

宜嫔却冷笑：“一整个夏天都没见到皇上，大家都回来了，乌雅氏还一个人在那里，皇上真是一点儿也不腻歪。这都多少年了还这样喜欢，我又去表白什么，连面都见不上，还提什么表白。”

“你瞧瞧咸福宫那一位呢？”惠嫔却哼笑，“你可还很年轻呢，温妃姿色不如你的都能想法子勾引万岁爷去看她，你怎么就不成了？我如今虽不比从前，可那么多年跟着皇上，他喜欢什么不喜欢什么还不知道吗？等御驾回宫，姐姐帮你。”

宜嫔如今在宫里无所依靠，唯一的亲妹妹没了，明知道惠嫔和她是互相利用，可有人利用总比孤苦无依好，便满心盼着皇帝秋后归来，可以对她青睐有加。之后的日子更勤于调理身子、保养容颜，期待皇帝能把目光留在她的身上。

第十三章

豪饮鹿血酒

瀛台这里，岚琪还是头一回见识庆功宴这样大的场面。开始前的两天，玄烨带着她看了各处布置摆设，更让她到那天在蓬莱阁等着看水上的烟火和花灯。宫里人都以为德嫔会借口侍驾而陪着太皇太后出席庆功宴，可玄烨怎会有如此不妥当的安排，庆功宴当日多少朝臣在列，若独独见到一个嫔位的乌雅氏伴驾，日后必定惹麻烦。

因此瀛台最热闹的这天，岚琪一早就被护送至蓬莱阁。外头侍卫太监层层把守，防备有闲杂人等误闯宫嫔的所在。她抱着胤祚悠闲自在地看烟火看花灯，又听见宴席上山呼万岁的雄壮，心中震撼，连连逗着儿子说："胤祚快快长大，给皇阿玛建功立业。将来庆功宴上皇阿玛赐你的酒，可要记得带回来给额娘分一杯。"

庆功宴圆满顺利，吴世璠已是强弩之末，虽然还需时日等他投降，可已算得上三藩大定。八年的辛劳没有白费，这一晚玄烨对将士大臣们的敬酒来者不拒，酣醉如泥。

宴席散后，李公公立刻派人来接德嫔娘娘过去伺候，太皇太后也吩咐她之后几日无须去跟前，专心照顾皇帝。玄烨酣睡到半夜开始呕吐，岚琪寸步不离，折腾了一晚上皇帝才安生。翌日睡到日上三竿，醒来精神果然不大好，可睁眼就瞧见岚琪在身边，心便安稳了。

"亲政以来，朕从未如此放纵过自己，真真是很不应该。还有许多许多的事等着朕来做，朕却开始贪图享乐了。"玄烨轻轻抚摸岚琪的脸颊，看到她熬夜不睡的倦容，很是心疼，"朕是明君吧，有江山，更有美人。"

岚琪欣然，一夜不睡也不觉疲惫，心里头热热的，竟垂首吻了一下玄烨，柔柔地说："皇上赏臣妾几天，好好陪着臣妾享乐一回可好？就这几天，您太辛苦了。"

玄烨朝里挪了挪身子，拍拍空出的地方，轻声说着："那你先陪朕躺一会儿。”

岚琪面上泛红，大白天的，身后都是宫女太监等着伺候，她堂而皇之地躺下来，传出去不定是什么话。好在环春就在她身后，瞧见这情形，立刻识趣地领着旁人退下去。屋子里一时静了，玄烨又伸手拉一拉，岚琪这才躺下。两人并肩卧着，她歪过脑袋说：“可就躺一会儿啊。”

可岚琪一夜未眠，又是费力地伺候人，喝醉的人几乎无力，她光给皇帝换衣裳擦身就花了好些力气，纵然精神不疲倦，身子也累了。此刻躺下来直觉得筋骨舒展，竟有一阵阵困倦袭来，却还勉强撑着精神说：“皇上饿吗，还是起来进点儿粥再继续歇吧？”

玄烨却饶有兴趣地看她渐渐犯困的模样，嫩白的脸上红潮一片，睫毛忽闪忽闪的，不知哪一刻就要合上睡过去。他掀过纱被在她肚子上搭一角，凑上来在岚琪唇边一啄，温和地说着：“睡吧，朕陪着你。”

岚琪本不肯睡，却抵不过身体的疲劳，被这样一哄，眼皮越来越无力，伸手还想摸一摸玄烨，可不知哪一刻就睡过去了，只记得最后又被温柔地吻了一下。等她舒舒坦坦从梦里醒来，已不知几时几刻，唯见窗外依旧艳阳高照，趿着鞋子到窗下看日影的方向，才惊觉已是午后了。

外面的人听见动静，一个个鱼贯而入，捧水执巾地伺候岚琪洗漱。环春告诉她：“您睡着不多久，万岁爷就起身了，说还有将士要见。庆功宴虽圆满，还有好些论功行赏的事儿，这几日是不得闲的。问您若愿意留在涵元殿，就留下，若觉得不妥当，回去自己那里也成，或去太皇太后跟前也成。”

岚琪小声嘀咕：“还说闲几日呢。”

环春却笑：“那娘娘就留下呗，反正瀛台现在没有别的娘娘在了，太皇太后都让您留几天了，您就在这里住。”

岚琪含笑看看她，似乎还是觉得不妥。可又想她曾在乾清宫也三四日连续待着不出门，在瀛台怎的就不行。而胤祚在太皇太后那里，她很放心，左思右想便答应了。之后等宫女太监将寝殿换气清扫的工夫，她坐在廊下吹风喝茶，正悠闲自在时，听见另一头有嬷嬷在训斥小宫女。

岚琪轻摇团扇走过来，那边嬷嬷正背对着自己，说着：“你是什么东西，也敢往涵元殿闯，这里有你伺候的地儿吗。一个个小狐媚子脑筋里想什么，以为我不知道？当自己也是德嫔娘娘、荣嫔娘娘那样的主儿，想飞上枝头变凤凰？不拿镜子照照。下贱东西，还不快滚，再让我瞧见你在这里探头探脑，扒了你的皮。”

“可是嬷嬷，奴婢……”

“还顶嘴？”只听见“啪”的一声重响，不等那小宫女说完话，脸上就火辣辣地挨了一巴掌，柔弱的身子扛不住往后跌下去，却是这样瞧见了嬷嬷身后的德嫔，失声喊了句：“德嫔娘娘？”

那嬷嬷一惊，回身果然见德嫔执着团扇立在后头，面上笑得很温和，可她却尴尬极了，正要屈膝请罪，只听德嫔娘娘说：“小宫女是该管教，瀛台虽不是紫禁城，但也该照宫里的规矩做事不是？嬷嬷教训她们，往屁股上招呼，好好的脸蛋打坏了，惊扰了圣驾可怎么好？嬷嬷快去寝殿里瞧瞧，环春她们不会熏屋子，弄得烟熏火燎急得直跺脚，正等您过去指教呢。”

“是是是，奴婢这就过去，只是这小蹄……”嬷嬷说着慌忙捂了嘴，想想刚才说的话，德嫔不计较她已经很好了，再不敢多言，立刻往寝殿里去。

岚琪在边上坐下，瞧见嬷嬷走远了，才笑着对小宫女说：“怎么又是你，你来涵元殿做什么，你的小姐妹在这里？快回去吧，嬷嬷们着急了，真的打你，我也拦不住。”

这宫女还是那晚戏水的孩子，此刻眼角有点点泪花，不知是被德嫔的温和感动的，还是被嬷嬷打了委屈。抹掉了眼泪却爬过来跪着，从怀里掏出一只小荷包，翻出来一只绿宝石耳坠托在手里，怯生生说：“那日奴婢在路边等娘娘，您走过后奴婢就在路上捡到这只耳坠。依稀记得是您戴的，捡了就想还给娘娘。奴婢是在涵元殿后头打扫的宫女，知道您在这里，就想送来。平日里奴婢是不能到前头来的，嬷嬷骂奴婢，其实也没有骂错。”

“的确是我的东西，那天就找不到一只，屋子里上上下下都翻遍了也没有，这是我爱用之物。”岚琪伸手拿过宫女捧着的耳坠，却先放在腿上，随手就拆下现戴着的一对翡翠珰递给她。瞧见那小宫女不解，自己笑着说：“这绿宝石是极值钱的东西，还是太后旧年赏赐给我的，你大可以自己拿去变卖换银子，也不会有旁人知道。特地拿来还给我，还叫嬷嬷打了，我心里过意不去。这对翡翠虽不是价值连城的东西，也很精贵，送给你了。”

“娘娘……”

“曾经也有个嬷嬷骂我打我，说我是下贱东西。”岚琪将绿宝石耳坠收入随身的荷包，摇着团扇说，“你不要怪嬷嬷嘴碎说的话难听，她们偶尔说的话也很有道理。人在什么位置自然听什么话，你若好好做宫女，将来当了管事的，自然没人再这样说你。小宫女跟着嬷嬷学本事都会挨打挨骂，自己乖一些聪明一些不就好了？别傻乎乎地总惹恼她们，多忍耐一些嘴甜一些，什么事都过去了。快回去吧，在这里待久了，叫别的看见，又要挨骂。”

岚琪说着已起身，正要走，却好奇道：“屡次三番见你，还不知道你叫什么，兴许我以后还来瀛台，若想再见你也好找。”

那宫女一惊，欢喜不已，忙伏地叩首道：“奴婢家姓章佳，来瀛台后管事公公给起名叫杏儿。”

“杏儿？”岚琪笑着，好随意的名字，而这杏儿自己解释：“奴婢来瀛台时，前头的杏花正好开了。”

“那还挺有意思的，杏儿，我记着了。”岚琪要走，又嘱咐她，“好好当差，这几日那些嬷嬷都记着你的脸了，别再往前头来。她们真要打骂你，规矩是规矩，我也不好阻拦。”

杏儿连连答应，俯首谢恩，等她再起来时，德嫔已经走远了。小姑娘跪坐下来，手心里还捏着那对翡翠珰。她来瀛台后没少被欺负折腾，凭着性子爽朗才不忧郁度日，如今遇见这样温和的主子，心里面头一回暖融融的。欢喜地捧着翡翠珰爱不释手，又生怕被别人瞧见，赶紧把翡翠珰收起来，不等人来赶她走，自己麻利地就跑开了。

等寝殿收拾干净，岚琪才回来歇。闲杂人都离去，她随手拿了玄烨的书在窗下翻，看着渐渐迷糊过去，只等耳边熟悉的声音唤她，腰上被轻悠悠地抚摸着，才倏然醒转。看见皇帝神采奕奕的面容，立刻笑靥如花，起身拉着玄烨问：“皇上忙好了？”

玄烨笑道：“夜里再见几个就好，这会儿抽空回来瞧瞧你。朕饿了想吃点儿东西，你饿不饿？”

岚琪不饿也要陪皇帝吃，环春送来绿豆汤和蒸饺，玄烨之前没胃口只喝了茶，现在身体缓过来了，才觉得饿，一个人就吃了一笼蒸饺。瞧见岚琪在边上不动筷子，笑她说：“朕不过那日说你身上有肉了软绵绵的，你就又不吃饭了？傻不傻。”

“统共一笼饺子，您瞧着还不够吃，臣妾再动几筷子，皇上心里就该怨，都发胖了还吃，再吃下去就吹成球了……”岚琪还没说完，就被玄烨将半只饺子塞在嘴里，恨恨地说，“顶烦你这张嘴了，今天不许再说话，说了朕重罚你。”

岚琪愣住，半只饺子在嘴里不知该不该咽下去，可怜兮兮地望着玄烨。而玄烨见她当真了，乐不可支，搂着哄她好一阵才好。两人嬉笑几句，身上的疲倦散了，又闲坐了一会儿，玄烨又去忙了。

这样来来回回，连环春都忍不住说："别人只当万岁爷多逍遥呢，奴婢觉得皇上可比咱们这些当差的还累。奴婢们伺候主子，还有轮班接替的时候，皇上这万岁爷，一当可就一辈子，各种辛苦外人哪里懂。"

彼时岚琪没说什么，心疼玄烨之余，更是为他骄傲，也为自己骄傲。不管别人怎么看待，她好好陪着玄烨一辈子就是了。

这边皇帝到了前头，正预备接见几位副将，闲坐时李公公端茶过来，玄烨想起一事，问李总管："环春家里，你去打听过了吗？"

李公公轻声道："奴才都打听过了，万岁爷放心，奴才会安排好的。"

"做得妥当些，尽量叫她自己想留下来。虽然一句话的事，可德嫔不想勉强，朕也不能勉强。"玄烨合起手里的折子，又叮嘱，"德嫔离不开环春，朕也不放心别人去她身边。这件事千万不能让任何人知道，德嫔若晓得是朕安排的，就该伤心了。"

李公公明白，皇帝要留个宫女，真是一句话的事。可为了不让德嫔娘娘心里有负担，不愿让她觉得环春委屈，大费周章地完成这个愿望，到头来还不能让德嫔知道是圣上的心意，叫谁听了都要感慨皇帝对德嫔的用心。

他跟了皇帝一辈子，许多新鲜事都是从德嫔身上来的。如今冷眼挑着将来接替自己位置的徒弟，李公公也时常告诫他们，要睁开眼睛好好看看，宫里哪几个主子才是要放在心上，好好伺候的。

那之后几天，岚琪独自在瀛台涵元殿里陪着皇帝。玄烨领着她又将瀛台几处风光绝美的地方逛了逛，白天垂钓夜里纳凉，日日好不自在。可才悠闲地过了三四天，太皇太后的身体却不大好，兴许是庆功宴上辛苦了，懒懒几天后，便开始发烧。本来还拟定七月末要回宫，为了照顾太皇太后的病，回宫的日子便迟迟不定。

岚琪尽心尽力在老人家身边照顾，太皇太后退烧后有一阵子懒怠不耐烦，她每天赔笑取乐，照顾膳食。宫女们都轮了好几回，她却寸步不离。玄烨方得以安心处理朝廷的事，空闲时才来照顾祖母，侍候汤药。清清静静的几个人，若不论帝王家，真是天伦之乐。太皇太后满心安慰，八月头上，身子渐渐就好了。

这日玄烨与大臣们散了，过来看祖母进膳。太后领着胤祺、胤祚也在这里，正说要中秋了，宫里头佟贵妃派人来请旨问安，问圣驾和太皇太后几时回宫。

"这里很清静，病虽好了，身子还是懒怠动，一时不想回去。回宫又有许多人来贺节，烦得很。”太皇太后笑着，更与孙儿撒娇似的说，“让我在这里再住一阵子，就辛苦你那些大臣，每日跑来跑去了。”

“他们能辛苦什么？自然是皇祖母身体要紧，孙儿陪您再住一阵子。”玄烨满口答应，但也说，“这里避暑极好，可不宜过冬。入冬前孙儿还是要侍奉您回紫禁城，那时候可不能再赖着不走了。”

岚琪忍不住出声：“皇上怎么说太皇太后赖着不走？”众人皆笑，太后道：“咱们皇上开始把祖母当老小孩儿哄了。”

玄烨得意地看着岚琪，又欺负她说：“你懂什么？”

岚琪不理他，坐在老人家身边给揉揉腰，太皇太后却道：“太后或者先回宫吧，宫里过中秋总要有个长辈在才好。你领着胤祺先回去，省得她们都伸长脖子惦记这里。”更不大高兴地说，“我病着那会儿也不见有人要来侍疾，过节了盼着我回去，是盼着皇帝吧？莫说我偏心岚琪，哪个像她这样来伺候过我？”

玄烨见岚琪脸红，心中笑她这么些年了遇见夸奖还会腼腆，倒是对着自己撒娇发脾气的时候一点儿不知羞。但想想真真没有第二个人像她这样照顾皇祖母，不说有她在旁人就不能来，哪怕真的来了，有几个能衣不解带寸步不离地照顾老人家。都是娇贵惯了的人，伺候病人嫌累嫌脏，来了也怕做不好，索性都不来，敷衍地派人来请安问候，谁稀罕。

皇帝坐不多久就要回去，他一走，太后才说起来：“前日内务府来人，问臣妾明春选秀的事。臣妾吩咐了几句，让他们回去找贵妃料理。且臣妾看皇上，他似乎没怎么上心，刚才想提起来，觉得不妥就没说。”

岚琪这几天也听见动静，明年八旗选秀又有新人要入宫，佟贵妃妹妹的事儿也传过来了。可正如太后所说，皇帝这里什么话也没有，岚琪也不敢提，私下里和环春说几句。若非太后这会儿提起来，她还没对第三个人说过。

太皇太后且道：“总是有定例规矩在的，该怎么着她们都明白。”

岚琪觉得此刻自己不适合在边上，起身借口要走，太皇太后却留她说：“你也听听，往后十几二十年，宫里还会有选秀的事，你也该知道怎么做才是。”

太后却笑：“皇额娘这会儿却不心疼岚琪了，有新人来，您叫她心里怎么想？”

岚琪垂首不语，太皇太后却笑：“该来的总会来的，她也不能一辈子年轻。”

“年末要大封六宫，你往后更加尊贵，新来的人都仰望着你。不管皇上对她们如何，你心里要放得下。这么多年皇上对你的用心，岂是几个新人能比的。”太后笑悠悠说着，“我自己没什么本事的，不过是看得多了，也明白了。”

这几句话太皇太后听了很喜欢。总是担心儿媳妇将来打理不住偌大的宫闱，近来见她越发有长进。虽然实在是晚了些，但总还是好事，便又不作声，让太后又对岚琪说了几句道理。岚琪脸上也有笑容，温顺地应着：“臣妾会好好看待新来的妹妹。”

太后欣然道：“你心胸最宽阔，本不该对你说这些话，可你又最得宠，将来有什么新气候，人家都要指着你看笑话。可乐意看人笑话的那些，必然是最不得意最失败的。你若理会，就把自己和她们放在一起了，她们不配，你也犯不着。”

岚琪一一答应，心情渐好。但又想起一事，因许久悬在心里，此刻既然说开了，索性壮了胆子问：“太皇太后恕罪，臣妾一直想问，年末大封，四妃之位可有荣姐姐的位置。您可知道皇上的心意？”

“自然有她。”太皇太后道，“回宫后你大可以去告诉荣嫔，让她安心。至于来年佟家新来的孩子，有她姐姐尊贵就得了，年纪又小，暂时放在嫔位就好。”

岚琪心里这才踏实，一直记着那日端嫔姐姐虔诚的喜悦，端嫔是一心盼着荣嫔好的，若是为了小佟佳氏而把荣嫔挤下去，大家都不会高兴，那她宁愿自己也不要做什么德妃。

可她有私心，从前觉得只要能陪着玄烨就好，但如今有了孩子，眼看着胤禛的养母从贵妃到皇贵妃，亲兄弟总不能太悬殊，为了胤祚她也该有自己的尊贵。自然荣嫔又怎会不为了三阿哥争取，做女人或许各有心思，做母亲可就都一样了。

如此八月十五前，太后先行回宫，太皇太后、皇帝和德嫔仍旧留在瀛台。老人家身体好了哪里还有那么多事要岚琪操心，她便有更多的时间陪着玄烨。而这里那么多宫女太监瞧着，少不得传话回宫里。宫里的女人们知道皇帝和德嫔在瀛台朝夕相处，嫉妒得几乎要疯了，就是想不明白她哪里好，皇帝怎么天天见也不腻歪。

这样的日子一过又是大半个月，紫禁城里的中秋虽然热闹，但皇帝不在女人们还有什么乐子。眼瞧着重阳节了，惠嫔眼见宜嫔等得磨光了耐性又见憔悴，便主动来承乾宫，请贵妃派人去问问，太皇太后的重阳节怎么过。自然话里的意思，是该催圣驾回来了。

莫说惠嫔来提醒，佟贵妃自己也有些熬不住。宫里头越来越多难听的话，她不在乎德嫔被人背后指指点点，可每回都带着她一起说，她耐性再好也有压不住火气的时候。于是借惠嫔的意思，再次派人来请安催问，可是回来的人却只说："万岁爷说，再议。"

"再议"两个字，直让众妃嫔寒心，七嘴八舌什么话都有。说要在瀛台过冬了吗，又说万岁爷也不怕冰天雪地那里冷得慌？连咸福宫里温妃都忍不住，"再议"两个字传回来时，她夜里偷偷伤心了好几回。隔天就来找觉禅氏，但瞧着觉禅氏目色死寂完全打不起精神的样子，直觉得一切都没盼头，越发连照顾八阿哥也不上心，重阳节前闹得孩子大病了一场。

八阿哥生病的消息自然会传到瀛台，可这里六阿哥正不舒服。前天大阿哥和太子来瀛台请安，和弟弟玩了半天，哥哥们走后不久胤祚就上吐下泻。太医说是在风里吃了东西着凉，养了两三天才好。

岚琪日夜照顾儿子，很是辛苦，直到重阳节这天看着小家伙重新活蹦乱跳，才真正舒口气。沐浴更衣后，只说歪一会儿还要去太皇太后跟前贺重阳，结果累得一觉睡过去。环春几个都舍不得叫醒她，擅自做主过来告假，太皇太后也叫她们悉心照顾，说过不过节都不要紧。

而前头裕亲王、恭亲王几位都带着福晋来了，到底是重阳节，不能不来太皇太后跟前孝敬，各色各样的礼物拉了两车子，孙子孙女儿热热闹闹地嬉笑一下午才散了。福全走前更笑嘻嘻对玄烨说："前几日带几个小舅子去打猎，猎了几头鹿。鹿茸拿去太医院让他们备着给皇祖母补身子，又让制了鹿血酒，随礼一起送过来了。皇上回头记着问李公公要。"

玄烨反笑兄长："那天还听皇祖母说你新纳了几个格格，家里又吵翻天了。这酒你自己拿回去喝吧，屋子里那么多母老虎，够你受的了。"

福全却憨憨地笑："最难消受美人恩，辛苦是自然的，可美人美妙，臣乐呵着呢。"

不论君臣，他们兄弟间当然有私房话，说说笑笑很是惬意。可待兄弟几个离了，玄烨忙着手头的事，早把什么鹿血酒忘记了。而福全常宁送来的贺礼，他都让李公公送去给岚琪看，有喜欢的让她留下，其他的他也不在乎。

之后来了两拨大臣，说起安亲王已深入吴军腹地，取吴世璠首级指日可待，玄烨不禁龙心大悦，欢喜地跑来向太皇太后报喜。说了几句后，老人家却提醒他："去瞧瞧岚琪，她好像不大舒服。"

皇帝才想起来，今天亲王福晋来她也没在跟前支应，本以为还在照顾胤祚，哪知道是她自己不舒服。辞了皇祖母后，索性趁着天黑前把政务料理好，入夜后吩咐李公公再不见外人，便带人往岚琪的住处来。

未进门就见乳母抱着胤祚出来，乳母脸上有些尴尬。胤祚叽叽喳喳地乐呵着，玄烨逗了几句便让乳母带走。可等自己要进门，却见环春没头没脑地跑出来，脸上红扑扑的，和乳母一样不自在。玄烨这才生疑，略担忧地问："怎么了？"

"皇……皇上……"环春脸红得把脖子都染了，支支吾吾说了缘故。玄烨听得眼睛瞪得溜圆，满目笑意地跑进来，果然见人蜷缩在纱帐里头。

方才环春说，岚琪傍晚独自醒来，觉得身子寒津津的不大舒服。环春她们都在外头收拾东西没听见动静，结果她家笨主子瞧见桌上有一坛酒，竟自斟自饮喝了两大杯，环春进来时她正还要灌下去。

被拦住问怎么喝这个酒，人家还傻乎乎地反问怎么梅子酒这么腥。她只当是前几日胤祚闹肚子后，太医送来的两坛梅子酒，让德嫔娘娘和宫女们都喝了暖胃防病。她又是口渴又是身子冷，竟整整两大杯灌下去。可她怎么知道，这是裕亲王送来的鹿血酒。

两大杯鹿血酒，岚琪的身体没多久就有了反应，浑身火烧似的难受。要做什么该做什么，环春当然明白，可她们哪儿敢去请皇帝呀。乳母抱着六阿哥来也吓了一跳，可她是经历过人事的，嘱咐了几句就抱着六阿哥要走，结果出门撞见皇帝。而环春被磨得没法子又要来找乳母帮忙，就撞见圣驾了。

寝殿的门被紧紧关上，玄烨随手脱了外衣，掀开纱帐。床上的人蜷缩着很难受，察觉到有人进来，慌张地一哆嗦。可睁眼看到是玄烨，眼中的慌张顿时消散，柔情蜜意奔涌而出，柔软的身体舒展开，不知不觉就腻歪上来了。

玄烨碰到她的身体，果然浑身发热，娇嫩的肌肤似在火上烤过的，触手就撩拨得心里发暖。淡淡的酒气扑面而来，带着鹿血的诱惑。而岚琪备受煎熬的身体已经把持不住，含泪娇吟地缠着他。玄烨却促狭地故作冷静，问她："怎么了？朕要好好和你说话呢。"

怀里的人哪儿还能说话，一个劲儿地往玄烨身上蹭，娇吟喘喘，直要把玄烨推下去。玄烨便任由她摆布，仰面躺下后，就见两只手急促地解开了他的衣裳。可原以为她的红唇就要贴上自己的胸膛，身上的人却突然停了下来，软绵绵地伏在了自己的胸前，仿佛理智又跑回了脑袋里，脸埋在玄烨的衣裳里，闷闷地出声："皇上回吧，臣妾不大舒服……"

“梅子酒和鹿血酒也分不清？天差地别的东西。”玄烨一笑，双手捧起了岚琪的身体，翻身把她扔在床上，自己撑起了身子居高临下。没有喝酒却已浑身发烫，凑在岚琪面前与她鼻尖相触，感觉得到岚琪柔嫩的双唇嚅动着，渴望得到缠绵的吻。可玄烨就是不碰她，还问着，“是不是故意喝鹿血酒等朕来的？你怎么会分不清，口渴了又怎么会喝酒？是骗环春，还是想骗朕？”

可身体下的人早已意乱情迷，双腿不自觉地缠上了玄烨的腰肢，不断地迎合想要触碰他的唇。但她步步进，玄烨步步退，眼瞧身下的人要哭出来，皇帝才炙热地吻上她。唇齿间猛然感觉到从未有过的激烈，玄烨被她纠缠得几乎要透不过气，好容易才挣扎开。

喘息间勾出了身上的火，大手一撕，岚琪薄薄蔽体的寝衣就散开，小衣下春色跃跃而出，雪白雪白地写着“诱惑”二字。玄烨才要钩开她的小衣，岚琪突然笑出来，捂着胸口侧身转过去，竟趴在床上想往里头逃走。玄烨把她拖回来，她再要往里头挪，也不知是酒醒了还是身上的热情散去，不再像刚才那样一味索取，更仿佛要就此休战。

要命的是玄烨已经被她勾得难以自制，气恼地在她臀上重重拍了一巴掌。身下的人哆嗦着蜷成一团，软软地说着：“皇上，睡吧睡吧。”

欲拒还迎娇声软语，玄烨是笃定不肯放过她了，几下就把碍事的衣衫褪干净。正是深秋寒凉的时候，鹿血酒后暖暖发烫的柔软身体拥在怀里，真真人间仙境才有的惬意。慢慢品尝阅尽春色，一寸一分的肌肤都未放过，豪饮鹿血酒的人也再矜持不住，翻云覆雨仿佛要将身体融化。

翌日晨起，不知是一夜春宵的滋润，还是裕亲王送的鹿血酒是好东西，岚琪面色红润神清气爽。玄烨问她到底怎么喝的鹿血酒，人家支支吾吾，直见皇帝要恼了，才坦白说，起先只当一般的酒，身上发冷想暖暖身体。结果一口下去腥得不行，又见酒色殷红如血，才知道是什么东西。知道皇帝夜里要来，便动了坏脑筋，索性豪饮两大杯。

玄烨又气又好笑，训了几句说她身子太弱喝得不对反而要伤身。可又笑说鹿血酒还有许多怎么办才好，之后几日便也共度良宵。秋意深浓时，岚琪的寝殿里，却只见夜夜春色，彼此缠绵难分难舍，仿佛是知即将回宫，才更珍惜独处的时光。

九月下旬时，皇帝终于决定要回宫。先头回来收拾宫殿的宫女太监活儿还没做完，宫里头就传遍了这个好消息。盼了一个夏天，又盼了一个秋天，寂寞难耐的女人们终于盼得皇帝归来。可随着宫女太监先遣归来，瀛台那里的事也零零散散地带回来。说什么德嫔与皇帝夜夜春宵，说什么皇帝专房专宠，说什么德嫔根本不照顾太皇太后只是陪着皇帝。好听难听的话在宫内游走，怪不得快回来那几天，岚琪每天都觉得耳根子发烫。

十月初一，圣驾回宫。初夏离宫初冬归来，大半年不在紫禁城，比旧年陪太皇太后在园子里度夏的时日还久。岚琪重新踏入永和宫的门，竟恍惚记不得夏秋是如何度过的。

小胤祚也很陌生，但一路回来乳母哄他说能见哥哥了，到了家门口就往里头跑，口齿不清地仿佛喊着哥哥。岚琪伸手要抓儿子叫他别瞎跑，突觉头晕目眩，脚下虚浮。幸好身边环春眼明手快地搀扶住，见主子面色潮红，担心地问："主子怎么了？"

岚琪犹自不觉，只笑大概是晕车，扶着环春往屋里走。但躺了片刻依旧不见好转，伸手摸额头微微发烫，环春不敢怠慢，赶紧去宣太医。这边太皇太后回到慈宁宫才歇下，外头就有人来传话，说永和宫宣太医，德嫔娘娘病了。

太皇太后并不紧张，推苏麻喇嬷嬷说："你精神好，去瞧瞧，莫不是有了，她九月里天天陪着玄烨呢。"

苏麻喇嬷嬷赶到时，太医已经诊断罢了，面色犹豫正不知想什么，瞧见嬷嬷来了，便直言道："德嫔娘娘摸着像有喜脉，可还不大明显，恐怕还要十来日才能确定。但娘娘她又的确伤风，眼下臣正矛盾，要不要给娘娘用药。"

苏麻喇嬷嬷也觉得不大好，问怎么说，太医又道："不用药这样病下去，若是母体不好指不定保不住胎儿。可若用药，生怕保住了胎儿，胎儿也不大好。要是娘娘没有身孕，就最好了。"

"既然像，必然是有了。"苏麻喇嬷嬷也难以决断，又宣来几位老太医瞧瞧，几番商议后都不敢拿主意。毕竟是皇帝的宠妃，肚子里若真有了孩子，万万伤不得。辗转又等皇帝到后宫来时，一同在慈宁宫商议决策。

太医道："世人都以为生过几胎的孕妇更结实更好生养，实则女人产子大大伤身，娘娘上一回又是难产，所以未必现在的身体就很结实。臣以为还是用药先让娘娘康复起来，是否有孕，且看天意。"

太皇太后和玄烨也如此认为，决定先让岚琪吃药治疗伤风。可绿珠却从永和宫赶来，说德嫔娘娘求太医不要开药，只是小小的伤风，她多喝水多躺几天就好。腹中若有胎儿，吃药伤了孩子就是她的罪过，说她自己熬得过去。

"玄烨，你去劝劝她。这傻孩子一根筋，你们都年轻，就算没了这一胎又如何？万一硬撑闹出更大的毛病，如何是好？什么小伤风，都烧得浑身发烫了。”太皇太后很着急，立刻让玄烨去永和宫劝劝。

可皇帝却不动，屏退了太医宫女，才对皇祖母道：“夏秋都和岚琪在一起，这才回宫朕若再往永和宫跑，别人真要急红眼了。回来的路上就与岚琪说好的，十月里不再去见她，偶尔在您这里见的话，另说。”

“你这话虽有道理，可她如今正辛苦，你忍心把她一个人扔在永和宫？”太皇太后苦笑，“在瀛台时我本想劝几句，让你们别天天黏在一起，可又想想难得这样的日子，我这老太婆插什么手？现在瞧瞧，还是你们太过了，惹得宫里人不高兴，回来反看别人眼色。”

玄烨不以为意，反而说：“她们若是真不高兴，朕改天再换别处住也一样。南苑冬天暖和，皇祖母若愿意，孙儿陪您去过冬。”

这些自然是玩笑话，而岚琪吃不吃药，玄烨最了解她的性子，劝祖母说：“若是逼急了，对身体反而不好，她自己有分寸。反正这药只怕送过去，她也偷偷倒了。岚琪一心想给朕生个小公主，好容易有了，她怎么舍得伤害？”

果然如皇帝所说，岚琪知道自己可能有了身孕，死活不肯吃什么伤风的药，大口大口地灌温水，之后蒙头大睡养精神。因病了不能接近孩子，端嫔把六阿哥接过去照顾了几天，岚琪很是放心。

第十四章

德嫔遭暗算

宫里传说德嫔有身孕又染病的事，女人们眼巴巴看了几天，暗下诅咒的人不少。可德嫔硬是不吃药扛过来，三四天后伤风痊愈，人也渐渐精神。又过了四五天，太医再三会诊，确定德嫔娘娘有了身孕，但脉象很弱，都不敢说不好听的话，只是反复叮嘱德嫔要安心静养。

这十来天的工夫，皇帝只管在乾清宫里忙政务，除了慈宁宫的请安，几乎不踏足后宫，也不召见任何妃嫔。只有佟贵妃自己跑去乾清宫陪了一个中午，也不晓得说了什么，之后再没见面。而一心等待皇帝归来能多看自己几眼的，如温妃、宜嫔几人，天天在宫门前被西北风吹着，只把她们的心都吹冷了。

这日朝堂上提起了为太皇太后和太后再上徽号的事，玄烨也公开了说要大封后宫，如此自然要拟定册封的名单。皇贵妃无可争议，温妃或也再升一级，唯有四妃的位置有些争议，一时也没有个定数。话传到后宫，女人们便议论开，在嫔位的自然盼着能坐稳四妃之位，而那些贵人常在，也盼着能水涨船高。

正好是宜嫔做东请姐妹们在翊坤宫喝茶，七嘴八舌说起这件事，低阶的妃嫔们都恭喜宜嫔和惠嫔，说她们出身高贵又有皇子，必然是四妃之一。两人面上谦虚，只等旁人都散了，才私下关起门来说："那个乌雅氏真真厉害，这个节骨眼儿肚子里怀上一个。怪不得缠着皇上在瀛台不肯回来，不弄出一个来她怎么甘心？一定是自知出身低贱，不多生几个，怎么和我们争。"

这话是宜嫔说的，惠嫔且笑："好好的身子，伴驾总会有身孕，妹妹往后若能多陪陪皇上，也会有好消息。你的身子一向不错，从前虽不幸滑了一个，可五阿哥不是平安降生了吗？"

提起胤祺，宜嫔目色如死，又心痛又不甘，恨恨地说："太后到底想怎么样，她这样生生断了我们母子情分，不怕遭报应？"

"嘘，小声点儿。"惠嫔紧张道，"这话不该你说的，你想要儿子，往后再生一个不就好了？”

宜嫔苦笑道：“怎么生？连皇上的面都见不着，我和哪个去生？”

“只要皇上在宫里，总会有机会。皇上心里也有分寸的，不然回来这么久了，德嫔有孕又生病他都不去瞧一眼？”惠嫔很是淡定，“上头有贵妃、温妃在，皇上能不顾忌吗？再者一整个夏秋，我就不信不腻歪，总会想见见新鲜的，皇上毕竟是男人嘛。”

宜嫔见她说得绘声绘色，知道惠嫔有法子，心里想求又不好开口。可一想到翊坤宫里冷冷清清的日子，一想到自己越来越走上昭妃那怨妇的路，心下一横便道：“姐姐帮我吧，我这翊坤宫的日子越来越冷清，连恪靖都不大哭了，夜里静得瘆人。”

“自然帮你，帮你也是帮我呀，总不能光看着德嫔一人独大。从前看着那个小常在乖乖巧巧的，真是想不到她会有今日。”惠嫔说这句时，有异样的神色，不知是恨是悔。唯一瞧得见的，大概就是不甘心。而这宫里的女人，又有几个是心甘情愿被冷落的。

但这次的事，惠嫔却还是找了个甘心被冷落的来想法子。漂亮的女人最懂如何取悦男人，哪怕觉禅氏不爱皇帝，那年夏天能让皇帝对她专宠不倦，就一定有她过人之处。惠嫔久不侍驾，床笫间的事已不大晓得皇帝如今的喜好了，放眼宫里能问的，就只有觉禅氏。

隔日她往咸福宫来，候着温妃抱了八阿哥去宁寿宫的时辰。因整个夏天没少来咸福宫，门里的宫女太监都习惯了，一路引到配殿门前，只有香荷见了不大高兴，她晓得自家主子不喜欢惠嫔。

可官大一级压死人，妃嫔间的等级尊卑也很严谨，再不喜欢惠嫔也不能得罪。夏秋之后瘦得比生八阿哥前还瘦的女人到底是接待了她，两相对坐，良久无语，惠嫔从袖笼里抽出一本册子递给她，笑着说：“瞧瞧。”

觉禅氏恹恹抬眸，瞧见桌案上一册《众香词》，只听惠嫔说：“里头收录的都是女人家的诗词，我想你会喜欢的。”她伸手翻开，将折角的一页打开，推给觉禅氏说，“你瞧瞧这几首，我读书少不大懂，觉得还不错。”

觉禅氏信手拿来看了几眼，默默念诵了几句，念得一句“枝分连理绝姻缘”，心中猛然揪紧，心痛得难以言喻。可惠嫔却更在她心门上插了一刀，幽幽道：“这个女词人沈宛，是江南名妓，卖艺不卖身，饱读诗书才华绝伦，又有倾国之色，多少江南名士追求不得。可她却突然在江南消失，如今在京城落脚了。”

觉禅氏茫然抬头看着惠嫔，惠嫔笑悠悠说："你这一个夏天为了什么愁？我看就是为了这个女人吧。就是这个沈宛，如今容若心头上的人。"

"沈宛。"觉禅氏重复这个名字，一个汉人女子的名字。容若极爱汉人的诗词音律，一个懂诗词的汉人女子，难怪他会喜欢。

"就是这个沈宛。"惠嫔叹息，"我一直纳闷儿你为什么不高兴，后来容若的事传开了，心想你一定是听到了。是啊，为了这个女人，他差点儿被明珠逐出家门。私自养在外宅里，不仅是汉人女子，还是个妓子，你让明珠怎么能容得？之前闹得天翻地覆，明珠夫人来我这里哭了两回了，我都没敢告诉你，怕你伤心。可你到底还是知道了，是听见了传言吗？"

觉禅氏恍惚地点了点头，她已经不在乎要不要说是温妃透露的，对她而言这一切都无所谓。她一直在想容若到底喜欢上了什么样的女人，现在听惠嫔这番描述，又见她的诗词被文人雅士赞赏编录，真真是才貌双全的人，这才会让他喜欢。

"云对雨，雪对风，晚照对晴空。来鸿对去燕……"昔日朗朗书声犹在耳，年幼的自己跟着容若背诵《声律启蒙》，容若说背会了这些就能吟诗作对，容若说他喜欢诗词歌赋，与喜欢她是一样的。

而如今，他另有了喜欢的女子，那个女子会吟诗会弹琴，更有倾世之美。

"好妹妹，你怎么瘦成这样了，怀八阿哥前都不见这么瘦，温妃娘娘虐待你了？"惠嫔问着，伸手要摸觉禅氏的发髻，觉禅氏却倏然往后退开，神情恍惚地说："臣妾很好，多谢娘娘记挂。"

一边又把书册推到惠嫔面前，故作镇定地说："臣妾已经不爱这些东西了。"

惠嫔不勉强，拿起来随便翻翻又卷了卷，笑着说："宫里没几个妃嫔爱读书，德嫔算一个，可她也不雅，我瞧着不过是哄皇帝高兴的。"说着抬眸看一眼觉禅氏，"可德嫔如今气势日盛，真真叫人烦心。她这都怀上第三胎了，若是将来越过我去，我们大阿哥被比下去，明珠在朝廷必然受排挤。他若失势，容若一定也不好过。"

觉禅氏目光冷冷转过来，但未言语。

惠嫔一手托腮，笑着说："妹妹，这宫里数你最聪明过人，能不能帮帮我和宜嫔？"

觉禅氏摇了摇头："臣妾久病，形容枯槁，哪里还有什么聪明不聪明的。"

那本《众香词》躺在桌上，惠嫔又将折角处翻开，纤长嫣红的指甲划过沈宛的名字。惠嫔冷然一笑：“明珠容不得这个女人呢，你说沈宛若有个三长两短，容若会怎么样？他失去了你，又失去了卢氏，若再失去一个，这心该彻底碎了吧？”

“娘娘？”

“你不帮我，我只能不让容若做出这样叫人笑话的事。明珠府少一些麻烦，我的大阿哥才多一分靠山。”惠嫔面上看似委屈，锐利的指甲却划破了纸张，沈宛的名字被戳烂了，她却笑意悠悠，“妓女而已，死了也不可惜。就可怜容若这个痴情人，当年卢氏去世他大病一场，这个沈宛再离了，我这做姑母的，可真担心他啊……”

“娘娘，他若真心爱沈宛，他会疯的，娘娘！”觉禅氏死灰般的脸上终于有了血色，似乎是太过激动，竟然一把抓住了惠嫔的手腕，那纤瘦的没了美态的手看得人触目惊心。惠嫔定一定心将她推开，正色道：“我可没耐心一次次求你一次次被拒绝，你拿鱼死网破威胁我，我可真害怕。可沈宛无所谓吧，一个妓女，又是抢走你心上人的妓女，没有了她，你该痛快高兴才是。”

觉禅氏眸中含泪：“可她是容若喜欢的女人。”

“你可真大方。”惠嫔冷笑，心里却十足高兴。她猜得果然没错，觉禅氏这个痴情女，哪怕为情所伤缠绵病榻，也会希望所爱的男人过得好。容若眼下要过得好，那个沈宛就必须好好的。

而她不会告诉觉禅氏，是皇帝出面摆平了两家的矛盾，是皇帝出面说服了明珠，是皇帝出面让这个沈宛继续住在外宅，所以明珠不会把沈宛怎么样。惠嫔也没真本事把那个女人怎么样，但只要一句话，就唬住了觉禅氏这个痴情傻女。

“娘娘让我想想……”

“上次你也说要想一想，回头又不理睬我了。”惠嫔冷笑，“不过我还是要让你想想，可想的不是答不答应我，而是想想，怎么才能让宜嫔得到圣宠。你那么聪明，那么会揣测人心，去年久侍圣驾，怎么才能让皇上开心，你一定懂吧？就算不懂，也好好想想，明日我在长春宫摆茶，你来。”

“臣妾不想出门。”觉禅氏避开了惠嫔的目光，可惠嫔这一次真的不再松手，紧逼着说：“不想出门？那沈宛往后也别活着出门了……”

觉禅氏激怒：“娘娘，你在威胁我？”

“不然呢？”惠嫔将《众香词》往觉禅氏身上一扔，冷冷道，“我的耐心，我的笑脸，我的好言好语，早就被你磨光了，多少年了？”

撂下这句话，惠嫔转身就走。外头窸窸窣窣的脚步声、人声渐渐静下来，香荷跑进来看主子，见她无声无息地流泪了，关切地说："惠嫔娘娘又欺负您了吗？主子，咱们找温妃娘娘做主吧。您都在咸福宫了，凭什么叫惠嫔娘娘欺负呀？"

觉禅氏眼中闪过一道光芒，摇了摇头，推开了香荷，从地上捡起那本《众香词》。呆呆地望了片刻后，自言自语地说着："我能为他做的实在有限，更不能害了他呀。"

香荷听得云里雾里，她哪里知道这个"他"是男是女，是惠嫔还是温妃。只是可怜自家主子，放着好好的日子又不过，夏秋以来日渐憔悴，再这样下去，命都要保不住了，又求她说："温妃娘娘心好，您还是和温妃娘娘说说吧，别让惠嫔娘娘来烦您了。"

而这一边，温妃才抱着八阿哥从宁寿宫出来。近来她对太后侍候得比从前更尽心些了，因为觉禅氏教她，说皇上喜欢有孝心的人，德嫔就是任劳任怨地照顾着太皇太后，才有了连朝臣们都无可挑剔，甚至赞扬的贤德之名。皇上一样敬重太后，她现在慈宁宫插不进去，宁寿宫有当年钮祜禄皇后的旧情在，她不能轻易放下了。

这会儿从宁寿宫一路过来，远远走过永和宫时，她让轿子停了会儿，冬云凑过来说："主子要去探望德嫔娘娘吗？六宫都在贺喜德嫔娘娘有孕。"

温妃却摇头，让轿子再行，冬云只听见她说了一句什么"她不喜欢见到我"。冬云也没敢多想，一行人匆匆又走了。

永和宫里此刻却很热闹，荣嫔、端嫔几人都来贺喜，大孩子小孩子闹腾得一屋子叽叽喳喳的。岚琪也没嫌烦，不多久环春说做好了点心请公主阿哥们去用膳，孩子们才呼啦啦散了。荣嫔给岚琪端安胎药过来，看她皱眉头喝下去，笑着说："你真是厉害，之前有病硬是不吃药，我当年都不如你。"

岚琪软软地笑着："为了孩子什么苦都肯吃，也就只为了孩子了。"

端嫔却道："谁不知道你伺候两宫辛苦。太皇太后七月里病一场，听说你连着几天没沾床，我们听着都唏嘘。这么些年了，竟是谁都未这样伺候过太皇太后。"

"当年钮祜禄皇后临终前，也是妹妹在伺候，这宫里再没有比妹妹更贴心的人了。"荣嫔夸赞着，心里却暗叹自己为了六宫的事疏忽了这些。她把六宫打理得再滴水不漏，也及不上岚琪在太皇太后跟前尽孝。现在想想当年钮祜禄皇后费尽心血也得不到上头的喜爱，大概就是这个原因。而她无意之中，竟走上了钮祜禄皇后的老路，近来连宁寿宫都不大去，一来六宫琐事实在烦琐，二来自己也淡了。

“我不过是会伺候人罢了，还有什么长处？”岚琪谦和，又看荣嫔，一时想起太皇太后叫她转达的话。可没头没脑地突然提起来实在太奇怪，还是决定找机会说。

那样巧的是，布贵人在边上笑着说：“万岁爷腊月里大封六宫，前日和戴妹妹说起来，说她也该封个贵人了，她傻乎乎地说不要，说不敢和我平起平坐。姐姐们说她傻不傻，难道不为七阿哥想想，子以母贵母以子贵，不正是这个道理吗？”

戴常在坐在一旁，脸上笑眯眯的，这两年养在钟粹宫，越发出落得水灵，只是性子安静，为人也低调。虽然生了皇子，又跟着端嫔、荣嫔，如今也是宫里有脸面的人，可还如当年刚到钟粹宫时的模样，为人谨慎谦卑，难怪端嫔和布贵人都喜欢她。

荣嫔也道：“七阿哥一直在阿哥所，皇上若不把他抱给哪位娘娘养，孩子可不就要指望你这个亲额娘了吗？别傻乎乎的，皇上若给你恩宠封贵人，你就好好承恩，什么要不要的，还容得你做主？”

岚琪便在一旁趁这机会笑：“回头戴妹妹封了贵人，姐姐又封了荣妃，我这里挺着肚子，不能喝酒，你们记得把喜酒给我攒着，等我生了再喝。”

众人倏然静下来，都望着岚琪，荣嫔先尴尬地笑道：“封妃的事哪个说了算呀，你别勾得我高兴了，回头再落空了，我可要找你来哭啊。”

岚琪笑道：“哪个做主，当然是太皇太后做主。端嫔姐姐她们从瀛台回去后，我就天天在太皇太后跟前伺候，听见她与太后娘娘说起封妃的事，太皇太后说荣姐姐您自然是第一个。论子嗣论功劳，论这宫里的资历，四妃没有您，还有哪一个？”

荣嫔心里激动不已，却不敢在面上表露。她有自知之明，出身低微是越不过的坎，真怕上头无视她这些年的付出。毕竟妃位有限，但凡来几个出身高贵的千金小姐，她就被比下去了。深知岚琪不是胡乱说话的人，她能毫无顾忌地这样说，必是板上钉钉了。

“恭喜荣姐姐……”

众姐妹都高兴起来，纷纷恭喜荣嫔。荣嫔赶紧让大家别张扬，毕竟还没有圣旨颁布，叫外人听去了就是笑话甚至祸端。话说回来，众人又问岚琪：“那你呢？若说子嗣恩宠，还有人比得过你吗，现在你又有了身孕，真正是最好的时候。”

岚琪只是笑：“哪里敢偷听太皇太后和太后说话，听见荣姐姐这句，我就高兴地跑开了。至于我呀，封不封都一样，皇上总说我笨，估计瞧不上我。”

众人便嗔她矫情，故意在这里显摆皇上疼她，说说笑笑打发了一下午的辰光。荣嫔离开永和宫时，红光满面神采奕奕，领着一双儿女回去后，便让吉芯慢慢准备礼物。她封妃之后少不得送往迎来，有的忙了。

她们散了，布贵人没走。本是端静缠着不肯走，母女俩慢了几步，岚琪索性留她继续说说话。姐妹俩也好久没独处，只因她跟着端嫔在钟粹宫日子过得好，岚琪不担心，难免也就少关心。

端静公主对着岚琪撒娇说会儿话，等盼夏把公主带走后，布贵人见岚琪要起来，搀扶她坐起身，慢慢走到窗下透透气。姐妹俩携手站在一起，布贵人说：“再过些日子，四阿哥就三岁了。日子可真快，我的端静都七岁了。”

岚琪感慨：“日子真是快得很，明年这个时候，肚子里的孩子也出生好几个月了。有时候一觉醒过来，觉得一切都不真实，还以为是场梦。”

“当年我们说的话，一句句都实现了。我看荣姐姐封妃，你也一定在列，皇上那么喜欢你。”布贵人轻轻拍着岚琪的手，“可我还当你是从前的姐妹，哪怕好久不见，知道你好我就安心了。”

岚琪笑道：“端嫔娘娘也是这样待荣姐姐的，咱们几个最有福气的，大概还是有能推心置腹的姐妹。且看惠嫔娘娘，这么多年看着她这里热络那里亲和，可没来由地，就觉得她孤独。宜嫔最可惜，好好一个妹子，就这么没了。”

布贵人唏嘘道：“那是她们自作孽。”想起一事又道，“你能防着惠嫔再好不过了。我们秋天回来后，就有人告诉端嫔娘娘说惠嫔夏天时常去咸福宫找觉禅氏。之后我们冷眼瞧着，还真是又听说了一两次。她也不知去做什么，大大方方的，都不遮掩一下。觉禅氏这个女人不简单，你要小心啊。”

岚琪笑道：“我小心什么呀？”

布贵人嗔怪：“你跟我装傻呢，现在你这样好，惠嫔不怕你有一日越过她？”

“我做什么对姐姐装傻？”岚琪很不在乎，拉着布贵人在一旁坐下，自信而淡定地说，“她能把我怎么样呢，我若有什么闪失，皇上会轻易罢休？即便真害了我什么，查出来皇上一定不会放过她，她何必自掘坟墓？只要皇上在，没人能伤得了我，即便伤了，也有皇上做主。可我若与她们针锋相对，也要手腕对付她们，皇上就该厌弃了。她们怎么看我我无所谓，我在乎皇上怎么看我，吃亏是福，不就是这个道理？”

布贵人见她从容，也安心了，只是笑：“那也不能总吃亏啊。”

岚琪得意地说：“姐姐几时见我吃亏了？不正是什么好处都归我，才惹得别人着急？宫里头难听的话我也知道，其实她们真是多虑，我也不能一辈子年轻，十几二十年后，谁知道又是什么光景。在瀛台太皇太后和太后轮番给我说道理，还是她们看得透。”

“可照你这样说，将来皇上若移情，或对你像如今对荣嫔端嫔那样，还会不会护着你？”布贵人想到这一句，说出来难免凄凉，“有一日你不再得宠，她们欺负你，谁给你做主？又或者你不得宠，她们也懒得来欺负你了。”

“姐姐这话还真有道理，我看着眼前的好，自信皇上把我捧在心尖儿上，有他在无所畏惧，可有一日失宠遭嫌弃，现在说的这些，就都成笑话了。”许是孕中，情绪易受影响，岚琪面上稍有黯然之色，歪着靠在一旁，一手抵着脑袋，慢慢将这近七年的岁月回忆。

布贵人坐在她边上，暗暗有些后悔不该说这样的话，明明现在是最好的时候，何苦去想将来。

但岚琪静静想着，想起玄烨和她的点点滴滴，想起玄烨对她说过的话，想起那一方锦盒里的八字皇命，顿时释怀，复又灿烂地笑起来，对布贵人说：“早先就和皇上嘀咕过这几句，皇上说我瞎想，更对我说，别去想未来几十年的事，曾经不也没想过现在？要紧的是把眼前的日子好好过下去。反正从前也没有现在的一切，大不了二十年后重新归于平淡。咱们姐妹俩只管好好的，锦衣玉食的日子过着就是了。”

布贵人莞尔：“你就是性子好心胸广，你这样想我就安心了。”

此时端静又领着胤祚跑回来，六阿哥软软地伏在额娘怀里，听着端静姐姐叽叽喳喳说话。姐姐是说该胤禛的生辰了，她要送一件东西给弟弟。胤祚似懂非懂地听着，时不时含糊其辞地应上几个字。端静欢喜地揉搓弟弟说：“胤祚最乖了，哪里像胤祉呀，一天到晚和我们斗嘴。”

可偏偏胤祚被姐姐这样揉搓很不舒服，也不懂姐姐说什么，瘪着嘴竟开始哭。反把端静吓着了，惹得岚琪和布贵人很开心。说说笑笑一阵后，端嫔打发人来问端静公主和布贵人是不是回去用膳，娘儿俩这才走了。

之后胤祚也被乳母带走，屋子里才安静下来。岚琪舒口气，环春拿来氅衣给她裹上，开窗换气，又添置新的炭盆。岚琪瞧见炭盆里都是红箩炭，嗔笑着："还说替我省钱攒银子，你们烧炭盆怎么用红箩炭，不该省着冬日手炉里用吗？快换了去，黑炭一样也暖和，这可都是白花花的银子。回头用得不够了，自己拿体己买不成？"

玉葵正好带小太监捧了一筐红箩炭进来，听见主子这样说，啧啧道："娘娘真是小气得很，这点儿都要计较。您这几日伤风咳嗽，最怕烟味了，哪里能用黑炭呢？这些是奴婢们平日里攒下来的，堆得都无处放了，新的又要来。太皇太后、太后和皇上另外赏赐的也不断地搬来。再下去，咱们不说拿体己的银子去买，该开铺子卖了，宫里哪位娘娘不够用，来咱们这儿算便宜些。"

这些话听得那搬炭的小太监都笑起来，岚琪嚷嚷要环春拧她耳朵，气呼呼道："永和宫里到底哪个是主子，瞧见你们浪费，我还说不得了？"

环春却帮着玉葵道："要紧的是您的身子，苏麻喇嬷嬷都来吩咐过，说您怀着身孕要紧，不必太拘泥规矩，一切东西都要用好的。烧几筐炭您都舍不得，说出去该叫人笑话了。"

岚琪却还是心疼，瞧着炭猩红地烧起来，还嘀嘀咕咕着："多浪费啊，真拿去卖了也挺好的，今年过年的红包银子就有了。"

结果被环春、玉葵几人一顿笑话，说起红包来，环春提醒主子："四阿哥就要生辰了，您是不是要送些东西过去？奴婢听青莲说，好些贵人常在们都来打听贵妃娘娘或者四阿哥喜欢什么，而且说是要大封六宫了，都上赶着巴结贵妃娘娘呢。"

"巴结贵妃？"岚琪觉得有趣，宫里的人都惧怕贵妃脾气不好，从前躲还来不及，想巴结也无处用劲儿，怎么如今都一个个主动送上门了？

环春笑道："都说贵妃娘娘要做皇后娘娘了，大家能不巴结吗？"

"还有这样的传说？"岚琪浅浅一笑，她心里知道不可能，可也不便说出口。

不过环春也非随口胡说，这样的传言在宫里游走好些时候了。大抵分了两派，一边觉得贵妃必然要入主坤宁宫，另一边则觉得皇帝毫无立后之心。可就连佟贵妃自己，也弄不明白到底会是什么前程。那日佟国维入宫时也没说明白，兴许佟家的人最后还想向皇帝争取这个中宫之位。

但如今这光景，瞧的是佟贵妃能不能封后，而不是谁与她争后位。比起从前昭妃佟妃锋芒相对时，少了许多热闹。至于惠嫔宜嫔几人，更是不敢想什么后位，这一次能保得稳稳当当得到四妃之位，已是她们最大的愿望。

而说好了隔天在长春宫里见觉禅氏，宜嫔早早就来等，一直等到将近晌午就快没耐性时，门口才有动静。宝云来说觉禅常在到了，惠嫔看了一眼宜嫔，后者便笑悠悠对宝云说："桃红在翊坤宫没过来，是在弄过年我要献给太皇太后的手绣万寿屏风。惠姐姐说你针线功夫也极好，这会儿我们姐妹几个说话不用你们伺候，你去翊坤宫里帮帮桃红吧。"

宝云知道她们是想赶自己走，不走反而尴尬，顺从地答应下。反正这长春宫里太皇太后的眼线，又不止她一人。

出门时正见觉禅常在进来，瘦得失去了光芒的女人，哪怕漂亮的首饰衣裳穿戴着，也没有往日的风采。宝云心想这样的女人还能帮什么忙？可她哪里能有惠嫔、宜嫔的心肠，自然是猜不透的。

这长春宫，觉禅氏还是头一回来，一路走着目不斜视，根本不在乎多看一眼宫里的装饰。要说她在咸福宫住了那么久，几乎没怎么去过寝殿以外的地方。还是从前在翊坤宫时被宜嫔郭贵人当宫女使唤，角角落落都走到了。

进门见两位坐在上首，觉禅氏恭敬地行了礼。起身瞧见宜嫔身上玫红色的衣裳，心里一跳，宜嫔竟穿着当初自己给她做的衣服。那下摆用金线压的黑色滚边，还是拿郭贵人用来装诅咒自己的道符的袋子剪开裁成，心中暗暗好冷，依着她们的话坐到了一边。

宜嫔乍见觉禅氏如今的模样，啧啧道："你竟憔悴成这样了？我还等着见你进来时，眼前一亮呢。好妹妹，你何苦折腾掉自己的美貌？咸福宫里日子不好吗，要不要回翊坤宫来？"

觉禅氏浅笑："臣妾本就没几分姿色，若真如娘娘所言，只怕早活不下去了。"

宜嫔被抢白，脸上很不好看，惠嫔在一旁劝道："好歹是你曾经的主位，说话不能客气些？行了，咱们也不能多待，开门见山地说罢。想了一晚上你可想好了，如今要怎么做，才能引得圣上注目？"

宜嫔也干咳一声："妹妹你若帮得我，将来我必定不会亏待你。"

觉禅氏根本无所谓，目光直直地看着前头，也不往她们脸上瞧，仿佛不是在与她们说话，自顾自地就说起来："娘娘们希望引得皇上注意，臣妾想了一晚上。如今有两件事是您二位能做的。一者前些日子传到后宫来，说皇上为了贪官大怒，判了绞监候，是大刑，可见皇上对于贪污行贿之事的厌恶。六宫之中必然也有这样的事，历朝历代不乏行贿后宫买官卖官的事，娘娘们若能查出一两件，或是六宫用度上何处有不干净的，在皇上面前必然是功劳一件。惠嫔娘娘一向管着六宫事，做起来不难。"

惠嫔颔首道："查是容易，可这样的事投鼠忌器，需从长计议，还有一件是什么？"

觉禅氏这才稍稍看了两人一眼，仿佛是想看看这两个女人有没有胆魄，冷然一笑道："那就是太子了。"

"太子？"宜嫔和惠嫔同时出声，更面面相觑。宜嫔绷着脸说，"你疯了，怎么能算计太子？"

觉禅氏知道她们是没胆魄的人，但还是继续说："不是要算计太子，更不可能害太子，而是知道万岁爷最在乎太子，若在太子身上能体现二位的贤德呢？"

殿内一时寂静，宜嫔和惠嫔似乎都在思量觉禅氏的话。而觉禅氏却有几分功成身退的轻松，淡定地坐在一旁，良久才听见宜嫔开口："若说查宫内贪污受贿的事投鼠忌器，还是在太子身上花费心思最不可靠。皇上对太子极为重视，毓庆宫里的奴才伺候他，若有闪失都是连坐的。一个人犯错所有人受罚，我们去插一脚，万一闹出什么人命，自然我不是说太子，冤孽也太大了，不妥不妥。"

觉禅氏侧目看了宜嫔一眼，心中暗暗想，若此刻坐着的是郭贵人，她一定有胆子照自己的话去做。她们姐妹若能好好相处，何须让她来出谋划策，偏偏亲姐妹不和，反与外人为谋。

惠嫔也道："的确都是能让皇上记住你我的好法子，可代价太大，若不成便是搭上自己也未必算得清。太子碰不得，如今他还是个孩子，若已长大成人，倒另说了。"

觉禅氏心中一激灵，再细细看惠嫔，她双眸中仿佛隐藏着巨大的欲望，因为欲望太盛，时不时会跃然而出。可她也好好地克制了，似乎在等待，正如她所说，等待太子的成人。

"妹妹费心了，劳你回去再想想可好，想一些不要大动干戈的法子。这两件我们姑且记下了，若之后真要做，再寻你商议。"惠嫔客气地说着，不像昨天在咸福宫里咄咄逼人，又问宜嫔还有没有什么要问的，然后说不宜逗留太久，让宫女把觉禅氏请回去了。

觉禅氏走开，宜嫔兀自嘀咕着："她怎么变了这个模样，温妃虐待她吗？从前在我们翊坤宫时，还是天仙一般的美人，实在是可惜。"

"女为悦己者容，她无心圣宠，要漂亮脸蛋做什么？"惠嫔幽幽道，又取了面前的茶要喝，笑着对宜嫔说，"方才她说的什么，妹妹出门就忘了吧，咱们不必惦记做这些事。”

“忘了？姐姐也觉得都不妥？”宜嫔不明白。

“妥不妥当都无所谓，把她叫来这样坐坐，才是我的目的。不管她想出什么通天的法子，我也未必会采纳，何必费那个心机？”惠嫔冷笑一声，“我在上头眼里是什么状况，我自己心里最明白。长春宫又离慈宁宫最近，不等觉禅氏回到咸福宫，太皇太后那里就知道这里的一切了。”

宜嫔心里惴惴不安，四处张望着，仿佛要从角落里找出一双双正偷看的眼睛，慌张地问：“姐姐不是把宝云支开了？”

“一个宝云是明着压制我的，谁晓得暗地里还有什么人？”惠嫔说话声音很轻，茶碗搁下的响声还是把宜嫔震了一下。她说着，“就你我这样热络几回，觉禅氏又来一次，上头就知道我们在算计什么了。光这样做，就足以引起万岁爷的注意，你且等两天，皇上一定来看你。”

宜嫔还是云里雾里地不明白，惠嫔却笑道：“皇上兴许还有些喜欢佟贵妃，毕竟是幼年就时常见面的表妹，情意与你我皆不同。可皇上怎么会喜欢温妃，她是钮祜禄皇后的妹妹，皇上最厌恶的就是钮祜禄一族。温妃又没生得倾国倾城，又无满腹诗书，皇上喜欢她什么？”

“姐姐的意思是？”宜嫔心有戚戚，她似乎懂了。

惠嫔凑近她，冷漠地说：“你若非要追求和皇上什么情意，那我也帮不了你。可我再了解皇上不过，为了后宫平和，为了他心上的人不被诟病指摘，他会做一些事来平衡六宫的一切。这些年佟贵妃和温妃一直如此，对你也一定是。你若要为此伤心，那也不必求什么恩宠瞩目了。总之万岁爷去翊坤宫，你就尽心伺候，让他看到你不至于厌恶。万岁爷若不来，你就只有等的命。只不过眼下等急了，咱们稍稍做些小动作，让皇上知道他疏忽了就好。”

宜嫔的身子微微颤抖，声如蚊吟：“姐姐是在算计皇上？”

“不然呢？傻妹妹，这宫里算计任何女人都没用，一样会老会色衰恩弛。算计了这个再算计新人，一辈子累不累？”惠嫔满面狡黠的智慧，还有在这深宫起起伏伏染下的冷血无情，哼笑着，“要紧的是如何把握住皇上。现在你还年轻，能生能养，十几年后呢？还打算和年轻的比这一身皮囊？那个时候，可就要为孩子们谋前程了。饶是你进宫几年了，还嫩着呢，咱们姐妹慢慢来。”

宜嫔怔了好些时候，才凄然痴痴地说：“照姐姐这样说来，皇上对我，真真是一点儿情意也没有？”

惠嫔长叹，恼她还看不清，但不便说话太重，只安抚道：“也许有呢，皇上待你也不错啊。姐姐的意思不是说万岁爷对你无情，而是说你若一味追求情意，那不会有结果，我也帮不了你，你还不明白？”

“我懂。”宜嫔苦笑道，“其实我心里早就懂，做他的枕边人，最明白睡在边上的人究竟何种情绪。姐姐侍驾时，是什么光景？”

这却问住惠嫔了，她只记得自己还是惠贵人时的美好岁月，那时候莺莺燕燕欢声笑语。她也曾经幸福过，可这都多少年了，她还未老还年轻的身体，已经很久没被人碰过了。

“皇上来时，很少与我说话。刚入宫那会儿还挺新鲜的，常常问我在宫外的见闻。后来渐渐话越来越少，每次见面客气的几句话都一样，我都能背出来了。就是床上那些事……”说到床笫秘语，宜嫔到底脸红了，摇了摇头说，“不想了，我听姐姐的话，回去等两天。皇上若不来，咱们再商议。”

“也好。”惠嫔不留客，看到宜嫔有些失魂落魄地离开，她心里冷笑也不便明说。等宜嫔走后自己起身要去歇歇时，但见心腹宫女喜滋滋地进来说：“前头传来消息，万岁爷领着大阿哥和太子一并几位世家子弟射箭，我们大阿哥拿了头名，太子还被几位世家子弟跃过了，听说皇上脸上很不好看呢。”

惠嫔很欢喜，心中念佛，口中说：“预备些胤禔喜欢吃的送去阿哥所，叫他不要太辛苦。”

一直以来，太子好学聪明，处处压制着兄长。大阿哥念书没天资，逼也逼不出来，可这孩子生来有力，喜好学武骑射。满人本就是马背上得天下，惠嫔深知他这个长处不会被书本埋没。皇上已拟定要亲赴卢沟桥迎接平定三藩的安亲王凯旋回朝，可见将来能震慑天下的，还是靠领兵打仗。朝廷里有明珠出谋划策就够了，他的儿子，必然要做大将军，手握兵权。

而这样的消息，也同样传进慈宁宫。太皇太后正拿着一把小剪子剪花枝，听苏麻喇嬷嬷一一说起来，笑道：“七八岁的孩子，看得出什么短长，惠嫔若因此沾沾自喜便傻了。玄烨今天一定因为太子表现不佳不高兴，哪里还能因为胤禔好而欢喜？她该低调些才对。”

可苏麻喇嬷嬷又说起今日觉禅常在去长春宫，惠嫔、宜嫔都在的事。太皇太后手下“咔嚓”剪断了花枝，皱眉看着苏麻喇嬷嬷：“她们几个窝在一起，能有什么好事？那个觉禅氏真真让人厌烦，你且派人盯着看。她若敢兴风作浪，就不必姑息了。”

苏麻喇嬷嬷应下，让宫女端水来伺候主子洗手。太皇太后坐回炕上，又想起一事，屏退了伺候洗手的宫女，对苏麻喇嬷嬷道：“你抽空亲自去宁寿宫一趟，告诉太后，她汉学不好，虽然皇子启蒙要紧，但不必让她自己费心或找人教五阿哥读书写字，放养着长大就成，将来进书房总有师傅教的。”

苏麻喇嬷嬷不解：“只怕万岁爷不答应。”

太皇太后摇头，缓缓道：“皇帝的子嗣越来越多，他还能在乎多少？他顾不过来的时候，我就该替他看着些。福临和玄烨幼年都不被父皇待见，可都成了帝王。所以那些不被父亲待见的孩子，不是更加要留神了吗？”

苏麻喇嬷嬷再无话可说，太皇太后深居慈宁宫，可外头的世界却一点一滴都在她心里。她时常自嘲要跟不上年轻人了，可往往随便一句话，都会把人问住，叫人无话可说。偏偏宫里的女人们却常常企图挑战她的智慧，四两拨千斤是极好听的一句话，但真正能做到的，又有几个？

提起子嗣，如今宫里只有德嫔一人有孕，前几日太皇太后就叮嘱她要派人仔细永和宫里的一切。未免一些女人嫉妒生恨，眼下宫里阿哥公主多了，她们更可能无所顾忌。而岚琪这一胎从开始就不稳，任何闪失都有可能发生，绝不能叫人钻了空子。

这一边玄烨领着大阿哥、太子回到宫中，奖赏了大阿哥优秀的表现，也毫不吝啬对太子的责备，罚他在毓庆宫闭门思过，想想为何骑射如此之差。这样一来皇帝自然没有好脸色给人看，连大阿哥也不敢怎么高兴，领了赏悄悄就走了。

李公公几人在书房外头候了好些时候，才听见皇帝喊人，进来则听问：“太医今天去看过岚琪没有？”

“瞧过了，太皇太后嘱咐一日两回，太医们都尽心伺候着的。今日报上来说德嫔娘娘身子好转，这一胎应当保得住。只是三四个月里不要出门走动，这几日更是卧床最佳。”李公公细细禀告，他最近别的事都交给徒弟们盯着，就永和宫里的动静全都记在心上，备着皇帝随时问他，果然如是。

玄烨心情这才好些，搁下了手中的笔，见没有领牌子觐见的大臣，便换了衣裳往永和宫来。早有小太监过来传话，瞧见永和宫里没客人，让门前的人别惊动德嫔，不多时圣驾便到了。

玄烨进门时，正听绿珠在抱怨玉葵，说怎么又换了黑炭。玉葵气呼呼地说：“主子不让用红箩炭，说来了客人瞧见不好。永和宫里的用度太奢侈，外头人又该闲言碎语胡说八道了。”

玄烨听得有趣，两人突然瞧见皇帝来，也唬得赶紧噤声，玄烨则问：“永和宫里的炭火不够用？”

玉葵忙道："娘娘素来节俭，并没有不够用的时候，倒是多出来许多。奴婢们觉得放着也是放着，娘娘如今有身孕，屋子里烧炭要用好的，少些烟火气，可是娘娘却怪奴婢们太奢侈。"

玄烨笑道："你们很厉害，敢背着主子说她坏话？"

玉葵连忙自责，玄烨则笑："就用好的炭，既然是你们攒下来的，怕别人说什么？别理会她，干活的也不是她，她若为难你们，就说是朕的意思。"

说话间里头的人已经听见动静，门前厚厚的帘子支起来，岚琪倚门而立，面上红扑扑的，见到玄烨很高兴，也不在乎他们在讲些什么，笑着问："皇上怎么不进来？"

自瀛台归来，岚琪生病那几天两人也没见面，算算竟好些日子没有见面了。本打算十月里都不见面，可玄烨终究没忍住。这会儿瞧见岚琪气色很好，实在放心得很，走上前握了手，可触手冰凉又让他不悦。岚琪知道要挨骂，立刻先说："正在写字，手自然凉的。"

玄烨跟她进来，炕上铺了一桌的纸，环春赶紧要收拾，皇帝却饶有兴趣地拿起来看。可又见岚琪走来走去地忙活，想起李公公说太医让她静卧，便虎着脸瞪她，指一指炕让她歇着。人家才笨拙缓慢地爬上去，一手轻轻捂着肚子说："没那么娇贵的，皇上不要大惊小怪。"

玄烨却坐过来，担心地说："怎么不娇贵，女人生子随时随地都危险，朕要悬一年的心。你若体谅，就乖乖听太医的话。环春她们尽心伺候你，你也不要总欺负她们，这样朕才能安心。"

岚琪笑得眼眉弯弯，被玄烨轻轻拍了脑袋说："又傻乎乎地笑什么？"

只听她说："皇上回回都是这些话，人家听第一个字就知道后头说什么。还不如好好看看皇上，近来胖了还是瘦了。"

玄烨不理睬她，拿岚琪的笔墨也写了几个字。她凑过来问："皇上最近得了好墨没有，也赏臣妾几块吧。"

玄烨且笑："是得了几块好的，可拿给你都糟蹋了，朕给胤祚攒着。"

此刻环春与紫玉端来茶点，听李公公说万岁爷一天没进什么，便把给主子吃的蜜枣燕窝也端了一盅。可玄烨不想吃甜的东西，要环春再去弄一碗面来。岚琪就坐在边上慢慢吃那盅燕窝，说是太后赏她的官燕，放着不吃就浪费了。

玄烨笑她如今越来越吝啬小气，岚琪说她要言传身教，不好叫胤祚将来养成胡乱挥霍的毛病。这些话也有道理，玄烨只劝她别太克扣自己。不多久环春送来一碗鱼汤面，鱼汤本是炖了夜里给岚琪吃的，见皇帝吃得香，吃絮了甜食的岚琪嘴馋，要环春也弄一碗汤来给她喝。

玄烨高兴见她胃口好，逗她在自己碗里喝一口。岚琪兴冲冲地凑过来，可才挨近碗口，突然觉得脑袋一片混沌。张嘴想对玄烨说什么，只觉得身子发沉视线越来越模糊。再后来两眼一黑，就什么也不知道了。

而玄烨捧着碗，正等岚琪凑过来喂她喝汤，眼睁睁看着她身子软下去，闷声跌进了自己怀里。那一瞬心仿佛停止了跳动，玄烨感觉到从未有过的，对于失去的恐惧。

图书在版编目（CIP）数据

有种后宫叫德妃. 2 / 阿琐著. — 北京 : 北京联合出版公司, 2015.4
ISBN 978-7-5502-4838-0

Ⅰ. ①有… Ⅱ. ①阿… Ⅲ. ①长篇小说–中国–当代 Ⅳ. ①I247.5

中国版本图书馆CIP数据核字（2015）第049106号

有种后宫叫德妃. 2

作　　者：阿　琐
选题策划：北京磨铁图书有限公司
责任编辑：管　文
封面设计：粉粉猫
版式设计：刘珍珍

北京联合出版公司出版
（北京市西城区德外大街83号楼9层　100088）
北京慧美印刷有限公司印刷　新华书店经销
字数338千字　700毫米×980毫米　1/16　印张20
2015年4月第1版　2015年4月第1次印刷

ISBN 978-7-5502-4838-0
定价：32.80元